未读 UNREAD | 文艺家

副本地球

FALLER

Will McIntosh

〔美〕威尔·麦金托什 著

王焱 译

北京联合出版公司
Beijing United Publishing Co.,Ltd.

1

他试着睁开双眼，却发现眼皮像被粘住了一般，于是他只能继续躺着，精疲力竭地躺着，任由尖叫声在耳边肆虐。他的脸贴在坚硬的地面上，地上的鹅卵石硌着他的皮肤。一只狗在他身旁吠叫。

狗，他脑海中突然浮现出“狗”这个字，这个字是如此鲜活，如同是他创造的一样。不过狗他自然是认得的，一想到这个字，脑海中便浮现出了画面：四足动物，长着毛，会摇尾巴。

他的意识正一点点变清晰，精力也在逐渐恢复。

他勉强睁开了双眼。

世界是如此明媚，如此丰富多彩。他看到有人穿着绿白相间的运动鞋从旁边跑过，那人整个身子都斜着，就像是在墙上奔跑。这不过是他斜躺在地上的缘故罢了。

他尝试着坐直身体，却突然感到天旋地转，过了好一会儿，眼前的一切才逐渐清晰。他看到周围高楼林立，街上零星停着几辆小轿车和卡车，离他最近的那栋大楼后面黑烟滚滚。

几英尺外，一个女人弯着腰，双手紧紧抱着头，她顶着一头粉色的头发，前臂上有五颜六色的花朵文身。

“这是怎么了？”她哭着说。

“不知道。”

女人抬起头来，惊讶万分：“你认识我？你知道我是谁？”

“不知道。那你认识我吗？”

女人摇了摇头。

肯定是出了什么事。他心中的困惑，还有那些尖叫声，这一切太反常了。他得弄清楚所有的事情，或许可以问问别人。对了，找警察。

他用手掌撑着人行道想要起身，忽然从拇指和手腕传来一阵剧痛。他发现拇指上有一道很深的伤口，上面的血早已凝固，而食指指尖和指甲的缝隙里还有更多血痂。这一定是之前留下的，他想。

他勉强站起来，环顾四周，但身体仍在不住颤抖。一辆银白色的小推车停在附近，车上放着一把黄色的雨伞，他脑海中突然蹦出一个词：热狗摊。路边停靠着一辆红白相间的公共汽车，几个街区以外的地方站着一群人，背对着他。

他向人群走去，想看看他们在做什么。

那群人所站之处不见一栋建筑，他越靠近，越觉得天空变得更宽了，直到走进人群中，他才发现区区几英尺以外便是世界尽头。

一切都消失了，唯独剩下天空。

世界尽头是参差不齐的沥青和混凝土，一根混凝土下水管从地下漆黑的泥土中伸出来，喷涌着污水。

他说不出缘由，但能意识到这也不太对劲。尽管他知道天空是广阔无垠的，但此时却宽广得不正常。

一位头发花白的老人跪在台阶上，面朝人群，台阶的尽头空空如也。他身旁有一个皮夹，里面的东西散落一地，他正端详着一张照片。当他走近时，老人抬起了头，举起照片给他看。照片上的男子一身黑西装，面带微笑，握着一位老妇人的手。

“这是我在口袋里找到的，他们肯定是我认识的人。”

过了一会儿，他才明白，这位老人并不知道自己正是照片中的男子。

他指着照片说：“这是你。”

“是我吗？”老人将照片拿近，认真地看了一会儿，“原来是我啊。”他惊讶道。

他思忖是不是自己的口袋里也有东西。于是，他先看了看前面的口袋，从中掏出了一张折叠着的食品包装纸，还有一个玩具士兵。

他从自己的后兜里找到一张照片，照片上的黑发女子脸上有一点儿雀斑，搂着一个淡黄色头发的圆脸男子，笑逐颜开。两个人沉浸在无与伦比的幸福中。

他把照片给老人看，老人指着照片说：“这是你。”

他端详着照片中的男子，万分不解：这分明是陌生人的脸庞，怎么可能是他？他转而望向照片中的女子，她有一双绿色的眼睛，聪慧而明亮，透露着一丝嗔怒，两条胳膊如火烈鸟的腿一般纤细。

他环顾四周，试图从人群中寻找那名女子的身影。随即，他的目光停留在一位老妇人身上。那位妇人站在人群边缘，身着一件黑色毛衣，双手插兜。他瞥了一眼老人膝上的照片。

“嘿，我找到她了。”

老人站起身来，眯起眼睛望向人群：“在哪里？”

“在那儿。”他拉着老人的前臂，将他带到老妇人面前。当他们走近时，那位妇人转过身来，皱起了眉头。

老人端详了一下照片，抬起头看了老妇人一眼，接着又低下头去。他将照片举到老妇人能够看清的高度，说道：“我想照片里在我身边的人应该是你吧。”

老妇人一脸释然，说道：“你认识我吗？”

“不认识，”老人承认道，“但我们肯定有什么关系，你觉得呢？毕竟照片里我们可是手拉着手。”

“我不明白到底发生了什么。”老妇人摸了摸自己的脸，“难道我死了？是吗？”

“不，我们没死。”老人说道。

他很高兴他们找到了彼此，他也希望能找到照片中和他在一起的女子，这样无论发生了什么，他们都能够一同面对。

“我要去找她。”他举起手中的照片说道。

老人点了点头：“谢谢你，你我素昧平生，但你对我们的好意我会铭记在心的。”

他开始沿着人群边缘出发，边走边仔细查看口袋中的其他东西。他发现其中拇指大小的绿色玩具士兵和一个玩具降落伞被六根线连接在一起。

他将折叠着的食物包装纸展开，瞬间停下了脚步。包装纸背面画着棕色的图案，颜色如同锈迹一般，画面也十分粗糙，周围脏兮兮的。一串椭圆形图案沿着页面延伸下来，底部的椭圆形上印着一个字母“X”。他移开按在页面右下角的拇指，第二个图案显现出来：一个三角形，其中有两个数字——1，3。

他仔细看了看拇指上已经凝固的血迹，将拇指放在其中一个椭圆形图案的旁边。血迹的颜色与图案的颜色一样，都是铁锈色——一定是他先前割开拇指，用血在包装纸上潦草地画下这些椭圆，然后放进口袋的。如果这一切是真的，那他必定已经知道了即将发生的事，这条信息至关重要。

他反复琢磨着这些图案，试图理解其中的含义，但什么也想不出来，只好小心翼翼地将包装纸折好，重新放回口袋，继续向前走去。

每条街道的边缘处都聚集着人群，他在这些面孔中不断搜寻，想要找出那位黑发女子。

他穿过一个又一个街区，人群也逐渐稀少，最后他来到一片荒无人烟、满目疮痍的地方。只有几栋建筑矗立着，其余的土地则被成堆的钢筋和混凝土侵蚀。路上的车辆都被压扁了，还有大火肆虐过后留下的痕迹。他在废墟中艰难地跋涉，一路捡拾被烧黑的砖块和已经熔化的电子产品。没有尸体，至少他没有看到，也不见烟雾，可见眼前的破败景象已经存在一段时间了。

他感到精疲力竭，不知所措，只能慢慢蹲下来，闭上眼睛。他觉得自己乃至所有人都遇上了大麻烦，但他不明白这个麻烦到底是什么。一切都说不通，毫无头绪可言。

除了继续寻找照片中的女子，继续寻找答案，他还能做什么呢？他起身继续向前走，走向世界尽头。

他饥饿难耐，口干舌燥，此时，他发现自己又回到了出发时的地方。

这个世界是一个圆圈，而且这个圆圈比他想象的还要小。

当时聚集的大多数人都走了，包括在他的帮助下重逢的那对老人。他想，他们一定是去寻找食物和睡觉的地方了，自己最好也这样做。

2

他走近一栋公寓楼，楼外的台阶上坐着两个大眼睛小孩，他们仰头盯着他。

“你们有见过她吗？”他举起照片问道。

两人一起摇了摇头。

“好吧，还是谢谢你们。”一想到要抛下这两个孩子独自离开，他便深感内疚，但在过去的几天中，他见到了太多和他们一样被抛弃的孩子。他走遍了这个世界的每个角落，向他遇见的每一个人询问照片中女子的下落。

但找到她的希望变得越来越渺茫，与此同时，看到照片的时候，他也越来越痛苦。虽然他并不认识照片中的女子，但他多希望能见她一面。

一张橙色的纸被微风吹起，在风中翻滚了几下，贴在他的小腿上。他将纸从腿上拿开。

这是一张照片，照片中有三位男子，他们手上都拿着乐器：吉他、萨克斯管、小号。肖像的上方醒目地印着一些字母。他不禁眯起双眼，仔细盯着这串字母，试图让它们告诉自己些什么。这些字母他都认识，这是 A，那是 Q，也明白它们代表着某种含义，但无论他怎样绞尽脑汁，最终依然想不出字母的意思。

有些词他毫不费力就能想起来，但为什么偏偏说不出照片中女子的名字？为什么偏偏不知道自己是谁？

他已经厌倦了这种无名无姓的状态，所以他需要一个名字，哪怕只是暂时的。他将这张纸折起来，把它和今天寻找到的线索一起塞进口袋。

回家的途中，他一边走一边思考，最后决定给自己取名克鲁[1]，因为据他所知，他是唯一在寻找线索的人，而其他人专注寻找的都是食物、衣物以及武器。

克鲁站在那里，看着身旁自己搜集到的东西，开始喃喃自语。

1　主人公在寻找线索，便给自己取名为“Clue”，在此音译成“克鲁”。

饥饿让他难以集中精力思考，也许他应该去找些食物。但他还是想先把手边的这些线索研究一番，希望自己能够从中获得灵感。

目前最有效的线索仍然是那些用血画成的图案，他对这些图案已经了如指掌，就差将它们刻在眼球上了。

其中写有数字的三角形可能代表一面旗帜，因为它最短的一条边——垂直的一边——向下延伸了两三厘米。但由于图案实在太过潦草，他也无法确定。另外，最上面的椭圆形图案上印有一个拇指指纹。他实在无法想象，自己不惜用鲜血画下的这些圆圈到底有着怎样重要的意义。

这幅让人难以辨认的图画旁放着一截管子，管子的一端扭曲着，像是被巨人的手一把扯断了，而另一端则被克鲁从工具箱中找来的钢锯整齐地截断。他还收集了各式各样的纸张、杂志以及书籍。

其中有一本书尤为特别。书中有许多照片，照片中那个世界有的街道和建筑在这个世界里并不存在，都在世界尽头之外的地方。也许这些街道都是虚构的，就如同书中的其他照片一样——无边无际的水域和各类奇特的动物。但还有另一种可能：这个世界曾经十分巨大，之后发生的事情使它变小了。那截管子也像是被某种不可思议的力量折成了两半。

外面的叫喊声打断了他的思绪，克鲁走到所处公寓的窗前，看见一群男人领着十几个孩子沿街而行。他们手持步枪、斧头，还有人拿着木棍。他见过这些人，或是其他和他们一样的人，他们将大量的食物和补给品储藏在门窗紧闭的建筑中。尽管如此，克鲁还是不理解他们想要对这些孩子做些什么。

他从屋里的衣橱中抓起一件夹克衫，匆匆走下七楼。

当他来到街上时，那群人已经不见了，他将双手插在口袋里，朝他们的方向走去。

他应该去寻找些食物。商店里早已空空如也，人们挨家挨户搜寻每一栋大楼，捣毁自动贩卖机，将无人占领的公寓里的橱柜洗劫一空，有时候甚至连有人占领的地方都不放过。

食物一定是他们从某个地方拿来的，但克鲁仍未发现任何生产罐头食品或是生鲜食物生长的地方。苹果长在树上，胡萝卜长在地下，这些他都清楚，但究竟在哪儿呢？如果他能搞清楚到底发生了什么，也许粮食问题就能迎刃而解了。反之，这很快就会演变成一场噩梦。

忽然传来一阵类似打枪的声音，克鲁停下脚步，仔细聆听。在一片寂静中，他清楚地听到阵阵枪声，随之而来的还有尖叫声——小孩受到惊吓时发出的那种刺耳的尖叫声。

他拔腿就跑，向声音传来的地方奔去，边跑边想到底是什么会让孩子们如此害怕。当他经过一个转角来到一栋棕色的砖房附近时，尖叫声越来越大。

他突然停了下来。

几个男人用武器指着围观人群，另外一些人逐一将孩子推下世界边缘。

“你们在干什么？！”克鲁向边缘处跑去，此时一个小男孩正和另一个较胖的男人纠缠在一起，男孩紧紧地抱住他的腿，不停地尖叫，男人将男孩的手指一根根掰开，直到男孩失去支撑，仰面朝天重重摔在地上。接着，男人一脚便将小男孩踹下了世界边缘。

克鲁来到围观者中间，他们大声呼喊着，要求停止一切暴行，而那些人挥舞着武器，他们的脚下躺着七八具围观者的尸体。

“你们在干什么？！到底在干什么？！”克鲁用力推开人群，疯狂地喊道。

“他们说这儿的食物已经不够分了，”一个亚裔女子说，“我们必须阻止他们。”

然而，一切都为时已晚。孩子们都被推了下去。那些人站在原地，前排暴徒手中的武器已经就位，靠近边缘的一排人——就是推孩子下去的那些人——只是站着，双手垂在身侧。有几个人脸上挂着两道泪痕，其余人的表情都十分扭曲，就像是刚吃了什么腐烂的东西。

克鲁身后出现了一阵骚动，他转过身，伸长了脖子张望。

更多的男人，领着更多的孩子走来。

“让开！”其中一个人喊道，“快走！不然我开枪了！”

人们一边向那些人叫喊着，一边向一旁退去，最终只剩克鲁、那个亚裔女子和另外两个人挡住了那些人的去路。孩子们看起来十分害怕，又很困惑，但他们并不清楚那些人将会对自己做什么。

克鲁忽然听见两声枪响，只见他左边的人猛地一阵痉挛，摔倒在柏油路上，胸前的伤口鲜血直流。他双手紧紧按住弹孔，喘着粗气，身体不停扭动，面部痛苦地皱在一起。

克鲁连忙按住亚裔女子的肩膀，推着她向人群走去。当那群人领着孩子们经过时，克鲁和她混入了人群。

眼见孩子们被一个接一个地扔下去，克鲁跪倒在地，双手紧紧地捂住耳朵。他受不了孩子们那撕心裂肺的尖叫声，就像刚刚的子弹一样，再这样下去，它们一定会要了他的命。

“求求你们，求求你们别这样。”克鲁捂着耳朵哀求道。他必须阻止这一切，他宁可死也不愿苟活于世。尽管已经被吓得头晕眼花，克鲁还是挣扎着站起身来，挤过人群向边缘走去。

但这一次他还是晚了，这批小孩都已被推下边缘，只有人们的哭声还回荡在空中。

“这对我们大家来说是一件好事。”站在世界边缘的一个男子喊道，“总有人要这样做，否则大家都等着饿死吧！”他看上去年龄不大，个子很高，一双饥渴的眼睛下面挂着浓重的黑眼圈。

话音刚落，围观人群再次大叫起来，成百人的咒骂声、恳求声杂糅在一起，变成了混乱不堪的号叫。刚刚喊话的人双臂在胸前交叉，转过身去，背对着群众摇了摇头，他的背影好像在骂：“真是群傻子！”

克鲁观察到武装人群全部严阵以待，他断定接下来会过来更多孩子。他们会怎么做，把这些孩子集中起来，然后将他们扔下去？等除掉了这些孩子，他们的下一个目标会是谁？最弱的成年人吗？有可能。

克鲁再次听到孩子的哭声传来，片刻之后，他看见更多全副武装的人领着孩子拐过街角，向这边走来。

“不……不……”克鲁感到胃中一阵剧烈的翻腾，他俯下身，双手撑在膝盖上，干呕起来。如果他上前指控这些人，可能会被一枪毙命，这一切也就彻底结束了。他可以用这样的方式结束自己的生命，也可以继续围观，还可以选择逃跑。这取决于他的选择。

他决定逃跑。如果他有能力救下哪怕一个孩子，他一定会留下来面对这份恐惧，但现在的他连一个孩子都救不了，又何必留下来遭罪呢?

克鲁身子忽然一僵，他慢慢站直，注视着前行中的孩子。他能救下一个孩子吗？只救一个?

他想起了第一天遇到的那位老人，老人给他看了一张老妇人的照片。想到这儿，他从口袋中掏出了自己的照片，大步朝孩子们走去。与此同时，三支步枪同时瞄准了他。

“她是跟我一起的。”克鲁挥了挥手中的照片，指着离他最近的一个小女孩说道，“我在口袋中找到了这张照片，上面是我和她。”他径直走到小女孩面前，女孩有着褐色的皮肤，个儿头刚好到他的腋窝处，“找到你了，我终于找到你了！”他抓住女孩的胳膊，拉着她向人群走去。

“回来！”一个灰色头发、满脸胡须的人朝他喊道，同时将步枪对准了他的脸颊。

“她是我女儿，白痴！”克鲁挥舞着手中的照片，大声地回击道。由于紧张，他只觉得心怦怦直跳，耳膜也被震得嗡嗡直响。“如果这张照片是我们一起拍的，那她就一定与我有关系，很可能是我的女儿。”当克鲁领着小女孩向人群走去时，他看到那个拿着枪的人明显紧张了起来，他痛苦地闭上了眼，等待着枪声。

枪声迟迟没有响起，他们安全地回到了人群中。亚裔女子抓起女孩的另一只手，说道："趁他们还没改变主意，我们快带她走吧。"

"等等，"女孩用力甩开克鲁的手，"我们必须找到维奥莱特。"

"不行，"克鲁对她说，"对不起，我不可能再去试第二次。"

小女孩态度十分坚决，她望着克鲁，眼神中充满了抵抗："维奥莱特是我最好的朋友。"

克鲁什么也没说，一把抱起她，离开了这个地方。

他们身后又传来了阵阵尖叫声。"他们在做什么？"女孩一边向后张望一边问，"他们为什么要哭？维奥莱特呢？"

"别看了。"克鲁对女孩说，"快闭上眼睛。"

亚裔女子在前面带路，他们左转右拐，绕了很多个弯，确保不会被人跟踪。最终，她带着他们穿过一面破碎的橱窗，来到一家大型服装店。女子蜿蜒穿行在陈列架之间。

三人来到屋子后面，地上散落着一些夹克衫，女子示意他们可以坐在这些衣服上。克鲁将女孩放到地上，这才发现自己双腿发软。

远处的尖叫声仍然在耳边回响，克鲁胸部剧烈地起伏，他深吸一口气，再重重地呼出，试图让自己镇定下来。

"他们对维奥莱特做了什么？"女孩问道。

"他们都是坏人。"克鲁说。

"这我知道，"女孩说，"他们对她做了什么？他们——"女孩的声音变得很低，像是耳语一般，“他们把她推下去了吗？”

“嗯。”

女孩点了点头。

“他们专门追捕那些手无缚鸡之力的人，”亚裔女子说，“现在已经清空了另外一边的一家养老院。”

“到底发生了什么？”克鲁问道，“这一切肯定是有原因的。”

“但我们该去哪里找原因呢？没人记得发生了什么。”

他将口袋中的东西全都掏了出来，打开折叠的包装纸，递给亚裔女子：“这是我用自己的血画的，就在这之前——”他努力搜索着合适的字眼，在什么之前呢？“在这之前，你能明白我的意思吗？”

亚裔女子开始仔细检查这些画，克鲁将玩具士兵拿到小女孩面前，说道：“看这个。”他将士兵身后的降落伞攥在手中，然后向商场高高的天花板抛去，玩具从空中平稳地飘向地面。

这一幕引得女孩发笑，克鲁将玩具递给她：“想试试吗？”

女孩将玩具抛向空中，接着一蹦一跳地跑去接住它。克鲁不禁想，他的口袋里为什么会有玩具？难道他也有孩子？此时此刻，他或她是否也正要被人推下世界边缘？

或者，这个降落伞其实才是重点？

克鲁问小女孩：“你叫什么？你有名字吗？”她喊她的朋友维奥莱特，自己应该也有名字。

“所有的女孩都会用花名作为自己的名字，”女孩答道，“我叫黛西[1]。男孩们会取动物的名字。”

“你好，黛西，我给自己取名‘克鲁’。”克鲁说。女孩是如此可爱，卷卷的头发上还缠着一片树叶，她的眼神无比坚定，犹如一名战士。他救了她，这已经足够了，也只能如此了，其他的事就不要再去想了，他想。

亚裔女子将画交还给他，摇了摇头：“这些我也看不懂。”

“对了，你怎么称呼？”克鲁问。有人交谈的感觉真好，他一直忙于寻找，都没有意识到自己有多孤独。

“我不知道，让我想想。”女子望着天花板，“如果女孩们都用花作为自己的名字，你们就叫我奥基德[2]吧，如何？”

“好的，奥基德。”

“我好饿啊。”黛西说。

克鲁看了一眼奥基德，说道：“我还剩两个金枪鱼罐头，只有这么多了，我们一起吃吧。”

奥基德点了点头：“我这里也有一些，跟我来。”克鲁跟着奥基德走出商店，来到大街上，她指着一幢高耸入云的大楼说道：“不过我们得爬上去，我住在四十一楼。”

克鲁点点头，他凝望着那幢高楼，大楼的外观呈灰色，楼顶细如针尖。“真机智，楼层越高越安全，没事儿谁会爬到四十一楼呢。”

“我差不多有两打罐头和一些包裹，我愿意跟舍命救下一个小孩的人分着吃。”奥基德挑了挑细长的眉毛，“把你的金枪鱼罐头拿

1 英文为 Daisy，有“雏菊”之意，此处为音译。

2 与黛西一样，同为音译，对应的英文为 Orchid，意为兰花。

来，把咱们的食物放在一起，怎么样？”

一想到在这种鬼地方还能有一位伙伴、一位盟友，克鲁的心中顿时涌起一股感激之情。“主意不错，不过我还需要拿一些其他的东西。我想弄清楚一些事情，目前正在搜集线索。”

“当然可以啊，克鲁先生，”奥基德说，“四十一楼空间足够大，而且这里是办公楼，不是公寓，不必担心会被邻居打扰。”

不过，他们不得不在食物耗尽之前早做打算。或许这幢大楼的顶楼会有自动售货机，但无论他们怎么做，食物很快就会被吃完，等到那时一切就糟了。

3

克鲁透过一扇破碎的旋转门向街道望去，尽力不让别人发现自己。他看见街上有八个人，他们或站着，或坐在车里，其中至少有三个人带着枪，其余的拿着管子或刀子。

无论是白天还是黑夜，街上总是有人，现在出门与其他时间出门没有任何区别。他转身对奥基德和黛西说：“不要直视任何人，也不要让他们觉得你在害怕，就这样走出去，表现得就像知道自己要去哪里一样。”

克鲁在衬衫上擦了擦手掌，握紧了手中的屠刀。奥基德也使劲握着手中的刀，用力到连指关节都泛白了。

“我们走吧。”

他们走出旋转门，排成一列，黛西走在中间。这时，一个皮肤黝黑的高个子男人注意到了他们，并向他的同伙指了指，那群人停止交谈，转而看向克鲁、黛西和奥基德。他们三人都穿着紧身衣，就是为了让别人一眼就能看出他们没有食物，除了刀之外也没有携带其他任何东西。那群人嘀咕了一会儿便转身离开了。

克鲁一直紧绷着的肩膀终于放松下来，他们还不值得别人浪费子弹。虽然他明白，不久之后，一旦食物极度匮乏，别人甚至会把他们当成食物来猎杀，但至少就目前而言，如果你能够逃脱斯蒂尔这伙人的围捕，不被他们扔下边缘，那么没有食物就意味着不值得挨枪子。

一想到“食物”这个词，克鲁就感到胃里一阵痉挛，嘴巴也不住地流口水。饥饿感和他之前所想的完全不同，他本以为自己只会觉得有些难受，但现在这种对食物令人发狂的可怕渴望却令他猝不及防。无论他多么努力地分散自己的注意力，还是会忍不住去想那美味的肉汁、软面包汉堡、巧克力饼干、黄油饼干、鸡汤面……他感觉整个脑袋都饿得突突直跳。

他从一具尸体上跨了过去——是个女人，有着红色的头发，手臂和肩膀上都布满了雀斑。这个女人身上没有任何明显的伤口，可能死于腹泻。奥基德坚称他们只要将从公园里弄来的湖水烧开之后再喝就不会腹泻。克鲁不知道她是从何得知这一点的，他也不知道其他人是如何获取知识的。但最终他们还是决定将水烧开再喝。

“这边。”奥基德指了指前方一条狭窄的街道，这条街被一辆货车挡住了一部分。此时从远处传来了尖叫声，很可怕的尖叫声——不是因为饥饿或生病发出的声音，而是有人受到了伤害。

他们从货车旁挤过去，远处的场景映入眼帘。三四十具尸体被白色塑包电线缠绕着脖子，挂在灯杆和输电线上。克鲁连忙伸手去遮黛西的眼睛，却被她推开了。他走在最前面，低着头，从尸体投下的阴影中穿过。

此时，一群身影一闪而过，克鲁看到四个人从他们右边的公寓楼里走出来，其中有男有女，走在前面的灰发男人手中拿着一支步枪。当男人半举着步枪，注意到克鲁时，克鲁僵住了。

“是你。”那个男人放下了步枪。

克鲁眯起眼睛，端详起眼前的人。原来是“重生日”那天在世界边缘遇见的那位老人。他笑了笑，露出一丝宽慰，向老人微微致意：“很高兴再见到你。”

“他是谁？”奥基德问道。

在这些吊着的尸体下，克鲁给奥基德解释了来龙去脉。

“今天天气真好啊，是吧？”在他们相互介绍之后，克鲁说道。

那位老人自称波比。克鲁尝试着说得幽默些，以此活跃气氛，但老人只是勉强地笑了笑，问道：“你们也在找吃的吗？”

克鲁点点头：“是啊，我们只剩两罐豆子了。”

波比把双臂交叉置于胸前，抬头望着那些被挂在街道上方的尸体说：“可问题是你不知道哪些地方被搜过了，除非你看到被踢开的门。我们一直在同一个地方一遍遍地搜查。”

最可怕的是，可能所有地方都被搜过了，这里已经没有多余的食物了。

“照片中和你一起的那位太太呢？她……”还活着吗？话到嘴边，克鲁又咽了下去。

波比摇摇头：“生病去世了，十天前。”

“很抱歉。”奥基德说。克鲁也点点头。至少她没有被吊死、捅死，或者被推下边缘，克鲁想。他很好奇波比是如何遇到和他同行的那三个人的，其中一名男子较为年轻，看起来尚未成年，而另外两个女人的发丝已微微泛灰。

“抱歉，我们想单独谈谈，一会儿就好。”波比将他的同伴带到克鲁他们听不到的地方，他们像在交流着什么，语调低沉而急切。克鲁想知道他们在谈些什么。

波比转过身说：“我们一共有九个人，大家共享所找到的东西，并且互相保护。你们要加入吗？”

“好啊。”波比还未说完，克鲁便开口道。他看着奥基德，挑了挑眉毛。

“好啊，真的谢谢你们。”

“不用谢我们，我们也是为了自身利益考虑，”波比说，“如果我们带着武器，成群结队地行动，就没人敢来招惹我们。”他拍了拍身旁那位满脸粉刺的少年的肩膀，“众人拾柴火焰高啊。”

4

博物馆高高的天花板上挂着八颗大彩球。其中一颗为橘红色，一颗蓝白相间。还有一颗球的周围环绕着一个圆圈——像是一圈光环，绕在球体中间的地方。

这些球一定有某种含义。它们很重要。

克鲁又开始研究他制作的降落伞。降落伞的缝合线弯弯曲曲的，针脚也不似玩具士兵上的降落伞的那般均匀。

“你在这儿啊，”声音从他的身后响起，波比站在门口，双手叉腰，对克鲁说，“我还以为你去觅食了。”

克鲁颈部的肌肉瞬间绷紧：“他们人手足够了，我想研究一下这个降落伞。”

波比看了一眼降落伞，说：“你不要把太多的时间浪费在这件事上，我们必须集中精力想办法填饱肚子。”

两人之间充斥着一阵尴尬的沉默。克鲁感到既羞愧又愤怒，他讨厌被人斥责，也不需要波比来告诉他应该先去做什么。然而，他带来的食物确实比其他人少。

“我一直在研究‘重生日’那天我在口袋里发现的东西，当时我遇到的每个人都在他们的口袋里找到了一个钱包，里面有一张印有他们照片的卡片。唯独我没有。”

波比耸耸肩：“所以呢？”

“我当时可能是故意扔掉的。我想确保口袋中只有三样东西。”克鲁拾起了玩具士兵，“我把这个放在口袋里肯定是有原因的，我认为这和它的降落伞有关。”

“你究竟要拿降落伞做什么？”波比伸出双手，猛地向空中一抛，“从屋顶跳下去？”

克鲁看着他的手：“我还不知道。”

“这玩意儿又不能吃，”波比继续说，“我不知道你有没有注意到，我们的仓库里现在只有八十七个罐装或者袋装食物，等食物吃完之后……”他将手臂交叉在胸前，气冲冲地说，“是我为你做的担保。希望不要让我后悔自己的决定。”

事实确实如此。如果没有波比，克鲁可能都活不到现在，奥基德和黛西也一样。想到这儿，克鲁放下手中的降落伞，说：“好，现在需要我做什么？”

波比想了一会儿，说：“你去烧一些开水，再从储藏室里挑五个罐头作为今天的晚餐，按人头来分一下。”

“没问题。”克鲁卷起降落伞，夹在腋下。

他经过波比身边时，波比拍了拍他的手：“谢谢了。”

克鲁停下脚步：“我并非在这儿游手好闲，只是我们需要弄清楚到底发生了什么。我们只有弄清楚问题的关键才能找到解决方案，否则大多数人都活不了。无论我们多么努力地去觅食，外面的食物就只有那么多，一旦食物耗尽，我们再也找不到足量的老鼠、鸽子和虫子来维持上百人的生命，况且你也知道，斯蒂尔那伙人只会让人数变得越来越少。”

波比将一只手搭在克鲁的肩膀上，问他：“那制作降落伞就能让我们更接近事情真相吗？你说说怎么弄？”

克鲁紧闭双眼，回忆起之前的事：“我划开自己的拇指，用血画了幅画，然后把这幅画、一个降落伞玩具和一张照片一起放进了自己的口袋里。我觉得我这么做一定有原因。”没等波比说话，克鲁便径直向储藏室走去。

确认没有陌生人透过博物馆一楼硕大的前窗观察他们之后，克鲁从高高的大理石墙上取下折梯，把它架在大象雕塑面前。大象的鼻子朝天，被人摆出一副冲锋陷阵的模样。克鲁爬上折梯，从大象张开的嘴里取出储藏室的钥匙。

博物馆的地上散放着一堆火把，克鲁点燃了其中一支，举着火把穿过一条陈列小型动物标本的走廊，来到一个类似洞穴的地方，里面放满了恐龙骨架，远处的楼梯通向一个上了锁的房间。

克鲁将眼前巨大的挂锁打开，把它放在架子上，随后把钥匙放进自己裤子后面的口袋。他们一行人搬进博物馆的时候，这把挂锁就已经在这扇钢质门上挂着了，桌上放着一串钥匙，那把锁的钥匙就在其中。这可以说是令克鲁印象最深的一把挂锁了。

架子上放着一些罐头和袋装食品，一共有八十七个。虽然数量并不多，但对于街上挨饿的人们来说，这已经是珍贵的宝藏了。克鲁很讨厌出门，因为一出门便会看到躺在街上的人，一个个虚弱得除了乞讨什么都做不了。

克鲁抱着满怀的罐头走向角落，将罐头放到充当他们临时厨房的桌子上，好腾出手重新锁上储藏室的门。

从桌旁返回大厅的路上，克鲁注意到一幅他从未见过的画。这是一幅风景画，夜空中挂着许多五彩斑斓的球，周围环绕着一圈明亮的星星，华丽异常。这些球的颜色与另一个房间天花板上悬挂的球完全一样。也许这些球原本就是天上的东西？但问题是，克鲁多次在夜晚时眺望天空，除了天边的星星和月亮，他什么都没看见过。难道那件事发生的时候，它们一起消失了？

那么这些动物呢？克鲁知道它们本该是活生生的，无拘无束地四处游荡。为什么在这个世界上没有大象，也没有老虎呢？

有太多的问题困扰着他。克鲁坐下来，拿起开罐器，准备将食物装好盘送到鲸鱼展厅，他们一般都在那里用餐。他真希望其他人能找到更多的食物。

5

奥基德离开屋子去找生火的木材了。屋子里的火堆只剩下余烬，烧得噼啪作响，房间里的光线暗淡下来，克鲁几乎连悬挂在他们头顶上的巨鲸标本都快看不见了。

黛西蜷缩在克鲁身旁，把脸埋在他的臂弯里，轻声抽泣。

“我都懂。”他对黛西轻声说。不知怎的，刚吃完饭没多久，他反而觉得更饿了。某些东西哪怕只是吃上一小口，便会激起一种渴求更多的可怕欲望。

“要不我们再开一罐？”克鲁问其他人，“储藏室里有一个桃子罐头。”

“桃子！”黛西惊呼一声，抬起头来。

波比狠狠地瞪了克鲁一眼。

“就一罐怎么样？”克鲁问道。

“可以啊，”菲什应道。他看上去很年轻，却长着一脸浓密黝黑的胡须，“今天收获还不错，杀掉了四只老鼠呢！”

其他五个人也纷纷附和。

听完他们七嘴八舌的讨论，波比无奈地摇了摇头：“好吧，如果你们都这么想，我又能说什么呢？”

波比从火堆里抽出一块木板作为火把，领着其余几个人朝储藏室走去。

奥基德和克鲁并排行走，两个人步调一致。奥基德说：“我一直在琢磨你的画，要是它并没有什么特殊的意义呢？”

克鲁看了她一眼，面露疑惑。

“也许那些只是一些图腾，你用它们来祭祀某些你所信奉的神灵，又或者，我们都疯了？”

克鲁笑了笑。他想知道奥基德的这番话是不是同样也针对那张照片：“或许那些狂热分子说得对，而且在‘重生日’之前什么也没有发生。也许画是神灵所作，我的手指也是神灵划破的，一切只是为了检验我是否虔诚而已。”

奥基德显得很不耐烦，怒道：“问题是我们完全不知道发生了什么，为什么还要去担心那幅画呢？”

或者说，那张照片。奥基德既聪慧又美丽，并且也毫不害羞地暗示他们的关系可以更进一步，但奇怪的是，他却苦苦思念着一个自己想都想不起来的女人，就目前搜集到的线索而言，那个女人就如那活着的大象以及海洋一般神秘。他无法爱上奥基德，因为他仍深爱着那个女人。

“等一下。”当他们走到隔壁房间的门口时，奥基德说道，声音听起来有些恼火。克鲁停下脚步，耐心地看着奥基德回到房间的另一边，一边往回走，一边轻声数着自己的脚步数。显然刚刚奥基德违反了她自己的一条规则：穿过房间时，她的脚步数必须为偶数。克鲁始终想不明白她为什么有那么多莫名其妙的规则要遵守，不过她也不会有什么损失。

这时，前方突然传来一声喊叫，克鲁和奥基德闻声飞速穿过门口，沿着狭窄的大厅向储藏室跑去。

只见菲什蹲在储物柜前，柜子的门敞开着，芭特跪在地上不住地抽泣。

储物柜里空空如也，东西全被清走了。

“我敢打赌，一定是斯蒂尔那伙人干的。”菲什起身站在被洗劫一空的柜子旁，双手交叉在胸前。

“这些东西我们怕是拿不回来了，”波比说，“他们少说也得有两百个人。”

克鲁渐渐意识到事情的严重性，他震惊得说不出话来。食物被盗等于给他们所有人判了死刑。拾荒者在这个世界上几乎随处可见；如今野外已经没有可以挖掘的食物，他们也不能仅靠吃些老鼠、猫、鸽子和虫子度日。

“我们可以趁夜黑风高的时候把食物偷回来，以牙还牙……”菲什对大家说。

“他们肯定会知道是我们干的，他们会杀了我们的。”奥基德说道，从她的话语中听不出任何音调，像是失去了一切希望。

波比四处看了看，问道：“我们的锁呢？”

“什么意思？”雷克斯不解地问，“肯定是他们把锁撬开了。”

波比紧紧地握住火把，仔细检查门和墙壁上穿挂锁的托架，说：“问题是锁现在在哪儿？他们为什么要拿走一把坏掉的锁？”他抬起头，“最后一个进储藏室的人是谁？”

“下午的时候我从这里拿了今天的口粮，”克鲁说，“但拿完之后我就把门锁上了，如果这就是你所谓的——”克鲁顿了一下，他记得他从储物柜里拿了些罐头，用脚把门掩上好让自己把东西都放到桌子上，然后再返回去……

“天哪！不，不！”克鲁突然意识到了什么，痛苦地闭上了眼睛。

波比走到架子旁，拿起架子上已经打开的挂锁。

他当时注意到了那幅画，然后开始好奇画上的内容，他根本就没有回去锁门。

黛西站在那儿，额头抵着大门。克鲁看着她，再次闭上了眼睛："天啊，我会害死大家的。"

没有人反驳他。

他不会让这一切发生，既然这一切都是他的错，他不会眼睁睁地看着黛西挨饿。当然，还有奥基德和其他人。

"真的很抱歉！"

他得想办法把这些食物拿回来，但他到底应该怎么做?

6

克鲁一瘸一拐地走进昏暗的楼梯间，摸索着前进。他的脚踝一阵阵抽痛，运动鞋似乎变紧了，这意味着脚踝已经肿起来了。但他不想停下脚步查看脚伤有多严重，就算伤得再严重，他也要坚持下去，直至找到打开降落伞的正确方法。

克鲁发现，只要折叠的方式正确，玩具士兵的降落伞每次都能成功打开，但他的降落伞却从未完全打开过。这也许是因为他和玩具的重量不同，但克鲁却不这么认为，他猜想是因为打开降落伞时自身的移动速度不够快。这说得通——他之前拖着降落伞在地上走时，也能把它打开，但条件是他跑得足够快或者风力足够强。空气才是降落伞打开的原因。

克鲁推开那扇沉重的门，正午的烈日直射进来，他连忙用手遮住眼睛。屋顶的黑色沥青地面腾腾地冒着热气，克鲁只觉得脚下黏糊糊的。他低下头避开阳光，径直走向屋顶的边缘。

克鲁从屋顶俯瞰，意识到自己所处的高度之后，不禁后退了半步。他盯着楼下的空地，那里堆着一些床垫，如今他已经从原先的三楼来到五楼。从平地上看这堆东西很大，但从克鲁现在所处的位置望去，它就像被坚硬的土地所包围的一个小靶子。黛西站在那堆床垫旁边，她向克鲁挥挥手，克鲁也朝她挥挥手，但显得有些无精打采。

他必须成功，否则即使他能摔在床垫上，也会摔成重伤。

此时有三个身影出现在隔壁大楼的转角处。那三个人优哉游哉地走到了空地上。克鲁只觉得这些人的身体有些奇怪，俯瞰的视角使得他们的身体压缩在一起，显得又小又扁。

注意这些根本就是在浪费时间。克鲁左右晃了晃脑袋，放松一下颈部紧绷的肌肉，又活动活动手腕，然后踏上一块低矮的平台，平台大约有两块砖的宽度。他最后研究了一下地上的那堆床垫，并在心中演练了一下接下来要进行的全过程。

先跳下去，至少自由落体两层楼的高度以确保足够快的速度，然后拉开开伞索。如果降落伞没有打开，那么就将身体缩成一团。

下方传来一阵讥笑声，刚刚出现的那三个人正看着他。

任他们看，也任他们嘲笑吧。克鲁深吸一口气，随后纵身一跃。他在空中只停顿了片刻，紧接着便快速坠落，呼啸的空气不断灌进耳朵，声音越来越大。为了获得更快的速度，克鲁尽可能地延长自由落体的时间。终于，在达到个人忍耐极限的时候，他拉开了开伞索。

只听见身后发出“嗖嗖嗖”的响声，降落伞从背包中蹦了出来，克鲁感到背带猛地一勒，剧烈的疼痛随之从肋骨直冲到腋窝。他抬起头，看见降落伞已经打开了一部分，绳索缠在一起，整个伞缓慢地旋转着。

摔到床垫上的时候，克鲁仍在看着头顶的降落伞。他胸口朝下重重地砸下来，姿势十分笨拙，而后被弹开，瞬间床垫上尘土飞扬。

降落伞缓缓飘落，像一块巨大的幕布将克鲁整个盖住，引得旁观者大笑。

克鲁跳起来，兴奋得手舞足蹈，他拨开盖在身上的伞布，连忙一瘸一拐地走到黛西身边，高兴地把她举起来：“你看到了吗？！”

“我看到了！看到了！”黛西笑得合不拢嘴。她十分消瘦，突出的双颊现在只剩下皮包骨，眼窝也凹陷了下去。不能再这样下去了，他必须得想办法，克鲁心想。为了弄清楚降落伞的原理，克鲁吃了不少苦头，不过现在他终于明白了。

克鲁将黛西放下来，转过身对着那几个围观的人。他认出了那三个人，分别是舒利斯、雷德、朗纳，他们都是“地道帮”的成员，就目前而言没有任何恶行。“先生们，请准备好你们的罐头吧，过不了多久了。”

“你开玩笑吧，”雷德指着天空说道，“你倒不如用这个背包装点儿砖头回去，还能当武器来用。”

雷德的同伴笑了起来，纷纷表示赞同。

“你们继续嘲笑好了，”克鲁说道，嘴角止不住地上扬，“只要你把这话传开了，我就跳，不过至少要有两百个观众，并且每人得付我一个罐头。”

“好啊，当然可以！”雷德爽快地应道，听他的语气，显然他觉得克鲁就是个自欺欺人的白痴。这只会让克鲁更加坚定自己的想法，他必须这样做，他要拯救这些人。现在降落伞仍需改进，并且克鲁的当务之急是如何不让背带那么勒人，但是他目前可以作为依据的只有玩具上的彩色背带。

“克鲁，”朗纳喊了一声克鲁的名字，嘲笑道，“线索，还不如叫‘没有线索’。简直毫无头绪。”

“应该叫‘弗勒’[1]，这个名字和他更配。”雷德说道。

他的朋友突然大笑起来，好像他们从未听过这么搞笑的事。不过克鲁挺喜欢这个新名字的，他甚至觉得比现在的名字更好。坠落者，这个名字好，确实很适合自己。从今往后，他就叫弗勒吧。

7

弗勒一行人原先计划横穿市中心到达那栋高楼，这是最快的一条路。但现在由于尾随他们的人太多了，他们决定改道，沿着世界边缘前行会更轻松些：这条路上不会有那么多锈迹斑斑的汽车阻挡去路，地上的垃圾也少一些。

---

1 原文为 Faller，有“坠落者”之意，此处为音译。

弗勒贴着边缘行走，小心避开那些可能会把自己绊倒、跌进永恒的地方。他之所以离边缘这么近，有两点原因：首先，这样可以让尾随他的人也心有余悸；其次，广阔无垠的天空能够让他平静下来，这也是他现在所需要的，因为每走一步，焦虑和怀疑就增加一分。

“要不放弃吧，”奥基德对他说，“我们再想想其他办法。”她一边说话一边继续计算步数，轮流伸出拇指、食指，拇指、食指，这样一来，就能知道是奇数还是偶数。

“人们会记住今天的，就像记住‘重生日’那样。”黛西说道。由于个儿头小，她必须用两倍的速度才能跟上弗勒和奥基德的步伐。

奥基德转过头，笑着说道：“但我觉得这一次弗勒跳楼自杀跟‘重生日’根本就不是一回事。”她笑得未免也太开心了吧，弗勒心想。

“我同意，”黛西附和道，跟他俩分开了片刻，好绕过倾斜的路灯，“今天这件事说不定还会被人讨论好多年呢。”

“还有，上次那个叫克莱比的老家伙被一只狗从五楼的窗户推下去了，就因为那只狗想抢他手上的豆子，这件事大家肯定也会记得。”

“我说我们能说正题吗？我们不是正在讨论人们会怎样歌颂我吗？”弗勒毫不客气地打断她们的对话，直勾勾地盯着奥基德，“还有，请你别老说我要‘跳楼自杀’，行吗？”

奥基德一把抓住他的胳膊，把他拽住：“我只是想告诉你会发生什么，让你清醒一点。”她漆黑的双眼如同两弯月牙，目光在弗勒的眼中搜寻着，“因为我很在乎你，比你所认为的更在乎你，所以求你别这么做……”奥基德攥紧他的手臂。

“我会没事的。”尽管自己心中疑虑重重，弗勒仍尽可能想让奥基德放心。如果最后他真遭遇了不测，至少他是为了弥补自己犯下的大错而死的。“走吧，大家都等着呢。”

他们继续沿着边缘前行，不久便遇到了一处豁口。缺失的沥青岩架早已坠落，只见下方湛蓝的天空和粉白色的云朵。弗勒沿豁口仔细察看，岩石表面伸出一根断掉的料管，再往下看到一个巨大的洞口，那是地铁隧道的断面。

塔楼越来越近，弗勒一行人离开世界边缘，抄近路向城市中心前进。他们穿过一条破败的人行横道，路上的杂草疯狂拉扯着弗勒的裤脚。人行横道的一侧是一栋红砖公寓楼，公寓楼顶的商店早已被洗劫一空。他们从一块巨幅广告牌下经过，上面的人物光鲜亮丽，还抽着烟。但没人记得他们了，甚至在人口还未急剧缩减的时候，人们就已经对他们没印象了。

弗勒在连体裤上擦了擦手上的汗。他们穿过一条铺满鹅卵石的狭窄街道，街道紧邻着一栋栋红棕色砖墙大楼。

“看，他在那儿。”声音从上方传来。三个女孩站在大楼其中一间公寓的屋顶上，那里也许是免费观看他跳伞的绝佳位置。弗勒向他的粉丝挥了挥手，当然，他唯一能够想到的称呼她们的词只有“粉丝”了。有些词早已被他抛诸脑后弃用了，因为它们所描述的事物在这个世界并不存在，“粉丝”这个词便是其中之一。但如今它却突然有了用武之地。弗勒喜欢拥有粉丝的感觉，连脚步都因此轻快了许多。

奥基德拉了拉他的手，说：“当心！”

弗勒低下头，正好抬脚避开了一块竖在地面上的股骨——应该是有人曾试图把它往下水道里塞。股骨的旁边躺着一块颅骨，也卡在小得可怜的下水道口。这些骨头大概是有人在自己想居住的公寓中发现的吧。

他们来到了距离目的地两个街区远的地方，斯蒂尔那伙人在这里设置了路障，将塔楼团团围住，目的就是确保没有人可以逃票。一想到这群家伙看跳伞非但不用买门票，而且还要从自己的“门票收入”中抽取一成，弗勒就觉得愤愤不平，毕竟先前偷他们食物的正是这群浑蛋。不过，像弗勒他们这样人手单薄的小团体，没有同盟加入的话，他们压根儿做不了这样的活动。眼前的局面实属无奈，但至少可以确保不会有太多逃票的人，因为很少有人愿意为了一个罐头而去冒被扔下世界边缘的风险，太不值得了。

还有一个街区。聚集的人越来越多，声音也越来越嘈杂。弗勒加快了脚步。

塔楼沿街挤满了人，弗勒从未见过一个地方能聚集如此多的人。许多人特地穿上了现有的最光鲜亮丽的服饰——有穿短裙、西装的，有佩戴五彩头巾的，还有人脚蹬牛仔靴。但大多数人的衣服破破烂烂的，又脏又皱，根本看不出原来的样子。“重生日”时的亮丽色彩早已荡然无存，取而代之的是灰蒙蒙的尘埃和锈迹，真让人沮丧啊！

弗勒走上前，人群中爆发出一阵轰鸣。他抬起手，注意到远处摇摇欲坠的喷泉旁的杂草丛中有一个奇怪的土堆。他看了好一会儿，才意识到那是一堆枕头和床垫。他停顿了片刻，指了指那堆东西，人群中又爆发出一阵狂笑。

“以防万一！”这是菲什的声音，他就站在那堆东西旁边。这句话又引得一阵哄笑。

“如果我的降落伞没能打开，你得准备更大的垫子才行啊！”弗勒也朝菲什喊道。他只觉得胃里一阵痉挛，拧成一团，根本没心情开玩笑。但这一跳是唯一能让人们聚集在这里庆祝的理由，同时也是让他们心甘情愿花费他们平时花费不起的东西——一罐食物的部分原因。

也许很多围观者都希望看到降落伞打不开，变成一条又肥又粗只会在空中旋转的尾巴，然后他从一百零七层楼的高度（他数过了）坠落而亡。但弗勒不会如了他们的愿。这一次他不再只是从五层楼的低空掠过，而是要做到真正的飞翔，就像鸟儿一样在屋顶飞呀飞呀，最后在欢呼声中缓缓飘回地面。

弗勒在黛西身旁蹲下身子，平视着她：“你跟芭特一起在这里等着，好吗？”他指指芭特，此刻芭特正和斯皮迪坐在人行横道上铺着的毯子上。黛西默默地张开手臂一把抱住他，弗勒也抱住黛西，强忍着眼中的泪水。如果最后出了差池，自己遭遇不测，黛西将会目睹全过程，而这是弗勒最不希望发生的事情。

黛西又用力地抱了弗勒一下说：“请一定要成功哦。”加油打气的话说完之后，她便跑去和芭特、斯皮迪坐到了一起。

弗勒和奥基德继续向塔楼走去，斯蒂尔帮的头头儿贝特在楼外的台阶上等着他们。贝特外表十分英俊，长得高大挺拔，孔武有力，很像广告牌上的其中一位男子。只不过他没有广告牌上的人那么干净，人家西装革履的，而他却穿着一件脏兮兮的橙色T恤。

贝特笑着对弗勒和奥基德说："现在我们已经收了近三百个罐头。"

"这么多？太棒了，拼了这条命也值了，绝对值！"

贝特点点头："很好，希望你爬楼梯的时候也能这么想。我们可不想把这些物资退回去。"

"我可以向你保证，一旦上楼就绝不后退。"弗勒的声音忍不住颤抖。

弗勒和奥基德大步向塔楼走去，他不禁抬起头向上望。眼前的大楼高耸入云，站在楼顶向下看时会是什么感受，他想都不敢想。

弗勒推开一扇吱呀作响的门，走进阴暗的大厅。两人一路避开散落在地上的破碎的窗玻璃，最后在楼梯口停了下来。

"你用不着跟我一起爬上去。"弗勒向门口挥了挥手，"出去等着看我的表演吧，几个小时后见。"

此时的奥基德已是悲伤万分，她看着弗勒，几乎是恳求道："我还能说些什么让你改变主意吗？"

弗勒望着她的表情，心痛不已。即使他想改变主意，现在也早已没有了退路，就算他真的放弃了，斯蒂尔那伙人也会把他拖上楼顶再丢下来。

但就算没有斯蒂尔那伙人加入，他也会跳的，因为他们需要食物，黛西需要食物。

“没有。”

奥基德的双眼里满是泪水：“如果你真的决定要跳，我想陪着你。”她伸出手，“包让我来背，你现在需要保存体力，跳伞的时候用。”

“不，不用，没关系的，”弗勒说道，“我自己拿就行。”

奥基德把包从他手里拽了出来：“把这个给我。接下来可是要爬上百段楼梯呢，到时候你会累得连从哪里下去都搞不清楚。”

弗勒松开了手。或许奥基德说得有道理，况且和她争论也是徒劳。

他们踏上了第一段楼梯。弗勒的心怦怦直跳，手指也因期待而隐隐作痛，奥基德低声数着台阶。

8

走到第五十层的时候，弗勒已经筋疲力尽，想要放弃了。为了庆祝行程过半，他们决定原地休息一会儿。

弗勒感到头跟着心脏猛烈地跳动，小腿也不住地颤抖。

奥基德从包里拿出水壶，喝了一口，然后递给弗勒。他接过水壶灌了一大口水。

“答应我，如果我有什么不测，照顾好黛西。”

“嗯。”奥基德没有看他。

他把手搭在她的肩上，说：“你会照顾好黛西的，对吗？”

奥基德站起身来，肩上仍挂着弗勒的包：“你知道我会尽力的，但你才是她的依靠啊。”

“我知道。”弗勒又灌了一大口水，但不管喝多少，他仍觉得喉咙里干干的，“所以我才必须跳。”

片刻休息过后，他们继续向上走。到第八十层时，弗勒已经麻木了，整个身体像个醉汉一般不受控制地左右摇晃。他停下来等奥基德。奥基德在他后面半层的位置，大声地数着台阶。

“我觉得你现在应该回去，奥基德。爬多少台阶上去，就得走多少台阶下去。我担心你一不小心摔倒弄伤自己，到那时我又不在你身边。”

奥基德看着他，干笑了一声：“你怕我会伤到自己？”

“对。”他一只手搂住奥基德，“我会在街上等你。如果一切进展顺利，我会比你先到。”

但奥基德摇了摇头：“你跳伞的时候，我想在上面看着你，而不是在楼里，待在楼梯上。”她指指前方的楼梯，仿佛在给自己打气一般低声说了句，“走吧。”

弗勒叹了口气，继续上楼。

爬到塔顶之后，弗勒整个人像散架了一样倒在地上，不停地喘着粗气。他觉得胃里直犯恶心，双腿颤抖，视线也模糊了。奥基德倒在他的身旁。

等最难受的那一阵感觉过去后，弗勒跌跌撞撞地站起来，清了清喉咙里的痰，朝水泥地吐了几口唾沫，然后走到屋顶边缘。屋顶大部分地方被透明塑料墙包围着，但两块地方的墙体断了，只到齐腰的高度。

他低头看了一眼，前一秒还坚定要跳下去的决心瞬间灰飞烟灭。

楼下的街道离他所站的位置非常、非常、非常远，显得有些遥不可及。三个街区之外便是世界边缘，从此处望去，无垠的蓝天美得不可思议。

他沿着屋顶的围墙踱步，不禁叹服于眼前所见的壮丽景观，奥基德双手叉腰跟在他身后，离他几步远。世界好像变得更小了，形似一根雪茄。他可以一直这么走下去，看遍每一栋建筑。从他的视角看过去，这些高耸的建筑仿佛变平了一般，甚至连世界另一端的那片焦黑的废墟看起来都格外美丽。很少有人能够站在如此高的地方，真切地感受世界的渺小。站在这无垠的蓝天之下，你会觉得自己是如此渺小，渺小得犹如一粒微不足道的尘埃。

欣赏完眼前的风景，弗勒再次向下望去。

他到底在想什么？他不可能从这里跳下去。

他慢慢回想自己一步步来到这座塔楼顶端的历程——先尝试从六层楼高的楼顶跳下，然后是十层楼，再是五十层楼。但他觉得没有任何意义。只要是从高于八层楼的地方跳下去，一旦降落伞没能打开，就算铺上再多的床垫也救不了他。

在理论上，无论是从他现在所处的高度，还是从五层楼高的建筑上向下跳，其实难易程度相差无几。但此刻他意识到，在跳伞过程中，不仅要考虑技术层面的问题，还需考虑心理层面的问题。

“现在可以回去了吗？”奥基德问他。

弗勒从口袋中掏出了玩具降落伞，将它放在平台上。

“你这个可恶的小坏蛋，你都让我做了些什么？”他所做的一切努力恰巧都源于这样一个玩具。

忽然刮来一阵强风，从玩具伞兵肘部一直缠绕至腰部的织带被风吹了起来，随即从它身上脱落。

如果他决定不跳了，他就得看着黛西的眼睛，告诉她，她从今往后要继续挨饿，而这一切都是由于他的胆怯。

他转过身看着奥基德说：“我必须得跳。”

“我明白。我爱你，永远爱你。”奥基德的声音渐渐地随风远去。

“你说得好像我已经死了一样。杰利在人行道上呢，对我有点儿信心。”弗勒举起双臂，像扇动翅膀一样上下摆动，试着放松心情，说不定也能给自己一些勇气。

弗勒的样子有些滑稽，但奥基德没有笑，她慢慢走近，将弗勒紧紧抱住。

“待会儿见。”他说。

他看得到楼底下的人群，像是色彩斑驳的一个个小点一样点缀着街道和人行道，他们在那儿等待着、注视着。

弗勒试探着坐上一个低矮的平台，伸出双腿，凌空晃荡了一下。他拼命抑制住自己想逃回后方安全地带的冲动，仿佛光这一个动作就耗尽了他全部的意志力。

狂风忽起忽落，在耳边不断咆哮。会不会他还没来得及打开降落伞，就被一阵风刮到了大楼的另一侧？自己打开降落伞的动作一定要迅速，然后利用衣服上的带子使自己远离墙面。

这样他便可以在风中自由飘荡，头顶的降落伞也成了一层保护他的屏障。想到这儿，弗勒怦怦直跳的心脏逐渐平静了下来。他深吸一口气，望着远处飘过的几朵云，硕大、明亮，令人难以置信。弗勒强迫自己不向下看，而是看向远方，并将伞兵玩具塞进口袋中，然后收回双腿，整个人蹲在平台上。

他深吸了几口气，接着伸开双臂在空中保持平衡，慢慢地站了起来。

狂风迎面吹来，巨大的力量使弗勒后退了几步，他用力倾身向前才得以重新站稳脚跟。风忽地停了，弗勒不觉向前一个踉跄，差一点儿便从楼顶上摔下去，他的心跳骤然加速。想到自己竟是如此恐惧，他不禁咧嘴一笑。坠落才是关键。

“跳吧！”他大声喊道，“来吧，该死的！跳啊！”

弗勒将身体蜷起来、绷紧，望了一眼脚下的街道。

太疯狂了，这地方实在是太高了，如果他还有一丝理智，就绝不会从这么高的地方跳下去。

他从平台上爬了下来。见状，蹲在他身后十几英尺处的奥基德站起身子，对他扬了扬眉。

无论从什么角度来看，这次他都必死无疑了。如果从这儿跳下去，他不可能生还，而如果不跳，即便贝特不杀他，他也会饿死。

“该死！”他骂了一句，重新爬到平台上。如果说无论如何他都难逃一死，那何不死得酷一点儿呢?

他没再多想便纵身一跃，跳了下去。

弗勒将身体的每个部位都紧缩在一起，他双手握拳，下巴收紧，在空中向前翻滚。他向下望去，远处的街道一览无余。他在空中不停翻滚，直到最终头朝下极速下坠。塔楼的玻璃外墙随之颠倒过来，眼前的一切都模糊起来。弗勒坠落的速度太快了，比他所能想象的还要快。他的跳伞服剧烈地摆动着，就像是被扇了无数个力道十足的巴掌。

翻回头朝上的直立姿势时，弗勒才想起了降落伞。他向背后伸出手，猛地拉开了背包盖上的尼龙绳扣，整个动作一气呵成。降落伞从背包中飞了出来，紧接着是六根伞绳。他紧紧地闭着双眼，准备迎接背带被拉紧的那一刻。彼时的拉力可能会大到足以把他的脖子折断。

果然，他感到一股拉力，自己降落的速度也因此放慢，然而一瞬间的工夫过后，又继续往下掉。他头顶的降落伞被风吹得啪啪作响。弗勒睁开一只眼睛，瞥了一眼降落伞，立刻尖叫起来。

只有四根伞绳连着伞身，另外两根互相缠绕在一起，完全不起作用。未能完全打开的降落伞丝毫没有减缓弗勒向下坠落的速度。

他开始疯狂地把所有东西都往自己身前拉，想要在坠地前重新把脱落的两根伞绳与伞身连接起来，但是脑海中仅存的一点儿理智告诉他，这么做只是徒劳。一切都结束了，他死定了。他会砰的一声狠狠摔在人行道上，陷入无尽的黑暗。他们会为他举办一场葬礼，接着将他的尸体扔下世界边缘，让它永远坠落下去。

突然，弗勒正在拉伞绳的手猛地一顿，一丝希望的微光冲出巨大的恐惧，在他脑海中一闪而过。他可以飞往世界边缘的方向。他见过鸟儿在风中展翅滑翔，那么他自己也能像鸟儿那样飞翔吗？弗勒松开伞绳，将四肢伸展成“X”形，预估了一下自己与世界边缘的距离。

这个方法奏效了，他离塔楼越来越远。但这又有什么意义呢？就算成功了，他仍然难逃一死，最好还是快点儿了结这一切吧。

弗勒依然伸展着四肢，尽量让身体在肆虐的狂风中水平滑翔。但这并不容易，巨大的风力几乎将他整个吹翻，他不时向左、向右倾斜身体，挣扎着让手臂保持平衡。整个城市在他身下滑过，仿佛上升一般逐渐向他靠近，眼下的一切变得越来越大、越来越清晰，他的跳伞服被风吹起，在空中剧烈地飘动着。风声震耳欲聋——一股从上方吹过的飓风碰到了弗勒，他又开始在空中翻滚颠簸起来。

这太可怕了！相比飞入虚无，可能死来得更为容易。恐怕等不到渴死，他可能早就疯掉了。但他还是不能放弃，不能就这样让自己的躯干蜷成一枚炮弹砸向人行道。

手臂上的张力让弗勒的肩膀火辣辣地疼。弗勒伸展着双臂，十指全开，如同展露利爪，像是要为自己抓出一条通向世界边缘的路一样。

高空之下，街道上的人群显得格外渺小，只见几个身影冲出人群，沿着他前行的轨迹向世界边缘奔去。当弗勒意识到前往世界边缘的方向还矗立着另一栋摩天大楼时，已经太迟了，他正朝着大楼的玻璃外墙冲去。眼看便要撞到大楼，他立即扭转身体，以一个倾斜的角度从大楼旁滑过，与原本的飞行轨迹错开了十几英尺，朝一排黑色的屋顶——那是悬在边缘之上的一排房屋——落去。

有那么一瞬间，弗勒看见地上的人群冲进一片空地，他们伸长脖子不停地张望，追寻着他的身影。

弗勒离屋顶越来越近，他使劲拉着背带，想要让自己一点点垂直下降。眼下的一切也越发明朗，他能清晰地看见装在屋顶上的卫星天线和一座木制水塔。眼看他就要撞上最后一片脏兮兮的屋顶了，千钧一发之际，他不禁双手捂着头，把身体缩成一团，惊恐地大叫起来。

他的脚打到了屋檐，接着一阵钻心的剧痛袭来。这使得他整个人失去了重心，开始不受控制地翻跟头。他只觉得天旋地转，视野中一会儿出现红砖，一会儿出现蓝天，一会儿又看见黑色的岩石。最终还是靠他拼命转动手臂，身体才平稳了下来。

只是，他仍在坠落。

整个世界在他身边一闪而过，弗勒的心跳骤然加速，呼吸也急促起来。他嘴巴大张，却发不出一丝声音。

I

彼得一边研究组织切片和序列，一边用手梳理着头发。他已经三天没洗澡了，头发油乎乎的。不过那些数据却令人心旷神怡。布满结核病病毒的人类肺器官原封不动地通过了复制器；复制出来的肺器官与原来的肺器官具有相同的基因组合，甚至连表观遗传突变也完全一致，只不过没有感染 TB-8[1] 病毒。

“真美！”他说。

“谁说不是呢。”一旁的哈利 · 黄笑着说。

附近有人打开了收音机，怀旧金曲电台正放着旅程乐队[2]的《张开怀抱》。不过作为此刻重大科学突破的背景音乐，这首歌显然不太合适。

在迷雾重重的研究过程中，有的科学家、同事去世了，还有的中途放弃了。他将打印的资料翻到最后一页，上面总结了所有研究结果。

“医生，一切都很好，每个细节都无可挑剔。”哈利说。

彼得抬起头：“你刚喊我医生？”

---

1 作者虚构的一种肺结核病毒。

2 Journey，1973 年成立于美国旧金山的摇滚乐队。

哈利略带讽刺地咧嘴一笑："是啊。"

"你想都别想。"彼得用笔指着哈利的脸说，"在研究生院的时候，你差点儿让所有人都以为我叫桑迪。"他放下笔，合上手中的资料，"再过几周，我们就能制造出可用的替代器官，你敢相信吗？"

"听起来真是不可思议。"哈利说。

彼得向哈利伸出手，掌心向上。哈利奇怪地看了他一眼。

"能和我跳支舞吗？"彼得拉起哈利的手，在实验台之间跳了起来。

"又喝功能饮料了？"哈利一边问一边有些不情愿地随着音乐扭动臀部。

"是啊，可能吧。"彼得确实感到自己充满了活力。

"别拉着我转圈。"哈利说道。人们已经注意到他们，实验室里响起了阵阵笑声。

可问题是，乌戈的团队何时才能实现彻底移植？如果他们无法既经济又快捷地用健康的复制器官替换被病毒感染的器官，那么这项突破就惠及不到更多的感染人群了。

"你看过今天最新的感染率了吗？"他问哈利。

哈利停下舞步："情况十分严峻。乌克兰和罗马尼亚的彼得森－扬兹朊病毒已经失控，TB-8 也蔓延到了尼泊尔和孟加拉国境内。"

"该死！"一阵熟悉的恐惧感突然向彼得袭来，一下子浇灭了他的好心情，"沙特阿拉伯那边就没一句真话！"

沙特阿拉伯连参战国成员都不是。他们在石油储量方面一直谎话连篇，最后还给印度惹了一堆麻烦。要不是因为他们，印度也不会向莫桑比克豪掷数万亿卢比来抢夺俄罗斯在莫桑比克天然气市场中的利益。

所有人都担心俄罗斯会用武力进行报复，但万万没想到——他们在印度释放了一种致命病毒。真是前所未有的疯狂。

“哈利，你现在方便说话吗？”吉尔·桑德斯从四五个实验台外打来电话。

哈利拍了拍彼得的背：“做得不错嘛，医生，今晚准备庆祝一下？”

“可以啊，我去问问梅丽莎有没有空。你要是再叫我医生，当心我砍掉你一半工资。”

“只有男人的聚会是再也没有了哟，”哈利边走边说，还故意提高了音量以盖过实验室里的嘈杂声，“你每次都得带着夫人才行。”

“你说什么啊？我看你喜欢她胜过喜欢我吧。”

“这话说得没错！”哈利喊道。

穿过一片片实验设备，彼得回到自己的工作区。他的工作区和其他空旷的区域被三面半透明墙隔开，墙的底部及膝，顶端比彼得高一英尺。第四面墙是一扇窗户，正对着一片五十英尺宽的样本草坪，草坪的两侧分别为他们的实验室和一栋破烂的厂房。光线渐渐暗下来，让这幢破旧失修的建筑散发出一股不祥的气息。作为异花授粉项目的一部分，他们原计划将所有的旧厂房都改造成实验室，但如今只改造了四栋。

彼得蹲下身，打开他的小冰箱，从里面一排排功能饮料中拿出一瓶。正要关上冰箱门离开的时候，他发现其中混入了其他类型的饮料。

三个方形塑料瓶塞在最右边那排圆瓶功能饮料的后面，彼得拿出一个仔细查看。这是一种名为“绿良”的藻绿色液体，是一种富含抗氧化剂、维生素A、维生素C的果蔬混合饮料。

彼得笑了一声，把它放回冰箱。又是梅丽莎！她自己只喝无糖雪碧，却一直想着为彼得补充营养。

在实验室的喧闹声中，彼得听到一阵咕噜咕噜的叫声，声音是从生锈的钢铁横梁间的天花板附近传来的。这些钢铁横梁来自“二战”时期的一座火炮工厂。那些鸽子又飞到屋椽上了。彼得倒是不介意，只是乌戈快被这些鸽子逼疯了。那个家伙讨厌一切动物，不过他打死都不会承认这一点，尤其跟伊莎贝拉——他热爱动物的妻子，梅丽莎的妹妹——在一起的时候。你能看出来，只要身边有动物，他就会变得烦躁不安，除非它们变成他的下饭菜。

“桑多瓦尔博士？”

彼得走到门口，笑嘻嘻地看着站在复制器旁边的技术员。复制器上的一个屏幕亮着，上面闪烁着一行行数据。“亚瑟，怎么了？”

“它好像坏了。”亚瑟说。

彼得只是瞥了一眼放在输送管旁医用推车上的两副一模一样的人类肝脏，随后便研究起了那些数据。他是一个理论物理学家，检查肝脏是乌戈的工作。

“还是骗不了你，是吧？”彼得一边浏览数据一边说。无论他们将异物伪装成生物体组成部分的手法多么巧妙，或者使生物体的细胞与异物中的细胞变得多么相似，他们还是瞒不了复制器。

这些实验结果为他们提供了有趣的线索，有助于他们了解复制器的属性以及通过微型虫洞发送东西之后会出现的情况。但该实验的最终目的是为肝癌患者生产出不含癌细胞、抗排异反应的替代肝脏，就此而言，它无疑是失败的。

通往他们实验室的大号双开门猛地开了，乌戈一阵风似的轻快地飘了进来。不用看就能猜得出来，他一定头戴巴拿马草帽，身穿黑色运动上衣。

彼得向他挥手致意。

“这是哪项实验？”乌戈弯下腰，一边检查其中一副肝脏一边问道，鼻子用力地呼吸着。

“‘伪装者’系列的一部分，没有成功，”他带着乌戈朝哈利的实验台走去，“更重要的是，”彼得停顿了一下，想要引起乌戈的注意，“我们有一个完全没有感染 TB-8 的复制肺。”

乌戈发出一声不寻常的大笑：“健康的？”

“绝对健康。”

乌戈仔细检查完彼得所说的复制肺之后，又在显微镜下观察了肺切片。看到满意的结果后，他抬起头轻声说：“我们做到了。”

彼得举手想要与他击掌，乌戈不耐烦地看了他一眼，然后伸出手，呈握手状。

彼得最终跟乌戈握了握手：“哈利和我刚刚还在说今晚要庆祝一下。你和伊莎贝拉有空吗？”

乌戈歪着脑袋想了一会儿：“我得跟伊莎贝拉确认一下。”他拍拍彼得的肩膀，“出去走走？”

还没等彼得回答，乌戈便连蹦带跳地跑回他的办公室取手电筒。彼得跟在乌戈后面，但心情却不像他那么雀跃。显然，步行是他们在塞尔维亚主要的消遣方式，但彼得还是宁愿在大清早的时候开车兜风。

乌戈将一只手电筒递给彼得，带着他沿着长长的走廊向前走。乌戈走路很快，步子迈得也大，彼得要费好大劲才能跟上。他一度怀疑那些技术员都会开他和乌戈的玩笑，与其说他们是两位科学家，不如说是一个喜剧团队，因为乌戈长得又高又壮，而他则又矮又瘦。

事实上，就内涵而言，他们也没有什么共同点。乌戈的养父是一位退役军官，而彼得的父亲曾是一名校车司机，并且制作冰毒，后来有一天制毒的时候不小心把他们家炸翻了天。乌戈收藏珍贵罕见的红酒，打高尔夫，还是一位优质巧克力鉴赏家，同时他还听弦乐四重奏，戴巴拿马帽，系勃艮第领结。反观彼得，他爱听死亡金属音乐，穿 T 恤衫，是一个狂热的云彩观察者。

他们打开手电筒，推开钢质门，废旧工厂里面一片漆黑，蜿蜒曲折，似乎看不到尽头。这些旧工厂大多建在地下，用来抵御空袭。

正是这种折中的方式让彼得觉得每日的步行还有几分惬意：如果要去散步，他希望能在工厂内漆黑的走廊里探索，而不是在工厂外围的小路上绕圈子。这座工厂总能带给人无限的惊喜——今天找到一个地下室，明天又发现一段从未注意到的楼梯。他们下面几层是工厂的主厂房：里面的铁质机器和机车一样大，巨大的轮子从地板上伸出来，银色的管道沿着墙壁蜿蜒而上，最终消失在天花板中。它如同被人遗忘的、过时的东西一般美丽。

“现在我们必须控制住彼得森－扬兹朊病毒，”乌戈一边说一边迅速走进他们常走的那个通向楼梯井底部的更衣室，进入工厂，“我想，我快要弄明白伍尔科夫病毒抑制朊病毒的同时影响记忆力的原因了。”

彼得激动得叫出声。影响记忆？这种病毒会彻底抹去受试者的个人记忆，同时一并摧毁其语义记忆，使它们基本上丧失作用。没错，彼得森－扬兹朊病毒是被强行控制住了，却付出了惊人的代价。朊病毒是一种存在于中枢神经细胞中的蛋白质侵染因子，因此它们会攻击人脑，使得彼得的复制器起不了任何作用。毕竟，人类无法移植大脑。

“我想我可以再用六个月解决这个问题。”乌戈继续说道。

走廊通向工厂车间：里面错综复杂，堆着传送带、挂钩，到处都是油渍，还有一些狭窄的小道。一摞摞纸箱在墙边排成排，里面装满了迫于形势转入紧急封锁状态时用来应急的物资。

身处这样的地方总会让人有一种巨大的失落感。曾经的工厂到处都是双手布满粗茧的工人，他们夜以继日地在这里挥洒汗水，和着震耳欲聋的机器轰鸣声不辞辛苦地劳作。彼得很喜欢这股韧劲儿。以彼得现在的成就，他不费吹灰之力便能为自己闪闪发光的新设备弄来大量资金，但他逐渐爱上了这个地方，这里有来自不同领域的最优秀、最聪明的人物，他喜欢与他们待在一起时的感觉。

一阵低沉的耳语声打断了他的思绪：“那是什么？”彼得用手

电筒照着墙壁。在林立的纸箱之间，有两个人从毯子下面探出头来，满脸局促不安。

“对不起，这里真不是你们待的地方——”彼得原以为他们是流浪汉，误打误撞溜了进来，然而他话没说完便发现这两个人是门卫杰克·拉格和保安维多利亚·里维拉，“哦，天哪，不好意思。”彼得举起胳膊挡住脸，一边急匆匆地转身离开，一边拼命忍住不让自己笑出声来。

乌戈向两人直冲过来。“把衣服给我穿好！”他双手叉腰，厉声说道，“你们两个都被开除了。”

“不不不，不要开除他们。”两个年过六旬的人还有兴致偷偷溜出来吃“快餐”，一想到此，彼得就想大笑，可他一直竭力忍着。杰克在十年前离了婚，维姬[1]是个寡妇，所以他们的行为并没有伤害到谁。“算了吧，乌戈，你看我脸都红了，我想这里肯定不止我一个人这样吧。”

“不，这种事根本没法接受。”乌戈说，“我要开除他们。”

“别那么浑蛋行吗？他们人都很好，工作也很卖力。”

乌戈怒气冲冲地对彼得说：“浑蛋？你刚刚骂我浑蛋？”

“我没有骂你浑蛋，我只是在请求你不要犯浑，这两者区别可大了。”彼得还是忍不住想笑。一定是喝了太多功能饮料又缺少睡眠的缘故。

乌戈离彼得很近，近得彼得都能闻到他早餐吃的香肠的味道。

1 Vicky，维多利亚的昵称。

“我是麻省理工学院的高级研究员，也是迄今为止最年轻的生物科技传承奖得主。别再跟我这么说话！”

彼得举手表示投降：“对不起，我只是想开个玩笑缓解一下尴尬的气氛嘛。”接着他转向那对情侣，“我们这就走，你俩好好待着吧。”

“真的很抱歉，桑多瓦尔博士。”维姬蒙着毯子说道，听起来就像一个被发现早恋的青春期少女一样。彼得只得用手捂住嘴巴，忍住不笑。

“维姬，你是不是又把我的名字忘了？”彼得平复了下情绪，说道，“看来我得不停地做自我介绍才行。”

“对不起，彼得，我们以后不会了。”

“没事，没事，这种事只要你们愿意就行，只不过最好不要在上班的时间，明白吗？”

“您说得是，”杰克说，“谢谢您。”

说完他们回去了，只留下鞋子在肮脏的水泥地上踏过的声音。

彼得是不会为了刚才那句“浑蛋”道歉的。他和梅丽莎在高中和大学期间做过无数份杂活儿，他很清楚被别人当作狗屎一样对待是什么感觉，可能仅仅是因为你系了一条白色围裙，或是戴了一个写着“温迪”并且上面有个橘发小女孩的姓名牌。这些他永远都不会忘记。

他不止一次地想他和乌戈怎么会成为朋友。他们唯一的共同点就是都拥有过一段不幸的童年。直到被人收养，从波斯尼亚的一家集中营似的孤儿院离开，乌戈的不幸生活才告一段落。战争[1]结束后，乌戈被塞尔维亚人收养，从此过上了优渥的生活。显然这是他们表达和解的一种方式。彼得的童年远不像乌戈的童年那样可怕，然而那些不幸对他的恶劣影响却旷日持久。

在斯坦福上学时，主动交朋友的人其实是乌戈，不是他。在某一次研讨会上，乌戈主动向他介绍自己，并提议一起喝一杯。彼得常常禁不住怀疑，乌戈接近他是不是因为自己前途可期。后来，乌戈遇到了伊莎贝拉，她那时正好到镇上看望梅丽莎。再然后，乌戈和他就成了一家人，他也只能接受和乌戈做朋友这件事了。

1　这里的战争可能指的是波黑战争，是原南斯拉夫解体时的内部战争，发生于 1992 年 3 月至 1995 年，冲突方有波斯尼亚、黑塞哥维那和塞尔维亚。

9

整个世界都悬在他的头顶上，遮蔽着一方天空，从下面看上去就像一大株被拔出土的野草的根须，在他翻滚着坠落的时候时隐时现。这幅景象恐怕只有已死之人和将死之人——早些时候因为忍受不了饥饿跳下边缘轻生的人，以及被丢下边缘的无数病弱之人——才看得到吧。然而，现在它就出现在弗勒眼前。

他本能地挥动手臂，想找到一个能够抓住的东西不让自己继续坠落下去。风像拳头一样重重地捶打着他的身体，他的尖叫声也随风飘散远去。他原以为自己会撞到坚硬的地面，而事实上眼前却空空如也。

最终，他从极度的恐慌中清醒过来，一连串的思绪涌现了出来。

黛西肯定会非常伤心。她是不是一直待在边缘看着他往下掉，看着他像黑点似的越变越小直至消失不见？一想到这些，他就悔恨不已。自“重生日”以来，黛西已经吃了不少苦头，怎么还让她经历这样的事？

弗勒沮丧得大叫起来，双手不停地扇自己耳光。降落伞到底怎么了？他记得自己在打包降落伞前特地检查了绳索，然后才离开了博物馆。

弗勒有的是时间来解决这个问题。他抓住一根仍连着降落伞的绳索，将它卷起来，接着检查铁钩，也就是散开的绳索末端锁扣的连接处。最后，他卷起松掉的绳索端详起来。

弗勒发现绳索和锁扣断开了。他下降得太快了，绳结承受不了这样的速度。他怎么这么笨？跳之前他应该再调试一下降落伞，确保万无一失才对。他本可以在降落伞上绑上重物，并系上一根长绳，将它们从高楼上扔下去，这样就能在塔楼顶部打开降落伞。在弥补自己犯下的过错上，他太过急于求成了。

弗勒张开嘴骂了一句，无情的冷风灌进他的嘴里，他的脸颊也被吹得鼓起来，不停地颤动着，难受极了，他旋即闭上嘴巴。

弗勒伸长脖子向上看，整个世界就如同蚂蚁一般大小。他看着它一点点缩小，即便如此也不想将视线移开，因为在其他方向上，目之所及之处，什么都没有。曾经在平地上他十分喜爱的天空此时却异常恐怖。

他突然想到，“坠落者”这个名字真是讽刺：不仅指坠落这一过程，还意味着坠落而亡。就像给自己取名斯达瓦、布里德，然后就会因为饥饿、流血而死一样[1]。

弗勒勉强将背包拉开一个小口，开始翻找搜寻。他凭着感觉清

1 “斯达瓦”“布里德”对应“Starver”“Bleed”，分别有“饥饿”“流血”之意，此处人名翻译为音译。

点了一遍包中那些少得可怜的物品。他这么做并不是因为这些东西可以拯救他，而是因为它们是他与那个世界仅存的连接。他渴望触摸一切实实在在的东西，触摸任何可以掩盖此刻空虚之感的东西。

水壶中的水就只剩下八分之一了，其他的都在登塔过程中喝掉了。他还有两块狗肉干、一张地图、让他陷入当前这种困境的玩具伞兵以及装在衣服后兜里的照片。

他攥紧照片，把它从口袋里抽出来，然后窝起手托住。呼啸的狂风拍打着照片的边角。他端详着这个他在很久以前认识的女人：女人的脸颊贴着他的肩膀，苍白的肌肤非常干净通透，闪烁着迷人的光泽；她一头齐肩黑发，高高的颧骨上点缀着些许雀斑，硬朗的下巴棱角分明，要不是那双会说话的绿色眼眸，就显得过于阳刚了。看着她那张灿烂的笑脸，弗勒内心总能感受到一股说不清道不明的复杂情绪。

为了寻找她，他之前在街上走了多久？久到足以丈量清楚那个世界——长一万九千步，宽一万步。

这个世界现在只是天空中的一个小斑点。弗勒落入一朵云中，瞬间什么都看不见了。穿过云朵后，因为云朵的阻隔，他依然看不到上方的世界，只好目不转睛地盯着原来的地方，直到云朵飘过，世界重新映入眼帘。

他的世界已经缩成雀斑大小，小到只能从侧面才能看到。

然后它就不见了。无论弗勒多么努力地去看，还是什么都看不见。蓝色的天空向四面八方铺开，上面空无一物，偶尔会飘过几朵云彩。弗勒悬在天幕中央，他看着手中的照片，希望上面的那张面孔能帮他驱散内心恐怖而又冰冷的绝望。

II

“我以为咱们要去乐雅茶呢！”坐在梅丽莎的车后座的乌戈说道。

“改变计划了。”梅丽莎说。

“改变计划？”乌戈很夸张地叹了口气，“我喜欢乐雅茶，还期待着吃他们家的香嫩牛里脊呢。”

“亲爱的，今晚我们不吃荤食哦，”伊莎贝拉拍了拍乌戈的肩膀说，“不会有任何动物因为我们的晚餐而受到伤害，你一定会喜欢的。”

乌戈双手托着下巴叹息道：“真棒。”

彼得伸手捏了捏梅丽莎的膝盖：“可真有你的！”

她撇撇嘴，发出啧啧声——梅丽莎的招牌动作：“也许吧。”

“等等，你们制订了秘密惊喜计划，居然都不告诉我？”凯瑟琳的声音从后座传来。

“惊喜就是要等到最后一刻啊。”伊莎贝拉说。

“我无所谓，反正从现在起，除非这个惊喜是给我的，不然我都要知道。”

彼得回头看了一眼凯瑟琳，她看起来有些严肃，好像很受伤的样子，因为没有参与梅丽莎和伊莎贝拉的惊喜计划。她伸出手敲了两下车顶，这是有强迫症的她才能理解的一套动作："所以我们要去哪儿？"

"凯瑟琳，这是个惊喜。"伊莎贝拉看起来有些疲惫。

"你什么时候从孟买回来的？"彼得问伊莎贝拉。

"昨天刚回来。这份工作总是在倒时差，我实在习惯不了，真要命！"

"恐怕没人受得了。"坐在后面的哈利说，"我甚至怀疑人的身体是否能够承受倒时差的后果，除非乌戈能培养出一种可以调整人体生物钟的病毒。"

"这可不是我的当务之急。"乌戈说。

梅丽莎掉转方向开上殖民地公路，向詹姆斯敦驶去。

一群人沿着码头走，梅丽莎和伊莎贝拉在前面带路，漫步在月光下的两姐妹看起来截然不同：梅丽莎身形瘦削，走起路来有明显的内"八"字，脸色苍白，还长着雀斑，像极了她苏格兰血统的父亲；而伊莎贝拉却长得娇小，走起路来外"八"字，古铜的肤色则遗传自她地中海血统的母亲。

她们曾经生活在纽约加斯基尔街道边上的活动房屋里，距离彼得大概八百米远，如今从她们身上已经很难看出当年的模样了。他和梅丽莎是在化学课上认识的，因为两个人都是来自乡下的粗人，在整个班级里显得格格不入。在高三的时候，他们经常一起练习，想抹去有关自己出身的一切痕迹，比如，他们不说“流奶”而是说“牛奶”，“我哪儿也不去”也成了“我什么地方都不去”。最开始，只要一听到对方这样说话，他们就笑个不停，觉得像CNN的新闻主播那样说话既奇怪又做作。他们就这样一直练习着，直到有一天迎来了转折点，自那以后，他们反而觉得以前的说话方式很奇怪。不过，只要他们用回以前的口音，仍会让彼此笑得前仰后合的。在高中毕业那天，他们结了婚并搬到了纽约市。梅丽莎原想成为一名演员，而她高中时在后院做的那些奇形怪状的雕塑才是她真正的才能，对此她跟别人一样觉得不可思议。

在他们左边，三艘三桅船随着柔波摇曳，彼得因为以前来过，所以对它们颇为了解。这三艘船分别是“苏珊·康斯坦”号、“幸运”号、“发现”号的复制品，十七世纪早期，它们载着移民横渡大西洋来到詹姆斯敦定居。每艘船的甲板上方都布满了蛛网状的绳索。第三艘船“发现”号已经扬起白色的船帆，梅丽莎和伊莎贝拉在“发现”号的舷梯前停下脚步。

甲板上出现一个蓄着红胡子的男人，他身穿殖民时期的军装，披着一件醒目的红色长斗篷。“各位请上船。”他边说边大步走下船，解开舷梯上的锁链。

彼得一行人排成一列踩着舷梯登船的时候，从船舱里走出六名船员，他们穿着衬衫和高筒袜，衬衫被风吹得鼓了起来。船员涌上甲板，各就各位，各司其职，而彼得和他的同伴则被人一路带到船舱里面。曾经，有五六十人挤在这个卧室般大小的空间里熬过了为期四个月的海上航行。如今，这里只有一张桌子，桌上放着古色古香的瓷器和餐具。粗糙的红色木墙和厚重的金色地板在烛光的照耀下，散发着一种柔和、惬意的光芒。

身穿礼服的女服务员已经备好红酒和苏格兰威士忌在等候他们了。彼得一一向服务员做了自我介绍之后才终于落座。

“这里比乐雅茶要好吧？”伊莎贝拉问乌戈。

乌戈摆了摆手：“好吧，勉强吧。”但他满脸的傻笑却出卖了他。

“这太不可思议了，谢谢！”彼得捏了捏梅丽莎的膝盖。甲板上传来了指令，船准备从詹姆斯河启程。

“需要苏格兰威士忌吗？”一名服务员问彼得，手里端着一瓶酒。

“好。”他举起酒杯，“珍妮，谢谢。”

彼得环顾桌子四周，发现自己的朋友在热火朝天地交谈。看到每个人的脸上都洋溢着愉悦的神情，他觉得格外温暖。

尽管此时此刻周遭的环境已大不相同，但这样的场景还是让他想起了在斯坦福大学研究生院读书的日子。那时六个人经常聚在一起吃饭、喝酒、侃大山，他们一起度过了无数个这样的夜晚。而现在，由于伊莎贝拉经常出国，梅丽莎制作雕塑的时间又不固定，他们之间这样欢聚的时刻就一去不复返了。

谁能想到仅仅四年之后他们会相聚在这里？如今的伊莎贝拉已经成为一名外交官，凯瑟琳在总统的公关团队任职，乌戈成了生物技术领域出类拔萃的人物，而彼得也是理论物理领域里的执牛耳者。

彼得看到哈利被梅丽莎的话惹得仰头大笑。只有哈利在个人潜能的发展上摔了跟头，不过他看上去还挺开心的。当年库尔特 · 冯内古特[1]认为他姐姐原可以成为一个比他更出色的作家，却没有充分发挥自己的创作才华，他姐姐对此是怎么说的呢？她说，在茫茫宇宙当中，并没有一条规则规定人必须完全发挥自身的潜能。不过就哈利而言，他未能获得学位不是自己有意为之，而是因为神经衰弱被迫放弃的。

哈利注意到彼得在看自己，说道："这地方一点儿也不好。如果这里没人认出你，也就不会有人知道我，我就不能跟着你沾光了。"

梅丽莎转过身来："你们在说什么？"

"哈利说他沾不到光了，因为没人会注意这里。"

"沾光？"梅丽莎大笑，"这到底是什么意思啊？"

"就是通过与有名气或者有地位的人扯上关系来长自己的脸面。"彼得解释道，"就好比二十年前你和碧昂斯读同一所高中，那么当你遇到别人的时候肯定会第一时间告诉他们。"

"我百分之七十的脸面都来自我和彼得共事。"哈利伸出手，想要和梅丽莎握手，"你好，我叫哈利·黄，是彼得·桑多瓦尔实验室的高级助理。你认识他吗，那位享誉全球的物理学家？他是我朋友。"说完他松开她的手，"我就是这样做自我介绍的。"

"'助理'和'物理学'出现在同一句话中，我敢打赌这对你泡妞没有任何实际效果。"梅丽莎说。

"确实什么用都没有，但这就是我所拥有的一切。"

服务生婕咪将一份沙拉端到彼得面前，他礼貌致谢之后，拿起

1 库尔特·冯内古特（Kurt Vonnegut，1922—2007），美国黑色幽默文学的代表人物之一。

叉子准备开动。

梅丽莎没有用沙拉叉而是拿起餐叉开始吃沙拉，彼得见状笑了笑，也换成了餐叉。他什么时候开始变得这么得体了？在他们长大的地方，只要叉子干净、尖齿平整，没被制毒师熔掉，就万事大吉了。

他的脑海中忽然闪过一个画面：在闪烁的灯光下，他的父亲躺在担架上，因为脸上和手上的化学灼伤而痛苦地尖叫着，整个身体仿佛在熔化一般，在背后，他们的家已被熊熊烈火吞噬……

在桌子的另一边，乌戈一只手拿着杯子，滔滔不绝地说着什么："弗洛伊德说过，人类最基本的驱动力是性，但他错了，我认为是权力。"

彼得翻了个白眼。又来了——这个世界都得听乌戈的。

伊莎贝拉双手交叉在胸前，啧啧说道："乌戈，你肯定不是这么想的。"她又看着凯瑟琳说："他这人就是喜欢危言耸听。"

乌戈笑了笑，说："她说得没错，我确实是这样的人，只不过我刚刚说的那些离谱的话碰巧是事实。"他喝了一大口苏格兰威士忌，"大多数人都不愿意承认自己渴望权力，甚至对自己也是如此，因为这会让他们感到羞耻。所以他们就把对权力的渴望伪装成对尊敬、对成功、对赞赏，甚至是对爱的渴望，但如果扒开他们的心看个究竟，你会发现其实都一样——对权力的渴望。"

"爱并不是对权力的渴望。"伊莎贝拉说。

乌戈伸出手，握住她的手："并不全是。有时候，爱就是爱，就像弗洛伊德说的，雪茄有时候就只是雪茄而已。"

彼得在座椅上向前倾了倾身体，打算开口说话。然而乌戈毫不示弱，继续说着，不给彼得一丝打断自己高谈阔论的机会："不过弗洛伊德有一点说得没错，他说，在没有外力约束的情况下，人的本性是邪恶的。正是这种对被文明社会排斥或者惩罚的恐惧使得大家遵守规矩，不做出格之事。"

梅丽莎做了个鬼脸："我不同意。大多数人即便知道自己可以逃脱惩罚也不会夺人性命或者偷人财物。"

"这就是在停电的时候所有人都会去抢商店的原因。"乌戈说。

"并不是所有人，大多数人都会待在家里照顾家人，问候并确保邻居的安全。"

乌戈哼了一声，摇了摇头："你应该是电影看多了。"

"行了，行了，今晚关于虚无哲学的讨论就到此为止吧。"凯瑟琳说。

"是啊，"伊莎贝拉举起酒杯，"彼得。"说完她转过身看着自己的丈夫，"乌戈，即使在清醒的时候，我也不太能理解你所从事的工作，但我知道相比其他人，你已经遥遥领先了，并且这个世界会因此而改变。"她又转向彼得，"很快你们两个就能拯救无数人的生命了，我为你们感到骄傲。"

他们举起了酒杯。

梅丽莎拍拍彼得的手："你有听过凯瑟琳的想法吗？"

"没有，不过之前她和我说了许多很棒的点子。"他又给自己倒了一杯苏格兰威士忌。

"你有想过用你的复制器来消除饥饿吗？"凯瑟琳说，"我们不用一飞机一飞机地向饥荒地区运粮食，只用空运一只鸡和一台复制器过去就好了。”

“现在首先要解决的是生物恐怖主义导致的传染病，”乌戈说，“我们必须全神贯注地解决这个问题。”

“再说了，一台复制器不会像你想的那样能够成为消灭世界性饥荒的灵丹妙药。”坐在桌子另一头的伊莎贝拉说道，“除非有军队把守，不然送过去的复制器终究会被那些国家的独裁者和军阀抢去。”

凯瑟琳的手指在桌子下面数数，她的拇指和食指一开一合，可能是在数伊莎贝拉说了多少个字——是奇数的，还是偶数的。彼得将视线从她的手上移开，希望凯瑟琳没有注意到自己。

“按照彼得说的，”伊莎贝拉继续说道，“制造一台复制器的成本高得惊人，如果地方政府支持，这笔钱完全可以用在发展农业项目上。”她抿了一口水，摇了摇头，“就这点来说，饥饿多半是政治层面的问题，和粮食短缺无关。”

凯瑟琳举起酒杯，放下，又拿起，然后吞了一大口酒。由于建议没有被采纳，她看起来有些受伤：“那饥荒呢？各个国家往国内空运粮食，这样做的成本一样高昂啊。”

伊莎贝拉耸耸肩：“如果范围不大的话，这种饥荒救济的方法还是可行的。”

“好吧，”她转向彼得，用手托着下巴，“那就用饥荒救济呗。”

彼得啜饮几口格兰菲迪，细细品着酒中烟熏的橡木味儿。“我完全赞成。我们来想想如何筹集资金吧，我认为——”

忽然，他的电话响了，是个国际号码。“不好意思。”他跳上梯子，来到甲板上。

“您好？”

“是桑多瓦尔博士吗？”电话里的男声还带着一些口音，好像是欧洲口音。

“是的，请问您是？”彼得穿过狭小的甲板，望着漆黑的水面，水面映着船上的点点亮光。

“我是瑞典皇家科学院的秘书贡纳尔·欧奎斯特，很抱歉这么晚打电话给您。”

彼得想说“没关系”，但除了语无伦次地发出一些杂音之外，他组织不出任何语言。瑞典皇家科学院打电话来还会有其他原因吗？可他也太年轻了……

“我打电话是想通知您，基于您在量子克隆方面做出的贡献，瑞典皇家科学院决定授予您诺贝尔物理学奖，在此我谨代表个人以及学院向您表示祝贺。”

彼得紧紧抓住身旁的栏杆。诺贝尔奖啊，他居然获得了诺贝尔奖！

贡纳尔·欧奎斯特在电话另一头咯咯笑着：“桑多瓦尔博士，您还在听吗？”

“真的？我获得了诺贝尔奖？”他只觉得眼冒金星，快要昏过去了。

“是的，诺贝尔奖，我们明天上午会揭晓结果。如果还有其他获奖者我会告知您对方是谁，但今年您是物理学奖的唯一获得者。”

“太棒了，我要开心炸了！我得去告诉我的妻子和朋友们。”

“应该的，这的确是件喜事，桑多瓦尔博士。期待在典礼上与您相见。”

"谢谢您。"彼得挂了电话。那种晕乎乎的感觉尚未消散，他把胳膊肘撑在栏杆上，盯着远处的河面，只听得到河水拍打帆船的声音。

他获得了诺贝尔奖。他出身贫寒，父亲又因为制作冰毒炸毁了他们的家，然而就是这样的他却获得了诺贝尔奖。

他迫不及待地想把这个好消息和梅丽莎以及朋友们分享，不过现在也许并不是最合适的时间。今晚属于他，也属于乌戈，不过他相信乌戈听到这个消息后肯定会崩溃的。乌戈总是用笑声来掩盖自己争强好胜的言论，但彼得知道，在笑声背后，乌戈一直将自己看作较量的对象。

"谁的电话？"梅丽莎将一只胳膊搭在他的肩膀上，"你还好吗？怎么在发抖？"

彼得忍不住笑出了声："聚会结束后再告诉你，是个好消息。"

梅丽莎挑了挑眉："哦？"

彼得一把搂住她，带着她向船舱走去。

10

夜幕降临。在半轮明月和百万点星光的陪伴下，弗勒逐渐放松下来，但风却变得如寒冰般刺骨。经过反复尝试，他终于知道怎么才能让自己不再翻跟头。那天的大部分时间里他都是脚朝下直立坠落，因为这样可以最大限度地减小风的冲击力。现在他调整了姿势，平躺着往下落，前臂捂着跳伞服的领口，不让凛冽的寒风灌进衣服。由于坠落途中不间断的拉扯，他浑身的肌肉生疼，皮肤上的擦伤让他觉得自己仿佛在被火炙烤一般，耳朵也在嗡嗡作响。

他就这样漫无目的地活着。几百天以来，他一直在想这到底意味着什么：突然闯入一个自己毫无印象的世界，过着一种自己毫无印象的生活。现在他跳出来了，但还是和开始一样一头雾水，也不知道到底发生了什么。除了离开黛西和奥基德，他最大的遗憾就是要在无知中死去了。

他一定是睡着了，因为他做了一个噩梦。曾经他做的梦很随意，梦的内容都来自他的日常生活，但渐渐地，那些梦变得越来越

黑暗、越来越离奇，混乱无序，和他的生活毫不相关。它们反复出现，一次比一次清晰，一次比一次详细。

在最近的一个（也许是最后一个）噩梦中，他梦到下雨了，可雨滴是红色的。弗勒走在大街上，街上挤满了人，他们一边叫喊一边像无头苍蝇般四处乱跑，撞成一团。大家惊恐万分，全身都被如鲜血般浓稠的雨水浸湿了。弗勒之前也做过这样的梦，只是这次除了血雨，天上到处都是飞机。隆隆作响的飞机排着整齐的队列，停在空中，在所有人都尖叫着以为它们要坠毁的时候，飞机却开始投放炸弹。地上的东西都被落下来的炸弹炸得乱飞，砖块、玻璃、木头碎片，还有鲜血，像雨点般落下。

他以前从未做过关于机器运作的梦，他宁可死也不要再做这样的梦了。这让他想起"重生日"最初的那些日子，那时有一些执着的工匠成功地发动起了轿车、卡车，甚至还有起重机。弗勒清楚地记得，有个人开着一辆红色的小轿车撞到了一栋大楼的侧面，他整个人穿过挡风玻璃，一头撞到砖墙上。这些车子一辆接一辆地再也没有被人驾驶过。

11

弗勒觉得自己坠落了三四天，不过他无法确定。他不再觉得自己在向下坠落。他笔直地悬在空中，一动不动，尽管下方狂风呼啸。即使他多方尝试，却还是感觉不到自己在往下落，他就在空荡荡的宇宙中心，站在一片虚无中，哪儿也去不了。

他的嘴巴前一天就已经干透，所以没必要再去咽口水了，但他仍要忍受着饥渴的折磨。他常常分不清自己的眼睛是睁着还是闭着，除非他特意环顾一下四周——虽然这并没有什么意义。眼前一成不变的景色让他感觉视力如同丧失了一般。

在经历了最开始那糟糕的几分钟之后，弗勒就没有再花太多时间去想他制作失败的降落伞。思考需要耗费精力，而陷入麻木、困惑、恍惚状态的弗勒已经没有力气去思考了。

而另一方面，后悔之情则可以毫不费力地爆发出来。

除了从塔楼上跳下来，弗勒最后悔的事莫过于没有在最初的那些日子多做些事情来阻止杀戮。但他救下了黛西，这是一件大事。无论他清醒还是昏迷，黛西那揶揄的、过于成熟的声音常常萦绕在耳旁。

弗勒还后悔没能找到照片中的女子，或者至少弄明白她的身份。很可能她在“重生日”之初就去世了，很多人都在那时去世了，特别多的人。在这最后的几个小时里，虽然有黛西的声音宽慰着他，但那些孩子惊恐的尖叫声却一直在他心头徘徊。在见到那些孩子之后的好几天里，他想尽一切办法来忘记那些脸庞，将他们从脑海中抹去。

也许这就是发生在他们所有人身上的事，也许他们之前做了什么可怕的事，需要想方设法地去忘记，所以他们使用机器来消除自己的记忆。鉴于那些不存在的地方的照片和画作，弗勒确信曾经的世界比现在的大得多——也许是现在的十倍，他怀疑之前他们所做的可怕的事情与世界变小有关。

如果这就是答案，如果他们所做的一切都是为了遗忘过去，那么他现在想要记起从前就是莫大的讽刺。

III

透过书房的法式落地窗，彼得看着梅丽莎用力搬起一块花岗岩，将它放到另外两块直立的石板上，形成一个上下颠倒的“U”字。她已经在她的迷你高尔夫球场（雕塑花园）的第十三个洞——巨石阵洞里连续工作一个星期了。

他咧开嘴笑了笑，打量起其他十二个地方：雅园，有着倾斜的屋顶和天鹅绒窗帘；51 区，配备了宇宙飞船和外星人；威尼斯，里面有恐怖的航道；芬威球场，飞行中的棒球在半路撞上一只天鹅绒的绿色怪物……从彼得的角度来看，这条线路是由成排垂直排列的波状层积云构成的，透过积云可以窥见一片蓝天。

彼得看着云朵飘来飘去，就像海滩上冰封的浪花。小时候，他的父母带着他辗转经过一个又一个垃圾遍地的街区，当时他就发现天空总是那么明亮、干净、美丽。地面上的景色越丑陋，他就会花越多的时间仰望天空。读研期间，当他毫无头绪的时候，只要抬头看看天上的云，一切就会豁然开朗。一次，彼得在网上搜索关于云的书籍，偶然间发现了赏云协会，自那以后，他上网时总会先去协会网站上逛一逛。

就在他将注意力转回他的电脑上时，哈利打来了电话。

“你在看新闻吗？”

彼得抓起桌上的遥控器：“这不像你往日的作风啊，发生了什么？”

“他们在轰炸阿拉斯加输油管。”

“什么？他们是谁？”电视画面上的一家炼油厂正冒着滚滚浓烟。

“俄罗斯人。彼得，战争爆发了，我觉得第三次世界大战开始了。”

彼得转过身，看见梅丽莎蹲在她的小型巨石阵中，电话放在耳边，低着头，彼得想她可能在哭。

“我得挂了，回头再打给你。”他把手机往沙发上一扔，冲了出去。

梅丽莎哭得太厉害了，几乎都喘不上气了。彼得蹲在她身旁，搂住她说道：“我们会挺过去的，我们国家之前也经历过战争。”

梅丽莎抬起头：“你在说什么？”

“战争啊，难道不是——”

“伊莎贝拉感染了彼得森－扬兹玩病毒。”

彼得抑制住了用手捂住耳朵、将身体蜷成一团的冲动。

贝拉？贝拉是快要死了吗？“她怎么会染上这种病毒？”

梅丽莎用手擦了擦鼻子，说：“去过孟买的人都感染了，他们认为巴基斯坦特工对他们的食物动了手脚。”她搂住彼得的脖子，将脸贴在他的胸膛上，“我做不到，我没办法看着她死，我真的没办法。”

彼得紧紧地将她抱在怀里，而脑海中的思绪如同咆哮的风暴。他想说些安慰的话，但此刻又有什么能够安慰她呢？

“我也很难过，我会陪在你身边，我们一起面对。”这话听起来非常不合时宜，就像抓一把沙子阻挡海啸一样。“乌戈在夜以继日地研究它的治疗方法，他会成功的。”

梅丽莎点点头，吸了吸鼻子：“他一定会的。我们不能失去贝拉，我们真的不能失去她。”她放开彼得，向后靠了靠，看着地面，“你刚刚说什么？什么我们会挺过战争？”

刚才被梅丽莎的消息震惊了，彼得把哈利的那通电话忘得一干二净，这下才想起来：“俄罗斯把我们拖进了战争。”

梅丽莎紧紧地闭上眼睛：“该死的！”

这是迄今为止他们收到的最糟糕的两条消息了，并且还是结伴而来。

“贝拉现在在哪里？”

“我想应该在家。”梅丽莎说。

“我去拿钥匙。”

12

一阵恐怖的痉挛把弗勒从梦中惊醒。与其说是梦，不如说是一幅画面：他毫无生气的身体就像是一袋烂肉，在无垠的空中坠落。这幅挥之不去的画面一直折磨着他。

他的身体腐烂了吗？身体只有在地上或者在地下的时候才会腐烂吗？他看到自己变成了一具白骨，松垮的跳伞服随风飘动着。

他的嗓子很疼，身上也因为跳伞服的不断摩擦留下了不少创伤，但他什么办法也没有。对于现在而言，很重要的一点是：死比活着容易。

弗勒的眼前总会出现一个污点。当然，他见过许多这样的污点在他的视线里翩翩起舞，但唯独这个没在舞动，而是一动不动地停在自己脚下钢青色的晨曦中。

弗勒摸摸眼睑，想确认自己是否还睁着眼睛。眼睛确实睁着，他又看了一遍。

它还在，豌豆般大小，比清晨的天色略暗一些。弗勒揉揉眼睛，轻轻拍打脸颊确信自己是清醒的。他又看了一次。

最终，弗勒忍不住大吼起来，声音越来越大，最后演变成声嘶力竭的发问。

一朵云从污点上方飘过。他静静地等着，心怦怦直跳。

当那个污点再次出现时，它变得更大了，边缘也越发清晰。

那污点越来越大。弗勒试图猜测它是什么：一只飞离世界很远很远的鸟？可是鸟会动啊，这个污点却悬在空中，一动不动。

当那个污点大到他无法用拇指将它挡住的时候，弗勒终于知道它是什么了。

那是一个地方，一个世界。

弗勒的心脏虚弱得仿佛要停止跳动了，但当他干涸枯竭的大脑竭力弄清楚“另一个世界”的概念时，它又振奋起来。他张嘴微微一笑，接着他大笑出声，尽管在他听来，这笑声不过是一种干巴巴的嘶哑声。在他生命的最后几个小时里，宇宙却给了他这样一份绝佳的惊喜。

或许，宇宙只是一个巨大的圆，只要你坠落的时间足够长，最终就会回到原来的世界？

眼前的这个地方还在变大，大过他的拳头，随即变成一个巨大的圆盘，就像一个悬在空中的井盖。他的视线开始模糊，但最终还是看清了一些细节。一堆堆长方形物体，他猜应该是屋顶；片片绿色到处可见；那道淡蓝色条纹和几个各式各样的淡蓝色圆圈一定是水域。

随着他越落越近，弗勒越来越肯定那不是他的世界，而是另一个世界。

眼前的世界被分成了几个不同的部分，两条大致平行的线从它的一端延伸到另一端，在世界中心形成了一片带状空间，另外两个部分又被进一步划分成大大小小的区域。

他不禁想，自己是否应该移动到那个世界的正上方，然后一头撞上去结束这一切。或许能这样做最好。当下面的人发现自己尸体的时候，他们会怎么看待他和他的降落伞呢？他抬头瞥了一眼降落伞：这个叛徒，这个浑蛋，几天以来一直在他头顶有气无力地噼啪作响。

当弗勒暗自咒骂降落伞的时候，他忽然想到自己或许可以试着修理它。

弗勒伸出手抓住绳索，试图把降落伞拉下来，他觉得自己不是在拉降落伞而是在钓鲸鱼。而就在几天前，拉降落伞对他来说还不是什么难事。经过一番折腾，弗勒终于抓到了降落伞，他停下手中的动作，不时地瞥一眼他正迅速靠近的世界。

由于脱水，弗勒的眼睛已经干涩难耐，他用颤抖的双手努力将每一根断开的伞绳重新打结系紧——打了两个结、三个结、四个结，确保它们这次不会再松开。接着他重新连接锁扣，但他眼前出现了重影，每次都夹到空气，发出‘咔嚓”的响声。最后他只得闭上眼睛，全凭感觉操作。

他向后伸出手，想把降落伞塞到背包里，但狂风撕扯着降落伞，很快他的手臂便没了力气。把背包从背上解下来也不可能——一到手上就会被风扯走。他翻了个身，将团起来的降落伞护在胸前，伸开一只胳膊和两条腿。在狂风的冲击下，弗勒忍着极大的痛苦伸直胳膊和双腿，就这样他一边喘着粗气一边晃晃悠悠地向那个世界缓缓移动。

当他来到那个世界上方，近得足以看清道路上的车辆时，他一把将降落伞甩了出去。

降落伞试探似的慢慢升起，像一只受伤小鸟在扑扇着翅膀。由于整个人都已经筋疲力尽，弗勒顾不上害怕，他在想会不会有一个速度峰值，一旦超过这个速度，降落伞就不起作用了。

降落伞接着飞速上升，砰的一声便打开了。弗勒的头猛地向后一仰，脖子和肩膀传来一阵剧痛，眼前仿佛炸开了轮转焰火，胸和后背也被背带勒得生疼。

世界瞬间静了下来，这么久以来如影随形的风也消失了。弗勒低头向下看，在朦胧的晨曦中，建筑、道路、车辆的轮廓随处可见。这里的建筑较为低矮，街道也有些狭窄，但整体来说，与他生活的地方并无两样。

弗勒察觉到自己降落的速度突然加快，他抬起头，发现刚刚系的一个结开了，一块塌陷的伞布在随风飘动。

弗勒绕着小圈在空中盘旋，落向一幢高楼的楼顶。碰到楼顶的时候，他双腿瘫软，一屁股重重地坐了下去。他看到了楼顶，没过一会儿，降落伞就落在他身上，把他眼前的一切都遮住了。他试图把降落伞拨开，但盖在身上的布料似乎有一英里长，怎么甩也甩不开，最终他放弃了，瘫倒在地上。

“嘎吱”一声，门开了。

“他在这儿！”孩子低沉而急促的声音传来，紧接着是一阵激烈的窃窃私语，声音越来越近。

“水，”弗勒哑着嗓子喊道，“给我水。”

“你是从哪儿来的？”又一个孩子问道，是个女孩。

该怎么回答这个问题？“我也不知道，我快要死了，求你们了，给我水。”

“我们去叫爸爸来。”小男孩说完，两人便跑开了。

弗勒抚摩着粗糙的灰泥。他来到了另一个世界。他筋疲力尽，已经没有多余的精力再去思考了，于是他躺在原地放空自己，等着孩子们去叫他们的父亲。

终于，他听到孩子们回来了，一路上叽叽喳喳地聊着天，听起来格外兴奋。一个成年男性的声音让他们安静了下来。

“你躲在那儿干什么？出来吧。”

弗勒全身像散架了一般，动弹不得。“水。”他噘起嘴唇想再加句“求你了”，但实在没有力气了。

伴着一阵轻柔的拉拉链的声响，降落伞从弗勒脸上滑过，直到最终完全离开他的身体。他眯着眼睛望向阴云密布的天空，这时一个身影出现在他眼前，那人满面愁容，留着浓密的胡须，一副饱经风霜的模样，他像看一条发臭的死鱼一样打量着他。

“我没见过你，你是哪个区的？”

远处另一个声音插进来：“那是谁？”

“我从没见过他。”那个愁眉苦脸的人回过头说。

“他是从天上掉下来的。”其中一个孩子说。这是一个红发女孩，一边的太阳穴上有一大块秃斑。三个成年人挤过来，站在弗勒身旁，他们的眼睛深陷在眼窝里，双颊凹陷，面容十分憔悴。

“他肯定不是我们区的。”一个没有门牙的男人说道，说完转身朝地上吐了口痰。

弗勒感到身下的地面并不平稳，仿佛他自己、面前的这些人以及地面依然在坠落。他居然活了下来，真是令人难以置信，只要能弄到水，他就能活下来。

“你们觉得他出了什么事？”说话的女子有些龅牙，她的手腕上戴着两串褐变了的珍珠手链。她提高了音量：“你发生了什么事？你是谁？”

“我……我掉下来了。”看到似乎没人听明白他在说什么，于是弗勒指了指天空。

那些人面面相觑，皱了皱眉。

“我看到他掉下来的。”另一个孩子——男孩坚持道。

“他是其他区的，我猜应该是上城区。”孩子的父亲没理会他们，转身走开，“我马上回来。”

“有水吗？”弗勒用沙哑的声音问道。但其他人无动于衷。

孩子的父亲回来了，拎着半块脏兮兮的砖头：“最简单的办法就是狠敲这个人的头盖骨，然后把他拖到下水道里去。”

“不要！”弗勒举起双手护住脑袋。

父亲对孩子们说：“你们都回家去，你们还太小，见不得这样的事。”

“保，等等，或许我们应该把他带给穆恩拉克的人。”一个蓄着灰白胡须、徘徊在圈子边缘的秃头男说道，“如果他是上城区的人，那么他肯定知道些有用的信息。”

“去见穆恩拉克。”弗勒赞同他的提议，心不由怦怦直跳。

“我的天，来回居然要花两个小时！”保说道，并没有理会弗勒。

“你是说，什么？这不值得和穆恩拉克搞好关系吗？我们可是给他带了个‘间谍’啊，他肯定会记在心里的。”

“我不是间谍。”弗勒解释道。

“对，”秃头男笑了起来，“你是从天上掉下来的。”他弯下腰，拉着弗勒坐起来：“来吧，小伙子。”

这些人说话很奇怪，弗勒的脑海中突然闪过“口音”这个词。秃头男试图将弗勒整个人拉起来，但弗勒却无法将膝盖挺直。

“站起来，”保一边对弗勒说一边晃他，结果弗勒整个倒进他的怀里，“老天，你就不能帮帮我吗？”

秃头男抓住弗勒的一只手臂，他们合力将降落伞背带从他身上取下来扔到一边，不管弗勒下坠的身体，拖着他便走。

“爸爸，这个怎么样？”一个孩子喊道。两人停下拖拽的动作。小男孩正扶着一辆红色独轮手推车的把手，车靠着一面矮墙。

“这个主意不错，把它推过来。”

他们像装面粉一样把弗勒装进了手推车。弗勒连抬头的力气都没有了，只好把脑袋靠在其中一个把手的底座上。

IV

“嘿，原来是我们的‘天才’来了呀。”伊莎贝拉看起来很高兴，只是说话有些含混不清。她从床上坐起来，双手摊放在膝盖上，手指不受控制地一下弯曲，一下又张开。

确诊后才过了八天，她就这样了？朊病毒来势汹汹，很快她全身都会变成这样。朊病毒会逐渐让伊莎贝拉与自身的神经系统脱节，再过一个月，她的神经系统就会完全失控。

泪水在彼得的眼眶中打转，但他还是保持微笑：“嗨，神剑女王，感觉怎么样了？”

“像屎一样，如果你真的想知道的话。就像一大袋不新鲜的屎。”

彼得笑了起来：“抱歉啊，生病并不好笑，只是觉得你这么形容生病的感觉很搞笑。”

“继续啊，你这个浑蛋，竟然嘲笑一个病人。”伊莎贝拉说着伸出手，彼得过了一会儿才反应过来她是想让他握着她的手。

“有趣的是，死亡会给你带来巨大的改变。”她费了很大的劲儿才说清楚这句话，“我不是一个爱动情的人，也不太容易被感动，但现在我却觉得怎么爱都不够。”

彼得握紧她的手，对她说：“或许是因为其他一切都消失了，留下的只有你身边的人。”床单下，她的脚趾也在不住地伸缩，彼得不敢想象在一周之后、一个月之后等待她的会是什么。

“看吧，这就是我希望你来看我的原因。别人都会说：‘你不会死的，别说那样的话。’但你不会。”她的手握紧松开，再握紧再松开，如同心跳一般，“甚至连梅丽莎也会那么说，她一般在下午过来看我。好像我提及自己每时每刻都在想的事情会让他们觉得尴尬似的。”

“他们是不愿去想没有你的日子，况且讨论死亡确实会让人害怕。”

“你也会害怕吗？”她问道。

“肯定啊。”彼得说，“我一直都不擅长克制恐惧的情绪，其他情绪也一样。”

伊莎贝拉大笑起来。对彼得而言，这就像是取得了一次小小的胜利。除了像现在这样握着她的手，他能为伊莎贝拉做的就是让这样的时刻不那么难熬。

“我看你抢了我的诺贝尔奖还不够，连我妻子都要抢啊。”乌戈的声音从他身后传来。

彼得没有听到乌戈进屋，他张开手指想松开伊莎贝拉的手，但伊莎贝拉反而把他的手拉得离她更近了。她伸出另一只手，等着乌戈握住它。在彼得对面的床畔落座之后，乌戈叹了口气，活像个漏气的垫子。

“得了诺贝尔物理学奖之后，你该怎么做呢？”彼得尽力用一种开玩笑的语气说，“你需要找那些为医学和生理学发展殚精竭虑的人聊聊。”

“你是说我没有为这项工作做出重大贡献？”

“不，我当然不是这个意思啊。”彼得舔舔嘴唇，他的嘴巴都说干了。他们已经围绕这个话题讨论了两周，实验室里的气氛也一天比一天紧张。“乌戈，我不是委员会的成员，如果能和你共享这个奖项，我自然乐意，但我真的没有发言权。”

乌戈撇撇嘴，考虑了一下：“你是说我确实做了足够大的贡献，这一切都是委员会的错？”

他根本不是这个意思，乌戈就是想一步步把他逼入绝境。

“两位？我都快要死了，你们能不能不要再讨论工作上的事了？”伊莎贝拉说道。

“对不起。”乌戈伸出手，帮伊莎贝拉理了理头发。

她闭上眼睛，说道：“还有，请不要再讨论这场该死的战争了。”

“好。”乌戈倚身在她的脸颊上亲了一下，“你感觉怎么样？”

“我和彼得说了，我感觉像一袋屎一样。”她瞪了乌戈一眼，然后转过头去看着彼得，欲言又止。

“怎么了？”彼得轻声询问。

“我想知道复制器的工作进展如何了。”

“你刚刚不是还怪我们谈论工作上的事情吗？”乌戈问她。

“我是怪你们吵架，只不过想说得委婉点儿而已。”她的下巴剧烈地颤抖，接着喉咙突然一阵痉挛。彼得意识到，她在咽口水，这一番大动作只不过是为了咽口水。“工作进展得如何了？”

彼得耸耸肩：“挺好的。”

“你说过老鼠安然无恙地通过了复制器。”

“是啊。”

一只金翅雀落在了乌戈挂在窗外的喂食器上，伊莎贝拉看着它从里面啄食种子。“它们从复制器里出来的时候会有相同的记忆吗？”

“副本会像走迷宫一样储存真身的记忆，所以看起来确实是这样。如果它们的记忆不一样才让人吃惊呢，毕竟它们有相同的细胞。”

“再给我讲讲它的工作原理吧，虽然我知道你以前说过。”

彼得好奇地看了她一眼，不知道她为什么突然对自己的工作如此感兴趣，也许她只是想把话题引到安全地带，从而避开他与乌戈的争论。

“副本其实是真身的重复，真身在一毫秒内通过一个微型虫洞回到过去，从而形成副本。”

伊莎贝拉点点头，与此同时她的头在剧烈地颤抖。

乌戈清了清嗓子：“贝拉，我想告诉你一个……”

“你们复制我吧。”贝拉说。

“……惊喜。”乌戈转向贝拉，语无伦次地问道：“你刚才说什么？！”

“副本不会感染彼得森－扬兹朊病毒，是吗？”伊莎贝拉说。

她的话完全出乎彼得的意料，他一直以为贝拉在开玩笑，但从她的眼中看不出一点儿玩笑的意味，她看了看乌戈又看了看彼得，神情格外认真。

“是吗？”

“是。”彼得说，“副本不会感染，因为朊病毒是异物。”他捏了捏她的手，“不过贝拉，你感染的病毒仍然存在。”

“我明白，但除了能够痊愈，我能想到的最宽慰的事就是记得所发生的一切，我的身体、我所有的记忆都将存续下去，在某种意义上来说，我仍然在和乌戈一起生活。”

一想到要把贝拉从虫洞口扔下去，彼得就不寒而栗。

“你是在开玩笑吧？”乌戈问。

此刻伊莎贝拉的手还在不断重复地握紧、松开，握紧、松开。“如果现在躺在这里的是你，你就不会这么问了。”

乌戈抓住床栏杆，凑近她：“贝拉，我爱你。我要的是你，不是一个替代品。我会想办法让我研究的病毒在不破坏记忆的前提下将朊病毒分离出来的。”

“没时间了！”伊莎贝拉几乎是吼了出来，平静后她接着说，“这些我们都知道，别再骗我了。”

一位护士轻快地走进病房，看到紧张不安而又缄默不言的三个人后，赶紧停住脚步说：“我过会儿再来。”

护士走后，乌戈说：“伊莎贝拉，你的要求我们做不到，想都别想，你都明白，不是吗？”

“或许你觉得这样的要求很过分，但对于我来说，这是最后的机会。”

乌戈温柔地嘘了一声，要她安静：“别这么说，这个问题交给我，我们会一起长命百岁的。”

伊莎贝拉看起来并不相信他的话。

“我一直想告诉你，”乌戈开始转移话题，“我想给你一个惊喜。”

伊莎贝拉扬起眉毛，露出一个僵硬、颤抖的笑容。

“我知道没能看成布伦塔诺弦乐四重奏，你有多么失望，所以……”话没说完，乌戈就消失在了走廊里。

乌戈回来的时候，他的身后跟着一位提着大提琴的女子，接着是一位手持小提琴的银发男子，中提琴手和第二小提琴手紧随其后。

伊莎贝拉高兴地笑了起来，确诊后她从未这么开心过。“天哪，你在开玩笑吧！”

他们就座后，四重奏开始了。乐声在这小小的病房里流淌，听起来是那么优美，当然，也十分恢宏。

彼得含着眼泪听完了第一首曲子，随后便借故离开了，好让乌戈和伊莎贝拉尽情享受二人时光。

伊莎贝拉的要求让他心烦意乱。他们讨论过复制人类，但这只停留在理论层面。而一想到原本活生生的伊莎贝拉双手紧握，躺在临终的床上，他就觉得无比恐怖。

回家的路上，彼得正好碰上了里士满路堵车，他花了四十分钟才通过拥堵地点——果不其然，是一个加油站。虽然油箱里的油只剩下了四分之一，但排队三个小时加油对他来说太过奢侈，他等不了。这倒不是因为日本暴发的一种全新的基因工程瘟疫。

13

要不是在鬼门关上走过一遭，那么弗勒此时此刻一定会感到万分丢脸：被人推着磕磕绊绊地走在残破的街道上，还要被路人指指点点。那两个男人轮流在身后推着他，龅牙女子则扶着他的肩膀，以免他从推车上掉下去。

要说这里有什么不同的话，那就是与他们擦肩而过的人比弗勒世界里的人更瘦，饿得更厉害；街道也没有那么笔直匀整，它们蜿蜒曲折，随意地交叉在一起。若非如此，弗勒会以为回到了自己的世界。熟悉的屎尿味扑鼻而来，并随风飘散，四层、五层的楼房鳞次栉比，甚至连垃圾都一样——生锈的废弃轿车、卡车和巴士堆在路边。还有红色的消防栓和棕色的电话亭——每个人都能叫出这些东西的名字，却没有任何用处。

走近一堵又高又长、向两边无限延伸的围墙之后，他们改道右行。这堵墙全是由垃圾组成的，有废弃的汽车、书桌，还有煤渣块，它们组合在一起，就像一个巨大的迷宫。在弗勒一边看着围墙，一边纳闷儿着它的用途的时候，天空突然下起了毛毛雨。冰冷潮湿的雨滴打在弗勒的脸和手臂上，他竟感到有种奇妙的刺痛感。

“该死！”保加快了脚步，弗勒却张开嘴巴去接从天而降的银色雨滴，“我就说这不是什么好点子。”

他们再次向右转，走了几个街区后，眼前的景色突变，令人惊叹不已。在弗勒左边，一座白塔从杂草地上拔地而起，塔身高而细，越向上越细，逐渐变成三角形。在他们右边，绿色的长方形池塘外，一座宏伟的圆顶建筑矗立在一长段大理石台阶之上。整个建筑和塔一样呈白色，上面装饰着一百多根圆形支柱。他们朝塔靠近，一路上推着弗勒的人几乎都没有抬头，在快要到塔脚下时，他们右转沿着另一片杂草地边缘的小路颠簸前行，之后他们踏上最后一条路。这条路的尽头矗立着另一座巨大的白色建筑，建筑的入口处竖着几根圆形支柱。

他们把手推车推到通向前门的半月形长楼梯脚下，然后拖着弗勒向上走。弗勒的脚后跟咚咚咚地撞击着台阶，每一次都是钻心的疼痛。一个身着西装的男子正等在楼顶的楼梯平台上，他双臂交叉，看着他们上楼。那人有着黑色的头发，脸颊上的痘疤使他看起来像在生气一样，不过不像其他人那样瘦骨嶙峋。

那两个人放下弗勒，接着低声说了几句。最后痘疤男朝门口点点头，胳膊依然交叉在胸前。

保和秃头男将弗勒架起来，带进了房子。他们首先经过气派的前厅，接着是一条长长的走廊，走廊里的枝形吊灯一尘不染，高高的天花板上雕刻着华丽的镶边。弗勒对眼前的华丽景象惊叹不已，他看了保一眼，惊讶地发现保瞪大了眼睛，面露恐惧。感觉到弗勒的目光，保低头看他的时候阴沉着脸，想表现出自己没那么害怕的样子，但他的表情出卖了他。

他们把弗勒带进一间镶着木板的大房间——屋内有个男人正伏案工作。他们把弗勒放在一张红黑相间的曲木腿沙发旁的地板上。

桌后的人敏捷地将椅子从桌后拉出来。穆恩拉克身形健壮，狮子头一样的脑袋，头发乌黑，眼皮耷拉着。他身上的黑色西装看起来就像从来没有穿过，第一天从衣架上扯下来一样。

穆恩拉克坐在椅子上，眯起眼睛打量弗勒。他身体前倾，想看得更仔细一些，两个人的脸离得越来越近，他甚至伸出手指碰了碰弗勒干裂的嘴唇。

“你是怎么搞成这样的？”穆恩拉克问道。

“下坠。”弗勒哑着嗓子说。他尝试着去舔嘴唇，但干巴巴的舌头却卡在了双唇之间。

“下坠？”穆恩拉克拽了拽西服，“什么意思？”

“就是往下掉。”弗勒知道这话说了等于没说，但他虚弱得连一丝解释的力气都使不上。“可以给点儿水喝吗？”他的声音听起来很可怜，他自己都觉得倒胃口。

穆恩拉克扭头对站在门口的痘疤男说：“给他拿点儿水来。”话音刚落，那人几乎是冲了出去。

接着，他回过头看着把弗勒带进来的人，问道：“你们带他来做什么？”

“他是个间谍。”保连忙回答，“我们在公寓楼顶发现了他，他躲在一张大床单下面。”

“床单？”听起来穆恩拉克似乎已经变得不耐烦了。

“是降落伞。”弗勒说道，“我是掉下来的。”

“从哪儿？”穆恩拉克紧接着问，“你一直说你是掉下来的，那你是从哪里掉下来的？”

“从天上。”

穆恩拉克瞥了他一眼，疑惑地撇撇嘴，也可能是厌恶。他抬头看着其他人说：“把他放到沙发上。”先前拖着弗勒穿过院子的那两个人小心翼翼地把他抬到沙发上，与此同时，他们不停地看向穆恩拉克，想确认他是否满意他们的做法。

“你们从没见过他？”穆恩拉克问道。

保摇了摇头：“没见过，但他肯定在说谎……”他的声音渐渐小了下去，语气一半陈述，一半疑问。

穆恩拉克看了一眼弗勒，说道：“很感谢你们把他带过来见我，你们思虑周全，这一点我会铭记在心。”

听完穆恩拉克的话，保和秃头男识趣地退出了房间。痘疤男端着一个玻璃水壶从他们身边挤过去，还没走到屋子中央，弗勒就迫不及待地伸手去接。一瞬间，疼痛在手臂和后背蔓延开来，没够着水壶不说，整个人还差点儿从沙发上摔下去。痘疤男把水壶放到弗勒手中，他的双手剧烈地颤抖着，结果把水泼到了自己的衬衫上，没喝上水，却灌了不少空气。他感到非常沮丧，咒骂了几句。

“给你。”穆恩拉克帮弗勒拿着水壶。最开始的五六口水仿佛只经过嘴巴和喉咙之后便消失不见了，接着弗勒开始感觉到水的流动，他感到一股清凉的水一直流到自己的指尖。

“休息一会儿吧。”穆恩拉克说着拿走了水壶，“这样喝下去，你会吐的。”

他随手将水壶放到一张花岗岩咖啡桌上，弗勒点了点头，喘着粗气。

“所以，你到底来自哪里？”穆恩拉克先是指了指自己，再是弗勒，“告诉我，不会有第三个人知道的。”

弗勒挣扎着坐起来，他感觉自己直起身子说话可能更能让人信服。该怎么说呢？“我是从我那个世界的边缘掉下来的。”他指了指天花板，“上面还有一个世界，离这里很远很远。”

穆恩拉克跷起二郎腿，面露微笑，似乎在说：“你的胡话成功逗乐了我，但如果你继续说下去，我会杀了你。”“你的故事很有趣，也很有想象力。”他转了下椅子，回到办公桌前，从桌边的一个木箱里拿出一罐坚果，一罐密封完好的坚果。他若无其事地拉开真空密封盖，取了几颗放到嘴里，接着把罐子递到弗勒面前：“来点儿坚果吗？”

弗勒向前倾身，希望在不被穆恩拉克割破喉咙、成功脱身的情况下，尽可能多抓些坚果出来。发现穆恩拉克实际上根本不在意他拿多少的时候，弗勒不禁暗自咒骂自己怎么不多拿些出来。

“所以，告诉我……”穆恩拉克停顿了一下，“你叫什么？”

“弗勒。”

穆恩拉克哼了一声：“弗勒？”他把头歪向一边，然后点了点头，好像是允许了这个名字的存在，“好，弗勒，那你告诉我，如果你是从天上掉下来的，那你究竟是怎么做到既不伤筋动骨又能安全着陆的？”

“我有一个降落伞。”弗勒深吸一口气，张开嘴想解释，但又闭上了。这句话连他自己都觉得荒谬。他指了指门口，“在带我来这儿的那些人手里。”

“啊，降落伞，我明白了。那么这个降落伞到底是干吗的？”

穆恩拉克可能根据词语本身对降落伞有了模糊的印象，但弗勒觉得最好还是假设他什么都不懂。“它其实是一块半圆形的布，上面连着绳索。”他停下来喘了口气，又继续说道，“在布下面形成的气囊能够让你慢慢飘落，而不会极速下坠。”

穆恩拉克把双手的指尖紧贴在一起，思考着弗勒所说的话。“就像我刚刚说的，这个故事很有想象力。”他扬了扬眉，带着一种非常不安的神情假笑了两声，“谁能够证明？”

“有两个孩子看到了，保，那个高个儿男子的孩子。别人看没看见我就不知道了。”

穆恩拉克咧嘴一笑：“没有其他人看到你从天上掉下来吗？”

“我没看到。”

穆恩拉克注视着他，脸上仍挂着那种既滑稽又吓人的微笑。弗勒想知道眼前这家伙究竟是谁，他肯定手握权力，如果自己无法证明留下来的意义，他一声令下便能杀了自己。

弗勒指指穆恩拉克书桌上方的墙上挂着的一幅画——一幅风景图，牛群正在草地中吃草，远处是一间孤零零的农舍，问道：“你们的世界上有这样的地方吗？”

穆恩拉克眼都没抬一下：“没有，这是别的地方。”

“你是从这个地方来的吗？”穆恩拉克的手臂高举过肩膀，对着那幅画比画着，“你见过草地上的牛？”

“我说，要你们相信除了这里还有其他地方存在，很难吗？”

穆恩拉克撇撇嘴，又耸了耸肩：“没有啊，我相信除了这里还存在其他地方。”他的语气冷冰冰的，“只是很难相信你是从其他地方掉下来的。”穆恩拉克站起身，把坚果罐拿给弗勒，“在我们把这件事解决之前，要不你就待在这里吧？”

弗勒接过坚果罐：“谢谢。”很显然，穆恩拉克仍然认为他在说谎，认为他是上城区之类的地方派来的间谍，只不过决定暂时耐心待他，但这份耐心不会长久。无论如何，至少自己现在有地方落脚，有坚果吃，剩下的事就等他体力恢复之后再说吧。

“哈默？”穆恩拉克喊了一声，痘疤男闻声探头进来，“从现在起，弗勒就是我们的客人了，把他安置在绿屋，给他拿些衣服，再弄点儿火药在楼下烧点儿水让他洗个热水澡。”

洗澡？还是热水澡？弗勒想象不出来有人费力拖来足够多的水，倒满其中一间屋子里的废弃浴缸，好让人坐进去泡澡的画面，更别说先烧热水了。

哈默扶着他站起来的时候，弗勒想到的只有“谢谢”这句话。虽然他处境危险，凡事都须小心，但相较于几个小时以前，这里简直就是天堂了。

V

里士满路沿线的大多数餐馆都关门了，叫不到可靠的外送服务。彼得经过的时候，餐馆里面黑漆漆的，他望着车窗外，腿上放着给伊莎贝拉准备的礼物。

你会为一个将死之人准备什么样的生日礼物呢？肯定不是纪念品，也不是衣服，除非你碰巧看到一件特别可爱的病号服。他们考虑过把多年的家庭录影剪成DVD特辑，但那样只会让她落泪。最后他们一致认为最好的礼物就是伊莎贝拉立刻能够使用的东西，就像上周乌戈送给她的礼物。

“我都不敢想乌戈请那个四重奏乐团花了多少钱。”彼得惊讶地摇摇头，眼睛仍然盯着窗外，“不管你俩背后怎么讲他，但他是真的爱伊莎贝拉。”

“嗯……”梅丽莎应道，听起来兴致不怎么高。

彼得看着她：“怎么？”

梅丽莎在一盏灯前停了下来，似乎在思考着什么。“我本应该把我们女人之间的谈话烂在肚子里的，但她跟我说了一些事……乌戈这人并不好相处。”

不知为何，彼得并不觉意外。他一直纳闷儿，和伊莎贝拉在一起的时候，乌戈是如何把他身上的那股浑蛋劲儿掩饰得那么完美的。

“他怎么了？”

梅丽莎噘起嘴唇，接着发出啵的一声。“最典型的是有一次新闻报道一名女子毒死了邻居家的狗，他们两个因为那名女子该不该因此入狱产生了分歧。这明明只是一个愚蠢的争论而已，但乌戈就是不愿善罢甘休，他不停地追着贝拉说教，贝拉离开房间他也跟着离开，叫她不要在自己说话的时候走开。后来，贝拉忍无可忍便躲进卧室，锁上了门。”

彼得想的只是：无疑，这件事没有发展到动手的地步，乌戈也没有动手打她。彼得可以肯定，如果乌戈动手打了伊莎贝拉，她一定会拿铁棍打爆他的头。她和梅丽莎都不是会忍气吞声的人，并且从小就跟着她们古怪疯癫的家人学会了打架。

“乌戈一边用拳头捶门，一边不停地说：‘你竟然这么不尊重我？’见贝拉不理他，他就踹门而入。”

“真浑蛋！”彼得说。

“就是啊。他一进屋就继续跟贝拉解释，在波斯尼亚有那么多人被谋杀、被强奸，放着这样的事不管，却要把杀害动物的人关进监狱，这不是很荒谬吗？”

彼得点点头。他听过乌戈的一些故事。塞尔维亚士兵当着他和他父亲的面强奸了他母亲，后来又杀死了他的父母，把他关进末世般、拘留营似的孤儿院里。战争结束后，他被塞尔维亚将军瓦伦廷·斯托季奇和他的妻子收养。杀害他父母的凶手却让他过上了养尊处优的生活，一个小孩子是很难理解这种惊险快速的转变的。

汽车驶进医院的停车场的时候，乌戈已经在那儿等着了，于是他们便就此打住。

当伊莎贝拉意识到他们要去哪里时，她高兴地大笑起来。梅丽莎把车开进沙滩停车场的时候，因为沙丘的遮挡，他们看不到大海。整个停车场空荡荡的，只停着凯瑟琳的红色迷你库柏。去弗吉尼亚海滩的路上也几乎看不见汽车。毕竟天然气太珍贵了。

他们低头迎着冷风，跟在乌戈身后。乌戈抱着伊莎贝拉向海边走去，刚刚搭凯瑟琳便车过来的哈利走在他后面，手里拿着伊莎贝拉的便携式输液架。梅丽莎帮她脱下鞋袜，乌戈把她放到草坪椅上，给她裹上毯子。伊莎贝拉像癫痫发作一样浑身颤抖，脸因为肌肉收缩而扭曲在一起。看着她现在的样子，他们几个人心痛不已。

乌戈开始帮伊莎贝拉拆礼物，当他拆开彼得和梅丽莎送的礼物——也许是这片大陆上仅剩的一磅夏威夷果仁时，伊莎贝拉表现得如同他们送了她一辆新车一样。

你会为垂死之人准备什么礼物？她立刻就能用上的东西，比如给她吃的，或者带她去海边，让她在临走之前再闻闻海风的味道。

凯瑟琳为她准备了一件漂亮的橘色丝绸睡袍，明显是纯手工制作的。哈利的礼物是一本厚厚的连环画《卡尔文与跳跳虎》。

乌戈把自己的礼物留到最后：一个精致的翡翠手镯。而看伊莎贝拉的反应，跟乌戈送了她一座泰姬陵似的。彼得不禁想象着乌戈踹开卧室门时的场景。

拆完礼物后，彼得示意凯瑟琳和他一起走走。在整个拆礼物的环节，凯瑟琳都显得十分紧张，嘴里念念有词，眉头紧蹙，右手食指疯狂地比画着。读研的时候，每到期末考试，她这样的症状就会加重，但从未到如此严重的程度。

“最新情况怎么样？”一路上，他们刻意避开与战争相关的话题。彼得不确定伊莎贝拉是否知道朝鲜已经加入战争，成为敌方阵营中的第五大军。

“阿斯彭和她的参谋们被吓得屁滚尿流。我方伤亡惨重。”她低声念叨，“伤亡啊，伤亡啊。”她喃喃道，“他们在制定草案。就此刻，今天。”

“天哪。”

“现在朝鲜加入了，形势只会变得更糟。到今年年底，全世界伤亡人数可能会达到十亿。”

“谁都不想看到这样的结果，即使是朝鲜的疯狂分子。这场战争好像拥有了自己的生命一样，即使是交战国家都无法阻止它。”

凯瑟琳的眼睛下面挂着浓重的黑眼圈。彼得把一只胳膊搭在她肩上，问道：“你怎么样？”

“你知道我的。”凯瑟琳笑道，“因为那些突然出现的新习惯，我洗澡都要花上一个小时，不过我没事。”

彼得点点头。要说的话都已经说了。药物对凯瑟琳并不奏效，这种强迫症似乎已经成了她不可分割的一部分。“我们一直都在，无论什么时候，只要你需要庇护所，尽管来找我和梅丽莎。”

“谢谢。你知道我有多爱你们，如果没有你们，我真不知道该如何是好。”

当他们回到刚才的地方时，聊天氛围轻松了许多。梅丽莎和伊莎贝拉正在回忆某年夏天去新泽西海岸的旅行，讲到她们父亲喝醉后差点儿用非法烟火烧掉海滩上的木板路时，两人哈哈大笑起来。

地平线上风雨欲来，阴云翻滚，但离他们还有很长一段距离。

“彼得，你呢？”伊莎贝拉问道，“你有最喜欢的暑假趣事吗？”

彼得努力回想童年的夏日时光，不过他并不喜欢回忆起自己的童年。除了父亲的事故，他印象最深的就是在与东米勒街相交的铁轨上，他被三名同学殴打。其中一个叫大卫·戴维森，他曾经是彼得最好的朋友，后来彼得和克拉克斯顿的富家子弟一起上天才班，不知怎么的就背叛了社区里的孩子。

高中的最后一年，他和化学老师卡鲁索先生住在一起。这对他来说是一个启示，他开阔了眼界，看到了正常家庭的模样。

“我们聚在这里就是为了这个吗？”伊莎贝拉开口说道，“回忆悲惨的童年？”

乌戈哼了一声：“我愿意出一百万美元和彼得交换童年。”

14

弗勒醒来时天还亮着，他不知道自己睡了多久。下床的时候，他感觉自己的双腿又软又长，房间似乎向一边倾斜着。他的脖子僵硬无比，只要一转头，背部和肩膀就会被剧痛侵袭。

他从放在床头柜上的水壶里倒了两杯水，喝完后环顾四周，想找个小解的容器，最后他瞥见了床头柜上的牛奶瓶。方便的时候，弗勒感到下体疼痛，不过撒进牛奶瓶中的尿足有七八厘米那么高，这让他相信自己确实睡了很长时间。

弗勒拉开窗帘，透过窗户向远处眺望，越过一簇簇灌木丛，视线落在葳蕤树木掩映下的草丛上，再远一点儿的地方有一排高高的铁栅栏。

他立在窗前，望着外面的另一个世界，脑袋里一团乱麻。所有他自以为已经知晓的东西到头来都是错误的，这让他困惑不已，就像“重生日”刚醒来的那天一样。穆恩拉克所说的话不停地搅扰着他的心绪：我认为很有可能存在其他一些世界。

一些世界，而不是一个世界。穆恩拉克说这句话的时候弗勒已经累得无法思考，但他现在想来，这似乎是他听过的最有力的一句话。现在已经有两个世界了，为什么不能有十个、一百个呢？有那么多呈现各种地方的图画，况且天空又那么辽阔，完全有这样的可能。

弗勒松开窗帘，急切地四下张望，想看看这里能否找到一些能够解释自己疑问的线索，他这个见过其他世界的外来人用得上的线索。在他的世界，他已经花了非常多的时间在空荡荡的公寓里翻箱倒柜，留意过去留下的蛛丝马迹。功夫不负有心人，或许他所做的一切努力终会获得回报吧。

梳妆台上放着崭新的黑色长裤和套头运动衫，弗勒穿上衣服，拿着瓶子走进大厅，寻找出口去外面丢掉刚刚撒的尿。他经过一扇又一扇门——都关着，又拐了一个弯，听见喧闹的人声。声音是从大厅那头一个灯火通明的房间里传来的。

弗勒透过门缝悄悄地向高顶屋子里面窥探，看到十几个人——其中大多是妇女和小孩——正在围观另外两个人表演。观众们的眼睛炯炯有神，看来不缺吃喝，坐在破旧却又整洁的沙发或者椅子上。表演者——一男一女——在假装赛跑。只见两个人在原地慢跑，一会儿男人领先，一会儿女人领先。他们始终在一个由白色塑料管拼成的大长方形后面慢跑，谁都没有跑出这个方框，让人不禁觉得这个长方形就像一扇窗，通往演员所想象出来的世界。原本奇怪的场景在弗勒看来没有任何异样。在他的世界上，表演无所不在，就好像观众和演员在同一个世界上一样，但显然事实并非如此。

在房间里的人注意到他之前，弗勒就转身离开了。这个地方非常大。他路过一间敞开着门的屋子，停下脚步欣赏迄今为止他所见过的最长的餐桌。

“你来了。”穆恩拉克从门口走出来，他穿着一身整洁的藏青色套装，夹克口袋里放着一块亮白色手帕。他瞥了一眼弗勒手里的牛奶瓶，指指大厅对面的一个房间："就放那儿吧，会有人来收拾的。"

等弗勒放下瓶子回来，穆恩拉克一只手揽着弗勒的肩膀，带他一路穿过大厅，迈向巍然耸立的前门，走进明媚的阳光中。"一起走走吧。"所有愤怒、不耐烦的迹象都消失得无影无踪，在他们沿着砖道漫步时，穆恩拉克看上去亲切友好，悠闲自在。

两名西装革履的男子走在他们身后几步远的地方，腰间都别着手枪，十分醒目。穆恩拉克领着弗勒走出前门，不远处的一棵树旁站着一名配有突击步枪的警卫，穆恩拉克朝他点头致意。弗勒想知道他们是真的荷枪实弹，还是单纯为了炫耀。

他们向弗勒昨天看到的那堵墙走去，经过前几个街区的时候谁都没有说话。

"这个你以前见过吗？"穆恩拉克指着商店林立的街道问弗勒。

"我见过类似的街道，但完全一样的没有。"

他们左转，穿过一个空荡荡的公园进入一片挤满公寓楼的区域。街道上方挂满了晾衣绳，垃圾堆了一层又一层，上面布满了嗡嗡作响的苍蝇。弗勒越走越累，但依然继续向前走，不让自己露出一丝疲态。

路边的人开始注意到他们，有几个人远远地跟在他们身后，一边好奇地张望，一边窃窃私语。穆恩拉克好像对此已经习以为常，直接选择无视。

"我想让你帮我一个忙，"穆恩拉克用商量的语气对弗勒说，"等我们到了目的地，我会向你展示各式各样的机器，到时候我希望你能够表现出一副了如指掌的样子，仔细地检查每一台机器。过程中要频频点头，触摸那些控制装置，就像你知道它们的功能一样。然后我会问你能不能操作，你要说：‘当然了，没问题。’回答的声音要洪亮，但也不能太大声。你能做到吗？”

弗勒点点头：“当然了，没问题。”弗勒面上不动声色，心里却在纳闷儿穆恩拉克的葫芦里到底卖的是什么药。如果自己当真不会操作那些机器，那么让自己不懂装懂对穆恩拉克又有什么好处呢？

“到时候上城区的人会在一旁看着。”穆恩拉克看了他一眼，挑起了一边的眉毛，“会有人认出你吗？跟我说实话，你是不是上城区的人？或者是别的区的？”

“我说了，除了发现我的人，这里不会有人认识我。”

穆恩拉克咯咯地笑了起来：“既然你来自另一个世界，一定要坚持下去啊，朋友。”

脚下的这条路不禁让弗勒想起了先前通向塔楼的路。穆恩拉克和弗勒一路向前，身后跟着的人群不断壮大，仿佛是一场盛大的游行。现在路变得越来越坎坷，跟随的人也越来越少。

他们路过另一个商业区，那里的店铺早已被洗劫一空。

“我们走吧。”向着弗勒来时见过的那堵墙，穆恩拉克做了一个前进的手势。弗勒心想，这堵墙一定是这里和上城区的分界线了。

当他们走到墙跟前时，弗勒忽然间就明白了穆恩拉克的计划。只见一些骇人的巨型机器沿着墙呈“一”字排开，离他最近的机器像一只巨大的蜻蜓。“鹞式战斗机”，弗勒总能想出最贴切的词语。

接下来的像一只五脚钢甲虫，旋转头上装了两个炮塔——这是一辆无人驾驶坦克。和其他人一样，弗勒可以为任何东西想出一个名字，即使他对它们只有模糊的概念或者压根儿就一无所知。

穆恩拉克把弗勒带到鹞式战斗机跟前，接着问他：“你能操作它吗？”

弗勒打开战斗机舱门，走进逼仄的控制室，装出一副精通的样子触碰他觉得是控制装置的部件。他点了点头：“没问题。”在弗勒所处的世界，一个人如果过于引人注目，等待他的往往就是死亡，最好保持低调，装成胃口小的人。现在看来，穆恩拉克似乎想把他塑造成一个极其危险的人物。鉴于自己别无选择，弗勒只能配合，但这样做却让他感到非常不安。

“我想激活它应该需要某些材料，你可以告诉我你需要的东西，是吗？”

“当然，”弗勒说，“确实是这样，没问题。”

他们走过一台又一台机器，人群逐渐安静了下来。还有很多人从墙的另一边费力地探着脑袋观望。弗勒看到墙后的一栋三层建筑上有人正拿着双筒望远镜观察自己。

参观完这一排机器之后，穆恩拉克领着弗勒向人群走去：他揽着弗勒的胳膊，想给人一种热情且关怀备至的印象。两人在人群面前停下脚步站住，穆恩拉克抬手示意大家安静。

“给大家介绍一下，这位是弗勒，他是天降之人，是前来帮助我们的。五十多个人亲眼看到他从天而降，其中一些人现在就在我们中间。”穆恩拉克指指人群前面的二十多个人。弗勒看到其中有发现他的孩子，还有当天推着他去见穆恩拉克的几个人。孩子们非常激动，叽叽喳喳地便和身边的人聊起来，小女孩指着天空说道：“有弗勒做我们的守护者，那些想伤害我们的人恐怕肠子都要悔青了吧。”

弗勒笑了笑，接着突然意识到这不是现在的他该有的表情，便眺望远方，以此表现出一种神秘感。

“你是从哪里来的？”人群中的一个男人问道，他的双臂紧紧地交叉在胸前。

“我是从另一个世界来的，就和这里一样。”弗勒指着天空，“在你们上面遥远的地方。”

穆恩拉克用力捏着弗勒的脖颈，力道虽不至于让他破皮受伤，却让他感到疼痛难忍。“现在最关键的是，他来了。”

“他是一个神吗？”另一个人问道。

穆恩拉克没理会这个问题，拉着弗勒沿着人群走了一圈，可能是想让每个人都有机会目睹一下弗勒的尊容。

“干得不错！”返回辖区的时候，穆恩拉克对弗勒说，“发现你的人到处在传你的故事，我亲信的一些人也声称看到你从天而降。这样一传十，十传百，就会有更多人相信你是从天上掉下来的。无论发生什么事，只要散播出去，总会有人站出来想分得一杯羹，这就是人性。”

如果弗勒没理解错的话，穆恩拉克打得一手好算盘：让这边的人把弗勒的来历传到另一边掌权者的耳朵里，这样他便可以对其予取予求了。对他来说，这听起来和人性并无关系。

回到房子后，穆恩拉克让弗勒去厨房找厨师要吃的，随后就消失在一间摆放着长会议桌的屋子里。找厨师要吃的，接着食物就能轻而易举地出现在他面前，听起来美好得让弗勒难以置信。他连忙向厨房走去。

一个身着柠檬色连衣裙、白色高跟鞋的女人故意从他身边走过。不过弗勒的心思全在厨房上，他迅速瞥了女人一眼，点点头表示问候。

看到女人脸庞的那一刻，弗勒差点儿窒息过去。

他连忙停下来："等一下！"

女人转过身，打量着他。弗勒也打量着她，震惊得下巴不住颤抖。

"哦，你是那个……"她的声音越来越小。

根本没必要把现在的她和那张照片作比较。她的头发长长了，牙齿也没照片上的白，但棱角分明的下颌，鼻梁上的雀斑，似乎流露着些许嗔怒的、奇怪的绿色眼眸……

弗勒在女人身上寻找着能说明她认识自己的迹象。"对，就是我。"他伸出手。

她的触碰令弗勒浑身颤抖。或许那些信徒说得对，上帝将他们连同他们所需要的一切带到了诞生于"重生日"的崭新世界上。对他而言，所需要的东西只有两样：一张命中注定的爱人的照片；一个指引他如何找到她的玩具。"我叫弗勒。"

“斯托姆。”她审视着弗勒，皱起了眉头，仿佛看到他牙缝里塞了什么东西似的，“我一直认为穆恩拉克肯定是误会你了。是你告诉他你从天上掉下来的？”她强忍着笑，但没有完全忍住。她讲话直截了当，没有废话也没有闲谈；她从容自信，一副成竹在胸的模样。这些弗勒一眼便能看出来。当他望着她的眼睛的时候，空气似乎都在闪闪发光。

“我的确是从天上掉下来的。”

“好吧。”斯托姆半转过身，欲直奔大厅，眼睛还望着天花板，“见到你很高兴。现在我要走了，相信我们会再见面的。”

“等等。”弗勒伸出手，差点儿抓住她的手腕。她随即停了下来，与弗勒保持了一段距离。当然，她的举止没有任何不妥：在她看来，弗勒疯了。弗勒把手伸进口袋，才意识到照片落在跳伞服里了，而跳伞服在房间里。他举起一根手指，请求道：“你能在这里等一下吗？”

斯托姆的视线落在弗勒的肩膀上。

“弗勒！”

没错，有人在叫他的名字。只见穆恩拉克朝他们走来，腋下夹着弗勒的降落伞。

“这就是你说的降落伞吗？”他把降落伞在地板上展开。

“对。”

穆恩拉克打量着弗勒，他的鼻孔大张，所有困惑都消失不见了。“还有人发誓说看到你从天上掉下来，这次的目击者是个大人。”他迅速从口袋中拔出手枪，把枪口抵在弗勒的下巴下方，深深陷进他柔软的皮肤里。

“穆恩拉克，不要。”斯托姆阻止道。

弗勒试图抬头避开枪口带来的压迫感，然而它却紧追不放。“告诉我真相，就在这儿，立刻！你从哪里来，又是怎么来到这儿的？”

弗勒张开手臂：“我和你说了，我是掉下来的。”弗勒一说话，手枪就硌得他下巴生疼，“我可以展示给你看。把降落伞给我，我能用它从楼顶跳下来。”

穆恩拉克收回手枪。弗勒连忙抓住下巴下面的那块皮肤，左右晃动脑袋来减轻阵痛。

穆恩拉克转向斯托姆：“有人拿生命起誓，说看到他飘在天上，拿生命起誓啊。”

他把降落伞递给弗勒，顺便抚平自己的衬衫，然后指指宽大的前门：“证明给我看！”

弗勒转过身，接着停下脚步，看着穆恩拉克，仔细衡量着他此刻有多激动。

“怎么？”穆恩拉克问道。

“我很饿。”坚果虽然美味，但在着陆第一天吃了几根狗肉干之后，他除了坚果就没再吃过别的东西。

穆恩拉克环顾四周，并没有看到什么人。他转身走向斯托姆，一只手揽着她的肩膀：“去给他弄点儿吃的，好吗？”说完他靠过去亲了她一下。

一旁的弗勒移开目光，心碎了一地。

VI

看到彼得进来的时候，伊莎贝拉剧烈颤抖的手放下了电视遥控器。MSNBC 正在重播昨天的一段视频，视频中俄罗斯的无人飞机在对包含位于得克萨斯州自由港的布赖恩芒德战略原油储备基地的洞穴狂轰滥炸。

全世界都在为日益减少的能源供应而争战不休，结果却使能源危机愈演愈烈。这没有任何意义。听说俄罗斯和它的同盟国——现在已经包括阿根廷、朝鲜、中东地区的国家，以及东南亚和苏联大部分国家——入侵的下一个目标是美国，所有人都吓破了胆。

彼得拿起遥控器关掉了电视。他现在不想去担心战争的事，只想全心全意地陪陪伊莎贝拉。他坐下来，拉起伊莎贝拉的手。她的手指不住地抽动，就像其中有电流经过。她的脸也在不断抽动，嘴角被扯向一边。

“一点儿都不好笑。”伊莎贝拉对他说，吐字有些含混不清。

“我没笑啊。”

彼得掠过她，看着静脉输液袋中的药水缓缓滴进注射器。

“你知道吗？第一次见面的时候我并不喜欢你。”伊莎贝拉问道。

彼得笑了 :“我还以为第一印象是我的强项呢。有趣的是，我很快就喜欢上你了。”他一直想不明白，为什么自己有时候会无意中惹恼别人。这些年来，他为此做了不少研究。“你不喜欢我什么？”

伊莎贝拉倾身向前去够一根长长的吸管，好让自己不用别人帮忙就能喝到水。刚咽了两口，她就靠回到靠枕上，剧烈地咳起来。

“没事吧？”彼得一边关切地询问，一边作势去拍她的背。

伊莎贝拉点点头。“总是这样，”她又咳了一声，“你不会明白的。”过了一会儿，彼得才意识到她是在回答自己刚刚提出的问题。“从外表上来看呢，你为人可靠，和蔼可亲。但想要透过外表了解内在就会碰壁，不过你很清楚内在远比外表丰富。”

彼得琢磨着伊莎贝拉的话，面露诧异，眼睛盯着她的水瓶，还有她几乎一口没动的午饭。他从未想过自己是个自闭的人。除了梅丽莎和哈利，伊莎贝拉是最了解他的人，所以她说的话，他不得不放在心上。

“我觉得我过去两周对你的了解比过去二十年加起来的都多。”见彼得没说话，伊莎贝拉继续说道，“不要等到人时日不多的时候才对他们敞开心扉。”

他点点头：“我听你的，我尽力。”

伊莎贝拉专注地盯着他好一会儿，两人四目相对，宛如一对恋人。接着伊莎贝拉的眼睛里盈满了泪水。

“怎么了？”

“你知道的。”

他歪着头，不知道自己知道些什么。

忽然，他明白了："不会是复制器的事吧？"

贝拉点点头。

"贝拉，这不可能。就算我觉得这个方法可行，我也不能瞒着乌戈和梅丽莎做这件事。"

"轮不到他们来决定，是我想要这么做的。现在只有我的想法才作数。"伊莎贝拉想撩开眼睛前面的头发，但她的手却不听使唤，彼得伸手去帮她。"如果现在躺在这里的是你，你会这样做吗？"她问道。

"不会。"

他松开伊莎贝拉的手，走到窗前，避开她恳求的目光。

"不要只会说不——你先想一下。你设身处地考虑一下，你的生命正在飞速流逝，两周后你就不复存在了；你曾经的一切、你所有的记忆、你感受到的爱，这一切……都会戛然而止。"

彼得转身面向伊莎贝拉，然后闭上眼睛，让伊莎贝拉明白自己会如她所愿。他试图想象自己的生命只剩下痛苦的几个星期时的情景。

他之前也这样做过。他知道如果自己对死亡理解得更为透彻，他就会明白那一天终会来临，届时死亡就不再是想象，残酷的现实会直击人的内心，真正的恐惧也会接踵而至。他不愿让自己陷入这般境地。

彼得不得不承认，想象着另一个他带着同样的想法、同样的回忆继续生活是一件挺欣慰的事。虽然这不会消除对死亡的恐惧，却可以削弱它。

“我想我能理解你想这么做的原因。”彼得承认，“如果是我，我可能也想这么做。”没等伊莎贝拉开口，他继续说道，“可是贝拉，我做不到。这样做的风险实在太大了，我们不能鲁莽行事。”一想到贝拉要像小白鼠一样被扔下虫洞口，他就心生恐惧，“你觉得乌戈和梅丽莎会接受复制出来的你吗？他们会感到特别困惑，会天下大乱的。”

“那就是我，我就站在那儿，像平时一样和他们说话。”她交叉双臂，摇了摇头，“他们不会拒绝我的。”

彼得把手伸向空中：“我都不清楚这么做是否安全。它现在只对小白鼠有效，要弄清楚它是否适用于人类，还有很长的路要走。”

“那么如果我死了，看看即将离我远去的美好生活，彼得，看着我。”

彼得没意识到自己已经转过了身，他低头看着伊莎贝拉的脸，这张脸和梅丽莎的脸大不相同，比梅丽莎的更圆。她的双眼炯炯有神，热切地注视着他。

“如果在这个过程中我死了，这也将是一份礼物。你知道的，我已经没有什么可失去了。”

彼得的脑海中忽然闪过一个非常自私的想法：如果真的如她所愿做了实验，他不会真正地失去她。他可以这么做，但他不愿去做。

“也不是说我们就要这么放弃，”她说，“乌戈还是会找到治疗方法的。”她的语气里带着希望，也许是看出了他在动摇。

贝拉挣扎着从枕头上抬起头：“我们可以将它作为预防措施。

我一直想要一个双胞胎妹妹，所以如果我能活下来，她就不会有事。另外，我还会因此出名。”

彼得点点头，只是表明他明白伊莎贝拉的意思，而不是答应她的请求。

15

穆恩拉克选择了一栋废弃的六层建筑。这栋建筑与他的辖区隔了几个街区，形似马蹄铁，内院散落着一些车辆。尽管在弗勒所处的世界里废弃的建筑有很多，但这个世界里的似乎更多。

“四下看一看，有人的话就清走。”穆恩拉克向一个手下吩咐道，这时弗勒已经开始沿着太平梯向上爬了，“在我们弄清楚情况之前，不允许任何目击者在场。”

屋顶上，弗勒将伞绳连到降落伞的锁扣上，然后每个都试拉了六七次。他放下伞绳，盯着锁扣看了一会儿，好像它们会自动弹开一样。

做着这些准备的时候，他想起口袋里的那张照片——他和生活在另一个世界上的女人的合影。而唯一可能合理的解释就是：他们曾经知道如何操作那些机器，并且在两个世界间来回穿梭。

确信降落伞安全状况良好之后，弗勒把它收到背包里，来到屋顶边缘，准备跳伞。有了跳下高耸入云的塔楼、落下世界边缘的经历之后，六层楼的高度对于弗勒来说似乎已经是可以不用降落伞的距离了。斯托姆与穆恩拉克和他的手下都站在院子的另一边，手里拿着一个棕色纸袋。弗勒真心希望那袋子里装的是食物。

为了给楼下的观众留下深刻的印象，弗勒向他们挥了挥手，接着退后三步，举起双手，希望能引起大家的注意。他低下头，闭上眼睛，装作全神贯注的样子，尽管脖子因此而疼痛。

他抬起头，快速起跑，接着一跃而下。数到三之后，弗勒打开了降落伞。降落伞干脆利索地从背包里冲了出来，突如其来的颠簸使他脆弱的脖子一阵刺痛，随后弗勒便开始向下飘落，短暂而愉悦。

弗勒降落的地方离观众大概有十一米远，他小跑到一边以免泄了气的降落伞盖在自己身上。鞠躬致意似乎可以为自己的表演画上完美的句号，于是弗勒便对着观众鞠了一躬。抬起头的那一瞬间，他对上了斯托姆的目光，从她复杂的神情来看，弗勒怀疑她现在几乎已经相信了自己，而她过去对于这个世界的认知正在崩塌。弗勒很了解这种感觉。

弗勒在解背带的时候，穆恩拉克踱步到他身旁。他把手伸进背心口袋，这个动作吓了弗勒一跳，然而只见他掏出一包香烟，抖出一根递给弗勒。

“如果你的身份有假——我这么说没有冒犯的意思，如果你骗人，并且你是个间谍，你总会露出马脚的，到时候我定会将你开膛破肚，丢到大街上示众。”

弗勒笑着接过香烟：“如果我骗人，那么我会跳过没吃没喝坠落四天的经历，直接告诉你我是在一顿丰盛的早餐之后才掉下来的。”看到斯托姆和穆恩拉克的手下踌躇不前的样子，弗勒感到心痛不已。

穆恩拉克吐出一缕轻烟："我不是很明白。"他抓住弗勒的肩膀，像是突然想到了什么，"所以你是真的知道怎么操作那些机器吗？"

"不知道——等等——我并不知道怎么操作那些机器。"

穆恩拉克端详着他的脸："你知道怎么操作降落伞，你也知道我们在这里，否则你是不会跳下来的。现在你却说你不是打造这一切的人？"

"我不是跳下来的，而是掉下来的。我想从一栋摩天大楼上跳下来，结果却从我的世界的边缘掉了下来。"

穆恩拉克熟练地划着火柴，为弗勒点燃香烟："你的世界是什么样的？"

香甜的烟雾充盈了弗勒的双肺，在他脸旁缭绕升腾。真是令人身心愉悦啊！他对着空气吐出一大股烟："和这里很像。"

穆恩拉克朝弗勒刚刚站过的屋顶望去："和这里很像。你是指建筑、道路、标志，但没人知道它们在说明什么？"

"没错。"

正说着，一张黄色的糖果包装纸被风吹到了穆恩拉克的小腿上，他想都没想就把包装纸踢开。"也许你是被派来教我们如何操作这些机器的，只是你自己还不知道。"

弗勒以为穆恩拉克在开玩笑，听罢哈哈大笑起来，然后他发现穆恩拉克一脸严肃，随即便打住，微笑着说："你可别说笑了。我和你说过我对机器一窍不通。我什么都不知道——"

"也许你不知道自己是被派来的。这样的话，你不知道自己的目的，就说得通了。”

弗勒沮丧地举起闲着的那只手：“但我不是被派来的……我是掉下来的。”

“就不能顺着我说吗？”穆恩拉克扬起下巴朝院子角落的一堆破铜烂铁走过去，能够看得出来那是一辆卡车，“来吧。”

弗勒跟着他，惊恐地喘着气，但不敢拒绝。

穆恩拉克拉开卡车门，对着弗勒向里面挥挥手。车里有一股啮齿动物潮湿的皮毛的味道，而且座套已经破成一条一条的了。斯托姆和穆恩拉克的手下悄悄靠近卡车，饶有兴趣地看着。

“别闲着啊，”穆恩拉克说着向控制装置挥了挥手，“去试试。”

弗勒觉得自己就像个大傻瓜，他把香烟放到副驾驶座边上，双手握住方向盘，左右转动。他记得早些时候在他的世界上还有几辆车可以开，你需要插上钥匙并转动它来发动汽车。他四下看了看，发现卡车里并没有钥匙。

弗勒摇下大腿旁的把手。“换挡。”这时他的脑海中有声音说道。行，那就换挡。话虽然这么说，但像“换挡”这种空话没有任何意义。

弗勒用拳头猛击面前的仪表盘，拨开收音机的按钮。他忽然灵光一闪，连自己都被这个想法吓到了：收音机应该要发出声音的。尽管他说不出为什么，也不知道会是谁的声音，但他确信自己想得没错。他又拨弄了几个按钮，然后看着穆恩拉克耸耸肩：“满意了吗？”

穆恩拉克笑了，承认了自己刚刚做的傻事：“好吧，我们还是回家吃大餐吧。”

“吃大餐”只是一种轻描淡写的说法，实际上他们吃了腌制的鸽子肉和土豆。该死的腌制食品！主餐过后，哈默端来了甜点：三颗美丽耀眼的红球。他在弗勒面前放了一颗。弗勒目瞪口呆地盯着它：在弗勒知晓名字的神秘事物中，它便是其一；他在博物馆、在图画书里见过，却并未见过实物。而在这个世界上，它真实地存在着。苹果。弗勒的心怦怦直跳，他把它拿起来嗅了嗅，看到穆恩拉克和斯托姆手里攥着苹果，从侧面咬了一口。他试探着让牙齿缓缓陷进苹果，一大块果肉入口的时候，他高兴得咯咯直笑。这是他从未品尝过的全新味道，突如其来的味觉冲击让弗勒觉得脑袋都要炸开了花。

弗勒对苹果的反应似乎让穆恩拉克很高兴。“弗勒，那么在你的世界上最初的日子是什么样的？”他边咬苹果边问。

“很糟糕。人很多，但是没有足够的食物。‘重生日’那天，每个人似乎都吃得很饱，但没人知道他们是怎么吃饱的，也不知道如何才能一直吃饱饭。大概过了三十天，事情到了紧要关头，世界陷入一片混乱：人们开始互相残杀。枪击事件，持刀杀人……黑帮挨家挨户地杀人，并抢走他们的食物。”

他停下来咬了一口苹果，试图掩饰涌上心头的悲伤。他不喜欢谈论最初那些日子的事。他甚至不愿意再想起那段日子，但无论他是否愿意，回忆却时常突然降临。

“很多人都病死了，最后人越来越少，局面终于稳定了下来。现在大部分人能够和睦相处，至少那些幸存下来的人是这样。”穆恩拉克和斯托姆似乎对他的话并不觉得惊讶，“我们有很多部落，有上百个。无数联盟、不完全联盟、封地……你们这儿呢？”

“差不多一样。”穆恩拉克说，“更有序些。早期形成的一些团伙我们叫‘氏族部落’，最开始有十五个左右。在早期的斗争中有一些氏族部落被消灭了，还有一些被合并了，现在还剩下七个，也就是七个区。”他掰着手指数数，“上城区、河谷区、边城区、卡特维尔区、远角区、绿城区，还有我们门户区。我们控制着中心区域，这个世界上任意两边的贸易流通都必须经过我们。”他两手的食指杵着自己的胸膛说道。

在应该明确用“我”的时候，穆恩拉克却用了“我们”，这点让弗勒觉得很有趣。

“这里还没有安定下来。”斯托姆说道，“区与区之间总是斗来斗去，突袭更是不断。六个月前上城区入侵，杀了我们八十个人，最后我们才把他们赶回去的。”

“是的，不过我们也杀了他们一百五十个人。”穆恩拉克补充道，晃着手中还没吃完的苹果。

弗勒看到穆恩拉克和斯托姆紧挨着坐在一起，席间频繁地对视。他想知道他们在一起多久了，但他不敢问。

“你们的世界上有多少人？”弗勒问道。

“门户区大约有两千八百人，”穆恩拉克说，“别的区我们不是很了解，但一共应该有一万五千人。”

弗勒认为他的世界上应该没有这么多人，虽然他对世界的大小比较只有模糊的概念。

“在与上城区战前的一个月，我们区估计有近三万人。谁知道这里一开始有多少人呢？这就是你对我们很重要的原因：在各个自治区将彼此赶尽杀绝之前，必须有人将它们团结起来。”

斯托姆的脸上掠过一丝不耐烦：“要么都留下来，要么都灭亡，除此之外，应该还有其他的可能。”

“好吧，”穆恩拉克从桌边站起身，没有理会斯托姆的话，“我需要找一些人聊聊。”他朝弗勒点点头。

“非常感谢您的款待，这是我吃过的最丰盛的一顿饭了。”弗勒对穆恩拉克说。

穆恩拉克摆摆手：“小事一桩，不用放在心上。”

接着，斯托姆也站起身。弗勒犹豫了一下，站在门口望着两人离去。斯托姆拐进了一扇门，而穆恩拉克沿着长长的走廊一路直走。当他的身影消失在走廊尽头时，弗勒才动身去追斯托姆。那扇门通向屋外。

弗勒看到斯托姆双手交叉着站在露台上，旁边是一个长方形泳池，里面盛着污水。露台四周的灌木丛中传来了蟋蟀的叫声。

“这儿是你想静静的时候来的地方吗？”

斯托姆转过身，看到弗勒时，她似乎并不觉得惊讶。“有很多这样安静的地方。”她指着几条街之外的一栋三十层的高楼，“那栋楼空着，如果你想找一个安静的地方，每周都会多出很多这样的地方。”

“谢谢，不过在坠落的时候，我独处了很长一段时间，我现在更想多说说话。”

斯托姆一边笑一边摇头，一副“我该拿你怎么办才好”的样子。“你现在最好去休息一下，明天可是穆恩拉克给你安排的大日子，”她看着他，狡黠一笑，“你要去开坦克啦。”

“行。”弗勒不想谈论太多有关穆恩拉克的计划或者人口不断减少的话题，他想给她看看那张照片。不过他也不敢给她看，怕她会把照片抢走然后交给穆恩拉克。那么他就将面临一系列的解释：为什么会有和穆恩拉克女朋友（或是别的什么）的合影？为什么没有早点儿把这张照片给穆恩拉克看。他不知道该怎么回答这一系列的问题。

“所以，你和穆恩拉克是怎么认识的？”弗勒问道。

他注视着斯托姆的侧影，而她则望着水面。“早些时候，有两个人趁我睡觉的时候拿走了我的手枪，并且袭击了我。穆恩拉克手拿木棒追了上去，把那两个人都打死了。完事之后，他捡起手枪，还给了我。”

弗勒点点头，他明白在这种情况下很容易对一个人产生信任。“手枪是从哪儿弄来的？”

“‘重生日’那天它就已经在我的腰带上别着了。”斯托姆转过身对着他，“所以弗勒，告诉我，你想过这一切会怎么结束吗？”

“什么会结束？”

斯托姆望向天空：“假如穆恩拉克让其他区的首领相信你会操作那些机器，并且从他们那里得到了他想要的东西，接下来会发生什么呢？”

弗勒皱着眉头等她说下去。

斯托姆说话的语气就像弗勒在告诉黛西一些她本应该明白的事情，比如车胎上长的蘑菇不能吃。“在某种程度上，以下三种可能的走向必定有一种会发生。”她竖起第一根手指，“第一种，你开着坦克沿街行驶或者让水龙头出水。我们都知道这不可能。第二种，穆恩拉克承认他为了获得更多的领土而对你说了谎，天都晓得，”她笑了起来，“这也不可能，那么只剩下第三种。”她把手放下来，看着他，等他回应。

弗勒蹲下身，捡起一块从露台上脱落的石头，扔到水里。“这部分你是想让我自己去想，对吗？”

“对。”她转身凝视着他，“弗勒，告诉我。既然你这么聪明，能想到从一个世界跳到另一个世界，那么这对你来说应该轻而易举。所以第三种是什么？”

弗勒在她说第一种可能的时候就想到了第三种。不过他不确定把他的想法告诉穆恩拉克的女朋友是否对自己最有利。当然了，直截了当地告诉弗勒自己的男友会杀了他对斯托姆来说并没什么好处，所以他也许可以相信她。

“第三种可能是我很不幸地发生了事故。”

斯托姆指着他：“没错，你比看起来要聪明不少。”

“你为什么要和我说这些？”

斯托姆靠近弗勒，近得有那么一瞬间他觉得她要吻他。“因为在穆恩拉克那个可笑的计划里，死的不止你一个。”尽管说着攸关生死的事，当她的气息喷在他脸上的时候，弗勒依然感到头晕目眩。

说完她挪开脸，手臂交叉在一起："如果你能离开这里回到原来的地方，现在就是一个好时机。"

"嗯，问题是我没办法往上飞。"

"那就躲起来，爬过墙去另一个没人认识你的区。"

这个方法可行，但这样一来弗勒又要挨饿了，而且他和斯托姆也会被墙隔开。事实上他并不介意处于这样的危险之中，好吧，"不介意"可能有些夸张了，但他宁愿做一个吃苹果的大人物，成为众矢之的，也不愿意做一个吃老鼠的无名之辈，为了生存四处搜寻食物。如果形势变得太过危险的话，他总有办法逃走并躲起来。就目前而言，他还要看看事态会如何发展。

16

街道正中央停着一辆坦克，两个炮口都指着隔开中城区和上城区的那面墙。门户区几千名居民聚在街道两旁，人潮涌动，谁都想挤上前看个究竟，但一被推出马路牙子进入街道却都会麻利地站回去。穆恩拉克的手下已经告知居民不得进入街道，并且弗勒知道这里的居民总是会听从穆恩拉克和他手下的指示。

"它能打出多大一个洞？"穆恩拉克问道，他的声音很洪亮，恐怕上城区那边的围观者都能听到 "有这么大吗？"他用手臂比画了一个大圈。

弗勒摇摇头。“不会打出洞。”他的手扫过一大片墙面，“这一整片都会塌掉。”

穆恩拉克听完满脸堆笑，显然对弗勒的回答很满意。

因为坦克的炮塔看起来像一把巨大的枪，所以穆恩拉克会认为它可以像枪一样打出一个洞，不过弗勒不确定把坦克假设成枪是否合理。当然了，炮塔只是“看起来”像把枪，而枪能用。没人知道为什么其他机器运转不了，枪却可以用。也许枪根本就不是机器，最好把它们当成工具，像锤子或者锯一样。如果说从飞机上投掷炸弹的梦境只是他自己扭曲的想象，那么从无人坦克里出来的根本不会是像子弹一样的东西。

弗勒和穆恩拉克按照之前排练的步骤，爬上坦克去看它的控制装置。

“不开火你能让它动起来吗？”穆恩拉克问道。

“当然可以。”

弗勒走到隐藏在炮塔后面的控制装置前，故作从容地一只手抓住其中一个把手，另一只手紧握一个黑色“V”形旋钮。当他闭上眼睛，仿佛陷入沉思的时候，人群安静了下来。弗勒接着转动曲柄，旋转旋钮，最后睁开眼睛，松开曲柄，快速扳下盒中的一系列开关。

坦克开始缓慢地向后退。群众都惊讶得倒吸气，这种声音十分美妙：上千组肺突然同时吸气。弗勒看着他们在街上做好的标记，当坦克的前轮碰到标记时，他把开关扳回原来的位置，然后反方向转动曲柄。坦克停了下来。

弗勒从坦克上跳下来的时候，他能够听到藏在下面检修井中的人收起链条时发出的咣当声。他们正是用这链条将坦克拖了几英尺远。弗勒走到穆恩拉克身边，握住他伸着的一只手，这时，检修井井盖悄悄地盖上了。他们面向人群，仿佛歃血为盟一般双手紧握在一起。然而两人不过是演戏给人们看而已。

人群边缘的一张脸让弗勒大吃一惊。他看着她泪眼汪汪的眸子和紧绷的嘴唇线条，不禁发出一声惊呼，连忙松开穆恩拉克的手。

“奥基德？”弗勒走向她。

穆恩拉克抓住他的手肘，把他拉了回来。

“奥基德，是你吗？”弗勒喊道。分明就是她，更瘦了，穿着脏兮兮的牛仔裤和 T 恤，牵着一个小男孩的手。弗勒试图挣开穆恩拉克的手，但他却握得更紧了。弗勒扭头喊道：“那个女人来自我的世界！我认识她。她怎么会来这里？”他拼命地向她挥手：“奥基德，是我啊！”奥基德回过头来，似乎觉得他在和别人说话。

穆恩拉克拉着他往另一个方向走去。“快走。”他愤怒地低声说道。奥基德看着弗勒，脸上一丝认识他的迹象都没有。

“奥基德！”弗勒挣扎着。人群中的其他人现在纷纷看向奥基德。

众目注视之下的奥基德既困惑又不安，转身挤进人群。穆恩拉克的手下抓住弗勒的另一只手臂，几乎是在架着他走。弗勒胡乱踢着悬空的双腿，最后瞥见小男孩手里握着一辆破旧的玩具赛车……

“该死！你之前和我说你谁都不认识！”走到人群听不见的地方时，穆恩拉克朝弗勒吼道。他上下打量着弗勒，面露嫌恶，就像踩到了狗屎一样：“你这个骗人的浑蛋，你骗得我团团转啊。”

“我确实不认识这个世界上的任何人。但那个女人不是你们世界上的，她是我那个世界的人！”

穆恩拉克停下手里的动作，瞪着弗勒：“你不是骗子，你他妈是个疯子！”

“不不不，”弗勒连忙说道。他能猜到如果穆恩拉克认定他疯了，他可能会吃不了兜着走。“我保证，我没疯。你可以相信我。”他极力表示不会再做挣扎，并会冷静地跟他们待在一起，“很抱歉，这种事不会再发生了，她一定是长得很像我认识的人，这么高的相似度真是太不可思议了。”

穆恩拉克审视着弗勒。弗勒尽量表现得理智、清醒。穆恩拉克低声咒骂着继续向前走。“我想我现在已经深陷其中，没办法挽回损失了。”

弗勒点点头。他们拐弯避开倒塌的墙壁。

“好了，我们还得继续下去。”他拍了拍弗勒的背，有些用力过猛，“不要再出意外了，听明白了吗？”

VII

彼得推着伊莎贝拉进入实验室，门在他们身后砰地关上，空旷的房间里回荡着巨大的关门声。在深更半夜做这样的事就像在犯罪一样，但从技术层面上来看，这有可能就是在犯罪。

“开始觉得这么做不好了吧？要不我带你回去？”

“能不要再说这个了吗？”贝拉恳求道，“我怕得要死。”她的声音颤抖，含混不清。

从下着雨的室外进来，轮椅在一尘不染的地板上留下了湿漉漉的印迹。雨滴噼里啪啦地打在落地窗上，一道道汇聚起来的雨水沿着窗玻璃向下流。

彼得把伊莎贝拉的身体向前推了推，双手放在她的胳膊下面，把她从轮椅上抱起来。伊莎贝拉只能看着他吃力地抱着自己登上脚手架的三层铝质台阶。彼得太过矮小，而且身材也不好。举重运动员乌戈毫不费力就能把伊莎贝拉抱起来。但在事成之前，乌戈不会知道他们在做什么。

彼得气喘吁吁地把伊莎贝拉放到脚手架的边缘，那里离复制器入口最近。

伊莎贝拉摘下结婚戒指，递给彼得：“我不想失去这个。”

“这个我从未想过。”彼得说。

“该死，我的衣服呢？我都没想到带几件衣服来，无论是给我还是给她。”

一听到“她”，彼得就不寒而栗。当然，他也没考虑到衣服。他是一个不怎么注重细节的人。“或许我们应该回去拿几件来。”

“算了，我可不想打退堂鼓。我可以把病号服先脱下来，这样就不会弄丢了。我的副本可以躲到某间办公室里等你去给她拿衣服过来。该死，我的副本，这是真的吗？”

“我就是这个意思，这是真的，太过真实了。”他一边看向别处，一边解开伊莎贝拉病号服最上面的蝴蝶结。

“别这样，彼得。”伊莎贝拉说，“你怎么能不看我一眼就把我扔进去呢？”

她说得有道理。彼得转过头，半对着伊莎贝拉，盯着脚手架钢板上的一块污渍，同时让伊莎贝拉的病号服从她的臀部滑下，最后完全脱掉。伊莎贝拉皮肤苍白，头发乌黑。

“我要你看着我，彼得，看着我的眼睛。”

彼得看着伊莎贝拉。

“我害怕，”她说，“我要你陪在我身边。”

他握住她颤抖的手，捏了捏：“别害怕，我在这儿呢，不会有事的。”如果他对要做的事有十足的把握就好了。然而越是到真正付诸实施的时候，他心里就越没底。

他走到伊莎贝拉身后，双手绕过她的腋窝抱住她。他的右手碰到了她的胸。

“抱歉。”

她有些惊慌失措地笑出声：“哈，我十分肯定你不是在挑逗我。”她不由自主地颤抖起来，究竟是由于朊病毒，还是朊病毒和恐惧的双重作用，彼得也说不准。此刻他的心脏狂跳不止。再过一会儿，这里就会出现两个伊莎贝拉。

“我们马上就要创造历史了。”他说，“你知道吗，你就像首个登陆太空的人一样，比他还要伟大。”

“天才，抱我起来。等结束了再回顾现在的荣耀时刻也不迟。”

彼得将她抱起来，她的双脚吃力地移动着，直到通过脚手架边缘，悬在虫洞口上方。

“如果发生了什么意外，告诉乌戈我很抱歉这件事一直瞒着他，告诉梅丽莎我爱她。”她伸长脖子想亲吻他的脸颊，但由于肌肉收缩，她只得用鼻子蹭蹭他的耳朵，“谢谢你。”

“我们一会儿见，到时候再谢我，还要立体声环绕的那种。”他盯着面前的虫洞口，等她改变主意——彼得重新帮伊莎贝拉穿上衣服，他们对此一笑了之，之后这件事会成为他们两人之间的小秘密，至少接下来的几周是这样。

伊莎贝拉低着头盯着面前的一片漆黑：“放手吧，彼得。”

“你确定吗？”

她闭上眼：“看在上帝的分儿上，彼得，赶紧做完了事！”

彼得松开手，费了好大的劲才没让自己和她一起掉下去。

伊莎贝拉就这样消失在了洞口。

彼得心跳骤然加快，他急忙跑下梯子，奔向传输管道。他来到左边的管道，伊莎贝拉的真身应该会落在他提前放好的软垫轮床上。

但一个伊莎贝拉都没有出现。

可是小白鼠立刻就从管道里出来了，所有的测试器官和组织也是。彼得盯着管道口，强忍住伸手进去看看伊莎贝拉是不是被卡住了，因为他知道他的手会直接从管道上方的洞口出来。

他站在那里一动不动，心突突狂跳。到现在为止，东西进了复制器却没出来副本的情况还没有发生过。

“她在哪儿？”他大声问道。他知道这么做存在风险，当你对某一过程不甚了解的时候总会存在风险。但她怎么就凭空消失了呢？

“伊莎贝拉？”他大喊一声。他等待着、聆听着，接着继续喊她的名字：“伊莎贝拉？”他的呼吸变得急促起来。

他冲向脚手架，匆忙爬上梯子，差点儿从虫洞口掉下去。

“伊莎贝拉？”

眼前什么也没有，只剩下黑漆漆的虫洞口。

一声轻微的撞击声吓了他一跳。彼得抬起头，但看不见输送管道。他着急忙慌地跳到地面，一个趔趄跪倒在地，过了一会儿才缓过来。他看到伊莎贝拉的两具躯体，赤裸着，肤色苍白，都面朝下趴着。他走到真的伊莎贝拉跟前，弯下腰：“伊莎贝拉？”

彼得把她的身体翻过来，凝视着她那双呆滞无神的浅棕色眼睛……

17

在废弃商店和房屋的阴影下行走的时候，有那么几个瞬间，他确信，那个女人只是一个与奥基德长得十分相像的陌生人。然后他的脑海中又浮现出人群中那个女人的样子：眼睛宛如两颗泪滴，睫毛似扇，美丽动人，还有她全身紧绷的样子——他可以肯定她就是奥基德。那张脸他再熟悉不过了，就像自己的一样。

她是否如当初承诺的一般一直在照看黛西呢？她当然会，她和弗勒一样深爱着黛西。如果不是因为斯托姆，他们就像一家三口一样。然而斯托姆并没有很专情地等着他。

弗勒在街角停了下来，盯着那些被深绿色树叶遮挡着的店面，整个街区的房屋上都爬满了藤蔓。这一切没有任何意义，他这样在街上走来走去根本没办法找到奥基德。他甚至不知道这个辖区的住宅区在哪里——他现在所处的区域少有人烟。弗勒环顾四周，寻找着那座白塔，原路返回。有这座白塔作为地标，就没那么容易迷路了。

可能人群中的那个女人是奥基德的孪生姐妹，她本来可以用和斯托姆相同的方式去弗勒的世界，却没有成功。这就可以解释那个女人没有认出他的原因了。

弗勒回到穆恩拉克的房子时，哈默告诉他穆恩拉克正在找他，并带着他去了穆恩拉克的办公室。

穆恩拉克咧着嘴哈哈大笑，动作夸张到耳朵都快跑到后脑勺了。看到他少了一颗门牙，弗勒内心窃喜——至少自己的牙齿都还在。“休珀想要一起讨论下合并事宜。”

“休珀是谁？另外，合并是什么意思？”穆恩拉克并没有邀请他入座，所以弗勒就站在大房间的中央问道。

“休珀掌管着上城区。合并就是拆除两个区之间的隔离墙，把它们合并为一个区。当然了，新区由我来统治。她想现在就谈判，趁现在还能获取对自己有利的条件。她或许还希望能成为二把手呢。”穆恩拉克从书桌前走开，双手背在身后，在相对的两张沙发间昂首挺胸地踱步，“有一支强大的军队，加上对世界贸易的控制权，那么拆掉隔离墙、统一全世界只是时间问题。这些区不会长久存在下去，就算他们发现咱们不会操作机器，又能怎样呢？”他仰头大笑起来，“我是不是很机智？”他看了一眼弗勒，扬了扬眉毛，“我机智吧？”

“太机智了。”

穆恩拉克伸出手臂搂住弗勒的脖子，亲了亲他的头。“我的记忆力也很好。”他轻敲了一下自己的太阳穴，“我是不会忘记帮助我的人的。”

原本是许诺“大业若成，必定重赏”的话，但弗勒却不由自主地把它当成了一种威胁。

18

弗勒尖叫着醒了过来，尽管他心跳加速、呼吸急促，但噩梦似乎一直想把他拉回去，拖着他，不让他醒来。他从床上爬起来，站在地上，把枕头紧紧地抱在胸前，等着梦里的可怕画面消失。

弗勒梦见自己抱着一具尸体经过漆黑的隧道。对他来说，尸体太沉重了。她不停地往下滑，但他不愿拖着她走，因为他认识她。要是让他听到拖行时她的脚和地面的刮擦声，他一定会崩溃的。弗勒不断地尝试着要抱紧她，然而她却总是从他汗津津的手里滑下去。他的手胡乱地抓着她冷冰冰的胸、头发、大腿。最后她的一只手突然抬起来，抓住他的肩膀……

弗勒拉开窗帘，睁大眼睛，沉浸在晨曦中，期待阳光帮他冲刷掉脑海中的画面。

在连接穆恩拉克房间与行动中心的开放长廊上遇见穆恩拉克、斯托姆以及六名手下的时候，弗勒的身体仍颤抖不止。所有人的腰间都别着枪。

“准备好了吗？”穆恩拉克问他。

他们出发的时候，树上传来了鸟儿叽叽喳喳的叫声。

“等我们到那儿，你俩就去街对面逛逛。”穆恩拉克对弗勒和斯托姆说，“等我和休珀说几句话再叫你们。到时候斯托姆你和她打招呼，然后我来介绍弗勒。看在上帝的分儿上，只打招呼就可以了。”

“没问题。”弗勒说。

“我们要创造历史了，这会是人们铭记一生的一天。”

“能参与其中，我感到很自豪。”相比他的心情，弗勒显然言过其实了。一旦双方交易达成，他就必须保持警惕。

他们一行人来到了那面墙跟前。弗勒和斯托姆则停在街对面。穆恩拉克的一个手下潜入他们身后的一幢房子里，去屋顶放哨。

“我刚才好像从你的语气中听出了一丝讽刺？”斯托姆瞥了一眼弗勒问道。

“讽刺？”弗勒装作一副在思考的样子，“我不觉得，一般我在拍别人马屁的时候喉咙便会收紧。可能你听起来觉得像是讽刺吧。”

“可能吧。”

“所以你为什么要坚决反对？”弗勒问她，远处穆恩拉克和他的手下在路边停了下来。

斯托姆抬起双眼看着他：“我觉得你不是可以推心置腹的人。”

“等等，我不是你可以推心置腹的人？”她看着他的时候，那种感觉似乎像牙齿没入苹果时的感觉一样，周围的一切都消失了。

“你和穆恩拉克的关系似乎越来越亲近了，怎么能保证你不会为了赢得他的好感把我所说的话全告诉他呢？”

“嘿，如果我要向穆恩拉克告密，昨晚你给我提示的时候，我就应该这么做了。我只想活命。”他指向天空，“我在空中坠落了好几天，然后半死不活地落到这里，接着突然就被卷入了这件事情。”他向穆恩拉克挥了挥手，这时墙上的门猛地打开了。

两区之间的门打开的时候，发出了吱呀吱呀的响声。

“人来了。”弗勒说。

休珀走了进来，她身后跟着六个彪形大汉（当然，他们的穿着没有穆恩拉克的手下那么整洁）。

休珀一头灰白色的头发，身形肥胖。“重生日”的时候，弗勒的世界上还有许多胖人，但没有谁能一直胖下去。休珀举起一只手朝穆恩拉克挥手的时候，她手臂下摆的肉都在轻微晃动着，接着她低着头继续向前走。

弗勒思索着一旦协议达成将会发生的事情。人们会立刻拆掉这堵墙吗？还是什么？

休珀突然停下了脚步，慢慢抬起头。

“该死！她到底在干什么？”穆恩拉克说。

休珀朝穆恩拉克露出了怪异的笑容——弗勒并不喜欢。

只见她又转身缓慢地向大门走去。

“该死！她到底在干什么？”穆恩拉克又说了一遍。

她一边靠近大门，一边高举起双臂。弗勒身后的屋顶上传来了一声枪响——让他想起早些时候的那种噼啪声。他扭过头去看在屋顶上的穆恩拉克的手下，只见他疯狂地挥着手。

“快跑！”弗勒大叫一声，声音被从那扇门涌进来的人群的叫喊声淹没了。他们手拿武器——斧头、球棒、菜刀——飞快地朝穆恩拉克的队伍冲去，争先恐后地想跑到敌人跟前，劈开他们的头颅。还有人则迫不及待地翻墙而入。

穆恩拉克的手下连忙掏出手枪，弗勒转向斯托姆，但她已经跑开了。在他身后，袭击他们的暴徒的叫喊声越来越大，逐渐变成震耳欲聋的咆哮。

弗勒跑着去追斯托姆。她在自己前面半个街区的地方，鞋子丢了，光着脚奔跑着。她向左拐进一个巷子里，并没有因此甩掉那群暴徒，而是与他们平行而行。弗勒回头瞥见穆恩拉克举着枪，直截了当地给了一个挡住他去路的女人一枪，然后转身去追随斯托姆。

此时这条狭窄的街道上只有他们两个人——这是一个消失的好时机。

“斯托姆！”斯托姆回头看了一眼，还是继续跑着。“这边！”他冲进一扇敞开的门，进入黑暗之中。眼睛适应了之后，他看到自己在一家餐厅的厨房，环境脏乱，地板上的积水有半英寸高，他踩着积水蹚向更深的阴影处。

过了一会儿，斯托姆从门口冲了进来。

“这里。”他压低声音对斯托姆说。

斯托姆气喘吁吁地顺着弗勒的声音找到了他的位置，和他一起蹲在一个巨大的钢质中岛橱柜后面。屋外的人声此起彼伏，忽然钟声响起，深沉而响亮，像是在召集穆恩拉克辖区的军队。

弗勒十分确信目前他们还是安全的，因为在第一波攻击最激烈的时候，没有人会到一栋废弃的建筑里闲逛。

“你见到他了吗？他逃出来了吗？”斯托姆问道。

“我最后见到他的时候他还活着。”

她强忍住哭泣，对弗勒说：“都是因为他的‘绝妙’计划。休珀肯定清楚，她必须赶在你们发动坦克之前倾其所有，先发制人。他真是个白痴。”

考虑到现在的结果，弗勒对她的看法表示同意。“你认为这是一次全面入侵还是一次刺杀行动？”

“不知道。”她拨开垂在眼前的一缕头发，瞪着他说，“我应该离你越远越好，休珀肯定更愿意活捉你，这样你就能为她操作机器，不过杀了你永除后患也是一个方法。当然了，你根本没办法启动那些机器，如果你被抓了，这也是个问题。”

“我想他们如果抓到了穆恩拉克的女朋友，应该会护送她回家，然后把她送到床上吧？”

屋外响起了几声喊叫声，不是人们跑过时发出的声音，而是一种绝望而愤怒的声音。弗勒缓缓起身，直到能看清外面的情况。

只见一个手拿斧头的男人把一位白发老人逼到了墙角。老人后背紧贴在一堵砖墙上，拼命挥动着手中的铁锹，试图阻止对方靠近。

“等等！”每次绝望地挥动手中的铁锹时，老人都会喊出这句话。而那个手拿斧头的男人则在等待进攻的时机，不时还佯装出攻击的样子。弗勒不清楚他们哪个来自上城区，哪个来自门户区，或是如何知道彼此来自不同的自治区。

拿铁锹的老人已经筋疲力尽了。“等等！”他哭喊道。他对面的男人挥动斧头，咣当一声打掉了老人手中的铁锹，他再一挥，斧头正好击中了老人的前臂。

失去了铁锹的老人尖叫起来，声音响亮刺耳。他的胳膊几乎被砍断，当斧头再次落下的时候，他用另一只手去夺斧头。结果它将他的手掌劈成两半，闷声沉进他的脖颈里。

弗勒连忙蹲了下去，忍着把手指塞进耳朵，不去听老人濒临死亡时发出的尖叫声的冲动。

“我们得回去。”斯托姆说，“这里防守森严，并且他们手上弹药充足。”

“怎么回去？一旦被上城区的人抓到，我们肯定会被砍成碎片的，况且我们没有可以自卫的武器。”弗勒朝街上指了指，“外面的小巷里有一把铁锹，不过它对上一个主人来说并没有什么用。”

斯托姆转过身，凝视着餐厅的黑暗处：“如果我们能到地铁站，我们就可以从隧道走。”

这一点弗勒倒是没想到。在他的世界上，自从形势稳定下来，人们钻进隧道的唯一目的是捕捉老鼠。

“最近的地铁站在哪里？”弗勒问道。

“跟我来。”斯托姆猫着腰匆匆穿过通向餐厅前区的门。弗勒跟在她身后。

大厅里面到处散落着破碎的餐盘和银器。除了黄油刀，这里什么都没有，但弗勒捡起一块碎瓷片揣进口袋。若是遇到生死决斗的时刻，它应该会比拳头，尤其是他的拳头有用一些。

他们躲在昏暗中，透过一扇破旧的窗户观察着外面的街道。街上一片混乱。有两个男人正拿着球棒毫无目的地对打。弗勒认出手拿斧头的人是他的朋友。他砍伤了一个年轻女人（实际上应该是一个女孩）的臀部，现在正追着她跑，想把她干掉。外面到处都是人，大多是来自上城区的入侵者，但是也很难确定。

“看那里。”斯托姆低声说。她指着街道下面通往地下的几阶台阶，台阶的三面都被高高的绿色大门围绕。

一个大块头男人手握一根长管，管子的末端拴着一把刀。他飞快地从窗边跑过，把临时凑成的长矛刺进一个人的脊柱，没等那人倒下，他就拔出刀跑去刺杀其他人。

“我们过不去的。”弗勒说。事实不言而喻。

他们看着外面那些令人反胃的情景。“要不我们就待在这里，在这栋大楼里找个地方藏起来？”弗勒想补充说在醒来的前三十天，他在不止一个地方躲藏过，在找藏身之地方面，他可是个高手。但他觉得这么说可能会让他不太适合成为一名潜在的灵魂伴侣。

“如果上城区控制了这里，我们该怎么办？躲一辈子吗？”

“你有更好的主意吗？”弗勒指着窗外说，“只要我们一踏出这扇门，他们就会把我们穿成肉串。”

斯托姆看看地铁站，又看看弗勒说：“弗勒，你能跑多快？”

“比你快。我这一生都在跑。”

斯托姆被他蹩脚的笑话逗笑了：“我是说，我们跑过去。”

弗勒目测着到车站的距离。谁都料不到会有两个手无寸铁的傻瓜从一栋废弃建筑里冲出来。也许这个方案可行，而且就他的计划的缺点，她说得也十分在理。“行，你先跑。”

她上下打量了他一下：“你可真勇敢。”

一个手无寸铁的人跑着经过，一只浸满鲜血的手捂着喉咙，两人见状猛地俯身躲在窗户后面。

“你看外面那些人手上都拿着锋利的武器，无论谁先出去，在被他们抓到之前都能多跑几步。”弗勒在斯托姆耳边轻声说道，“如果你想让我先走，我也是很乐意的。”

斯托姆还是放弃了这个想法，她带着弗勒走到门口（并没有门），躲在那里伺机而动。

经过几分钟的观察，他们发现什么时候出动都差不多。斯托姆扭头对弗勒说：“走吧，到隧道之后左转。”她抓住门框的一边，深吸一口气，接着便冲了出去。

弗勒跟在斯托姆身后，已经害怕得快要窒息了。他跨过一具躺在人行道上的、血淋淋的尸体，迂回前进，以便和手持武器的人保持距离。一个双颊凹陷得如同镰刀的男人眼看着弗勒从眼前跑过。

“他在那儿！”

斯托姆几乎已经跑到台阶处了。一个女人持刀拦住弗勒，迫使他急速停下。那个女人拿着屠刀朝弗勒猛砍过去，弗勒则佯装攻击试图躲过她。有那么一瞬间，他们看起来像在跳舞。接着弗勒快速左移几步，女人也跟着他左移，不料弗勒又转向她的右边。

那个女人耽搁了他太多时间，结果一个又高又瘦的男人挥动着铁锹，堵住了地铁入口。其他人从四面八方朝弗勒涌来，而他又对付不了那个家伙。

弗勒全速向他冲去。那个家伙试图用挥杆的次数来测定时间，却没想到弗勒继续向他猛冲而来，最后一刻慌了神。两人一起冲进黑暗的楼梯井。那个男人减弱了弗勒最初冲撞的力道，他一头栽到那个男人身上，一路颠簸着滚下水泥台阶。

等弗勒终于停下来的时候，那个男人猛力冲向他，撞得他又向下滚了几个台阶。两人扭打在一起，挣扎着想站起来。这时一个人赤脚从弗勒脸旁的台阶上走过。斯托姆取回铁锹的时候，弗勒听到了咔嗒咔嗒的声响，一声接着一声，单调而空洞。最后那个男人的身体瘫软下去。

“来。”斯托姆说。

弗勒挣扎着把自己从那个一动不动的男人身下拖出来，一步跨下最后四级台阶，进入黑暗之中，而来自地面上的追击者正一拥而下。斯托姆一把抓住他的手，拉着他向里面走。他们向里走了十几步之后便陷入一片漆黑，只能沿着墙面尽可能快地向前移动。整个地铁站里面弥漫着屎臭味，黑暗的环境和相对隐秘的空间让这里成了厕所的不二之选。当粪便在弗勒的鞋底嘎吱作响的时候，他一点儿也不羡慕光着脚的斯托姆了。

“分头追！”后面有人喊道。

前方有东西在响，斯托姆悄悄地把弗勒的手放到一个旋转栅门上，接着他能听到也能感觉到斯托姆翻过了旋转栅门。于是便跟着她。追击者互相叫喊着循声向他俩冲过来的时候，弗勒也紧跟着斯托姆翻了过去。

弗勒离开旋转栅门，伸出手四处挥了挥，直到碰到斯托姆的手，被她重新抓住。他们快速地沿着墙面移动，追击者在他们身后大概六米远的地方，听声音至少得有十二个人。

“注意台阶。”斯托姆拉弗勒下去的时候轻声提醒道。他们抓着扶手急匆匆地向下走，周围越来越黑，空气也越发潮湿。走到底之后，他们又开始沿着墙壁向前走，走了一会儿，斯托姆低声说道："跳！"弗勒摸了摸站台边缘，接着不假思索地纵身一跃，以三点触地的姿势落到碎石上。

斯托姆把他拉到右边，尽管弗勒确定她跟他说的是往左走。他们手拉着手向前跑。弗勒用空着的那只手捂着脸，暗自祈祷他们不要一头撞上铁轨上的列车。两人脚踩在碎石上的嘎吱声几乎要被身后追击者的喊叫声淹没了。

跑了几十米之后，斯托姆捏紧弗勒的手，把他向墙边拉去。被她推倒在地的时候，弗勒明白了她的计划。他蜷缩在墙边，尽可能地缩起身体。接着他听到斯托姆在碎石上移动身体时发出的声音，然后意识到她在帮他。斯托姆侧身躺在墙脚，弗勒也跟着照做，他的头顶着她的脚。

追击者很聪明，他们分头追击，在整个隧道铺下天罗地网。追击者离他们越来越近，弗勒不禁呼了一口气，真希望自己能够和墙面融为一体。

一只脚从弗勒脸前掠过。他紧张起来，预想着只要一声惊呼，便会有数双粗糙的手伸向他。但那群人却沿着隧道继续追了下去，他们的声音也越来越小。

待人群走远，弗勒站起身，他感觉到斯托姆也站了起来。斯托姆握住弗勒的手，悄悄地带着他沿着来时的路往回走。

VIII

伊莎贝拉的嘴唇依旧温温的。如果此时乌戈来到实验室，看到伊莎贝拉一丝不挂地躺在轮床上，彼得的嘴唇覆在她的嘴唇上，他会作何感想?

“天哪，伊莎贝拉，”他捏捏她的手，“醒醒，快醒醒，求你了。”

彼得告诉过她，他不会让她有事的。

然后彼得想起了伊莎贝拉的副本，他还没有去查看她的副本。于是他连忙冲过去，将她的身体翻过来，在她依然温热的脖子上寻找着脉搏。

一点儿脉搏都没有。她死了。

彼得仰头对着天花板尖叫起来。

他当时到底在想什么？他应该拒绝的。无论她怎么坚持他都应该拒绝。他从口袋里掏出手机准备打电话叫救护车，然后打开通讯录寻找紧急救助号码。

要找的号码不在缩写字母“E”下面。彼得把通讯录翻到最后，翻过伍尔科夫·乌戈的时候，他呆住了。

他应该先打给乌戈的。这是他欠乌戈的，应该亲自告诉他。

他按下了乌戈的号码。

"你想干吗？" 这是乌戈一贯的开场白。

"是伊莎贝拉，她走了，乌戈。伊莎贝拉死了。"

乌戈结结巴巴地说："我的贝拉？怎么可能？我没接到通知啊？"

"不——她不在医院。她出院了。"

"什么？为什么？"

彼得咽了口唾沫，想湿润一下自己干燥的嘴巴。"她要我复制她。她——复制失败了。"

电话里传来了乌戈的号叫。彼得紧闭上眼睛，忍住了把电话从耳边拿开的冲动。他想说对不起，但乌戈打断了他。

"别碰她，你个狗娘养的！" 乌戈挂断了电话。

乌戈以一种快到难以想象的速度破门而入："伊莎贝拉！"

乌戈跌坐在伊莎贝拉身边，对面站着彼得。他举起她的手，用双手紧紧握住，浑身不住地颤抖。

伊莎贝拉的嘴巴因为彼得之前徒劳的心肺复苏半张着，撇着嘴唇，像在做鬼脸，又像在微笑，连她洁白的牙齿也露了出来。

她应该有呼吸的。她为什么不呼吸呢？

"对不起，乌戈。你不知道，贝拉她一直要求……"

"闭嘴！" 乌戈尖叫道，"你竟敢怪我的贝拉？！你竟敢！这件事是你做的。"

"是我做的，因为她想让我这么做。至少这是次机会。"

彼得没料到会有拳头打过来。他感觉就像一根木槌砸进了自己的鼻子。他向后一倒，咚的一声，头撞到了坚硬的地板。

"我才是她的机会！"乌戈站起身，俯视着他，大口喘着粗气，"我的研究才是她的机会！"他杵着自己的胸口,"能救她的人是我，不是你！"

彼得捂住鼻子，感觉有血从指缝间滴落。"如果你要指控我，我也能理解。"

"指控？"乌戈难以置信地摇摇头，"我他妈想杀了你！"他转身回到伊莎贝拉身边，跪了下去，用手指按着她的脸颊。

她原本就没有多少好日子了，而且剩下的时日都会在病痛的折磨中度过。这一点乌戈肯定也明白。

乌戈把胳膊伸到伊莎贝拉的腿和肩膀下面，将她抱了起来。

"你在干什么？"彼得从地上坐了起来，"你不要动她。"

"闭嘴！我妻子不应该成为某些疾病实验的受害者，她应该在自己的床上安详地死去。"

乌戈动了动伊莎贝拉的身体，让自己抱得更稳一些。

他端详着她的脸："你确定我抱着的是我妻子，不是你那个失败的半成品？"

"我确定。"

乌戈朝门口走去。

"另一个我要怎么办？"

"关我什么事？！"乌戈用肩膀推开门，径直走向停车场。

彼得抓住一张实验桌的桌沿，挣扎着站起来。看到几滴血滴在地板上，他连忙捏住流血的鼻子。

伊莎贝拉的副本毫无血色，静静地躺在荧光灯下。如果乌戈想让别人相信伊莎贝拉是因病去世的，那么这个伊莎贝拉就必须消失。彼得紧闭双眼，思考着该怎么办。

毫无头绪。伊莎贝拉死了，是他杀死了她，他能想到的只有这些。他需要找人帮忙。

哈利。彼得掏出手机。哈利会帮他找到解决办法的。

19

“为什么入侵者不利用这些隧道从墙下面穿过来呢？”和斯托姆一起蹑手蹑脚地行进的时候，弗勒问道。

“它们在边界处被封锁了。”斯托姆说。

这个世界的运行方式是那么不同：这里有隔离墙和自治区，有战争和独裁者。而在弗勒的世界上，一切则要简单得多，人们似乎也更为单纯。

老鼠吱吱吱的叫声越来越大，空气中还弥漫着一股腐臭味。当他们经过一条侧道（想必是）时，那声音便消失了。

“别误会，但我想知道你怎么会和穆恩拉克这样的人在一起。”

“他也不是总这样。”斯托姆停下了脚步，“不对，我应该说过去他表现得更为明显。在早些时候，每个人都活得像动物一样的时候，他却站了出来。他不求回报地帮助我，他尊重我，即便他大可不必这么做。”

也许是因为黑暗带来的无名之感，也许是因为疲劳让她放松了警惕，但弗勒觉得自己比几分钟前更了解斯托姆了。他是不是可以信任她，给她看那张照片了呢？照片就在他的后口袋里。

前方的黑暗从黑色变成了深灰色，斯托姆放慢了速度：“应该就是这一站。”

他们爬上站台，沿着墙壁悄然而行，直到看见昏暗的灯光和楼梯。

他们来到一条平静的小巷，但打斗的声音依然很近。离他们半个街区远的地方有一块杂草丛生的田地，它的一端毗邻穆恩拉克的大院，他们认为回到大院最安全的方法是横穿过这块草地。弗勒在前面带路，两人穿过齐头高的杂草和灌木丛，一直走到大门对面的街上。

几十名男子正在大院的围墙内巡逻。有人一看到斯托姆和弗勒，就立马把他们迎到院子里去。

“穆恩拉克回来了吗？”在门口遇到迎上前的哈默时，斯托姆问道。

“没有。”从他的语气和神情来看，显然他觉得不可能再见到穆恩拉克了。他抓住斯托姆的胳膊肘：“听我说，入侵的不只有上城区，河谷区和边城区的人也从另外一边过来了。我们和边城区中间的隔离墙被凿了一个破洞。现在门户区失守只是时间问题。”

斯托姆的反应证实了弗勒怀疑的事情：这条消息是一则死亡判决。入侵者会立刻杀了斯托姆，一旦发现弗勒不会使用武器便会吊死他。他们无处可逃。

至少在这个世界上，他们无处可逃。

弗勒伸手抓住斯托姆的手：“跟我走。”

斯托姆挣开他的手：“跟你走？你什么意思？我们已经无处可逃了，你还没有听明白吗？”

“有的，有地方去。”弗勒伸出一根手指头，“在这儿等着，哪儿也别去。”他飞奔进大厅，在光滑的地板上滑过最后五英尺，冲进他的卧室。他的降落伞、背包、跳伞服被捆放在梳妆台上。

跑向厨房，经过斯托姆身边的时候，弗勒对她说：“我们需要食物和水。”

“等一下！”她在他身后喊道。

在厨房里，弗勒从窗户下面的水槽里灌满两玻璃瓶水并拧紧瓶盖，从厨房的操作台上抓了一条面包，又从橱柜里拿了几块腌肉和半打苹果。

斯托姆来到厨房门口。“我们要去哪儿？”她一字一顿地说道。

“唯一可选的方向就是，”弗勒指着地面，“向下。如果能有两个世界，那么为什么不能有三个甚至一百个世界？”

他背上背包，耸了耸肩，而斯托姆则干巴巴地笑了一声：“别开玩笑了，我宁愿去和那些入侵者碰碰运气。”

弗勒的动作一顿，专注地看着斯托姆：“你说真的？”

“我不会从世界边缘跳下去的。”她挥了挥手，“别想了，就算看过你的跳伞表演，我也不敢肯定我相信你的疯狂经历。即使我相信了，我也不会跳的。”

弗勒从口袋里抽出照片，递给斯托姆。

她端详了一阵儿，表情先是困惑，接着是严肃，最后变成了震惊。

“你从哪儿弄来的？”

“‘重生日’那天，我在口袋里找到的。”

"'重生日'？"

"对，'重生日'。时间就是从那时开始的。"

她平时苍白的皮肤在此时白得就像无瑕的雪花一样。她仔细地看着照片，震惊地摇了摇头。"我们看上去像一对恋人。"她抬起头端详着弗勒的脸，"这是什么？"

"我还希望你知道些什么呢。"

斯托姆把照片拿到面前。

"我来问你几个问题。"弗勒说，"在早些时候，人们都发现了许多自己的照片，照片里有他们不认识的人，还有根本不存在的地方。你发现过自己的照片吗？"

她看着他，好像他在表演魔术一样。"没有。你是怎么知道的？"

他轻轻敲了一下照片："我只有这张照片，好像我在'重生日'那天刚到那里，而其他人已经生活了一段时间一样。"

斯托姆把照片翻过来，检查了一下背面，她可能在怀疑它是由两张照片拼凑而成的。

"我真的是从另一个世界掉下来的。"

斯托姆没有回应他，弗勒握住她的手，捏了捏："斯托姆，我没有开玩笑，没有疯，也没有胡说八道。我——是——掉——到——这——里——的。"

她的视线扫过他的脸，然后又回到照片上。"你为什么现在给我看这个？"

"我之前没有给你看是因为我怕穆恩拉克会杀了我。"

斯托姆笑了："明智之举。那你为什么现在又拿给我看？"

有必要对她全盘托出吗？从这张照片来看，他们应该要在一起。

“所以你相信我吗？”弗勒说。

她把照片还给弗勒：“我为什么要相信你？你自己都承认了，你也不确定这下面是否还有其他的世界。这一切只是你的猜测，我不会因为一个猜测就从世界边缘跳下去的。”

“这是个有根据的猜测。”他把照片放回口袋，把它塞到那幅用血绘成的图画旁边，“按理说应该有——”

突然间，他的脑海中闪过那幅用血绘成的图画：从上到下，一个接着一个的椭圆。而在弗勒的脑海里，他的世界——正如他在坠落过程中看到的样子——和图画中最上面的一个椭圆重叠在了一起。

“弗勒？”

弗勒从口袋里掏出画稿，把它平摊在厨房的操作台上。他的心跳骤然加速，他以一种全新的眼光——从远处遥望世界的眼光——审视着这幅画。

“那是什么？”

“一张地图。”弗勒低声说。他的手指轻抚着顶端的椭圆，上面还有个血淋淋的拇指印。弗勒原以为这个拇指印是不小心沾到上面的污迹，但现在他明白了：这是一个标记。

你在这里。

最下面的椭圆上写了一个字母“X”。

*“X”标明了一个地点。*他如此想。他必须到达底层的那个世界。无论付出怎样的代价，他都必须去那里。那里就是答案所在。

他看着斯托姆："这不是我的猜测，这个世界的下面还有许多其他的世界，我必须去最下面的那个世界。"他轻拍地图，"'重生日'那天，我在口袋里发现了这幅画，还有你的照片。你看，这是张地图。"

"这不是地图，"斯托姆皱着眉头说，"这只是一串椭圆——"

"它是地图。我知道我是怎么想的。"他伸出左手的拇指，就是为了画地图而割破的那个拇指，"这是我用自己的血画的，所以我知道它有多么重要，必须认真对待，理解其中的含义，到达底层的那个世界。我把它和你的照片——我们的合影——一起放在了口袋里，这是因为我会在前往底层世界的路上找到你。"弗勒举起斯托姆的手，与她十指相扣。

"告诉我你觉得这样不对，"他低声说，"告诉我，我们的双手这么贴合，不是因为它们经常这样牵在一起。"

斯托姆将自己的手抽了回去。

"相信我。"外面的喧哗声明显变大了。

"我甚至都不认识你。"她反驳道，"而且就算我同意这么做，你也只有一个降落伞。"

"我们可以一起用。听着，斯托姆，我就实话实说，你现在已经没什么选择了。如果你留在这儿，他们会杀了你。跟我走的话，你至少还有活下去的机会。"

她把手伸进他的马甲，掏出了那张照片。她似乎在端详着自己的脸，也许在惊讶照片里的自己看上去是多么的幸福。弗勒猜测，自"重生日"以来，她应该从没像那样笑过。

她把照片还给他，但弗勒接过照片的时候，她却又捏住了照片。“你确定我们两个可以用一个降落伞着陆吗？”

弗勒果断地点点头：“我确定。”至少他认为他们可以。之后，他会搞清楚其中的细节的。

“还有，你确定我们下面还有另一个世界？”

“是。”

她松开照片：“我们需要一支火把。”

IX

山顶的教堂映入眼帘。彼得将目光移开，希望离它还有百米、千米远。伊莎贝拉和梅丽莎的叔叔沃尔特、婶婶罗斯分别穿着黑色西装和黑色连衣裙，他们走在前方的人行道上，朝大大的前门走去。

他在这里一刻也待不了。他可以装病，把梅丽莎送来之后自己回家睡觉。他甚至不必装病——一想到要走进教堂，面对乌戈、伊莎贝拉的家人和朋友，他就感到恶心、冒冷汗、肚子里翻江倒海般地难受。

梅丽莎走在他身边，因为睡眠不足而眼窝深陷，鼻翼也因为不住地擤鼻涕而透着红。

他应该告诉她的。如果梅丽莎知道这一切，并且愿意在葬礼上一直站在他身边，彼得觉得他便能挺过去。但每次想开口的时候，他总觉得如鲠在喉。推着贝拉进实验室的时候，他觉得自己要做的是一件高尚的事情，而现在却觉得五味杂陈、难以名状。

梅丽莎把车停在教堂后面。发动机熄火，陷入了沉寂，他们坐在车里，透过挡风玻璃注视着教堂后面，看到前来悼念的人在教堂的前门口静静地排起长龙，他们都低着头，其中有许多穿着制服的新兵。

最终梅丽莎打开车门，彼得别无选择，只能开门下车，跟着她走向教堂。梅丽莎伸手牵起彼得的手，他忍不住哭了起来。梅丽莎捏了捏他的手，以为他只是为伊莎贝拉的离世而落泪，他确实是因为伊莎贝拉的离世而落泪的，但事实却远不止如此。

乌戈就站在门口——破天荒地没有戴帽子——接受来宾的哀悼。梅丽莎陷进他怀里，他们紧紧地抱在一起，乌戈双眼紧闭，太阳穴上青筋突出。过了很长一段时间，梅丽莎和乌戈终于分开了。彼得走到乌戈身前，他的双腿抖得厉害，让他觉得下一秒他便要瘫倒在地了。

他伸出手，勉强挤出一句话来 :“节哀。”

乌戈转向队伍中下一位前来悼念的人，就像没看到彼得一样。彼得收回手，转身走开了。

梅丽莎看得目瞪口呆 :“我的天，他直接忽略了你。乌戈为什么要这样做？”

“他可能没看到我，他似乎在发呆。”

“他看到你了。还是因为诺贝尔奖的事吗？但是他肯定不会因为那样的事而对家人不理不睬的，更不会在这种时候这么做。”

“我也不知道为什么。”他一边说着谎话，一边思绪又回到了实验室下面，他和哈利抬着伊莎贝拉的副本穿过阴冷漆黑的旧工厂。他像个罪犯一样把伊莎贝拉的尸体藏了起来。

一只手碰了碰彼得的背，如梦初醒的他不禁畏缩了一下。是哈利。

“还好吧？”

他在乌戈家楼下的卫生间里待了很久很久，直到他觉得必须出去为止。一出卫生间门，比尔和奥德丽·德尼罗就围了上来。

“节哀顺变。”奥德丽的脸贴向彼得的脸的时候，一股洗面霜的味道扑鼻而来。

“谢谢。”

乌戈出现在拐角处，他等在那里，看着比尔和彼得两人握手。

待他们走后，大厅里只剩下彼得和乌戈两人。

“我知道你来这里是别无选择……”

“无论如何我都会来，我爱伊莎贝拉，就像爱我亲妹妹一样……”

乌戈举起一根手指打断了彼得的话。他靠近彼得：“别在我面前提她的名字！如果按照我的意思，你这段时间都别再和我说话，离我远一点儿。如果我们非得待在一个房间的话，你就去房间的另一边。明白了吗？”

彼得点点头。他不想和乌戈在一起，就像乌戈不想和他在一起一样。如果不是因为家庭和工作的关系和乌戈有交集，彼得会想尽一切办法远离他。如今伊莎贝拉的葬礼已经过去了，他唯一想做的就是工作，忘掉那个夜晚，全身心地去帮助那些身受这种该死的基因工程疾病折磨的患者。他希望所做的事情足够让自己的心里平衡一点儿。

20

当他们越来越靠近边缘时，街上没有传来任何声音。显然斗争集中在内陆地区。

“那么你在人群中看到的那个女人是谁？”在地铁隧道中穿行的时候，斯托姆问道。火炬在他们周围发出一圈黑橙色的光。

“我在我的世界上的一个朋友，我们一个部落的，她的名字叫奥基德。”

“只是朋友？在你的世界上，有没有对你来说很特别的人？”

“有啊。她是我全心全意爱着的人。”看着试图掩饰自己的惊讶的斯托姆，弗勒咧嘴一笑，“她叫黛西，身高大约一米二……”

“和你差不多高，然后呢？”

弗勒笑了：“你说得对。在大清除时期，我收养了她。”

“大清除？”

“没有那么多食物养活所有人了，当这一事实越发清晰明了的时候，有一伙人便开始把老弱病残扔下世界边缘。他们杀死了数千人——都是那些无力反抗的人。我想阻止他们，但我能阻止得了吗？后来我突然想：至少我可以救下一个人。于是我随机跑到一个孩子面前，挥舞着那张我和你的合影，大喊它是我和那个孩子的合影。”

斯托姆的眼中少了一些疑虑：“你这人真是惊喜满满啊。”

弗勒并不想通过讲这个故事来赢得她的信任，黛西不应该被当作一种博取他人同情的手段。“我这么做不为别的，就是为了我自己，如果我连一个孩子都没救下来，我知道余生我都会活在悔恨中。”

“那些把孩子扔下边缘的人也是为了他们自己。他们担心的是自己的温饱，而你担心的是自己的良心。”

“问题是，大多数人都是这样吗？他们乞求着、哭喊着，但他们还是继续……”弗勒哽咽起来。他不想再回想起那一天的情形了。

前方有一束亮光，这也预示着他们即将到达下一站。

“前面就是我们要去的那一站了。”斯托姆加快了脚步，“知道黛西还在上面，误以为你已经死了，你一定很痛苦吧。”

“我只希望同伴们能够照顾好她。他们肯定会的，他们都是好人，尤其是奥基德，尽管她有些奇怪。”

斯托姆将火把扔到身后的楼梯井中，和弗勒一起眯眼看着阳光，出现在世界边缘。所有街道上空无一人。

他们越靠近世界边缘，天空就越发辽阔。一想到要从世界边缘跳下去，弗勒的心就怦怦直跳。

斯托姆在边缘附近、坑坑洼洼的柏油路上停了下来：“我觉得我做不到。”

弗勒继续向前走。他从边缘处往下看，检查有没有障碍物，什么障碍物都没看见。“我也面临过这样的选择。要么落入天空，要么死，这样想来，也就无所谓选择了。”他转身面对着斯托姆，“我不想死。除此之外，我需要去看看最下面有什么。我画那张地图肯定是有原因的。”

斯托姆盯着世界边缘，仿佛它是横在面前的一条毒蛇。

“自‘重生日’以来，我们的生活中就充满了各种疑问。”弗勒说，“难道你不想找找答案，寻求一下改变吗？”说着，他伸出手。

她仔细观察了弗勒很长一段时间，接着伸手握住了他的手。

“斯托姆！”

弗勒越过她的肩膀看到四个人正推着一辆被掏空的汽车，还有一个人在车里掌控方向。那个人就是穆恩拉克。汽车在破裂的路面上颠簸着嘎吱嘎吱地向他们驶来。

“斯托姆！”

斯托姆听到了穆恩拉克的叫声，她转过身，一看到他便倒吸了一口凉气：他还活着，但明显受了伤。

弗勒捏了捏她的手说：“如果你现在去找他，你只会和他一起死。你自己说的，已经无处可逃了。”

看着越来越近的穆恩拉克和摇摆不定的斯托姆，弗勒的心咚咚咚剧烈地跳起来。

“等等。”穆恩拉克现在已经离他们近得不用再喊着说话了。跟那个挥舞着铁锹的倒霉蛋说的话一字不差。

斯托姆试图挣开弗勒的手。他知道，如果现在放手他就会永远失去她。于是他用另一只手抓住斯托姆的手腕，把她拉向自己。

受到惊吓的斯托姆向反方向移动身体：“不！”

弗勒继续拼命把她往自己身边拉，斯托姆跪倒在地，拼尽全力挣扎，一边用另一只手抓挠弗勒的手指，一边大声尖叫。

“你会没命的！”弗勒用后脚跟试探了一圈，没有碰到任何东西，身后只有一片虚空。他向后一倒，双手死死地抓着斯托姆的手腕。斯托姆另一只空着的手拼命摸索着想去抓住些什么，她的手指杵进路面，却抓起了一把杂草。

弗勒倒下去的力量拖着他们坠下了世界边缘。

他们坠落着经过赤裸裸的石块时，穆恩拉克出现在他们上方，走路一瘸一拐的，一条腿上鲜血淋漓。他对着下面大喊大叫，但弗勒的耳中充斥着斯托姆惊恐的叫声，完全听不清他喊的是什么。穆恩拉克举起手臂，紧接着上方响起了枪声——三声、四声、五声、六声——枪声越来越微弱，渐渐失去了一开始给人的紧迫感，最后在淡蓝色天幕的映衬下，弗勒只能模模糊糊地看到一件血迹斑斑的深灰色西装。

弗勒感到脸上受了一记猛击。首先蹦入他脑海的是一个疯狂的想法：被子弹打中了。接着他意识到是斯托姆打了他，她的神情看上去与其说是生气，倒不如说是惊慌失措，就像一个溺了水拼命去抓树枝的女人。

“我们没事的。”他试图抓住她那只胡乱挥舞的手，但它疯狂地摆动着，与她惊恐的眼神彼此呼应。她似乎迷失在了恐惧中，完全没有意识到弗勒的存在，她身上的每一块肌肉都紧绷着，好像在为可能会发生的撞击做准备。弗勒一边紧握着她的手，一边抓着她的肩膀："斯托姆！看着我！看着我。"她的目光扫过他的脸庞，瞬间又落回到脚下的天空。"我们没事，没什么好怕的。"

X

实验室前门打开的一瞬间，彼得的肾上腺素立马飙升。

进来的是安德鲁·斯通，美国弗吉尼亚大学的一名研究生。他看起来睡眼惺忪，应该是过来使用白天用不到的设备。彼得和安德鲁互相致意打了个招呼。

乌戈已经一周没来上班了——伊莎贝拉的葬礼之后他就没来上过班——然而无论白天还是夜晚，只要实验室的门一开，彼得就会感到一阵恐惧。乌戈最终还是会回来的，总有一天他会夺门而入。

“我们真的要这么做吗？”他没有注意到哈利站在门口。

彼得把一瓶功能饮料放到桌上，然后把他的转椅从三面环绕着他的电脑面前推开。“为什么不？把放屁坐垫放到它下面之后，你查看实际结构反应情况的频率是多少。”

“我们要做的就是这个？”

尽管他们没谈论她，但伊莎贝拉副本的尸体就像横亘在他们之间一样。每当他们在一起的时候，彼得都会有这种感觉，他肯定哈利也是如此。但哈利真的很够朋友，他从来不会提起那件事，而彼得则是愧疚得不愿提起。说实话，这有什么可说的呢？

此刻实验室里只剩下安德鲁。他们朝虫洞口走去，哈利拿着托盘，上面放着麻醉过的小白鼠。

自从乌戈退出以后，器官复制项目一直停滞不前，直到器官移植小组完善了他们的程序，实验才得以继续。彼得也因此只剩下基础研究可做了。他们所进行的大部分实验都是为了弄清楚伊莎贝拉的死因，尽管这一点只有他和哈利知道。现在他们了解了一个关键的事实：复杂有机体若是在尚有意识的情况下进入复制器，那么没有一个能在复制过程中存活下来。彼得想知道更多，他想彻底弄懂复制器的原理。现在他想弄清楚，如果他能有力地推现实一把，它会作何反应呢？这种疯狂的实验最好是在半夜进行。

“所以，你猜会怎样？”彼得问哈利。

“我不知道。如果一定要我猜的话，老鼠应该可以复制出来，就像这个循环从来没发生过一样。”

彼得咧嘴一笑：“很好。”彼得很想知道会发生什么，就好像和宇宙进行了一次亲密的谈话，问它是怎么运转的。

波尔钦斯基首先提出了物理学版的“祖父悖论”：如果将一个物体通过虫洞送回一毫秒以前，但又在不到一毫秒之后将它通过复制器送回来，并且不让它回到最初的地方，那么将会发生什么呢？这产生了一个悖论，波尔钦斯基最先在脑海中进行实验，用台球作为对象，而当实验对象换成沉睡的小白鼠时，这一悖论依然成立。为了看到实际效果，他们额外制作了一条直接影响虫洞口的输送管道。

彼得走到左边的输送管道旁——如果原先的小白鼠能够回来，它就会被传输到这里。“准备好了吗？”他对哈利喊道，“太刺激了。”

“开始吧！”哈利回应道。

一个影子从管道里掉了出来。

彼得一个踉跄，后退了几步，哈利惊讶地大叫起来。这不是物体投下的影子——当然也不是老鼠的影子。这就是一块轮胎大小的黑斑，遮住了它正下方的灰色瓷砖。它的颜色是如此之深，给人一种看见黑洞的错觉。

眼前的场景让彼得感到一阵恐惧袭遍他的全身，一种近乎迷信的恐惧，仿佛一个魔鬼或者一个神灵坠入了他的实验室。

“让安德鲁出去！”彼得对哈利说。彼得不知道它是什么，也不知道它是否危险。它确实是从虫洞里掉出来的，但从里面出来的绝不该是它，所以从定义上来说，它确实是危险的。他转过身，发现哈利还在盯着那个东西，整个人都呆住了。“让安德鲁出去，马上！”

哈利小跑着离开的时候，彼得绕着那个东西走了一圈。

除了他们放进复制器的物体，复制器里不应该出现其他东西。这完全说不通。

实验室的门开了又关，彼得听到咔嗒一声门锁归位的声音。五秒钟后，哈利回来了。“那是什么鬼东西？”

“我不知道。”

“这东西会不会有辐射？”哈利站在彼得身后三四米远的地方，好像如果这东西真的有辐射，站远一点儿或许还有点儿用处。

“如果真有的话，现在也已经晚了。”

那东西是立体的。直视它的时候，彼得感觉很难看清它，仿佛他的视野在抗拒它，试图闭合它所创造的空白空间一样。彼得将视线向一边移动了几英尺，看清楚了一些，接着它凝固成一个球形物体，立在实验室的地板上。

不，不是立着，它的底部不再呈完美的球形——而是平的。它正在慢慢下沉，被它腐蚀的地板处冒着淡蓝色的光。它正在电离所有它接触到的物质。

彼得咯咯地笑起来，他用手捂住嘴巴想让自己镇定下来。他原以为自己可能会大吃一惊。他深吸一口气，努力运转大脑。

首先，他们必须在它穿过地板之前，先让它失效。

彼得扭头对哈利说："找些带电的东西。快！"彼得飞快地奔向范德格拉夫发电机。

"带电的东西？"哈利疑惑地说，他站在那里，好像被粘在了地板上似的，"我靠，你是说它是一个奇点？"

"对。"他抓住哈利的胳膊，使劲拉着他，"如果我们给它充电，我们就可以控制它。来帮我一下。"

他们把范德格拉夫发电机放在黑球附近。

"去找两块金属板。"彼得说着，正在给黑球充电的发电机便迸出了火花。如果这个物体不是奇点，它肯定也能像奇点一样做出反应。彼得跑去拿电池。

彼得回来的时候拿着两个从空调管上撕下的金属盖。他们把金属板放在那个物体的两侧，把电池的正极固定在一块板上，把负极固定在另一块板上。

接着那个物体就一直往上升，直到处于两块金属板的正中间。

失效的黑球悬浮在空中，现在他们需要把它弄出实验室，送到安全的地方，然后再去想怎么处置它的事情。

在之前他和乌戈的地下探险中，他们经常会经过一间巨大的厂房，房间外装着一扇厚厚的钢门。那个地方正合适！

“你抓住一端。”彼得说着抓住了其中一块金属板。

“我的天。”举起另一块金属板的时候，哈利气喘吁吁地说道。

那个物体就像被施了魔法般升了起来。

“如果这是奇点，它怎么一点儿都不重？”哈利问。

彼得点点头。周长和轮胎一样长的奇点应该比地球还重。“该死，别问我。‘祖父悖论’肯定导致了一些不寻常的量子效应。关于量子力学和奇点相结合会产生什么还存在诸多争议，不过，如果它的结果没有出乎我们的意料，那才是真的出人意料。”

他们站在那里呆呆地望着悬在两人之间的物体。

“我们到底做了什么？”彼得问。

“嘿，别看我，我只是在这里工作而已。”哈利说。

彼得对哈利微笑道：“你这套说辞是提前准备来应付联邦调查局的审问的吧？”

他们找到一辆轮式推车，把电池和范德格拉夫发电机放到上面，慢慢地推着它们向大厅走去，最后，一阵折腾才下了楼梯。

“一旦我们设计出更专业的静电势阱，我们就先用盖革－米勒管、粒子能谱仪、伽马和中子探测器来看看是否需要进行隔离并且求助联邦调查局。不到必要的时候，我不想找联邦调查局，他们可能会先把我们给端了，然后自己弄出个所以然来。”

21

斯托姆恐慌的情绪逐渐平复了下来。她能有什么选择？就像弗勒和其他人在“重生日”之后的几周里所经历的那样，人的心脏只能狂跳一段时间，终究会回归平静。

斯托姆的恐慌一点点消逝，然而她的怒气却在逐渐高涨。

“我不能让你死！”弗勒不得不扯着嗓子大喊，以便盖过呼呼的风声。

“你根本就不知道我会不会死。也许穆恩拉克是来告诉我他们已经击退了入侵者。”在强风持续不断地吹拂下，她的脸看上去很奇怪——她的双颊向四面伸展开来，皮肤表面起起伏伏，眼睛大睁，眼神诧异。

“其他区的人会从四面八方涌过来，他们会杀了你的。如果你还待在那里，你这会儿早就没命了。”

“这不重要，轮不到你来做决定。”

“但是你得承认，如果我撇下你不管，你压根儿就没有活命的办法。”

“你他妈以为你是谁？就因为你有我的照片，你觉得就能为我做决定了？如果我就想留下来和穆恩拉克一起死，你又有什么权利阻止我？”

“他朝我们开枪。”

“他是朝你开枪！”

弗勒深吸一口气，试着尽可能心平气和地说话，然而在风中他们需要大声吼才能让彼此听到，让说出的话听起来平静非常困难。“我敢肯定他主要是朝我开枪，但是你也在场啊，所以他并没有很在乎你。我要说的是：如果你真的在乎某个人，你是不会朝他身边的人或者物开枪的。”

“你都把我拉下悬崖了，还跟我废话什么对和错？”

弗勒陷入了沉默。她说得有道理。他本能地带着她一起跳了下来，因为他没有时间去想别的。这在当时看来似乎是正确的，即使是现在，有了思考的时间，他仍然认为自己没做错。但他不得不承认，他确实做错了。

“对不起。”他说了一遍又一遍。不过扯着嗓子喊确实很难听出他在真诚道歉。

斯托姆没有回应。

弗勒不知道该说些什么才能缓和两人之间的气氛，只好望着天空。他的目光追随着十几朵长条状的黑色云朵。它们在另一片晴朗的天空中飘动着，就像在无垠的蓝色湖泊里游来游去的鱼儿一样。在他的世界上，有些人相信云是有生命的，它们以阳光为食，雨则是它们的尿液或者泪水。在这世上，唯有弗勒知道云只不过是雾蒙蒙的空气。不过斯托姆很快也会知晓这个秘密。

“你不觉得很美吗？”他终于问道。

“什么？”

“天空啊，你不觉得很美吗？”

她看着他，显然在判断他这句话是不是认真的。接着，她难以置信地摇了摇头：“你逗我玩呢？！”

不久，他们就掉进云层里，出来时浑身湿乎乎的。

22

弗勒突然想到，他还未采取任何措施来解决现在“一伞两人”的问题。等下一个世界出现的时候，他必须做好准备。他伸手去够背包。最简单的解决方法是：撑开降落伞背带，两个人都挤进去。不过这样一来，在降落伞打开的时候，他们会被猛地拉到一起。

“你能抓紧这个吗？”弗勒拿出折叠着的降落伞和绳索说。斯托姆狠狠地瞪了他一眼，然后抓紧了降落伞和绳索，并小心翼翼地不让它们从手中飞走。

在弗勒忙活了一阵后，斯托姆开口道：“那不是同一个人。”

弗勒看着她，一脸疑问。

“穆恩拉克和那位你说你认识的女人聊过了。她从来没有见过你。”

弗勒哼笑了一声。穆恩拉克处事真是细致周密，或者说他曾经是这样。“好吧，这样那个问题也就有答案了。”

“哪个问题？你又在胡思乱想什么？”

“真有意思。”弗勒不清楚她是否会原谅他，是否一抓到机会就会离开他。也许当他们找到另一个世界并安全着陆时，她会明白他救了她的命。

XI

梅丽莎被三名安保人员领进实验室的时候，彼得的心一下子跳到了嗓子眼儿。她看起来吓坏了。彼得在等着带她去实验室看看那个东西。

她跑到安保人员前面，扑到彼得怀里。

“我想你。”彼得对着她的头发说道。他已经三天没见梅丽莎，四天没合过眼了。

“我怕你犯傻伤了自己。”

彼得后倾身体，看着她的眼睛说：“我在邮件里写了‘所有人都安然无恙。没有人遇到危险’。”

“你还想说什么？”她笑了，“是想说‘我受伤了，处境非常危险，接下来几天会更糟’？”

彼得叉着腰说道：“我是‘我不想让你担心’的那种人吗？如果我受伤了，即使是在厨房切西红柿时切到了手，我都会嚷嚷着让你知道的。我希望获得别人的关心和安慰。”

“这点我同意。还记得那次生物课，我们需要刺破手指来做血型检验吗？当时你不敢戳，只能我来，你那表情就像我要朝你开枪一样。”

“我哪有。”彼得笑了，“我根本就没有退缩，我是想让你觉得我很勇敢。”

她做了个鬼脸。“我本来不想和你说这些，但你连手指都不敢戳破，早在我这儿没戏了。”梅丽莎环顾了一下几乎空无一人的实验室，“所以到底发生了什么？”

彼得拉着她的手：“在楼下。”

“你的手一直在抖，而且全是汗。”梅丽莎举起他们紧握着的手。

“功能饮料喝多了，而且没吃什么东西。”彼得沿着长长的走廊向前走。

“这些天你都吃了什么？”

彼得耸耸肩：“主要吃了比萨和中国菜。我再也不想闻到糖醋里脊的味道了。”

他们走到大厅的尽头，彼得打开楼梯间匆忙安装的灯，领着梅丽莎走进一个废弃已久的更衣室。脏兮兮的橘色橡胶雨衣像兽皮一样在墙上挂成一排，墙边的一间浴室里传来窸窸窣窣的声响。也许是老鼠。

“我们要去哪里？”

“我不想破坏这个惊喜。不过这么说吧：它是令人难以置信的存在。世界将要因此而改变了。”

“这句话出自复制器的发明者之口。现在我的手心都出汗了。”

他们走下另一段水泥台阶，空气变得更为阴冷潮湿。接着他们穿过一个较大的房间，里面堆满了“二战”时期的榴弹炮轮胎，还有一条狭窄的小道穿过房间中央。

“真诡异！”

“我们不得不把它放在一个没人会去的地方。”

他们又下了一段楼梯，最终到达底部。彼得蹲下身给两串圣诞彩灯通上电，长长的走廊随即闪耀着可怕的蓝光和红光。

他们走到门口，沉重的钢铁门打开了，眼前是空旷的工厂车间。

“嘿，梅丽莎。”哈利朝他们奔过来，“真希望能留下来看看你的反应，但你老公就像管血汗工厂里的九岁小孩一样管着我。”彼得试图趁哈利经过他身边的时候给他一脚，结果没踢到。

工厂车间是水泥结构，有半个足球场那么大。那扇厚实的门说明了这里以前是一个兵工厂，而且被用于某些机密项目。阴影遮住了角落和天花板，中间是隔离舱：八立方英尺的空间被一层军用级防爆玻璃包围着。彼得精挑细选的团队——他既尊敬又信任的四位物理学家——正围在仪器前工作。那些仪器就放在他们第一天从实验室里拖来的桌子上。

梅丽莎径直走到玻璃前，往里看了看，接着就像被蜇了般从玻璃前快速弹开。“那是什么？”

无论彼得看了多少遍，他的内心总是充满了敬畏、恐惧和兴奋。

尽管它是从复制器里出来的，但它并不是活的。它不能呼吸，没有体液，也不是由活细胞构成的。从更小的粒子构成的意义上来说，它甚至不是由任何东西构成的。它是一个不可分割的单位，就像一些巨大的量子粒子一样。

“我在试验复制器的时候，”他看着它说道，声音温柔、恭敬，就像在教堂里一样，“它从里面出来了。”

“天哪，”梅丽莎低呼一声，连忙捂住嘴，目不转睛地盯着那个黑魆魆的球状物，“它是什么？”

“现在你明白为什么要保密了吧。如果被联邦调查局知道了，他们一定会把这里控制起来的。”

“它是什么？”

这就是问题所在，不是吗？“我们非常确定它是奇点。”

梅丽莎呆呆地看着他：“你是说，就像黑洞？”

“不完全是。黑洞是奇点的一种形式。”

“你在做实验，然后一个黑洞从你的复制器里掉了出来？它从哪里掉出来的？”

“目前还不确定。”

“是来自外太空吗？时间旅行？”

彼得把手放在她的肩上，说：“看来你得再读读爱因斯坦的书了。空间即时间，差不多是这样，即使在时间中你也只能向前。”

梅丽莎瘦弱的双臂交叉在胸前，弯着一条腿。“你知道的，我根本就没读过爱因斯坦的书。”她盯着那个奇点说道，“你在做什么实验？”

彼得摇了摇头：“你还是不知道的好。为你的安全着想。我们没有留下任何记录，以防有人黑进我们的电脑。”

“那你觉得是怎么回事？它危险吗？”

“到目前为止，我一直都觉得那个传送门只是一个圆圈——一个比我们预估的时间早一刹那回到这里的虫洞。”

梅丽莎捏了捏鼻梁：“明白了。”

“但我想错了，因为如果是那样的话，它就不可能会出来。”他指着奇点，“因为虫洞里除了我们送进去的东西外，没有别的任何东西。”

“那你现在怎么想？”

“我认为复制器是一个传送门的后台，可以到达事物的起点和终点，到达源头。”彼得闭上双眼，各种图像、想法在脑海中不停地旋转，“但到头来，我确实没弄明白。”

梅丽莎凝视着那个黑球，用颤抖的手捂住嘴巴：“没那么简单，彼得，你好像召唤出了神灵。”

物理学家吉尔·桑德斯和娜塔丽娅·科莫洛夫经过两人身旁，看上去既疲惫又兴奋。彼得向他们点点头。尽管和吉尔是很好的朋友，但梅丽莎似乎没认出她来。

彼得搂住梅丽莎，哄她从玻璃前离开。“重点是它包含了惊人的能量。”彼得举起双手，十指张开，“我是说，一种摄人心魄的、不可思议的能量。我们一直用激光在它上面做实验，结果发现它的中心在旋转。你根本想不到我们做了什么。”他从衬衣口袋里掏出一支黑色签字笔和一个笔记本，把笔记本靠在玻璃上，在上面画了一个圆圈，“这是奇点。”他在圆圈周围加了一个椭圆，“这是它周围的过渡区域。”说着他又画了一系列即将进入过渡区的圆点，“我们向过渡区域派遣了一批纳米机器人，目的在于将其分成两部分。”接着他将落在圆圈里的点连成一条直线，另一条线一直延伸出过渡区，“一部分纳米机器人掉进了奇点，另一部分出来了。”他看着梅丽莎，意识到自己说得太快了，但又没办法放慢速度，“出来的这部分所包含的能量比所有进入的纳米机器人所包含的能量还要多。”

梅丽莎点点头：“你是说你可以把它用作一种能源。”

彼得点头表示赞同：“它所包含的能量足以为全世界提供十年的电量。就这一个啊。而且我们没必要只满足于这一个。”

梅丽莎看着他：“什么意思？”

“如果我们想得到另一个，我们可以重复这个实验，创造另一个悖论。”

梅丽莎盯着那个东西，咬着下唇。“那就不用再去争夺石油、煤炭或核能了，”她低声说，“它们可以让一切都运转起来。”

“我们用不了一天就可以结束战争。”

他拥有了取之不尽，用之不竭的低碳能源。正如凯瑟琳说的，他的复制器就是取不尽的食物来源。在这两样东西之间，将会有很多变化产生。

“把它送回去。”梅丽莎低声说。

“什么？”

“我从来没见过这么可怕的东西。”

“你知道我不能这么做。如果我把它放回复制器里，它马上就会出来，而且可能还会带个朋友出来。”

“我知道。”梅丽莎目不转睛地盯着它，“你怎么用它来为世界提供能源？你是打算把供电线从实验室门口一直扯到印度，还是准备免费把奇点分给俄罗斯和朝鲜？”

彼得笑了：“远场无线电力传输，这个技术十年前就有了。我们把电磁辐射光束对准平台上的燃料电池，这样一来，任何国家的任何人都可以免费使用燃料电池，想用多少就用多少。”他举起一根手指，“只要他们同意立即停火并坐到谈判桌前交涉停战事宜。若是哪个国家反对，那他们就没有免费的电可用，会按照事先约定的被断电一段时间。”

梅丽莎试探着用手指碰了碰杯子，似乎以为自己会大吃一惊。

“无论如何，这场战争都会变得毫无意义。”彼得说，“就像为了争夺海水和氧气而战一样。”

“你觉得你能做到吗？”

“我可以。不过我需要数十亿的资金，保守估计数十亿。我要雇工程师来设计燃料电池和平台，但不会告诉他们这些东西的用途。”说完，他喝了一大口功能饮料。他感到精疲力竭，浑身发抖，头也有点儿疼，好像生病了一样。“凯瑟琳会通过她的关系帮我筹钱。”

梅丽莎走出隔离室：“也许我可以帮她。我已经没办法还像现在一样工作了。”

彼得紧紧地抱住她说：“谢谢你，谢谢你相信我！我都不知道没有你我该怎么办。”

23

弗勒梦见有一千个人挥舞着斧子和铁锹向他猛扑过来，他举起手中的枪，没有瞄准那些气势汹汹地冲向他的暴民——他们跟在手拿大砍刀的穆恩拉克身后——而是对准自己的太阳穴，扣下了扳机……

他猛然惊醒，连带着也惊醒了斯托姆，因为他们的手腕被绑在了一起。

“抱歉，我做了个噩梦。”

斯托姆昏昏沉沉的眼神不见了，仿佛被人扇了巴掌一样。弗勒不太明白她的反应，后来意识到她不是在看他，而是在看他的后面。

他扭过头。远处，一个拳头大小的世界悬在傍晚的天空中，有一部分躲在云层后面。

“哈！”他咧嘴一笑，回头看着斯托姆，“我告诉过你吧？”她能发现它真是两人之幸啊。

“它离我们太远了。”她凝视着那个世界，仿佛无法把目光从它上面移开一样，“我们会错过它的。”

弗勒挣扎着估算了一下距离。它确实很遥远，不过正因为还远，值得一试。他们已经坠落两天多了，弗勒宁愿放手一搏，也不愿意抱着遇到下一个世界的可能再多下落两天多，甚至更久了。

“抓住我的脚。”他翻了个身以便充分借助风的力量。一旦斯托姆抓住他的脚踝，他就舒展开四肢，开始滑翔。也许是幻觉，但他感觉到他们以惊人的速度在水平移动着。可能两个人的身体对风产生了更大的阻力。

他们来到那个世界上空的时候，天已经黑了。下方的世界就像没有星光的夜空上的一块补丁，越来越大，越来越大……

“完美！”弗勒说，“没有人会看到我们着陆，我们可以空降到城市中一个安静的地方，然后混入其中。”一想到要看到另一个世界，他就难掩内心的激动之情。黑暗笼罩着它，让下方的世界增添了一股神秘之感，也让弗勒和斯托姆有种一头扎进未知世界的感觉。

很快，他们的脚下漆黑一片，不见一点星辰。弗勒摸索着背带，紧握带扣，让他们面对面身体紧贴在一起。

在黑暗中落向一个世界让他们心绪难安。他们很难知道离地面还有多远，但如果弗勒过早打开降落伞，他们有可能会飘过那个世界。

最后，他发现了一个橘色光点，接着又一个。是火光。反射的月光和星光让更多细节浮现在他们眼前：大片的田野和森林被一条条狭长的带子隔开，弗勒猜测那些应该是道路。他们已经近得可以打开降落伞了。

“接下来会有颠簸，先做好准备。用胳膊抱住头，别让脖子剧烈晃动以免让我们的头撞到一起。”

斯托姆按照弗勒的指示逐一照做，她的胳膊肘紧贴着弗勒的耳朵。

“好，我数三下。一、二……”他最后向下瞥了一眼，发现地面正在迅速向他们逼近，“三！”

开伞的动作一气呵成，伴随着斯托姆的惊声尖叫，伞身在空中划出了一条蜿蜒的曲线。

他和斯托姆挤在一起的时候，就像被一只巨大的手紧紧捏着一样。他的视线开始变得时而清楚，时而模糊。

接着，他们安静地在星空下飘浮，下方是一个新的世界。弗勒可以辨认出散布在各处的小型建筑以及集中在一处边缘的建筑群。那个藏在他脑海中黑暗一角的词语，千呼万唤终于浮现出来：城镇。

“那里就像是书中的一幅画。”斯托姆的语气介于恐惧和惊讶之间。

一阵凉风吹着他们大致朝城镇的方向飘去，从一个圆柱形建筑——筒仓上方飘过。斯托姆的话使弗勒感到通体愉悦。

“我觉得书中所有的图片都是真实的。”他说。

斯托姆看着他，就像看疯子一样：“那你有见过大海的图片吗？它装得下整片天空。”

确实是这样。还有山峰的图片，它们绵延不绝，直至消失在远方。现实世界无法容纳如此巨大的东西，只有艺术家的想象力可以。

他们正落向一片森林，但那里根本不行，于是弗勒张开双臂，让他们慢慢地飘向一片杂草丛生的田野。一阵强风吹来，加快了他们水平移动的速度。

“落地的时候不要站着，”弗勒说，“一碰到地面就顺势卧倒。”

野草噼里啪啦地打在他们的鞋子上，然后打在他们的腿上。斯托姆尖叫着，他们撞到了坚硬的地面，随后两人摔倒在地，滚成一团。

弗勒解开系在两人身上的扣子，站起来拍了拍身上的尘土。这个夜晚安静得出奇，只听得到蟋蟀的鸣叫声。身旁的降落伞已经瘪了下去。

田边有一间屋子，屋子的一部分被藤蔓大片大片的泪滴状绿叶遮挡着。弗勒指着房子说：“要不就在那里休息一宿吧？”

“睡觉的时间多得是，我们先四处看一看吧。”

弗勒觉得，作为落到未知世界经历最为丰富的人，他才是那个该发号施令的人。“我不觉得摸黑跌跌撞撞地四处瞎逛有什么意义。”

“我不在乎。我准备四处看看。你要想躲到天亮，随你便。”

弗勒很想从口袋里掏出那张照片，提醒自己他俩是可以愉快地相处的。但天太黑了，即便拿出来也看不清照片，于是他跟在斯托姆身后，沿着田野边缘的一条土路向前走。他们路过一辆被藤蔓覆盖的、锈迹斑斑的卡车，然后是卡车旁边的一些生了锈的大型机器。

他们发现了一条宽一点儿的土路，它通向森林，离那间屋子越来越远。

每隔一段时间，他们就会路过一些房子。大部分房子都很小，看起来就像是一个模子刻出来的，并且似乎都没有人居住。

森林过后是大片的田地。他们走过弗勒在空中俯瞰到的谷仓，谷仓旁边是一幢大房子，被一条长长的走廊围绕着。眼前的景色美极了，这三样东西一同营造了一种平衡，一种他无法言说的和谐。

“你哭了？”斯托姆问道。

弗勒用手背擦了擦一侧的脸颊，手背沾上了泪水。

“为什么哭？”

弗勒耸了耸肩：“我也不知道。只是……看着这片农场……内心一暖，我觉得我应该知道其中的原因，可是我却没有任何头绪……”

斯托姆仔细看着眼前的景色：“不过你之前不是看过农场的照片吗？”

“不是一个地方。”

斯托姆又看了一会儿农场，接着继续向前走。

他们走到土路和公路的交叉路口时，破晓时分的地平线渐渐变成粉红色。他们沿着那条公路向城镇走去。

24

小镇坐落在一座绵长而倾斜的小山脚下。主街一侧的建筑悬在世界边缘，有些建筑被陷入世界另一侧的钢梁加固着。小山谷的其他地方零星散布着房屋，毫无章法可循。

“或许我们应该到主街上逛逛，尽量随意些。”弗勒说，“看看能见到些什么。在知道如何融入这里之前，不要和任何人说话。”

斯托姆困惑地看了他一眼：“没人看到我们着陆，谁会怀疑我们是从另一个世界掉下来的？”

对于弗勒而言，一个人站在他身边，手上拿着半块砖的情景依然记忆犹新。

“听我的，可以吗？”

斯托姆耸耸肩，然后向山下走去。

他们在路上遇到了一个女人，她就在门廊上干坐着。弗勒向她挥了挥手，她眯起眼睛看看他，半抬起手，试探着动了动手指。

他们又走了几扇门的距离，一只小哈巴狗从两辆敞篷货车之间冲了出来。它在路边突然停下，开始狂吠，每叫一声就撅一下屁股。弗勒世界上所有的狗不到一百天就被人吃光了，因此他想这个世界上一定有更多的食物。他单膝跪下去，伸出两根手指安抚小狗，可它并不买账，于是他们继续向前走。

最繁华的街道就在跟前，差不多两个街区长，路边停满了车辆。路上可见的有七个人，一个男人坐在人行道上的木椅上，另一个男人在为他理发；还有一个男人在门口进进出出敲打着什么；最后是一对过马路的夫妇和在人行道上用石头画画的两个小女孩。

街道两旁商店林立，整洁的环境让弗勒备感舒适。而在这之前，他从未意识到开放空间给他的感觉有多么奇特。这种感觉还不错——不受任何束缚，好像随时都有可能飞到天上去。他们左右的商店都空着，橱窗大多都碎掉了，除了灰尘和死去的飞蛾，店里什么都没有。

“我们应该聊聊天，”斯托姆说，“通常人们在一起走路的时候都会说话。”

“好主意。”

他们经过一家商店，里面没有空着，似乎还有食物，以及“重生日”那天弗勒见过的诸如鞋子之类的东西。弗勒本想停下来仔细看个究竟，但还是坚持了自己的计划。来日方长，时间多得是。

“你第一次见到我的时候，有没有觉得我很面熟？”弗勒问，“似曾相识却记不得在哪里见过？”

“没有。当时我只是听说有人带回来一个疯子，声称他是从天上掉下来的。我不想离你太近，万一你是个危险人物呢？”

弗勒笑道：“现在你机会尝一尝告诉别人自己从天而降这件事的滋味了。”

前方有两个男人走出门口，来到大街上。当那两个人看向他们的时候，弗勒被吓得心脏差点儿停止跳动。他们来到这里之后的第一个考验来了。那两个人都上了年纪，其中一个戴着皮革鸭舌帽，不过都穿着用胶带粘在一起的笨重的靴子。

那两个人向他们走来，逐渐放慢脚步，最后完全停了下来。他们呆呆地看着弗勒。

“你是谁？”男人的两撇八字胡挡住了他翕动的嘴唇，但他的下巴和双颊上没有胡须。他的脸看上去有些古怪，大面积的皮肤裸露在外。

“怎么了？”弗勒问道，尽量装出一副若无其事的样子。

“我从没见过你。”他说，仿佛这是一件惊天动地的大事。他看了看他的同伴，那个人缓慢地摇了摇头，好像在发呆。

弗勒伸出一只手，说："我叫弗勒，我从——"他伸出拇指指了指背后，"从……很远的地方——"

那个人盯着弗勒，就好像弗勒长了个山羊头。弗勒纳闷儿他们为什么不盯着斯托姆看，很显然，她比他更值得一看啊。

那个留着八字胡的人终于看向了斯托姆。"艾米莉，他是谁？"他眯起眼睛看着斯托姆，"还是说你是苏珊娜吗？"

"斯图尔特？"另一个人喊道，目光掠过弗勒。弗勒回头看了一眼，只见一个身材高大的男人朝他们走来，他温和的脸庞被蓬乱的金色胡须遮住了一部分。这些都不在弗勒和斯托姆的计划之内。

那两个人都指着弗勒。"看看他，"八字胡说道，"我从没见过他。"

斯图尔特走到人行道上，歪着头，好像想弄清楚弗勒这张脸。

"我们不出门的，"弗勒结结巴巴地说，"我们是隐居者。"

"他好像是凭空出现的。"八字胡对斯图尔特说。

两个女人正好在过马路，她们显然被不断壮大的人群激起了好奇心。弗勒抬起头和她们打招呼，试图从容镇定地说一句："哦，这不就是个愚蠢的小误会吗？"

看到两人的脸的时候，弗勒挂着礼貌微笑的脸瞬间皱了起来。

她们一边睁大眼睛盯着斯托姆，一边接近她，就像接近一只被一根长度不确定的拴狗绳绑着的野狗一样。她们穿着蓝色的连衣裙，破旧却很干净，头发上还佩戴着黄色的蝴蝶结。

她们和斯托姆长得一模一样。

那些盯着弗勒的男人也一个接一个地注意到了这两位"斯托

姆”，他们来回打量着斯托姆和那两个女人，一个个都看得目瞪口呆的。

“到底是怎么回事？”斯图尔特终于问道，他看着那两个女人，“艾米莉？苏珊娜？”两人点点头，视线从未离开过斯托姆。斯托姆看起来像是快要崩溃了。

斯图尔特又转向斯托姆：“那你又是谁？怎么回事？”他的声音听起来带着些恐慌。又有两个人挤进人群，越来越多的人奔向他们。

“听我说……”弗勒张开口，又陷入了沉默。他不知道该怎么说下去。他根本没办法说谎。他没有想到一个世界可以小到人人都知道彼此的名字，唯一的办法似乎就只有实话实说了。

“我可以告诉你我们是谁，我们是如何来到这里的，但你们肯定不会相信。如果我是你们，我也不会相信。”弗勒听到远处传来一声喊叫声。现在他们周围至少有十二个人，有些人敛声屏气，生怕漏掉一个字。弗勒指着天空说：“在上面很遥远的地方还有别的世界——远到你们甚至看不到它们。”他深吸一口气继续说道，“我和斯托姆就是从其中的一个世界上掉下来的。”

话音刚落，周围便陷入一片沉默。人们沉默了很久很久，以至于弗勒都感到自己羞红了脸，好像说了荒唐的谎话被当场戳穿一样。

最后，斯图尔特开口问道：“你是想告诉我们你是从天上掉下来的？”

“我并不想告诉你任何事。”弗勒说，“我们是从天上掉下来的。

嗯——”他一耸肩卸下了背包，打开袋子，拿出降落伞，“准确来说，我们不是掉下来的，显然如果我们是掉下来的话早就没命了，我们是从空中跳伞跳下来的。”他打开一部分降落伞，展示给围观群众看，“它可以捕捉空气，让你慢慢地飘下来。”

他望着斯托姆，希望能得到她的支持，但她瞠目结舌地看着她的副本们，嘴巴翕动着，却没有发出任何声音。

“先生，你可真是坨臭狗屎，从我这里都能闻到。”斯图尔特说。

弗勒感到他的脸因为愤怒而变得更红了。他向斯图尔特迈了一步：“如果我在说谎，那你给我解释一下，”他把降落伞扔到人行道上，“要不然我们是怎么到这里来的？为什么你们从没见过我们？”

“我要知道的话，还用问你吗？”

弗勒张口想说他会证明，他会从建筑物上跳伞给他们看。但这里的建筑都不超过两层，这样的高度根本不足以打开降落伞。他仰面朝天，沮丧地叹了口气：“为什么我们从另一个世界坠落下来这件事会比几百年前发生的事情还要令人难以置信呢？”

“喂，”斯图尔特说，“够了。”

“什么？我只是说，”弗勒用手捂住脑袋，“如果我们谁也不知道那天之前到底发生了什么，假设那时我们已经在——”

“我说，够了！”斯图尔特厉声道。围观群众面面相觑，就好像弗勒从裆中掏出了那玩意儿。斯图尔特向人群后面两个身材高大的年轻人做了个手势，“吉姆、比利，给我把这两个人关起来，我们开完市议会再来解决这个问题。”

斯图尔特一把抓住弗勒的肩膀，弗勒挣扎着摆脱他的手。

“我们没有犯任何错！你为什么把我们关起来？！”

“你们在散布不良情绪。”吉姆回答道，仿佛这个理由可以解释一切。

XII

在高尔夫练习场的另一端，有一个人正蹲下身把高尔夫球放到球座上。彼得从远处看不清他的脸，但那顶巴拿马草帽告诉他那个人就是乌戈。他深吸一口气，腋下夹着一盒巧克力，穿过停车场朝练习场走去。

球场上的码标还立着，但草坪已经没过了膝盖，并且杂草丛生。维护这片练习场和与之相邻的小型高尔夫球场需要消耗太多的精力。另外，除了乌戈，谁还会在世界大战期间去高尔夫练习场呢？

乌戈绕了个弯，用力将球打出去。高尔夫球沿低空向上飞出，越过了二百五十码的码标。当他转身准备从桶里再拿一个球的时候，他注意到了彼得。乌戈愣了一会儿，眼睛盯着彼得，接着拿起另一个球放在球座上。

在他们还是朋友的时候，彼得试着和乌戈打过一次高尔夫球，但他很快意识到这项运动并不适合他。太令人沮丧了。

彼得眯起眼睛，挡住从柏油路面反射过来的强光，又感觉到一阵头痛，于是把巧克力换到另一只手上。还好今天天气凉爽，不然巧克力就化掉了。

乌戈穿着白色 Polo 衫，戴着巴拿马草帽和面罩式太阳镜。彼得举手向他打招呼，乌戈只是盯着他。见到彼得，乌戈看起来一点儿也不惊讶。

“我还是不明白你到底能从高尔夫比赛中明白些什么。”彼得说。

“你不会懂的。”

彼得在距离乌戈十几步远的地方停了下来：“我想也许我们可以谈谈。”

乌戈紧握着球杆，低头看着球：“是吗？”

“乌戈，对不起。我想让我们的关系和好如初，但我不知道该怎么做。”

乌戈瞥了他一眼，似乎在警告彼得，接着便移开了目光，好像他无法忍受长时间盯着彼得看。

彼得继续说道：“我爱伊莎贝拉，我绝不会做任何可能会伤害她的事，我真的只是想帮她。”

乌戈盯着球场：“你手上拿的是什么？”

彼得把盒子递给乌戈。让他惊讶的是，乌戈居然收下了。乌戈查看了一下盒子，说道：“可尼普诗妮特的松露巧克力，肯定很难买到。”

“我只是想让你知道我有多么抱歉。”

“没有什么比可尼普诗妮特的松露巧克力更能表达诚意了。”乌戈把手里的球杆放进球袋里，接着抽出了发球杆。当乌戈攥着发球杆转过身时，彼得不由自主地后退了半步。乌戈一只手拿着巧克力，另一只手拿着发球杆，大步流星地走向球座。

“你太容易被看穿了，就像小孩一样。你想跟我和好，是因为你向梅丽莎解释不了我们争吵的原因，而且天都知道你不能告诉她真相。”乌戈把盒子放在草地上，拿出一块松露巧克力放在球座上，“我并没有太大的兴趣帮你解决这个小难题。”

被乌戈击中的松露巧克力直接炸开，球座前面三四米远的地方被喷得到处都是。乌戈蹲下来又拿了一颗巧克力放在球座上。

“我来这里是因为你是我的朋友，或者说曾经是，是因为我们是一家人。”他猜想乌戈是否已经猜到了是梅丽莎向他透露的行踪，“回实验室吧，回去一起工作。当务之急是战争，我们的私人恩怨就先放一放吧。”

“私人恩怨。”乌戈恶狠狠地挥着球杆，好像要把松露巧克力打得稀巴烂。巧克力馅溅到了他的高尔夫球鞋上，他停了下来，转向彼得，“说得倒是清新脱俗。”

乌戈撇撇嘴，打量着四周：“十二岁那年，我被关在战时的奥马尔斯卡集中营，我被迫咬掉了一个狱友的小指，而狱警却为此欢呼雀跃。如果我不这么做，我就会被其他男孩咬掉小指。”

彼得用手捂住嘴：“天哪，乌戈。我不知道——”

乌戈毫无预兆地将发球杆甩向盒子，被打中的盒子旋转着向彼得飞去，里面的松露巧克力从开口处掉出来，滚到了草地上。“我不需要你的同情，我想让你明白。在你眼里，我就是个无足轻重、微不足道的人。”

彼得想张口反驳，但从乌戈的眼睛可以看出，如果他再插话的话，被发球杆甩的可能就会是他的头。

乌戈快速地耸耸肩。“乌戈不会同意的，但无论如何我都会这么做。我要把他的妻子送进我的复制器里。谁在乎乌戈会怎么想？”乌戈揉了揉自己长长的鼻子，“‘别那么浑蛋！’，你当着门卫的面这么说过我。”他把发球杆放进球袋里，“显然我并不是你想象中的样子。我并不软弱，人若犯我，我会拧掉他们的脑袋。”他朝草坪上啐了一口。

从发球台到缓坡草坪上到处都是巧克力，彼得看着一片狼藉的草坪说道：“完全不是你想的那样。伊莎贝拉一直恳求我——”

乌戈用手指杵了彼得一下，说：“如果你再叫她的名字，我就让你的脑袋撞碎在那堵墙上。”

彼得很想对乌戈说“你尽管来啊”。但无论输赢，打斗只会让事情变得更糟。

“现在，”乌戈说，“说到战争，它太重要了，重要到没办法浪费时间帮忙搞你的破玩意儿，重要到不能把它交给一个没有魄力和勇气的鸽派总统。”

“这话是什么意思？”

乌戈转身说道：“你会明白的。现在请滚出我的视线！”

乌戈换到一个干净的发球台，又开始打高尔夫球的时候，彼得一直站在原地。过了一两分钟，他转身穿过停车场往回走。

这场战争重要到不能交给阿斯彭总统？彼得不知道那是什么意思。下一次选举在两年之后，难道乌戈在谋划政变吗？

彼得想到这里不禁笑了起来。

25

他们被带到一间牢房，牢房里已经关着一个人了，那是弗勒见过的最可怕的人。他手脚摊开坐在栏杆旁的地板上，一只膝盖靠在裸露的胸膛旁，他的胸膛看上去就像两块挨在一起的平板石。他有着乌黑的长发、红褐色的皮肤，肩膀和肚子上满是难看的伤疤。弗勒和斯托姆在他对面的长板凳上坐下时，他几乎都没看他们一眼。牢房的角落里有一个水坑，弗勒根据从昏暗的环境中飘来的臭味判断水坑里面装的是尿。

"一切顺利。"弗勒说。他看着斯托姆，但他的注意力却在那个陌生人身上。他用眼角的余光看到陌生人正盯着他们之间的地板，并没有表现出一定的威胁性，但弗勒还是认为应该避免这种情况的发生。

"那两个女人为什么和我长得那么像？"斯托姆问道，"她们看起来简直和我一模一样。"

"就像在你的世界里有一个跟我的朋友奥基德长得很像的女人，也许我们都有双胞胎。"

牢房里的另一个人看了看他们，又看了看自己的指甲，其中一片指甲不见了。

“我们一定是姐妹。”

“可能吧。”

弗勒向陌生人做了个手势，斯托姆则耸了耸肩。和一个人待在这么小的空间里却不跟他说话，这简直有点儿荒唐。

弗勒还没反应过来是怎么回事，斯托姆就已经站在陌生人面前了。她清了清嗓子。男人抬起头，颧骨突出，明亮的眼睛流露出愤怒。

“我想我应该自我介绍一下，因为我们好像要成为室友了。”斯托姆伸出手，“我叫斯托姆。”

男人打量着她：“我不明白你为什么要改名字？”

“不，我不是……”斯托姆含糊地说，“你认识的那两个女人，那对双胞胎，都不是我。”

“你只是和她们长得一样？”男人问道。

“没错。”

那人盯着斯托姆看了好一会儿，开口道：“你当我傻吗？”

“不是的……”斯托姆说。

“不，说实话她真的没有骗你。”弗勒说。他试图插到男人和斯托姆中间，但斯托姆却不肯让步，所以他只好站到她身边。“我知道这听起来很荒谬。但老实说，如果我们要骗你为什么不说一些更可信的事情？”

男人审视着弗勒，脸上的表情难以捉摸。

“我的意思是，看看我们现在的处境。”弗勒手一挥，指指牢房，“我们现在和一个可以轻易扭断我们脖子的陌生人一起待在这样一个狭小、封闭的空间里，我们干吗非得激怒你呢？”

大个子男人琢磨着弗勒的话。

“对了，我叫弗勒。”弗勒伸出手。

顿了一会儿，男人站了起来和他握手：“斯内克贝特[1]。”男人的手掌大得如蒲扇，让弗勒感觉自己就像一个孩子在和大人握手。

“斯内克贝特，这名字真有趣。”斯托姆说，“怎么会想到取这个名字？”

斯内克贝特卷起裤腿，露出了另一处伤疤——两个皱巴巴的小坑，相距两三厘米。“我被一条蛇咬了。”他抬头看了看弗勒和斯托姆，脸上突然绽开了笑容。

弗勒和斯托姆也大笑起来。

斯内克贝特放下裤腿，说：“我听你说每个人在其他世界上都有双胞胎。这是什么意思？”

这次，弗勒决定慢慢和他解释。他拿起背包，拿出降落伞，向斯内克贝特解释。斯内克贝特审视着降落伞，连伞扣和背带都没放过。直到弗勒和斯托姆确切地说明了他们用降落伞做了什么时，斯内克贝特的脸上渐渐写满震惊和恐慌。

“妈的！”听完他们的话，斯内克贝特骂了一句。

“你相信我们？”弗勒说，尽量不让自己的声音显得很惊讶。

“为什么不信？你们不是已经在这里了吗？”

外面的门吱吱呀呀地开了，斯图尔特把那对和斯托姆容貌相像

---

1 Snakebite，意为“被毒蛇咬伤”，作为人名，音译为“斯内克贝特”。

的双胞胎带了进来。

“现在，我相信你能够管住自己的嘴巴，文明讲话了吧。”斯图尔特对弗勒摇摇手指。弗勒点点头，不明白他为什么觉得自己是个会满口脏话的人。

“我是苏珊娜，”当外面的那扇门关上时，双胞胎之一对斯托姆说。她指着她的妹妹：“这是艾米莉。”

“我是斯托姆。”一颗泪珠从她的眼眶中涌出，沿着脸颊滚落，“我们是姐妹吗？”

苏珊娜走近一些，抓住栏杆说：“我们肯定是。”

斯托姆咽了口唾沫，点头同意。她走近双胞胎，紧紧抓住栏杆。

鉴于奥基德似乎也有个孪生姐妹在不同的世界上，弗勒不相信事情会这么简单。但他没有开口，因为他现在并没有一个很好的解释。

“我们马上救你出来。这太荒唐了。”艾米莉说。

“而且斯图尔特也真该好好处置一下了。”苏珊娜补充道。

弗勒咧嘴笑了起来。或许她们真的是姐妹。

她们努力想对彼此说些什么，最后艾米莉问道：“你是从哪里来的？”

斯托姆结结巴巴地想说出一个答案，但最后还是放弃了。“有时间我再跟你们解释。”

苏珊娜和艾米莉答应斯托姆她们会回来，有必要的话，会带一群人杀了斯图尔特。

等到门完全关上后，斯内克贝特才低声问道：“那其他的世界是什么样子啊？”

“世界。其他的世界至少有两个。”他们描述着自己的世界，斯内克贝特则专注聆听。斯托姆和弗勒开始滔滔不绝地提出他们的疑问，然而对斯内克贝特而言，显然倾听比答疑更容易一些。

“我们醒来的时候，地上就有猪、牛、庄稼，”斯托姆问及“重生日”那天的情况时，斯内克贝特说道，“人们很饿，有一些人被杀了，但大多数人只是感到害怕和困惑。直到事情稳定下来，这里才开始变得奇怪起来。”

“怎么奇怪？”斯内克贝特似乎不准备细说的时候，斯托姆立即问道。

“每个人都开始假装这一切从未发生过，如果你提到早期的事，他们就会表现得好像听不见你说话。他们谈及刚开始的那些日子时，会说‘让人感觉很糟’。现在没有人会大声问电话是用来干什么的，也没有人会问为什么有人生来年轻，而有人生来年老。”

斯托姆看着弗勒。“这就是我们会被关到这里来的原因。”她转身面向斯内克贝特，“你也是因为这个被关进来的吗？谈论早期的事？”

“我？不是。”斯内克贝特说，“我知道最好不要去戳破他们的美梦。我进来是因为我砍掉了韦恩的手指，并且拒绝道歉。”

弗勒的脑海中浮现出一幅令人毛骨悚然的画面：斯内克贝特把一个可怜家伙的手摁到桌子上，然后一根一根地切掉他的手指。但事实并非如弗勒想象的那么险恶。韦恩和他的三个兄弟去了斯内克贝特的住处，因为这兄弟几个不乐意斯内克贝特用社区水槽里的水，觉得他用得多。他们合谋了一下，接着一场争斗爆发了。韦恩想去拿挂在斯内克贝特工作车间墙上的一把镰刀，却不料抓住了刀刃。斯内克贝特把镰刀从韦恩手中踢掉，韦恩的手指就随着刀一起飞出去了。市议会认为斯内克贝特应该为此道歉，但他拒绝了。

门再次打开时，斯图尔特拿着一把钥匙。在他身后，苏珊娜和艾米莉都一脸满足。

“市议会准备召开会议。”斯图尔特打开牢门，斯托姆和弗勒陆续走了出去。

斯内克贝特按着大腿站了起来：“我想我也准备好出狱了。”

“准备好向韦恩道歉了吗？”

“是的。”斯内克贝特努力装出一副真诚的样子。

“那走吧。”斯图尔特打开牢房的门，领着他们走了出去。

26

弗勒饥肠辘辘，但他一直保持沉默，唯恐再违反了这个世界上任何他不知道的、让人神经过敏的潜规则。

议会大厅是一座巍峨的教堂，穹顶很高，彩色玻璃上的图画上有人在放羊，有人低头看着怀里的婴儿，还有的跪在脑袋周围有一圈光的人面前。光环。弗勒找不到任何词来形容它。在弗勒的世界上，大部分教堂都被废弃了，窗户也都被破坏了；教堂没有任何用处，尽管人们隐约知道它们可以用来与神对话，但没有人确切地知道应该和神说什么以及如何确认他们在听。

斯图尔特护送斯托姆和弗勒走到前排，让他们在那里等着。随后他匆匆走到后面的一群人中，和他们低声说着话，还不时地瞥一眼弗勒和斯托姆。

弗勒正要开口和斯托姆抱怨被这么多人盯着让他多么不舒服，“奥基德”走了进来。

“噢，不是吧？”弗勒惊呼。

她怀里抱着裹在白色襁褓里的婴儿，腿上的蓝色牛仔裤没有任何补丁，裤腿卷了起来——适应她娇小的身形，脚上蹬着似乎刚从盒子里面拿出来的崭新的鞋子。她和一个身材高大、戴着金边眼镜的白发男人走在一起，男人看起来一副虚情假意的模样。他们在和斯图尔特说话，从斯图尔特弯腰的动作，弗勒看得出“奥基德”的同伴是个举足轻重的人物。

“什么？你在看谁？”斯托姆扫了一眼房间后面，突然，她猛吸了一口气，“等等，那是——”

“奥基德。又一个。”弗勒挤过斯托姆，来到过道上，“我马上回来。”

斯托姆抓住他的胳膊：“你确定这么做好吗？”

弗勒耸耸肩：“能有什么事？我确信她不认识我。我很想知道她和我认识的奥基德到底有多像。”

他一边走近，一边观察着“奥基德”的反应。尽管她睁大眼睛好奇地注视着他，眼神中或许还带着一丝恐惧，不过她似乎不认识他。她低声对还在和斯图尔特交谈的同伴说了些什么。那个高个子男人扭头看着弗勒。

他的眼睛、嘴巴，甚至鼻孔都张得大大的，嘴里本能地发出了一声长长的“哈”，整个人踉跄着向后退。如果不是“奥基德”及时抓住他，他可能就会直接从敞开的前门摔出去了。

房间里鸦雀无声，所有人的目光都转向了那个白发男人。他喘着粗气，努力让自己镇定下来，但仍然呆呆地看着弗勒，就像在看一只毛茸茸的巨型蜘蛛或诸如此类的东西。

白发男人的反应让弗勒既震惊又困惑。这个人认得他。弗勒穿过寂静的房间，向他伸出手。

“我觉得你认识我，但我好像没能认出你。”他的声音很大，房间里的每个人都能听到。

那人看了看弗勒的手。他皱起鼻子，就像屋里有一股难闻的气味。“什么？不是。”他后退了半步，仍然没有和弗勒握手，“我当然不认识你。你是谁？”

“我叫弗勒。”他用左手抓住那人的手腕，把他的手拉到自己的手上，看着他的眼睛，“那请问你是？”那个人的手掌上全是汗。

“我叫布鲁斯，市议会的副主席。”布鲁斯提到自己的身份显然是为了重占上风，但弗勒并没有被吓到。或许是布鲁斯对他的反应，或者是有斯托姆在他身边给了他信心。

“很高兴认识你。”弗勒试着从那个人小鸟一般的眼睛里读出点儿什么。布鲁斯松开手，理了理身上破旧却干净的灯芯绒夹克，朝讲台走去。奥基德二号（其实是三号）最后看了弗勒一眼便紧随布鲁斯向前走去。

弗勒回到前排时，双胞胎姐妹已经在斯托姆身旁落座了，斯内克贝特坐在她们后面一排。弗勒的大脑快速运转，试图弄明白刚刚增加了他理解宇宙难度的那些令人费解的细节。至少有三个奥基德和三个斯托姆。难道每个世界都是由同一批人组成的吗？如果是这样的话，他的世界上的斯内克贝特应该早就死了，因为如果弗勒以前见过斯内克贝特，他肯定会记得。并且他十分肯定他的世界上没有斯托姆。

弗勒审视了大厅中的每一张面孔，除了“奥基德”和斯托姆，他一个都不认识，并且弗勒确信他见过自己世界里的每一个人，虽然次数不多。就此而言，除了斯托姆和另一个“奥基德”，没有一张熟悉的面孔。所以，有些人有副本，有些人没有。

人们纷纷入座，会议即将开始。弗勒不知道他们该如何面对接下来的局面。他扭头对斯内克贝特说：“有什么应对这种场面的建议吗？”

斯内克贝特向前倾身，嘴巴贴近弗勒的耳朵。斯托姆也靠向弗勒，以便能够听到他们的谈话内容。

“说谎。”斯内克贝特说。

“说谎？”

“想一个不会让任何人感觉不好的解释。只要给他们一点点机会，他们就会开心地当作一切从未发生，并且假装你一直在这里。”

弗勒慢慢地点点头，纳闷儿除了说出事实他还能如何解释。

在讲台上，一个黑发浓眉的男人敲打着被举到头顶的两根木棍维持会场秩序。弗勒闭上眼睛努力思考着——他需要一个理由。

“我是卡尔，这是丹尼……”他继续介绍了在折叠椅上坐成一排的七个男人，接着又一一介绍了在座的每一个人（可能有一百人），最后才去问弗勒和斯托姆的名字。

“我想我们需要知道的是，”卡尔摊着手，“你们去哪里了？为什么大家不认识你们？”

弗勒看着斯托姆，他能想到的只有：我们故意躲着你们。这肯定不是一个好解释，并且要是被卡尔追问他们躲起来的原因的话，他也不知道该怎么回答。

“我们不知道。”斯托姆说，依然看着弗勒。

“不知道？这是什么意思？”卡尔问。

斯托姆的回答让弗勒吓了一跳。“我们不知道”这样的回答怎么可能让他们从眼前的奇怪议会中脱身？

斯托姆双手捂脸，轻声抽泣。弗勒一边轻轻地拍着她的背安慰她，一边纳闷儿她接下来究竟会说些什么。

“一瞬间我们就在那里了，在那片田野。我不知道我是谁、从哪里来，除了名字什么都不记得了。”

大厅里顿时喧嚣起来。弗勒环顾四周，不确定斯托姆刚刚那番话是否“传播了不良情绪”。从他们的表情来看，好像从来没有人这样过。斯托姆并没有谈论“重生日”的事，然而仅是暗指也足以让所有人感到不适。但愿可以获得他们的同情。

市议会的议员正在交谈，坐在椅子两边的人凑向中间以便听到彼此的看法。

弗勒回头看了一眼斯内克贝特。斯内克贝特扬起眉毛耸了耸肩。显然，他不知道这番话的效果如何。

突然，艾米莉和苏珊娜也走上了讲台，倾身交谈起来。弗勒听见卡尔叫她们坐下，但姐妹俩却继续说了下去。在满屋子喧嚣的谈话声中，弗勒听不清她们到底说了什么，但能够听出来她们的语气十分坚定。

布鲁斯眉毛紧锁，捏着声音，也说了很多话。他随着卡尔、双胞胎姐妹，还有其他一些人来回打转。突然，不知道卡尔厉声而急促地说了句什么，他们的谈话随即戛然而止。

卡尔咔嗒咔嗒地敲着木棍，直到房间里的嘈杂声逐渐平息下来。“世界上有些事情是不可知的。”他看着弗勒和斯托姆，“我们不能因此而责备你们，只要你们说话时有礼貌。”他故意看了弗勒一眼，“我们认为这个问题没有继续讨论下去的必要。”

这些人真奇怪。弗勒和大家一起从座位上站起来，他看了一眼布鲁斯，发现他也在看自己。

人群挤在一起走向教堂出口，却与弗勒和三个斯托姆保持着距离，仿佛有个直径一臂长的无形圆圈围绕着他们。看到他们挨得那么近，弗勒感到心神不宁，就像他的视力出了问题一样。

“我能和你谈谈吗？”当他们走下教堂前面的台阶时，斯托姆问道。她抓住弗勒的手腕，领着他沿街走了几步：“苏珊娜和艾米莉让我暂时去她们那里住，我答应了。”

弗勒试图掩饰自己内心的刺痛，他原以为他们会因为那张照片以及两人共有的秘密一直在一起。“我知道你在生我的气……”

“跟你带我下来无关。”

“好吧。”弗勒意识到自己沉默了太久，于是说道，“不过我们回头再谈吧。”

斯托姆点点头：“好主意。”

她回到双胞胎身边，和她们一起朝她们的家走去。身边少了斯托姆，弗勒感觉自己完全迷失了方向，整个人都泄了气。

他看了看天空，发现已是傍晚时分。一想到自己要四处游荡，直到找到一座废弃的房子，然后独自睡在积满灰尘的被单下，弗勒就感到十分沮丧。

在半路上，他看见了斯内克贝特，便喊道：“斯内克贝特？”

这个大个子男人等着从后面追上来的弗勒。

“我现在无处可去了。”他停顿了一下，希望斯内克贝特能够向他发出邀请，但斯内克贝特只是等着。“我能去你那儿住吗？”

斯内克贝特点了点头：“来吧。”

他们一路走着，谁都没有说话。而弗勒却很感激这种沉默，他需要时间来思考。

他想弄清楚关于布鲁斯的事。一个成年人为什么会有那样的反应？弗勒的出现吓了布鲁斯一大跳，就像见了鬼一样。

会不会是这个世界上有弗勒的双身，而布鲁斯正好目睹了他的死亡？实际上，这一点能够解释清楚许多事情。不提到早期的事情，布鲁斯根本说不清楚他当时为什么会有那样的反应，所以无奈之下，他只好否认自己认识弗勒这件事。

又或者，会不会是布鲁斯在早期杀了弗勒的双身？如果是这样，便能解释他脸上赤裸裸的震惊了。和被自己亲手杀死的人面对面，那场面想想都刺激。

“你在笑什么？”斯内克贝特问道。

弗勒没意识到自己在笑。“我在想布鲁斯看到我的时候为什么会那么惊讶。”他说。

“如果这样的事你都能笑，那你肯定是个快乐的人。”

弗勒大笑起来，摇了摇头：“我只是有一些疯狂的想法。”

他们拐到大街上，从商店的檐篷下走过，傍晚时分的阳光和蓝色的阴影交相辉映。尽管外墙的油漆已经脱落了，但这些商店各有各的美，颜色和面貌各不相同。

“布鲁斯是个重要人物，”斯内克贝特说，“他之所以能有现在的地位，是因为他在早些日子发现了能让人活下去的东西。”

“比如？”

斯内克贝特耸耸肩：“比如说如何从地下抽水、如何使农作物生长，以及一些药物的疗效。”

“他是怎么知道这些事情的？”

“我不知道，他想出来的。”

“你喜欢他吗？”弗勒问。

斯内克贝特看着他，显然对这个问题很恼火：“我不喜欢任何人，我宁愿住在世界另一端的树林里。”

“那你为什么不去？”

“因为我喜欢吃。”

斯内克贝特住在边缘的一家商店楼上，公寓里有一些小房间和狭窄的门厅。他让弗勒在两个空房间中挑一间（弗勒选择了带窗的房间，可以俯瞰世界边缘），接着，令弗勒又惊又喜的是，斯内克贝特请他吃了一顿饭。

厨房位于一楼，在商店后面，并且和商店一样，里面堆满了坏掉的东西。斯内克贝特解释说他靠修东西——鞋子、椅子、刷子、自行车，以及别人带过来的其他任何东西他都可以修——换取食物。

“你是怎么学会修理这些东西的？”弗勒问道，并且眼看着斯内克贝特从橱柜的钩子上拿下一只兔子。他的心开始怦怦跳，期待得口流涎水。

斯内克贝特被弗勒问得一脸茫然。“我没有学，我研究每样东西的原本构造，然后就搞清楚该怎么做了。”他把兔子放在砧板上，“常识而已。”

“我想你接受了你们世界对于过去的不安，接受程度比你所意识到的还要深一些。”

斯内克贝特似乎被弗勒的话吓了一跳：“为什么这么说？”

“在我的世界上，我无数次目睹有人一拿起笛子或织补针，他们的手指就知道接下来该怎么做，即使他们并不知道是怎么回事。”弗勒举起一只手，“可惜我的手指不会吹笛子。”

斯内克贝特一只手抓着兔子，另一只手拿着菜刀，他想了一下说：“你是说我在‘重生日’之前就学会了修东西？”

“对，我就想说这个。‘重生日’的时候，你是在这间屋子里醒来的吗？周围的这些工具什么的都在？”

斯内克贝特沿着兔子背部划了一条长长的口子，然后放下刀，双手抓住兔子，往两边剥下兔子皮。“不，我是在墓地里，就在刚刚开会的那座教堂后面。醒来的时候，我背靠一块墓碑坐着。”

弗勒点了点头。斯内克贝特和他一样，醒来时就无家可归。弗勒嫉妒自己世界上的这一类人——“重生日”的时候，他们在房子里面醒来，周围还有其他人，附近的照片还能够让他们想起在“重生日”之前彼此之间的关系。

斯内克贝特抬眼看着弗勒：“你觉得发生了什么？”

“不知道，但我想等到了最下面我就会知道了。”弗勒掏出地图，摊在桌子上让斯内克贝特看，“这是‘重生日’前我用自己的血画出的图案。”

弗勒的卧室里乱七八糟地堆着“重生日”时就有的东西，都没什么用，好像斯内克贝特从来没想过要把这里整理一下。房间的墙上贴满了五颜六色的海报：一张上面有一个骷髅头，三个男人透过

骷髅的眼睛和鼻孔向外窥探着；另一张海报上有一个长着翅膀、浑身鲜红的女人，那种艳丽明亮的红色让弗勒感到眼睛难受得像被灼伤了一样。架子上陈列着汽车、飞机和轮船的塑料模型，床头柜上放着一摞漫画书。

弗勒抱起那摞书，坐在床边翻了起来。它们大多是动物漫画，不是弗勒喜欢的类型。在他的世界上时，他偶尔会看些漫画书。最终，他意识到这些图画不是随意排列的，跟画廊里的那些不一样；如果按照正确的顺序——一般都是从左到右，从上到下——来看，你会发现它们在讲故事。

快看到最下面一本的时候，弗勒看到一本不是动物漫画的书。一把它抽出来，他便开心地大笑起来，因为他见过这本漫画，他在自己的世界上看过同一本。封面上的男人身穿一件蓝黄相间的衣服，这让弗勒想起了自己的跳伞服。也许这就是弗勒服装的灵感来源，虽然他在选择服装时并没有想起这本漫画。弗勒又将漫画书翻阅了一遍，就像与自己的老朋友叙旧一般。其实，在这个世界里找到一本完全一样的漫画，弗勒并不觉得惊讶。有很多一样的车，甚至还有一样的人，那为什么不能有一样的漫画呢?

回忆完往事之后，弗勒把床拖到敞开的窗户下面。他平躺在床上，脑袋枕着双手，望着天空上的像旋涡一样的耀眼星河，一阵凉风从他身上拂过。弗勒纳闷儿到底有多少个这样的世界散落在那片无垠的星空之中。

他从口袋里掏出地图，数着上面的椭圆。从他的地图来看，有七个世界。也许只有七个，但如果有一千个，他也没有足够的纸或者血把它们全部画下来，所以这张地图可能不具有代表性。就他所知，下面会有上百万个世界。

不仅下面，左右两边也会有这么多世界吗？或许更重要的是，那里有没有人能告诉他为什么事情似乎是从中间开始的，为什么不同世界上到处都有一样的人？某个地方的某个人一定知道答案。弗勒盯着最下面的那个世界上方的“X”，他敢肯定答案就在那里。

XIII

他们难以置信地盯着安装工厂墙上的电视机。据 MSNBC 报道，士兵已经涌向了旧金山的市场街。来自俄罗斯、委内瑞拉，也许还有朝鲜的外国士兵正沿着海岸线进一步南下。俄罗斯的 T-90 坦克已经登陆圣塔莫尼卡的海滩，正对美国在该市的阵地开火。

彼得感觉到有只手搭在了自己的肩膀上，扭头发现哈利站在他身边，脸色铁青。“我们必须让更多的人加入进来，我们需要加快行动。”

“发电站马上就会成为一种阻碍了。”他们有两百名工程师在研究纳米结构的燃料电池，三家工厂正在转型为该电池的生产商。所有员工都不清楚他们为什么要设计和生产这些东西。

“所以我们需要更多的人参与其中。”

彼得从未想过西方联盟可能会输。他不想让任何一方胜利，而是希望战争能以平局告终，因为战争本身毫无意义。

“你说得对。”他按了按太阳穴，试图赶走没完没了的头痛。他总是会感到头痛。他睡得那么少，也难怪他头痛了。他的手指、他的眼皮也因为过度劳累而不停抽动。

“我得回去工作了。”彼得转身向角落处的实验台走去，突然，他一个踉跄跪倒在地。他眼前一黑，只听得到耳畔巨大的嘈杂声。

“彼得？”

“嗯，我没事。”彼得挣扎着想站起来。他感到头晕目眩，但他甚至没有意识到自己失去了意识。眩晕的感觉就像波浪一样向他袭来。

他感觉到有一只手正抓着他的手臂。“放轻松，坐下，坐下就行。”

他坐在地板上，整个人依然晕乎乎的，四周全是同事们的脚和腿。

“叫救护车。”哈利对某个人说道。

“不用，去急诊室就要浪费半天，我只是太累了。”

“彼得，你刚才晕过去了，我们得送你去医院看看。”

彼得深吸一口气，试图让大脑清醒一下。他感觉到脑袋突突突地跳着，浑身打着寒战，就像有股电流涌进身体一样。“我们这里不是有三位医学博士吗？叫一个过来就行了。”

十分钟前，彼得默默发誓再休息五分钟就回去工作，但好像有一股额外的重力把他压在了床上。他费了好大劲儿才抬起胳膊，够到了奥特罗医生留给他的药水。在眼后以及后脑勺左半边这两个地方，他能感觉到明显的疼痛。可是没人能够替代他的工作。或许他应该屈服，睡上六七个小时。

奥特罗医生走进来，手上拿着一份打印文件，很可能是验血结果。她戴着口罩，但她平时检查时并不会戴口罩。

“桑多瓦尔博士……”她停顿了一下，面色凝重。

彼得的脑海中闪过许多可能的疾病：癌症、渐冻人症……

“你感染了彼得森－扬兹朊病毒。”她目光低垂，“我很抱歉。”

他觉得他在往下掉，仿佛身下的小床被人抽走了。他确定自己又要昏过去了。也许他已经昏了过去，而眼前的所有情景都是他想象出来的？

他已经采取了一切预防措施，按理说感染的概率应该为零。这种病只能通过体液——血液、精液、唾液——传播。但百密也会有一疏，不是吗？

他最多还能活一个月，并且大部分时间都会在病痛的折磨中度过。抽搐不止的伊莎贝拉从他脑海中闪过，他感觉仿佛有一只蜘蛛在他的脊柱上乱爬。

恐惧——一种黑暗的、深不见底的恐惧感向他袭来，无比真实，压得他直不起腰，他只觉得头晕目眩，天旋地转的。他快要死了。

“要我替你通知谁吗？”奥特罗问道。

“不用。别告诉任何人。”他需要在死前完成这个项目。但是他的时间够吗？

不够。

“你需要住院，接受隔离。”

“我会自己去医院的。”他抬头看着奥特罗，恳求道，“我已经不知不觉感染病毒好多天了。传染别人也不会是现在，毕竟我已经知晓了病情。至少我现在知道了不能跟任何人分享冰激凌蛋卷。”

奥特罗医生点点头：“你先休息一下，过几个小时我再来看看你。”

“谢谢。”

随着奥特罗的脚步声渐渐远去，彼得可以听到实验室里正在进行的工作。他不知道没有自己他们该如何完成这个项目。他们只能把它交给联邦政府，而联邦政府无疑会把奇点变成武器。

也许诊断结果是假阳性。肯定出现过误诊的情况——

彼得大笑起来。接下来他要经历的就是：否认——库伯勒·罗斯“死亡阶段”的第一个阶段；然后他会开始讨价还价，尽管他不知道该跟谁，也许他可以借机和乌戈讨价还价。如果你继续研究彼得森–扬兹朊病毒，想办法在不完全抹去我记忆的情况下分离出朊病毒的结合特性。我会——他要做什么？复活伊莎贝拉？

乌戈鄙视他。也许乌戈有权鄙视他。

他的思绪不断地回到伊莎贝拉身上。她曾让他试着想象一下濒临死亡的感觉。他感觉自己已经竭尽全力了，但是现在他才知道，对于真实的感受而言，他的想象实在太过苍白。你根本无法想象那种感觉，直到有人拿着检验结果站在你面前。

既然他已经感受到了死亡的重量，伊莎贝拉希望被复制的渴求完全合乎情理。

他可以做到，现在他已经知道通过复制器的时候，人必须是无知无觉的。如果他想，他就可以做到。

还差一步，他就可以利用奇点的力量，在战争吞噬世界之前结束它。

梅丽莎呢？如果他这样做了，那么在老彼得死去之后，新彼得会接着从他生命终结的地方继续生活下去吗？还是说他们会从头开始？

他是真的在考虑这件事吗？

是的，在考虑。

如果彼得在复制伊莎贝拉失败之后成功复制了自己，那么乌戈肯定会更加鄙视彼得的。

会有人理解他吗？他的副本会被允许继续存在，然后接管彼得的实验室和补助金吗？还有，他会不会被带到中央情报局的实验室，成为他们的研究对象？

他必须在半夜偷偷地做这件事，就像之前复制伊莎贝拉时那样。

27

太阳刚升起，弗勒就想去找斯托姆，但这似乎显得他既缺爱又可怜。他可能很缺爱、很可怜，但他不想让斯托姆也觉得他是这样的人。

相反，弗勒拿出那张照片。照片边缘被磨损得很厉害，棱角都磨圆了，但斯托姆的笑脸依然清晰可见……

然后他恍然大悟，也许让自己心烦意乱的是苏珊娜和艾米莉的打扮——乡村服饰以及头发上一模一样的黄色蝴蝶结，因为它和照片中的“斯托姆”所穿的黑色上衣和牛仔裤打扮迥然不同。斯托姆一定也意识到她可能不是照片中的那个女人，也许因为这样，她才选择离开弗勒，和那对双胞胎一起。

他不愿相信照片中的女人是苏珊娜或者艾米莉。她们可能看起来很像斯托姆，但斯托姆有着只属于她的东西，当她在弗勒身边时，弗勒能够感觉到她就是自己曾经深爱的人。

他仍然爱着她。他确信即使先前的变故让他忘记了一切，但他对斯托姆的感情却在“重生日”之后完整地保留了下来。不然他对于斯托姆的爱又该如何解释呢？从遇到她的那一刻起，弗勒便感受到了自己对她的爱。

她确实美丽动人，但奥基德也很漂亮，并且不乏长得漂亮的女人。然而她们都不会让弗勒觉得站在平地上时有种往下坠落的感觉。只有斯托姆能够让他这样。

尽管斯托姆的离开令他伤心不已，但弗勒觉得还是应该给她时间，让她准备好之后再回来找他。

同时他也尽其所能地协助斯内克贝特工作。弗勒将斧头断开的两截合在一起，好让斯内克贝特固定螺丝；斯内克贝特一弄好鞋子的样式，弗勒就开始缝合针脚。最开始的几次，弗勒试着和斯内克贝特聊聊，但斯内克贝特只是咕哝一声或者点点头。如果弗勒硬要说下去，斯内克贝特就会停下手头的工作，生气地瞪着他。

“集中注意力。”

从那以后，他俩只在有需要的时候才会说话，比如，“把锤子给我”。

有天中午，他们正在修一辆自行车。车的链条断了，斯内克贝特便从商店的角落里找到一辆没有轮子的自行车，拆下它的链条替换上去。

“多余的零件总有一天会被用完，到时候也就不会有自行车了。”斯内克贝特一边说，一边把链条穿进车里，弗勒则慢慢地转动着脚踏板。

“无论如何，走路更安全，”弗勒说，“我朋友斯特莱普骑车撞上了一个敞开着的检修孔，门牙都磕掉了。”

斯内克贝特点了点头：“也许你说得对。”

弗勒仔细观察斯内克贝特的动作，看着他将链条的两端连在一起变成一个圈。

“坠落的感觉如何？”斯内克贝特问道，眼睛依然盯着手中的活儿。

这个问题让弗勒大吃一惊。他回答道：“一开始很糟，感觉心脏快要爆炸了，而且肚子比身体其他部位落得更快。一段时间之后，一切复归平静，此时你甚至感受不到自己在往下掉。”

斯内克贝特一边用手背擦去额头上的汗水，一边问道：“你会在风中打转吗？”

“你可以通过移动胳膊和腿来稳定身体。”他已经忘记想象坠落时的感觉有多困难了。

斯内克贝特试着转了下踏板，自行车的后轮咔嚓一声平稳地转动起来。斯内克贝特从台钳上取下自行车，抓着车把，毫不费力地把它翻了个身放到地上，然后推给弗勒：“你能把它送到车主那里吗？离这里不远，你可以推着车过去。”

弗勒笑道：“没问题。送去哪里？”

“这是布鲁斯妻子的车。”他指着街道的方向，“经过议会大厅再走几个街区，在左手边你会看到一幢很大的黄色房子，就是那里。”

斯内克贝特为他打开了前门。弗勒看着他点头致谢的时候，斯内克贝特却不动声色，不过他肯定知道自己给了弗勒一次机会。

弗勒推着自行车走在大街上，从一个男人身旁经过。那个人坐在一辆红色汽车的保险杠上吃洋葱，他所在的位置，随时都可能有人跑上前抢走他手里的洋葱。这地方真奇怪。

汽车前脸中央有一匹驰骋中的银色骏马模型。弗勒纳闷儿这些人怎么可以将汽车摆在街道上，甚至还会坐在上面，却从不谈论它们的来历呢。也许在深夜躺到床上的时候，他们会把这里的制度抛到一边，向他们所爱的人低声诉说内心的疑问。

他进城时经过的那家商店的门还开着，他放慢脚步，费力地往里看。店里有三个人——一个在柜台后面，另外两个看着摆在架子上和地板上的东西。他们彼此之间毫无交流。在他的世界上，人与人之间几乎在不停地交谈。也许这是不准谈及“重生日”这条禁忌的副作用——他们从不回顾过去，而如果你不回顾过去，那么除了让别人递一下锤子或者问别人为什么从未见过他们，也就没有太多交谈的由头了。

弗勒经过议会大厅，进入下坡路段。他看到了布鲁斯的大房子——每一处草坪都精心修剪过，所有窗户都完好无损。当他把自行车的车头转向车道时，前门突然开了，布鲁斯冲了出来。他在离门廊几步远的地方停了下来，折返回屋，再出来的时候手里抓着一根撬胎棒。

“这里不欢迎你。”布鲁斯边说边靠近。

“你说你从来没见过我，并且对我一无所知，但当我带着你的自行车过来时，你却拿着撬胎棒出门迎接我？”他喜欢这个世界，比起他和斯托姆的世界，这里更加温柔。老人认为他们可以用金属棒吓唬年轻人。“拜托，别装了，你是怎么认识我的？”

布鲁斯的喉结上下滚动着：“我不认识你，但我知道你是什么样的人。如果没人阻止你，你会毁了这里的。”

弗勒感觉到有动静，抬眼便看到奥基德的分身站在楼上的窗户前望着他们。他觉得自己喜欢“分身”这个词，回忆起来这还是他第一次想到它。

“我是什么样的人。你整个人差点儿跳起来，就因为你转身看见我，然后认出了……我是什么样的人？”他的言语中故意带着讽刺。

“我抽筋了。”布鲁斯说，“我转错方向了。这与你无关。”

弗勒看得出来，从这个人身上得不到任何有用的信息。他踢开自行车支架，一言不发，转身就走。在弗勒的世界上，对一个手持武器的人不理不睬，对他来说绝对是一种天大的羞辱。弗勒希望在这个世界上也是如此。

XIV

彼得脱下防护服，转身离去。

他抑制着回头再去检查实验室大门的冲动。门紧锁着，他知道。相反，他脱下运动衫，双手因疾病和疲惫而不停地颤抖着，然后脱下裤子和内裤，把它们堆成一堆，紧挨着手枪放在桌子上。

他在桌子上站稳，深吸一口气，接着快速呼气，试图鼓起勇气去做这件事。

最糟的是没能跟梅丽莎说声再见，但是他觉得梅丽莎不会同意这项计划。这是唯一行得通的计划。太多生命处在水深火热之中了。

他光着脚从一个钢质短梯向上爬，脚底的阶梯冷冰冰的。他觉得自己就像个在爬绞架的囚犯。

彼得走进带有活板门的铁笼子里，低头盯着虫洞口，他觉得它活像一只瞪着他的大眼睛。现在他已经在洞口上方了，他不确定自己是否真的有勇气注射美索比妥，然后跳进去。他的手紧紧地抓着冰冷的铁笼，好像没有什么东西动得了它。

不过，这是唯一的办法。梅丽莎不会失去他，数百万人的生命也会获救。所有这一切可以用几个月痛苦不堪的生活换来。

他本可以请哈利帮他做这件事。哈利近距离接触过，但这对哈利不公平。彼得可以自己完成，何况他请求哈利做的事情已经远远超出了朋友应有的本分。

彼得深吸了一口气，为活板门定好时间。三分钟后，它会自动打开。他从塑料管中抽出注射器扎进自己的手掌。他想起了伊莎贝拉，想起她苍白、抽搐的身体，还有她眼中的恐惧。

我要你看着我，彼得。看着我的眼睛，我好害怕。

他扎了两次，结果因为身体颤抖，针头都被拔了出来。他稳住身体，又扎了一次，用掌根压下注射器活塞。

黑暗渐渐笼罩了他……

他一直在做梦，但这些梦久远而模糊，就像小时候发生在他身上的事。他记不清梦的具体内容，但一想到它们，他就觉得皮肤刺痛，胆战心惊。

彼得睁开眼，生锈的钢椽在上方纵横交错。他转过头，看见另一个彼得坐在对面一张一模一样的轮床上镇定精神。彼得突然想起现在他——真正的彼得——要做的就是去死。有那么一瞬间，不理智占据了他的大脑，他想要逃离。

彼得大笑起来。

另一个彼得抬头问道："怎么了？"

彼得颤颤巍巍地站起来："有那么一瞬间，我想从你身边逃走，逃离我自己这项深思熟虑的计划。”

另一个彼得笑道：“你知道更有趣的是什么吗？”

“什么？”

另一个彼得等待着，给彼得时间让他自己想明白，不过彼得毫无头绪。

“更有趣的是，”另一个彼得终于微笑着说，“你甚至不知道你是哪一个彼得。”

彼得看了看实验室的布局，意识到自己面对的方向是错的。他坐在错误的输送管道下面。他感觉很好——头不痛、身体也没有颤抖。

而另一个彼得——真正的彼得——他穿过水泥地板，爬进了那个化学容器，容器正好到他的脖子处。彼得记得一周前自己爬进容器时的情景，记得站在里面时那种冰冷、可怕、绝望的感觉。只不过那不是他，他的生命只开始了三分钟。

生日快乐。

手枪在桌角放着，那是另一个彼得留下的。他曾无数次——也是第一次——疑惑用枪是不是最好的办法。不过他仔细研究过，并且明白尽管丑陋而又血腥，但鉴于实际情况，朝脑袋上打一枪是最不痛苦的方法了。

彼得加快了动作，他知道真正的彼得活着的每时每刻都是煎熬，不该再花时间在化学容器中等死了。

另一个彼得蜷缩在大桶里，脸因恐惧而抽搐着，嘴巴抿得紧紧的。他蹲在圆桶里，低着头，尽量减少血液或组织飞溅到地板上的机会。圆桶内壁还贴上了弹性瓷砖，以防子弹反弹。彼得考虑得真周到啊。

只是他成不了一名杀手。

“我想我做不到。”这把枪感觉有五十磅重。

另一个彼得抬起头：“天哪，就不能克服一下吗？”

“我做不到，我们想想别的法子。”他的大脑飞快运转，想找到一条出路，“可以说我们是双胞胎，一出生就分开了——”

“别逼我自己动手，”圆桶中的彼得几乎是歇斯底里地喊道，“那样的话就太悲惨了。我赋予了你生命，就请你为我做这一件事，求你了。”

彼得颤抖着双手，把枪对准了另一个彼得的后脑勺，并按他们计划的那样朝下瞄准了脊柱。“上帝啊，上帝啊，彼得，我不能这么残忍地开枪打死你啊。”

“我他妈横竖都是死，你只要——”

他扣动了扳机。另一个彼得的后脑勺炸开了，身体随即瘫倒在圆桶中。

彼得闭上眼睛，转过身去。“哦，上帝！哦，上帝！”他呼哧呼哧止不住地痛哭起来。

他要振作起来，处理好后事。之后他才能扑到办公室里面的小床上，彻底崩溃。他可以趴在枕头上哭或者对着枕头尖叫，并为自己默哀。

彼得开始将高氯酸倒入容器。倒满后，当圆桶里嘶嘶作响，冒着热气，真彼得的遗体被高氯酸腐蚀殆尽时，他穿上了衣服。

排干水桶之后，彼得踉踉跄跄地走到小床前，拿起他放在床头柜上的两片阿普唑仑，就着纸杯里的水一口吞下。

从现在开始他就是彼得了，唯一的彼得。没人会知道他不是原来的彼得，梅丽莎也不例外。

28

夜幕开始降临，艾米莉和苏珊娜走进斯内克贝特的店里，一个人拿着一把三条腿的椅子，另一个人拿着第四条腿。一个人在和斯内克贝特商量的时候，另一个人把断了的椅子腿放在桌子上，然后转身面向弗勒说道：“是我，斯托姆。”

即使她自报姓名，弗勒还是反应了片刻之后才明白过来。她和艾米莉（或者是苏珊娜？）穿着一模一样的带有花纹图案的家居服。很明显她和她的姐妹们关系很好，弗勒内心不禁泛起一阵嫉妒。

“如果你愿意等的话，我现在就可以修好。”斯内克贝特一边看着斯托姆和弗勒，一边对双胞胎姐妹之一说道。

“我们去厨房聊聊吗？”弗勒指了指商店的后门。他跟在斯托姆后面走进厨房。

斯托姆把双手放在“富美家”牌柜台上，端详着挂在墙上的蓝色和红色花朵图案的盘子。“我想谢谢你把我带到这儿来。虽然我对你的做法仍然有些怨恨，但我现在明白是你救了我的命。”见弗勒没有回答，斯托姆便看着他，而他则点点头，不知道她想让他说什么。“我和艾米莉还有苏珊娜聊了半宿，我向她们解释了我从哪里来，她们都很相信我，并没有说什么‘不好感觉’之类的废话。

和她们在一起，我感到很自在，感受到了一种我在自己的世界上从未感受过的平静。”

弗勒过了一会儿才明白她的言外之意。“你想留下来？”

“是的。”

“但我们不能这么做，我还要继续往下面去。”他把手放在装有地图的口袋上。

斯托姆点点头：“我知道你会这么做。”

“但我想——”弗勒结巴起来。他原以为他们命中注定会在一起，他们是彼此的灵魂伴侣。但这些话如果他大声说出来，听起来就会很傻。“难道你不想知道下面有什么吗？你不觉得……”他在脑海中搜索合适的措辞，“就好像你身上有一大块东西不见了，每次你伸手去拿它的时候，它总是会从你手中溜走？”他把伞兵玩具从口袋里掏出来，接着是地图和照片，最后把它们都放在餐桌上，“答案就在下面。在‘重生日’之前我竭尽全力为自己指明了方向，然后我又加了一张你的照片。这些信息还不够清楚吗？我们应该一起下去。”

斯托姆走到窗前，靠在窗框上：“或者说和你一起下去的应该是艾米莉，或者苏珊娜。”

“照片里的人是你。我知道是你。”

斯托姆闭上了眼睛：“‘重生日’那天我的口袋里只有一把上了膛的枪，没有地图，没有降落伞。”

*也没有弗勒的照片。*这句话她没有说出口。

“那就忘了我口袋里的东西吧。答案仍然在下面，你不也感觉到了吗？”

“嗯，我感觉到了。”

“难道你不想知道那是什么吗？”

“不想。”最后斯托姆说道。

“你怎么能不……”

斯托姆提高了音量，盖过了弗勒的声音：“因为这很可怕！”

她话语背后的情绪让弗勒吓了一跳，但他不能和她争辩。

“如果能往上飘，远离答案，我倒是愿意。”

她的话让他想起了噩梦中的一些片段：巨大的肠子、下着血雨的天空。而从窗子里望去，厨房外突然暗下来的天空似乎也预示着不祥，让人捉摸不透。

斯托姆伸出手抚摩他的脸颊，手指冰凉而柔软。“生活中唯一真正重要的是人。如果你有在乎的人，那么你就拥有了你所需要的一切。”

“我完全同意。”他伸出手握住了她的手，“所以我想让你和我一起去。”

斯托姆没有缩回手，只是微笑着：“我不能离开艾米莉和苏珊娜。我有了一个家，你能理解这对我来说有多重要吗？”

“那我就跟你一起留在这儿。”

斯托姆笑道：“如果你待在这儿你会恨自己的。我也一样。”弗勒开口反驳，告诉她他宁愿不知道真相也要和她在一起。她紧握了一下他的手，然后松开了：“我去看看椅子修得怎么样了。”

门猛地关上了。弗勒盯着窗外，看着远处的黑色雨云。

当他终于推开厨房的门，在门外停下来时，斯托姆和艾米莉正头抵着头在门边低声交谈。

斯托姆看见了他，说道："斯内克贝特已经修好了椅子。我们正准备回去。"

"我送你们。"他一边咽唾沫忍住哽咽，一边从斯内克贝特手中接过椅子，跟着她们走了出去。

走在路上时，弗勒已经分不清谁是斯托姆，谁是艾米莉，不管他多么仔细地观察她们，也看不出什么破绽。其中一个举起手指，压在上嘴唇上；另一个则把头歪向一边，双臂交叉。这些都是斯托姆的怪癖。

他不知道今天晚上是不是该说声再见，明天一早就启程。无论在底部等待着他的是什么，可能都不差这几天，但留得越久，离开的时候就越痛苦。

砰的一声巨响吓得弗勒跳了起来。

斯托姆，或者是艾米莉，剧烈地摇晃着身体，倒在人行道上，鲜血从她的耳朵下面绽开。接着又爆出三下短促的"砰——砰——砰"声，另一个斯托姆尖叫起来，声音大得让弗勒的耳朵嗡嗡作响。

"不要动。待在原地别动。"那是一个男人的声音。

弗勒感到天旋地转。

"我说了，不要动！"

两个人影朝他走来，他们一身黑衣，面戴纯黑色面具，只露着两只眼睛。一个人举起枪托，打在弗勒的脸上，就打在他的眼睛下面。弗勒一个踉跄，眼看就要摔倒，却被人猛地拉住了。而拉住弗勒的正是动手打他的那个人。

四五个人在他们周围散开，斯托姆依然尖叫不止，其中两个人正在阻止她。

一个身穿军装的大个子男人大步走向斯托姆（或者是艾米莉），举起手枪说道：“安静点儿，否则我就开枪打死你。”

那人转向弗勒：“抓到你了。”他听起来扬扬得意，就像个发现了一罐巧克力布丁的小孩子。

“你抓到了谁？”弗勒问，“你觉得我是谁？无论是谁，你都错了，因为我谁也不是。你们为了抓一个无名小卒就滥杀无辜。”

那人靠近了一些，他一脸横肉，鼻子修长。“彼得，你的演技也太拙劣了。如果你真感染了暂时性失忆病毒，那么你怎么会知道你可以从一个岛跳到另一个岛？靠本能？你告诉我你到底藏……”

咔嗒一声，紧接着是一阵邪恶的隆隆声。其中一个人的下巴不见了，取而代之的是血淋淋的肉和骨头。又一阵隆隆声，另一个人也倒下了，他在地上扭来扭去，死死捂住自己残破的肚皮。

剩下的人呈扇形散开，弓着身子，举着枪，把弗勒和斯托姆（上帝，他希望是斯托姆）单独留在空旷的地方。斯托姆卧倒在人行道上，向她的孪生姐妹爬去，弗勒紧随其后。

弗勒借着眼角的余光瞥见枪口一闪而过的火舌，从他们旁边那家商店的破窗户里射了出来。街上的一个人倒在地上，他的大腿被击中了。

“在那儿。”一个蒙面人指了指开火的方向，他的同伙便全速奔去包抄商店。

弗勒眯起眼睛看了看窗户，发现一个大大的人影，一定是躲在暗处的斯内克贝特。远处传来了喊叫声，人们被枪声惊动，四处逃窜。弗勒希望他们都带着枪。

一名身着黑衣的男子举起手枪，跑进商店里面。

“小心！”弗勒喊道。他看见斯内克贝特在那个人的枪声下倒了下去，身体翻滚着。那个人不停地开枪，直到他从商店离开。

另外两个人转身冲进商店，在黑暗中拼命开枪。

又传来两声猎枪的巨响，两个人都倒了下去。

弗勒环顾四周，意识到他们的头目——那个喊他彼得的人已经不见了。大街上有几个人朝他们奔来。一直站着的枪手纷纷沿街落荒而逃。

斯内克贝特从门里飞奔出来，手里拿着一把短管霰弹枪，正好看见那三个人在街道边上的两栋大楼之间闪躲。斯内克贝特扫视着街上的其他人，然后放下枪，三个当地人突然停下来，审视着这场屠杀。

“天哪，发生了什么事？”来人是斯图尔特。

斯内克贝特站起身，除了费力的呼吸声，他发不出任何声音，他的手臂垂在身体两侧，一副不知道该拿它们怎么办才好的样子。

斯托姆跪在血泊中，抱着艾米莉的头——也可能是艾米莉抱着斯托姆的头。她的伤口是个大坑，弗勒抑制住自己看到血从她一边的脸颊上淌下来时绝望的哭喊。

弗勒愤怒地看着躺在附近的其中一名死去的杀手，爬到那人面前，手伸到他的下巴下面，摸索到面具边缘，一把将它扯了下来。

弗勒感觉到肺里的空气全被耗尽了，那里一直空着，直到他的视野里充满了黑色的斑点，直到他分辨不出眼前的面孔。尽管如此，他还是无法吸气，他感觉自己快要昏倒了，并且内心竟渴望着能够昏过去。

斯内克贝特把另一具尸体上的面具扯下来。那个人就和第一个一样，看起来很像弗勒。

“发生了什么？”一个女人哭喊着。她也是远离大屠杀的那群人中的一员。

斯图尔特径直走上前，打量着地上的尸体，然后愤怒地看着弗勒：“你应该回到你来时的地方。”

“喂，是他们在后面追我。”

“如果再让我看到你，我发誓我会把你吊在这个灯杆上。”他指着灯杆，然后看着斯托姆（或老艾米莉），“你是谁？那又是谁？”

弗勒鼓起勇气，他不敢去听。

那个女人不停地抽泣，她拿起旁边那只已经没有生气的手，放到自己的脸上。

“求你了，”弗勒说，“告诉我你是谁。”

她低下头，头发遮住了她的脸，只听到她痛苦而又愤怒的声音：“我是艾米莉。”她亲了亲那只手上已经泛白的指关节，轻声重复了一遍，“我是艾米莉。”

弗勒一下子瘫倒在人行道上。

人群中走出一位满头白发的老妇人，她上前扶起艾米莉：“我带你去找苏珊娜。”

老妇人挽着艾米莉的胳膊，带着她离开了，每走一步，艾米莉的小腿都会从裙子后面露出来。

为什么被杀的人不是艾米莉？这样想太残忍了，但弗勒却忍不住。其实死去的很有可能是艾米莉。曾经这世上不知发生了什么，他和斯托姆也因此分隔两地，后来不知怎的，他又找到了她。

艾米莉似乎只有小腿受了一点儿擦伤，但是当她的小腿再次露出来的时候，弗勒发现它擦伤得很严重——有三四道歪歪扭扭的伤痕一直延伸到脚踝，还有几处擦伤的红斑。

艾米莉停下脚步，好像忘记了什么东西。她对老妇人说了几句话，然后转过身，走到弗勒跟前。她伸出手，红着眼睛对弗勒说：“我很抱歉。”

“谢谢你。”弗勒握住她的手。她的手指也被严重擦伤，指尖上伤得尤其重，上面的皮肤都剥落了，只留下红色的椭圆形伤口。手指上的伤口已经开始结痂。它们并不像你给兔子洗澡或者摘黑莓时被挠伤或者被扎伤的，更像紧紧抓着某样东西不放时擦伤的。

弗勒看着她的眼睛，在她的眼中搜寻着什么。他动了动嘴唇，口型说着“斯托姆”。

她咽了口唾沫，点点头，然后使劲地捏了捏他的手。弗勒恍然大悟。

不要出卖我。

他点点头：“再见。”

“再见。”她低声说道。

XV

奇点悬挂在密封室内，并不急于向他们展示它的秘密。彼得真希望自己有时间能掀开这个东西的神秘面纱，但他却办不到。他就像一位考古学家，被逼着用挖掘机挖一个脆弱的遗址。

哈利正努力从彼得设想的一个最有前景的角度出发，希望能将从奇点中发掘的能量转化为可用的东西。

工厂的墙上安装着五十个聚光灯，分别连接着设计各异的燃料电池。这里就像在进行一场竞赛，看房间里哪个聪明人能够找到办法最先点亮一盏灯。

彼得的小团队在工厂的地板上四处奔忙，有人挤在角落里低声讨论，有人在敲打着掌上电脑，还有人在白板面前争得面红耳赤。他想知道他们中是否有人向配偶、情人或亲戚吐露过这里正在进行的事情。至少到目前为止，联邦调查局还没有得到风声。

心里藏着秘密的感觉对于彼得来说太陌生了。在伊莎贝拉去世之前，他何曾有过秘密？都是些无足轻重的小事情。若干年前，他在当地的沃尔玛超市里偷过漫威英雄的人物模型。他从未被抓到过。他的父母也从不过问像他这样又脏又穷的小孩是从哪里弄到那些模型的。

彼得很惊讶自己的记忆竟能如此清晰、连贯地追溯到童年时代。他本以为原来的彼得和他——副本彼得——会有明显的区别，但是现在看来他们似乎就是同一个人，仿佛死去的是副本彼得，而不是原来的彼得。

地板那头传来一阵喧闹声。彼得转过身发现梅丽莎正向他走来，于是便迎了上去。

“乌戈怎么了？我这两天给他留了三条信息。自从葬礼后的几天起，他就再没联系过我。”

彼得点点头，不知道该说些什么。

“感觉伊莎贝拉的死没能使你和乌戈团结在一起，而是将你们分开了。很显然我现在也是个局外人。”

“我不知道该怎么说。之前我们吵过一架——其实是吵过好几次——并且我们之间的分歧愈演愈烈，直到最后谁都不跟谁说话。”说完他飞快地眨了眨眼睛，对自己的妻子撒这样的弥天大谎真是可怕，“他现在肯定还在佩里营[1]里为国防部工作。他们要他研发生物武器。他没回你消息可能是因为他太忙了。”

“你就不能想办法去跟他和好吗？”

彼得摊了摊手：“我给他带了价值四百美元的巧克力，他却把它们当成高尔夫球打。你说还要我怎么做？”

梅丽莎叹了口气：“我知道。我真的很难过，我们是一家人，现在闹成这样，如果伊莎贝拉知道了她也会很伤心的。”

1 Camp Peary，美国中央情报局的杀手训练营，别名“农场”，位于弗吉尼亚州约克县。

彼得想了无数次自己是否有办法向梅丽莎坦白这一切。这件事压得他喘不过气来。他已经记不清上一次轻松自在的深呼吸是什么时候了。

“你看最新的新闻了吗？”梅丽莎问道。

“实验室的电视开着，但是这里的没开。怎么了？”他不敢问。

“欧盟已经沦陷了。”

彼得低下了头：“妈的！”这样的结果其实在意料之中，但是他总觉得他们应该可以再撑几个月。一想到伊朗、巴基斯坦、俄罗斯军队已经控制了英国、法国和德国，彼得就深感恐惧。

“你真的觉得可以用这个阻止战争吗？”梅丽莎指着密封室说，“这太离谱了吧。”

彼得摇了摇头：“凯瑟琳说现在还不算太晚，对于已经被占领的土地我们可能会进行一些艰难的谈判，地图也不会跟过去一样了。但她相信，为了取之不尽，用之不竭的能源，尤其是在不遵守协议就被排除在计划之外的威胁下，主要的参战国会愿意接受停火的。”

“彼得！”哈利尖叫道。

彼得朝声音传来的方向转过身，看到哈利站在墙边，指着一盏忽然亮起的聚光灯，灯光将一部分地板染成了白色。

这时另一盏灯也亮了起来，接着又是一盏。

不到一分钟，整面墙就亮得像光芒万丈的太阳一样。如果往墙上安装一百万盏聚光灯，彼得敢肯定输电网也可以将它们全部点亮。

29

斯内克贝特打开他的食品储藏室，把麻袋放到下面，将里面的东西一扫而光全都装了进去。

“不用这么多的，你也太大方了。”弗勒边说边摆手，“我不能全都拿走啊。”

斯内克贝特用他那犀利的眼睛盯着弗勒。即使现在他知道斯内克贝特并不是个危险人物，但那双眼睛依然会让他感到不安。“我和你一起去。”

“什么？为什么？”

斯内克贝特出去了一会儿，回来时手上抓着一个钱包。他把钱包扔到桌上，说道：“这是‘重生日’时我在口袋里发现的，你看一下。”

钱包里有一张嵌着斯内克贝特照片的卡片、一些现金、一张折叠着的黄纸，还有一些塑料方块——斯内克贝特坚称它们为“信用卡”——都被分别塞在钱包的夹层之中，最后是三张小孩的照片。两个女孩，一个男孩，都和斯内克贝特一样，有着黑色的头发、红润的面容，以及犀利的眼睛。

“你在你的世界上见过他们吗？”斯内克贝特问道。

弗勒摇摇头："如果见过的话我会记得的。除非……你知道的……很早就不在了。"说完，弗勒把照片还给了他。

"我从来都不知道这些照片的意义，现在我明白了。你找到了你的女人，而我想找到我的孩子。"斯内克贝特耸耸肩，"反正我也不属于这里，我总有这样的感觉。你能帮我做一个降落伞吗？"

"当然可以啊。"一想到会有个同行的伙伴，并且这个伙伴还带着一把猎枪，有着坚定明确的目标，弗勒就感到欣喜若狂。他碰了碰斯内克贝特的肩膀，说："那赶快动手吧，我们可能要在黎明前出发。"

他们在一个原是餐馆的屋子后面找到了一个院子，里面有钢质的桌椅，被织物天棚庇护着。那个织物天棚是制作降落伞的完美材料，于是他们把它砍下来，带回了斯内克贝特的店里。斯内克贝特随身带着他的猎枪，两个人都密切观察着周围的动静。

"我想知道他们是怎么来到这里的，为什么而来。"弗勒一边走一边对斯内克贝特说。

斯内克贝特瞥了一眼天空，说："他们一定是跟你同路过来的，由于某种原因，他们在追捕你。"

"和我长得不像的那个人叫我彼得。"

"他们可能叫错了名字，但是我敢打赌他们在追的人就是你。你可以从一个世界到另一个世界，他们也可以。我不觉得这是巧合，也许他们并不喜欢看你从一个地方到另一个地方。"

"那个叫我彼得的人说我应该躲起来的，好像在我开始跳伞之前他们就在找我了。他还和我说了什么暂时性记忆丧失。就在你开第一枪之前，他想让我告诉他我藏什么东西的地方。我觉得他肯定认错人了。”

“也有可能你的真名就叫彼得。”斯内克贝特说。

一想到此，弗勒浑身发抖。“他是怎么知道的？”

“也许他没有失忆。”

这种可能性就像一块砖头狠狠地砸在了弗勒的身上。如果这是真的，那么那个人应该知道所有的答案。

30

斯内克贝特商店旁的六家店铺中，有一家已经被烧毁并且被洗劫一空，留下了一个缺口，就像一颗缺失的牙齿，只剩下一块破裂的地基挂在世界边缘。弗勒和斯内克贝特背着沉甸甸的背包，并排站在世界边缘，静静地望着远处的天空。看热闹的人聚在人行道上，其中却没有斯托姆的身影。弗勒松了一口气，他们已经说了再见，再看到她只会让他更难往下跳了。

组装完斯内克贝特的降落伞后，弗勒躺了下来，辗转反侧，内心十分不安，他多希望能够留下来，和斯托姆一起待在这个压抑的小世界里。

弗勒扭头对斯内克贝特说：“准备好了吗？”

斯内克贝特点点头。

“数到三就跳？”

“弗勒！”

他闻声转过身：“斯托姆？”

她穿着原来的旧衣服——牛仔裤和白衬衫，背着一个包。苏珊娜站在她身旁，两个人的眼中仍然含着泪水。

“你的降落伞还能再带一个人吗？”斯托姆问道。

弗勒激动地跑上前，将她紧紧地抱在怀里。“真的？你真的要和我们一起去？”

“我说服了她，”苏珊娜说，“我们聊得越多，事实就越明显——”她顿了一下，寻找着合适的措辞，“她应该和你在一起。”

斯托姆从弗勒的怀中挣开，说道：“我们得走了，苏珊娜说斯图尔特正在疯狂地找你。”

斯内克贝特粗声笑道：“是啊，我吓得直发抖。你们准备好了吗？”

苏珊娜杵了一下弗勒的胸膛，说：“照顾好她。”她又看着斯内克贝特：“你也一样。”

他们在世界边缘站好，这次由斯内克贝特来数数。数到三之后，他们一齐跳了下去。

弗勒留给斯内克贝特几分钟让他适应坠落的感觉，后来才飘到他身边。

“现在我来教你怎么着陆！”他大声喊道。

斯内克贝特点了点头。

弗勒打算把他所知道的有关飞行和着陆的一切都教给他们两个。等到了下一个世界，他们可以为斯托姆做一个降落伞，然后再出发。

XVI

彼得从威廉与玛丽学院旁边经过：黯淡的红砖建筑散布在绿色的草坪上。现在本该是秋季学期的期中，但校园里却空荡荡的。很多学生有的去了西部，有的深入战争前线，有的在东南亚或者北非战斗，还有的牺牲了。牺牲的人不计其数。媒体甚至无法准确估量出有多少美国人在战争中丧生。人们只知道有数百万人。数百万人。

他把车停在长长的车道上，透过栅栏可以看到游泳池区域的灯亮着，喷泉向天空喷射出一道水柱。太阳下山之后，他们的邻居打着手电筒读书、下棋的时候，会从他们昏暗的屋子里看到这幅奢靡的景象。他感到非常内疚，因为他们有一台发电机，并且能够获得驱动能源驱动眼前的这一切。但拿出来炫耀就不好了。

大多数人认为彼得的薪水支付了他们大部分的房贷，但事实是梅丽莎比彼得赚得多。彼得每个月是会领到薪水，但是他觉得做科研赚很多钱是一件很可笑的事。而梅丽莎的作品总是很抢手，尤其是迷你高尔夫球场，在迪士尼世界和大都会艺术博物馆里都有陈列。

他走上前的时候，梅丽莎来到了门廊。

“我们是要开派对，还是要干吗？”彼得开玩笑地说道。他吻了她一下。他们分开时彼得注意到她的眼中闪过一丝不安。

“怎么回事？”彼得问。

“进来喝一杯我就告诉你。”

“我一点儿也不喜欢那种声音。”他跟着她走了进去，穿过一个有着高高的天花板、铺着大理石地板的门厅，一路穿过大厅来到外面的阳台上，从阳台上可以俯瞰整个游泳池，他们的厨师兼管家达莉亚已经安排好了三人的用餐位。

“我以为今晚只有我们两个。”彼得说。

“我就想说这个。你先喝一杯，我再说。”

彼得停了下来，问道：“为什么？谁要来？”

梅丽莎脸上的表情足以说明一切。“他不知道你会来，我告诉他你要在实验室里……”

彼得的心跳开始加速。

梅丽莎拂去脸上的几缕头发，说道：“对不起，我骗了你。这是我能想到的把你们聚在一起的唯一办法。”她把手放在她纤细的腰窝上，透过宽敞的拱形门洞向大厅望去，“他是我们的家人。无论你们之间发生了什么，你们得把它解决了。”

门铃响了。彼得脑海中闪过的第一个念头是趁梅丽莎应答的时候从后门溜出去，但他不能那样对她。他和乌戈只需要互相容忍一顿晚餐的时间，他们可以讨论一些中性的话题，比如音乐、优质巧克力。

乌戈洪亮的男中音和抑扬顿挫的斯拉夫腔调使彼得觉得局促不

安。梅丽莎带着他走过大厅时，他的声音越来越大：“我几星期前就应该给你打电话，可是我一直……”

看到彼得后，他停住了脚步。

“乌戈。”彼得尽可能友好地说。

乌戈试图穿上脱下的外套，却被梅丽莎拽着胳膊肘拖到了桌边。“乌戈，来，坐。”乌戈不情愿地被梅丽莎按到了座位上。她看着彼得，说道：“快坐下。”

彼得坐在桌子的另一头，梅丽莎坐在他们中间。

“你们做了十年的朋友。你们真想因为一次争吵就放弃十年的情谊吗？”她转头分别看了看他俩。

彼得耸耸肩：“有时候人们就是会渐渐疏远。”

乌戈咕哝了一句，手伸到桌子对面，从银质调酒器里倒了一大杯马提尼。彼得盯着阳台下面三层泳池中央的喷泉。

“还记得你们两个城市男孩决定去野外露营这件事吗？”梅丽莎问道，“那天外面很冷，天也下起雨来，所以你们就摸黑往大路上走，结果迷了路。你们在树下躲了一晚上，被冻得瑟瑟发抖，第二天早上发现你们离公厕还不到三十一米！”她先看了看乌戈，然后再看向彼得，“是这样吧？”

彼得想笑一笑，但就是翘不起嘴角。而乌戈只是盯着他的空盘子。

“我们大家第一次外出的那个晚上，在去酒吧的路上，乌戈和你换了衬衫，因为有只鸟把屎拉在了你的衣服上。”梅丽莎等待着另外两个人的回应，“你们不会抛下那些情谊的。你们不会的。”

彼得无力地点了点头。

“你们连看都不看对方一眼。”梅丽莎转向乌戈，“彼得说你在生他的气，因为他没有公开声明你应该跟他一起获得诺贝尔奖。”

乌戈从一个冰盘里抓了一只虾，塞进嘴里：“如果他是这么说的，我能反驳什么呢？”

彼得什么也没说。坐在这里假装眼前的局面是因诺贝尔奖而起，看着梅丽莎这么努力地想要修复一些无法修复的东西，他的内心备受折磨。

“当然了，我之前应该更努力地上一些深夜脱口秀，然后哄骗别人邀请我作为科幻大会的嘉宾才对。”乌戈说。

彼得重重地叹了口气：“乌戈，我真败给你了。你是说我获得诺贝尔奖是因为我讨好了科幻界？”

乌戈双臂交叉，说道：“你把自己描绘成一个独来独往的天才，什么事都是你一个人完成的。你背着我做了很多事，但其中却不包括研究。”

彼得努力装出一副恼怒的样子，试图掩饰自己受到的巨大侮辱。他伸手去拿调酒器，给自己倒酒，一半酒都洒在了桌布上。

“彼得背着你做了很多事？你这是什么意思？”梅丽莎问道。

“没什么。”乌戈厌恶地挥了挥手。

“彼得当然没有故意把你排除在这个奖项之外。你不会觉得他是故意为之的吧？”

乌戈直勾勾地看着彼得：“当然不会，彼得所有的错误都是‘意外’。”

彼得灌了一大口酒，试图掩饰自己剧烈颤抖的手："我们聊一些愉快的事情吧。"泳池外，梅丽莎的迷你高尔夫球场沐浴在金色的落日余晖之中，他指着它说，"梅丽莎刚雕完她的第十三个洞——巨石阵。"

话音刚落，梅丽莎就从座位上跳了起来。"我们来玩吧！"没等另外两个人说话，她就沿着弯弯曲曲的楼梯走到了泳池边。彼得跟着她，留下乌戈独自坐着喝酒。

梅丽莎递给彼得一支推杆和一个球，然后把两个备用推杆靠在刚完成的球洞旁的长椅上。

彼得的球击中了一块又宽又平的石头，向右边弹去。他转过身，看到乌戈双手插兜，站在离他们三四米远的地方。

梅丽莎打出的球大约超出洞口两米远。

彼得朝他的球走去。

"等等。"梅丽莎举起一支备用推杆，"谁代伊莎贝拉出战？"

彼得整个人僵住了。

梅丽莎拿着球棒站在那里，等着他们中的一个过来接。"我很想念她，我知道你们两个也一样。也许你们没有意识到，但我觉得你们之间的问题一定和她有关。如果她在这里，我想这次争吵就不会发生。"

乌戈放声大笑，他粗粝的声音显然吓了梅丽莎一跳。

"乌戈，这有什么好笑的？"

彼得拿起备用推杆，膝盖剧烈地颤抖着："我代伊莎贝拉出战，这件事就翻篇吧。"

当他把橙色的球放在垫子上时，他手中的推杆被扯走了。他抬头一看，发现乌戈赫然出现在他面前，手里紧紧地抓着推杆。

“你敢！我告诉过你不要在我面前提她的名字，我没和你开玩笑！”

梅丽莎连忙挤到他们中间：“到底发生了什么事？你们谁来告诉我，现在！”

那天晚上在他的实验室里彼得应该坚持报警的。当乌戈给他提供了一条捷径的时候，他选择了那条路，但在现在的情况下做什么都不容易。

乌戈愤怒地看着彼得：“你说啊，告诉她。我已经厌倦了被自己的朋友当作小人了。”

他想让乌戈闭嘴。他想逃离。

“告诉我什么？”梅丽莎看着彼得，皱起了眉头，满脸困惑。她的脑海中一定闪过了各种各样的念头，最糟糕的可能是他和她妹妹有了婚外情。要是真这么简单就好了。

“不如让‘彼得’来告诉她吧？”乌戈抬头看着彼得，“你为什么不去看看真正的彼得能否过来呢？还是说他病得太重了？”

这些话就像拳头一样狠狠地打在彼得身上。乌戈不可能知道他病了，除了他的医生，没人知道。

梅丽莎先看了看乌戈，又看了看彼得：“乌戈，如果你想表达某种深刻的存在主义的观点，那我就不明白了。”

乌戈耸耸肩：“我只是问‘彼得’是否能加入我们。”

“他就在那儿！”梅丽莎差点儿叫起来。

乌戈摇了摇头。“这不是彼得。”他看着彼得，咕哝了一句，“我以为至少你妻子知道那个秘密。你真的一点儿都没有告诉她吗？”

乌戈是怎么知道的？奥特罗医生应该不会辜负他的信任吧？如果她真的那么做了，她告诉的人应该是梅丽莎，而不是乌戈。

乌戈摇着头，好像对彼得很失望。“我妻子得过这种病，你真的觉得我看不出这种病的早期症状吗？”

彼得努力回想着乌戈什么时候见过他。高尔夫练习场吗？在练习场那天，彼得还不知道自己感染了彼得森－扬兹朊病毒。

梅丽莎端详着彼得，视线游走在他颤抖的双手上：“亲爱的，你生病了吗？”

“他没有生病，生病的是真正的彼得，并且现在已经病入膏肓了。”

“闭嘴！”梅丽莎大声喊道，“我在问彼得。”她扭过头看着彼得，眼睛里充满了恳求：“告诉我发生了什么事。”

乌戈在第十三个洞旁边的长椅上坐了下来，靠在椅背上，双手交叉放在肚子上。“我们从何说起呢？”他扬起眉毛。

“你以为你知道些什么？”彼得问道。

“好吧。两周前你表现出了彼得森－扬兹朊病毒的早期症状。现在——”他朝彼得的手比画了一下，“症状完全消失了。要么你研发出了一种治疗彼得森－扬兹朊病毒的特效药——如果是这样，我相信诺贝尔奖委员会很快就会给你颁发生理学或医学奖——要么就是你复制了你自己。”

梅丽莎目瞪口呆地看着乌戈：“你在说什么？你疯了吗？这是

彼得啊！”

彼得考虑着否认这一切，坚称乌戈已经失去了理智。因为乌戈没有证据，伊莎贝拉副本的遗体在实验室深处的一个竖井的底部，而彼得的尸体已经没有了。

梅丽莎抓住他的手臂，她的脸突然凑到他面前：“你知道他在说什么吗？你看起来一点儿也不困惑，而是很恐惧，你这样真的让我很害怕。”

彼得看着乌戈，他时而扬起眉毛，时而又垂下。看得出来那个浑蛋很享受眼前的这一切。

“我们可以坐下来吗？”彼得低声说道，他的声音颤抖着。

他跟着梅丽莎回到阳台，乌戈跟在两人后面，离他们有十几步的距离。

在开始说话之前，彼得一口气喝了三大口马提尼酒。

“在她死之前，伊莎贝拉让我复制她。”他喘不过气来，感觉就像在做赛跑的最后冲刺，“一开始我拒绝了——”

“是我们拒绝了，”乌戈打断了他，“她一起问的我们，我们都拒绝了。”

“要不你来说？”彼得朝乌戈嘘了一声。

乌戈耸耸肩：“如果你想让我说的话。不过你说得很好，何不继续说下去呢？”

彼得真想拿起盘子砸向他的秃头。“后来，当我一个人去看她的时候，伊莎贝拉恳求我帮助她。我一直告诉她这太危险了，但她说她已经没有什么可失去的，所以我就同意帮她了。”他望着漏缝的地板，声音小得几乎不可闻，“后来她死了。”

彼得知道梅丽莎听完会很震惊，但是还没有准备好面对她此刻悲痛欲绝的表情。当她平静了一点儿之后，她转身对乌戈说：“你可以回家了。”

乌戈耸耸肩，从桌子旁站了起来：“我明白。彼得半夜给我打电话，说我妻子死在了他的实验室里，我也觉得非常震惊。”

“求你了，走吧。”梅丽莎勉强说出口。她低头痛哭，垂下来的头发遮住了她的脸。

乌戈转身离开的时候，彼得在他忧郁的脸上看到了一丝假笑。梅丽莎的反应让他兴奋不已，这正是他所希望的。

“你真是个浑蛋。”

“你为什么不给她买些巧克力呢？这样应该能解决问题。”乌戈停顿了一下，好像在思考什么，“对了，不如给她一瓶功能饮料。”乌戈一动不动地站在那里，直勾勾地盯着彼得，仿佛“功能饮料”这几个字别有深意。

彼得看着乌戈慢悠悠地走下楼梯。

梅丽莎呼吸急促，她依然低着头，等着乌戈离开。

乌戈为什么等了这么久？如果他要揭露伊莎贝拉死因的真相，为什么要等呢？

唯一不一样的是彼得也感染了彼得森－扬兹朊病毒。乌戈又没有亲眼见过他疯狂地服用布洛芬、狂饮功能饮料来缓解头痛。他怎么会知道呢？

为什么不给她一瓶功能饮料呢？

彼得的脑海中浮现出一幅画面：他看到乌戈将注射针筒从功能饮料塑料瓶的瓶颈扎了进去。这样一来，瓶子不会漏，彼得从冰箱里拿出瓶子的时候也注意不到那个细小的针孔……

他猛吸一口气，然后屏住了呼吸。还有比乌戈更容易接触到彼得森－扬兹朊病毒的人吗？他俯身靠在栏杆上，大声喊道："是你做的！"

听到声音后，乌戈停在了楼梯中央，抬头看着彼得，笑道："我听不懂你在说什么。"

彼得从桌子上抓起一把牛排刀，追着乌戈冲下了楼梯。

"彼得！"

彼得听见梅丽莎在后面追他。这就是那天晚上在实验室里乌戈没有报警的原因。如果彼得入了狱，乌戈就无法得手了。

"是你杀了我！"彼得喊道，"我只是想帮她，而你却因此要杀我！"

"彼得！"

乌戈在下面几步远的地方等着，这时他看见彼得的手中拿着一把刀，于是从剩下的台阶上一跃而下。彼得就跟在他的后面，而彼得的身后是尖叫着让他住手的梅丽莎。

乌戈一到院子里，他这个大块头便极速奔向大门。彼得被狂怒驱使着在乌戈身后紧追不舍。当乌戈不得不放慢脚步开门的时候，彼得的机会终于来了，然而他却无法将刀砍向乌戈，而是在离乌戈肩膀几英寸远的地方对着空气乱砍。

梅丽莎从背后抓住他，把他往后一拽："你在干什么？怎么回事？”

“你没听见他说的话吗？他让我感染了彼得森－扬兹朊病毒！”梅丽莎身后，喷泉嗒嗒嗒地响着，像下着倾盆大雨。她把双手按在脸上，拖拽着自己的皮肤，露出眼下血红的一片。

“你为什么不告诉我？”

乌戈的保时捷在车道上呼啸而过。

她说的是伊莎贝拉，还是彼得的副本？她是否已经意识到自己不是原先的彼得？她肯定知道了。一切都无法控制了。

梅丽莎在等他的答案。

“我很惭愧，也很害怕。乌戈给过我一次机会，因为他不想让任何人知道伊莎贝拉的真正死因。至少他是这么说的。”

“伊莎贝拉的副本出来了吗？”

“是的，但她也死了。”他知道接下来梅丽莎会问什么，他很害怕。

“她的遗体呢？”

彼得把手放在头上，转身避开梅丽莎的视线。“藏起来了，就在工厂里。”他觉得没必要把哈利扯进来。

“你把我妹妹的遗体丢在了工厂里？”梅丽莎听起来既震惊又气愤，跟他每次想要坦白的时候想象的一样。

他转身看着她说：“那不是伊莎贝拉的遗体。它从未有过生命。”

“所以你就把它藏起来了？”梅丽莎的眼里充满了泪水，她伸出手，用剧烈颤抖的手指拂去散下来的一缕头发。

“是的。”

梅丽莎等着彼得说下去，但他没有再说什么。她开头道："说下去。"

"后来我开始生病。头痛，颤抖。苏珊娜·奥特罗确诊我感染了彼得森－扬兹朊病毒。我以为是伊莎贝拉传染给我的，现在我明白是怎么回事了。"他瞥了一眼车道，尽管乌戈早就走了，"我需要完成奇点项目，太多的生命危在旦夕，我必须做完，所以我复制了自己。"

这些话似乎需要一些时间才能表达出来。当彼得说出来之后，梅丽莎当场崩溃了，她倒在了人行道上，双手捂着肚子。彼得单膝跪在她的身旁试图安慰她，但被她一把推开。

"你不是彼得？你要告诉我的就是这个吗？"

"我当然是彼得啊。我记得五年级的时候第一次见你，那天在去公交车站的路上看见你从拖车里出来。我记得我们的初吻，是在帝王电影院外，在看了汤姆·克鲁斯的电影之后……"

"不过，你是彼得的副本——这是你自己说的。"

彼得不情愿地点了点头。

梅丽莎站了起来，问道："彼得在哪里？"

"我就是彼得。"他站在她面前，用力地杵着自己的胸口，"能救我命的唯一办法就是创造出第二个我。这是唯一的办法。我知道如果我告诉你，你肯定会想方设法地阻止我……"

"我的彼得在哪里？"

"这是唯一的办法。我复制了我自己，然后我杀了我自己——那个垂死的自己……"

梅丽莎哭喊起来，用手捂着嘴。

“所以毫无疑问，我就是我。”

他伸出双手，抓住她的肩膀。她立刻从他手中挣开，就像被蛇碰到了一样。“别碰我。我没和你结婚。我是一个寡妇。”她瞪大双眼，然后厉声大笑，“连杀了我妹妹然后把尸体藏起来的彼得都不是你。那时候你根本还不存在。”

“从技术层面上来看，确实是这样。但是你错了，那确实是我做的，我至今还会做噩梦。”

现在的梅丽莎看起来就像在伊莎贝拉葬礼上的她一样——承受着沉重的打击，整个人完全不知所措。“我爱彼得，因为他是那么可爱、那么诚实。”她用手背擦了擦鼻子，“现在我站在后院，听说地下室里塞着尸体。”她捂着肚子，“天啊，我肚子疼。这是一场噩梦吗？我希望这一切只是一场噩梦。”

彼得又伸手抓住她的肩膀，想稳住她。但梅丽莎又把他推开了：“走，你走！否则我就报警，把你的所作所为全抖出来。”

“梅丽莎，你眼前的人是我，真的是我。我不是故意做错事的，求你了，我们能一起解决这件事吗？”

梅丽莎举起一只手以示警告，泪水湿润了她的脸庞：“你走吧。”

彼得穿过大门，走向他的汽车，然后坐在车道上浑身发抖。他所有事情都做错了，在每个转折点都做了错误的选择。一想到要离开梅丽莎，哪怕一晚，他都无法忍受。面对发生的所有事情、所有的压力和恐惧，他能时刻保持清醒，都是因为梅丽莎。

现在他唯一能想到的去处就是哈利的公寓。

31

弗勒看着斯托姆，她的白衬衫在风中摇曳。他想要相信照片里的女人就是她，但正如她所说，假装照片里的女人不可能是可怜的艾米莉或苏珊娜的做法很愚蠢。不过谁知道呢？可能还会有更多“斯托姆”。

时间一分一秒地流逝，他的顾虑渐渐淡去，直到变成一件他可以穿脱自如或者可以拿在手心端详的东西。

他们都不怎么说话，就像回到了斯内克贝特的修理店一样，只不过是把“把那个锤子递给我”换成了“要来一点儿浆果吗？”。弗勒显得很开心。然而谈话打破了这一魔咒，将他从那个可以一动不动地站着，不用思考的极乐之地拽了回来。

他喜欢看斯托姆坠落的样子，她的头发扎成马尾辫，在无休止的狂风中噼啪作响。他不知道她是否还在生自己的气，气他把她从她的世界里拉了下来。

令他吃惊的是，他从未因为自己擅自替她做了那样的决定而向她道歉。他为自己解释过，争辩过，但从未道过歉。不过平心而论，那件事应该由她来决定，即使留下来意味着死亡。

弗勒向斯托姆飘近了一些。

“我很抱歉，”他喊道，“我不知道我为什么要为自己的所作所为辩解。我想说的是——”他很想说他之所以那么做是因为他在乎她，但那只不过是又多了一个借口，“我想说的是对不起。”

斯托姆的表情告诉他，在她看来，他已经找到了自我救赎的办法。

“我也很抱歉。”

弗勒皱起眉头：“你为什么抱歉？”

她伸出一只手，弗勒顺势握住了她的手，两个人相互靠近，直到他们的脸近得无须再大喊着说话。“我让你以为我死了。”

弗勒摇了摇头：“只有一小会儿。”

“那只是因为你看出来了。我本来想等你身边没别人的时候就告诉你的。”

弗勒点了点头：“我向你发誓，我所做的一切都不是事先计划好的，我想都没想就做了。有时我确实很冲动，也因此惹了不少麻烦。”

“比如说从你的世界掉下来？像那样的麻烦吗？”

“是的，就像那种。”

他们从一片巨大的浮云面前落下，浮云又宽又厚，被落日染成了粉色和桃红色。

“你想穆恩拉克吗？”弗勒问道。

斯托姆无力地笑了笑：“想啊。他不是我心目中的完美男人，但他几乎从一开始就成了我生命中的一部分。一想到以后再也见不到他了，总觉得很奇怪。”

有可能谁都不会再见到他了，不过弗勒把这个想法藏在了心里。

32

他们肩并肩地一起向下坠，但交谈并不多。弗勒很开心能和斯托姆一起坠落，能任由狂风在自己的头顶乱舞，能将死在斯托姆怀中的艾米莉以及所有长得像他的尸体从脑海中一扫而空。

直到被斯托姆的声音吵醒，弗勒才意识到自己刚才睡着了。

他向她靠近了一点儿，说："你说了什么？我刚没听到。"

"我一直在想那张照片，还有艾米莉和苏珊娜。"

"别再想那张照片了。"

"我做不到。"

"你就是照片中的那个女人。这点我很清楚。"

"你不清楚。"

他们永远都不会知道，这种怀疑会一直笼罩在他们心头。

"我不在乎过去我们对于彼此来说意味着什么，我只在乎现在。"弗勒把身子拉近一些，想要吻斯托姆，但因为气流涌动，只碰到了她的部分嘴唇和一个鼻孔。

斯托姆的表情让人捉摸不透。"你忘了你的鲁莽冲动是怎么给你惹麻烦的吗？"她用拇指和食指捏住弗勒的鼻子左右扭动，痛得弗勒嗷嗷大叫。随后她松开他的手，飘走了。

XVII

彼得正沉浸在自己和梅丽莎对话的想象中，忽然被面包车倒进私人车道时发出的嘟嘟声拉回了现实。他从十三号洞旁的长椅上站了起来，绕到了前面。

梅丽莎从面包车上走了下来，她戴着墨镜，头发紧紧地梳到脑后。看到彼得时，她移开目光说道："你答应过我，在我搬走之前你都不会过来。"

"我知道，真的很抱歉。我想到这可能是我最后一次见你了。"因为之前哭过，这会儿他感到眼眶火辣辣地疼。

"我甚至都不知道该怎么称呼你。"梅丽莎说。

彼得望着天空说道："我是彼得，是我，真的是我。"

其中一个搬家工人走了过来："德弗罗小姐，可以带我走一遍这所房子，给我指一下路吗？"

"当然。"

彼得目送她离开。她穿着黑色裤子，系着黑色的丝巾，看起来就像在服丧。

他的脑海中冒出了一个可怕的想法：要是她为他举行葬礼该怎么办？梅丽莎肯定不会那样做。只是他陷入了一连串可怕的念头之中。

他重新回到长椅上，一边看着搬家工人把家具一件件从房子里搬出去，一边寻找着梅丽莎的身影。他试着仰望天上的云彩，那些低压压的积雨云和一簇簇紫色的层积云，然而他的心情依然无法平静下来。搬家工人搬出来的每一个箱子、每一件家具都让他感到肚子里火烧火燎般难受，但他却没办法移开目光。

这时，法式落地窗打开，梅丽莎走了出来。当她向自己走来时，彼得心中燃起了一股荒谬的希望之火——梅丽莎是来原谅自己的。然而，看到她脸上的神情的时候，彼得内心的希望之火瞬间熄灭了。

“你真的以为我们没有结婚吗，还是你打算申请离婚？上次我查过了，在法律上，我仍然是彼得·桑多瓦尔。”

梅丽莎用双手把头发捋到脑后，抬头仰望着天空：“我现在不想去想这些，我只想回纽约的家，跟自己的朋友待在一起，然而就这都不行。”

现在确实不行——纽约的部分地区已经被敌军控制，很多地方早已成了废墟。

“你要去哪儿？”

“我要去华盛顿找凯瑟琳。”她双臂交叉，不停地变换脚步的重心。从她的站姿来看，彼得知道她不会在这里久留。如果要说他彻夜不眠、反复练习的那番话，那么现在正是时候，虽然可能并没有什么效果。

“无论你怎么看待我，怎么看待我所做的事情，我想让你知道：我所做的一切都是出于好意。我只是想帮伊莎贝拉，这也是我答应她的时候唯一想的事情。”他深吸了一口气，期待着梅丽莎跟他争论，叫他闭嘴，但她只是继续盯着游泳池，“后来乌戈想杀我，当时我只想阻止这场该死的战争。如果我有更多的时间，我就可以挽救数百万人的性命。”

“你说你嫁给我是因为我很善良。我没有变啊，我还是我，还是那个善良的人。我本可以利用奇点成为全球首富，但是我却冒着生命危险将它贡献出去。都这样了，你还要说我是变态吗？”

梅丽莎依然盯着水面，摊了摊手说：“好吧。”

当她准备回屋子时，从大门外走进来两个身穿黑色西装、戴着墨镜的女人，她们径直向彼得走去。梅丽莎停下脚步。

她们走到彼得身边的时候，其中一个人出示了证件：联邦调查局。“桑多瓦尔先生，你好，我是特别调查员香农·米茨纳，这位是帕特里夏·科尔斯特，请你跟我们走一趟。”

“怎么了？”彼得问道。

“我们正在调查两起谋杀案，被害人分别是彼得·桑多瓦尔和伊莎贝拉·德维罗斯－伍尔科夫。”

肯定是乌戈。

“我就是彼得·桑多瓦尔。”

特别调查员米茨纳点点头：“这个问题比较复杂，请跟我们走一趟，然后再详谈。”

“为什么联邦调查员要来调查谋杀案？”彼得问道。

“彼得·桑多瓦尔先生的谋杀案涉及国家安全问题。”

“我还有别的选择吗？我是被逮捕了吗？”

“恐怕是的。”特别调查员米茨纳说。

彼得看着梅丽莎，想寻求她的帮助和同情——他也不知道自己想从她那里得到什么。梅丽莎转过身，一边抽泣，一边向车道走去。

33

坠落两天之后，又发现一个世界的时候，弗勒才开始担心。带的干粮几乎快要耗尽了，部分原因在于只准备了两个人的量。他和斯托姆一起飘向斯内克贝特。

斯内克贝特的目光越过弗勒，盯着千里以外的什么东西。弗勒拍拍他的肩膀，缓缓地，他的眼睛重新聚焦。

弗勒对着他指了指下面的世界，斯内克贝特点了点头。

于是弗勒和斯托姆快速行动起来，把他们一起绑到背带上，然后打开了降落伞。

这个世界很小，就像一块“U”形的碎片，上面只有残骸和瓦砾：随处可见熔化的车辆、成堆的砖块和水泥以及扭曲的钢梁。这让弗勒想起了在他的世界上遭遇轰炸的那部分。

弗勒和斯托姆猛地掉在了一堆砖块中，降落伞从他们头顶飘过，慢慢瘪了下去。弗勒看到斯内克贝特还在半空中飘着……

“妈的！”弗勒连忙脱下背带，朝飘向世界边缘的斯内克贝特追去。“小心！”他喊道，好像斯内克贝特对他的危险处境还浑然不觉。

斯内克贝特伸出手臂钩住一根钢梁。钢梁大约高出地面九米，是一幢高层建筑黑乎乎的骨架的一部分。飘移的速度极快，几乎要把他从钢梁上拉开，但斯内克贝特紧紧地抓着钢梁。他手臂上的肌肉紧绷，他的降落伞瘪了下去，软塌塌地落向地面。

弗勒和斯托姆在地面上等着斯内克贝特摇摇晃晃地向下爬。

“你能告诉我，我哪里做错了吗？这样下次我可以改正。”斯内克贝特一边检查手臂上的擦伤一边问道。

弗勒想了想，说道：“瞄准中间跳。”

斯内克贝特咕哝了一声。

他们找到了一家几乎完好无损的酒店，在大厅里发现了几具尸体，都裹着毯子，整齐地排成一排，只有靠着边缘正右方的水泥路障的那具尸体除外。与其说它们是尸体，倒不如说是穿着衣服的骨架。酒店里到处都是水桶、塑料防水布和浴缸，没有明显的水源，所以那些人的死因也就不难推断了。他们还发现了几个空的易拉罐，一个桃子罐头的罐子让弗勒想起了黛西。

“我想这里肯定不是我们要找的世界。”斯托姆说。

“要不我们去边缘吧？”弗勒迫切地想找到地图上所画的“X”标记，坠落的时候他们可以轮流睡觉。

弗勒的脚踝被一根钢柱绊了一下，它被嵌在断裂的水泥地里，上面挂着一块被折弯的指示牌。弗勒挪开脚，注意到指示牌上的图像：那是一座塔楼，比它周围的建筑高出一倍，由于指示牌弯折的缘故，塔楼仿佛被扭曲了一般；它底部最宽，向上逐渐变细，顶部有一根类似长矛的金属棒。指示牌上还有一个指向左边的箭头，过去指示牌立着的时候，箭头正好指向世界边缘。

弗勒弯下腰，双手抓住那块指示牌，接着用手擦去塔顶上的污垢。他对那座塔楼再熟悉不过了，就如同熟悉自己的脸庞。

“我以前居然错过了！”他大喊道。

斯托姆在他身旁弯下腰，看着那块指示牌：“这是什么？”

“是那座塔楼，就是我从上面跳下来的那座摩天大楼。这个指示牌指向我的世界上的一幢建筑。”

“这怎么可能——”她开口道，接着像是意识到了什么似的倒吸了一口气。

弗勒想象得出来这一小片世界与他的世界完美结合的地方：世界边缘突出的那块草皮，就在他的世界上被炸毁的地区。

“某个人或某件事把世界撕成了碎片，导致了所有的灾难、饥荒、人口清洗。我想知道这个罪魁祸首到底是什么。”弗勒拿出地图并把它展开，“这就是‘X’的意义——指引我们去寻找答案。”

XVIII

彼得走到文件柜前，一番翻箱倒柜之后终于找到了那瓶龙舌兰。那是去年实验室的同事在给他准备的惊喜生日派对上送给他的。他很想直接就着瓶喝，但凌晨两点的实验室仍然有数十人来回奔忙，他只好把酒倒进了第 87 届国际理论物理大会的纪念马克杯。那场大会很成功。彼得喝了一大口龙舌兰，感受着它一路淌过食道时带来的灼烧感。

保释听证会的画面不断地回荡在他疲惫不堪的大脑中。会上他们宣告彼得 · 桑多瓦尔已经死亡。检察官在提到彼得时用的是过去时态。

他又闷了一大口酒。他已经三天没吃东西了，喉咙里的剧痛让他连水都难以下咽。

他想知道梅丽莎在做什么。但现在他还不能打电话给她，不能告诉她自己度过了多么糟糕的一天，也不能告诉她自己有多爱她。

她再也不会回来了。在酒精的作用下，他清醒地认识到了这一点：梅丽莎再也不会回来了。他们甚至还没有成为合法夫妇，她就变成了寡妇。

实验室的门砰的一声打开了。彼得微微起身向门口张望，看到凯瑟琳大步走了进来。彼得的第一反应是她是来替梅丽莎传消息的，但他转念一想，梅丽莎可以直接给他打电话或者发短信，哪里用得着让凯瑟琳开三个小时的车从华盛顿赶过来。他向凯瑟琳挥了挥手。

她在门口停了下来，喝了一口龙舌兰，然后笑着举起了手里的一瓶杰克丹尼威士忌。“英雄所见略同啊。”

彼得指了指一张空椅子，示意凯瑟琳坐下：“你来威廉斯堡做什么？”

“来看你啊。”她往塑料杯里倒了半杯威士忌。

“你怎么知道我凌晨两点还在实验室里？”

凯瑟琳窃笑道：“侥幸猜中罢了，我还想着接下来去你家看看呢。”

彼得笑了，然而从他的笑声里感觉不到一丝快乐，也并没有让他感觉好一些。

彼得抿了一口酒，看着一旁的复制器。这个机器满载他让世界变得更好的承诺，而如今也成了他问题缠身的根源。

“她再也不会回来了，是吗？”

这完全是个瞎猜，但凯瑟琳连眼都没眨一下。“她没有说起这件事，所以我也不知道她的想法，但是我觉得她不会回来了。”

彼得走到窗前，望着窗外的黑夜，说道：“她就是我凌晨两点还待在这里的原因。这些天晚上，当我累得工作不下去的时候，我就睡在这里，因为我不想回家。我应该把房子卖掉，但是每次我想这么做的时候，我就告诉自己，她会回来的，我们的家也会重新成为一个温馨的地方。”

酒淌进彼得的马克杯，他转过身，看到凯瑟琳正在帮他添酒。

“谢谢。”

她举起酒瓶，说了句“干杯”，然后坐了回去。她费了一会儿工夫才在地板上找到了一个自觉满意的地方来放酒瓶。显然是比其他地方更合适、更好的地方，至少她的强迫症是这么告诉她的。

“她模仿米克·贾格尔模仿得最像。她会为了救癞蛤蟆而在高速公路上停车。她还穿绿灯侠的睡衣。我真的把一切都搞砸了。”

凯瑟琳叹了口气，跷起二郎腿：“如果你想听我的意见，你们这次关系破裂六成的责任在你，主要是因为你是地球上最蠢的天才，居然相信乌戈会保持沉默。另外四成的责任在梅丽莎，她以一种不切实际的标准来要求你，她想自己嫁的人要集加拉哈德、甘地和白马王子的特质于一身。”她摇了摇头，“你知道最讽刺的是什么吗？”

彼得深吸一口气：“不知道。”

“你离她的目标已经很接近了，但她根本看不见。”

“是啊。”他闭上了眼睛，因为她的话——尽管没有恶意——依然很伤人。从前他总认为自己很了不起，但那似乎是为了让心情沮丧的朋友打起精神而撒下的谎。“你说你大老远跑来就为了见我？”

“信不信由你，我是来传达总统的提议的。”

彼得挑了挑眉：“哇，你发达了啊。上次我还听说你们一个办公室，负责起草公关文件什么的。”

凯瑟琳不理会他的恭维：“她让我负责是因为我私下里认识你。”

他身体前倾，手指覆在膝盖上。“那么告诉我，阿斯彭总统想要什么？”彼得清楚这个提议的性质，他已经落在他们手里了。

“把复制器上交给美国政府，把你所知道的一切都教给我们的人。作为交换，你可以免去所有罪行。”

“只交复制器，不包括奇点吗？”

凯瑟琳啧啧道：“彼得，她还不知道奇点，我可不会背叛自己的朋友。”

“我想，和我共事的四位物理学家中，有一位现在可能已经走漏了风声。”

“如果她知道的话，现在她应该早就拿到了，必要的时候不排除会使用暴力。”

彼得皱起了眉头：“如果不是为了制造奇点，那她要复制器做什么？”

“在西部和欧洲战场，我们的军队伤亡惨重。她想要更多的士兵。其实你没必要知道这些。”

彼得听了身子一震，杯里的龙舌兰溅到了他的手指上。“她想……”彼得想象着同一个士兵——显然是一个智商超群、战术卓越的士兵——被复制器吐出来，反反复复，不分昼夜。然后他们会把这个士兵的副本排成一列，挨个儿送回复制器。

“对她来说，这不只是一场战争。”凯瑟琳说，“阿斯彭非常担心会发生政变，相信你已经在媒体上看到了厄尔巴将军对她的抨击。她现在就是在试水，想看看人们会作何反应。”

那位软弱的鸽派总统没有做该做之事的魄力和勇气。那天乌戈在练习场上说过这样的话。

“这件事乌戈也牵涉其中吗？”

“他可是个厉害角色，”凯瑟琳说，“他在那个阵营里的权力也越来越大。”

彼得不知道他是否应该接受这个提议，因为一百万个一模一样的士兵在一起的场面让他觉得恶心。但他还有别的选择吗？如果他不同意，那些人有可能会使用暴力。总统目前的态度看起来还相对温和，毕竟这不仅仅在于复制器本身，他的专业知识也很有价值。

即使他有选择的余地，但拒绝把奇点上交给国家可能是一种不爱国甚至叛国的行为，因为没有奇点，他们会输掉战争。但如果要让他赌上自己的性命，他一定不会押自己国家赢。如果非要让他把奇点上交给一个国家，他宁愿选择美国和它的同盟国，但他相信最好的方案是让奇点能够马上造福全人类。

“你是觉得我应该接受这个提议吗？”

凯瑟琳把脚搭在他的椅子上，说道：“噢，不，当然不是。”彼得目瞪口呆的反应逗得她哈哈大笑。“他们很怕你，彼得。”她扬了扬她那几乎看不见的眉毛，“你很清楚这一点，不是吗？你就像打鸡蛋一样打破了现实，没人知道你会做出什么来。这也是他们没有简单粗暴地闯进来拿走他们想要的东西，而是依靠你，试图向你施压的原因。他们还不知道奇点，但我不确定它是否会让他们大吃一惊。”

他们说的事情都是不可能发生的。无论如何，彼得都不会滥杀无辜。同样令他难以置信的是，自己国家的政府要谋杀他。

凯瑟琳向前倾身，眯起眼睛说："如果你愿意的话，你觉得你能把华盛顿变成弹坑吗？"

彼得耸耸肩："也许吧，但我不会这么做。另外，我研究的重点是如何把奇点转化成能源，而不是武器。"

"我知道，所以我才来告诉你这些。如果阿斯彭知道了奇点，她一定会想方设法地将它变成武器。相比之下，我更喜欢你的计划。"

她低声说道："这个计划确实更好，确实更好。"

"有意思，"彼得又喝了一大口酒，"你很冷酷，但你的冷酷却是出于好意。你能将这两个矛盾体结合在一起，真是令人佩服。"

凯瑟琳苦笑了一下，说道："我就当你在夸我了。"

他刚刚居然说凯瑟琳冷酷，这或许是在告诉他不能再喝了吧。但他举起杯子，又灌了一大口。

"强烈建议你雇用一支私人安保部队来保护这个设施。我可以介绍一些值得信赖的人给你。"

彼得听出了她语气中的警告："我不一定雇得起。我需要现金，康斯坦丁尼德斯和他的亿万富翁朋友给我的投资快用完了。战时的资金流动变得非常困难。"

"我会尽力帮你，当然还离不开梅丽莎的帮助。"

"梅丽莎？"

凯瑟琳点点头。

"我希望你能为我做事，政治方面的问题我可以帮你解决。"凯瑟琳站了起来，张开手臂拥抱彼得，"等时机成熟，我还会再过来的。不过就目前而言，我待在华盛顿对你来说更有价值。"

彼得感觉身体有些不稳，他站定，抱着凯瑟琳："谢谢你，真的很感谢。"

凯瑟琳吻了吻他的嘴唇，但只是蜻蜓点水似的一吻，接着走到一边，盖上威士忌酒瓶的瓶盖："我会联系你的。你自己小心，别疑神疑鬼的。"

34

夜幕降临时，弗勒发现了另一个世界，遮住了他们脚下的一大片星空。在黑暗中他看不清脚下的世界，但随着他们越来越接近它，他的左边隐约出现了一些中等高度的建筑物的影子。他的右边是一些奇怪的东西，他不太确定那些到底是什么，但它们拉扯着他，用一种奇特的方式呼唤着他。空空如也的环形道路蜿蜒着伸向天边；骨架一样的铁塔拔地而起，如同巨大的梯子；一个硕大的轮子——

摩天轮。脑海中的声音对他说。对，就是摩天轮。弗勒记得摩天轮在空中旋转，里面坐着人，但他不知道为什么会这样。看着摩天轮，弗勒感受到一种无比熟悉的坠落感。

他们落到一条宽敞平坦、破破烂烂的四车道上，目之所及之处没有任何建筑物。弗勒和斯托姆一起降落的时候依旧伴随着刺耳的巨响。除了寻找食物和水，弗勒还要找材料为斯托姆制作降落伞。

他们把降落伞塞回包里，在高速公路中间会合。

“我们走哪条路？”弗勒一面环顾四周，一面问道。

斯托姆指着一个地方：“我想看看游乐园。”

游乐园——那个地方的名字。“你知道它是做什么的吗？”

斯托姆看着他，好像从来没见过像他这么迟钝的人。她把手掌放在他的额头上，轻轻推了一下，然后向游乐园走去。“我猜它是供人们消遣的。”

弗勒对着她的背影了看了一会儿，然后追上了斯内克贝特。

他们来到了一个路标跟前，路标很大，比人还要高，上面只写了几个字。弗勒眯起眼睛，盯着这些字说道：“它们就像我的双手一样熟悉。我知道它们可以组成话语，但不管我怎样绞尽脑汁，都理解不了它们的意思。”

斯内克贝特看着路标思考着。

“我知道的很多字都没有任何意义。”弗勒说。

“这是意大利语。”斯内克贝特说道。

“没错。靴？应该是一种靴子。”

斯内克贝特摇摇头：“应该是一栋前面有大理石柱子的白色建筑。”

他的话似乎也有道理。或许其中的一个字有多种含义呢。“之前我会认为我知道的很多字都是虚构的，就像漫画书里那些会说话的动物。但是见得越多，我就越觉得那些都是真实存在的。”

斯内克贝特指着前方树木上方那座高耸的庞然大物说道：“摩天轮。过山车。我一个也没见过，可是你看，它们就在那儿。”

弗勒灵光一闪：“供大家乘坐。”

斯内克贝特想了想，点点头说：“对，供大家乘坐消遣。”

他们又经过了一块指示牌，这块指示牌很大，上面五颜六色的，就在一片枯死的竹林之中。再往前走是一条弗勒见过的最宽阔的人行横道，接着是高高的栅栏和有东西遮挡着的大门。大门开着。

他们进入游乐园时，太阳正冉冉升起。眼前一个人也没见到，正前方是坐落在低矮栅栏后面的过山车。它由一组弯曲的环形轨道组成，就像一只巨大的猛兽。走近后弗勒理解了“供大家乘坐”这句话的意思，尽管它哪儿也去不了。

他们经过一片由篱笆围着的田野，地上散落着一些骨头和已经腐烂的褐色和白色皮毛。斯内克贝特指着挂在围栏上的一个画着一幅画的指示牌，说道：“长颈鹿。”现在看来，弗勒曾经怀疑的另一件事只是一种幻想。很显然这个世界上有人居住，因为图上的长颈鹿看起来像被吃掉了一样。弗勒希望自己可以见到活着的东西。

游乐园里有一艘海盗船、几十家被洗劫一空的商店，以及空荡荡的货摊。货摊上有看起来美味然而实际上并不存在的食物的图片。乐园里的人开始多起来了，有几个人瞥了他们一眼，但没人特别注意他们。

他们一路经过停在环形轨道上的小火车、旋转木马，以及放在钢管两端、还被摆成一圈的玩具飞机。他们听到从前方传来了低沉的说话声。

前面有集市，铺着鹅卵石的空地上摆放着一些桌子，桌上陈列着商品，周围有一些低矮的棕白色建筑，中间耸立着一座钟楼。他们双手插在口袋里，一边在集市闲逛，一边仔细观察着里面的商品和买卖。

“今天有什么要给我的吗？”

弗勒抬起头来，看见一位老太太站在放着草药和蔬菜的桌子后面，满怀期待地看着斯托姆。她顶着一头鲜艳的红发，但发根却泛着银色。见斯托姆没有回答，她又说道："你的朋友们都是谁？"

斯托姆尽量让自己不动声色，说道："这是弗勒，还有斯内克贝特。"

弗勒向老太太点头问好，她微微一笑，也向弗勒点了点头。

弗勒的视线掠过老太太的肩膀，看到一个女人骑着自行车向他们驶来，女子的手臂上文满了彩色文身，一头长发在风中飘扬。尽管在人群和商品之间穿梭，但她骑得非常平稳。

"你怎么穿成那样？"老太太问她，"那些背包是怎么回事？你——"

骑车的女子抬起头，盯着弗勒，突然尖叫起来。

她砰的一声撞到了一个高高的鞋架，把上面的自制鞋子撞得到处都是。她在鹅卵石路面上一路翻滚，直到撞上桌腿才停了下来。

弗勒连忙冲过去帮她，只见一条又长又丑的划痕从她的肘部延伸到肩膀，她的膝盖也破了，上面还有一道道血痕。

"你还好吧？"

她看着他，似乎被这个问题难住了。斯托姆、斯内克贝特，一个棕色皮肤的男人——显然是鞋子的主人，还有其他几个人在他们身边徘徊。

"你能站起来吗？"

"我不知道。"女人说道。她的声音很奇特，又尖又细却带着柔和的颤音。弗勒扶着她站了起来。而当她的右脚一着地，她就疼得大叫起来，一下扑进了弗勒怀里。

斯内克贝特蹲下去，卷起她的裤腿，检查了一下她的脚踝，说道：“没有肿。”

“很疼，”女人对他说，“可能是骨折了。”

“来，我们去找点儿冷水敷一下。”弗勒说道。

斯内克贝特扶着她的另一只胳膊，斯托姆则帮她推着自行车。

“我们怎么走？”他问这个受伤的女人。

“我住在西大荒镇。”她抬起头看了看那条通往广场的石砌小路，于是弗勒就朝着那个方向走去，不想让别人看出来他们不知道西大荒镇在哪里。那个女人单脚跳着向前走，整个人的重量都倚在弗勒和斯内克贝特身上。她身穿一件宽松的橘色短袖衬衫，文身从手腕一直延伸到袖口处。弗勒这边的文身有带刺的玫瑰花、年轻和年老的面庞、文字以及抽象的图案。它们就像某个人的梦——混乱、可怕，却又动人。她的眼角和前额上都有皱纹，让她看起来正值中年。

“不如我抱着你走吧，这样你的脚踝会舒服一些。”斯内克贝特对她说。

“如果你不介意的话，我想还是不用了。谢谢你，不过我看起来越糟就越有可能被人注意，并且被人利用。你知道的吧？”

斯内克贝特点了点头。

“对了，我叫佩妮。”

弗勒、斯托姆和斯内克贝特都向她做了自我介绍。

“我在附近见过你，”她对斯托姆说，“但没见过弗勒和斯内克贝特。他们是从另一头来的吗？”

“是的。”弗勒敢肯定佩妮一看到他就尖叫了起来，这让他想起布鲁斯第一次见到他时的情景。或许是她的自行车正好在那一瞬间出了什么问题，她因此才大叫起来的？

“你们是被驱逐出来了，还是来这里做生意的？”

“来做生意。”弗勒说。被驱逐？这听起来可不太好。他不希望在斯托姆的世界上发生的事情再次上演。至少这次没人看到他们从天上掉下来，而且他们也有所防备。

他们一行人走到一个岔路口，弗勒让单脚跳着走的佩妮带着他们右拐。

“刚才你怎么了？”他问道。

“噢，”她挥了挥手，“我骑得太快了，撞到了一个滑溜溜的东西，然后车胎也爆了。”但弗勒总觉得她好像是直接朝鞋架冲了过去，不过他没有说出自己的想法。

他们经过一个摇摇晃晃的木牌，木牌上除了写着字，还画着一幅牛仔的剪影。远处是一条泥路，路两旁坐落着用粗糙木板砌成的未经粉刷的破旧房子。路上随处可见自行车，它们都被拴在木栏杆上。眼前唯一能看到的植物（如果这也算植物的话）就是一棵巨大的枯树，它从街道一侧铺着木板的人行道上伸出来。这一带没什么人。

“我家就在上面。”佩妮指着前面的一段楼梯说道。楼梯贴着一栋田园风建筑的外墙，看上去摇摇欲坠。他们把她扶上楼，其间，楼梯嘎吱嘎吱地发出不祥的声响。由楼梯平台看出去，弗勒知道他们离世界边缘很近，大概有一千步的距离。一条弯曲的半圆形轨道硬生生断掉，伸向天空。

佩妮从她松垮的裤子的口袋里掏出一把钥匙，打开了门。

她的公寓里堆满了没什么用处的东西。书架的每层都成排摆放着玩偶，其中一些又脏又破，一个玩偶——穿着黑色燕尾服、坐在隔板旁边的男人——和真人一样大小。屋子里还有各式各样的动物毛绒玩具以及一架子又一架子的书籍，墙上挂满了色彩斑斓的图画。

"你一个人在这儿没事吧？"弗勒很想出门四处看看，找一些食物、水以及制作降落伞的材料。

"不好。"佩妮差点儿喊出声来，接着她较为平静地说道，"不要走。过上一两天，我肯定能好，但现在我基本上走不了路。"

"你没有可以帮你的朋友吗？"斯托姆问道。

佩妮回答的时候，表情显得有些尴尬："这要看你所说的朋友是什么意思了。"

弗勒看着其他人，不知道该怎么办。

"我有吃的。"佩妮说。

弗勒不确定他是否可以忍心丢下佩妮不管，最终是佩妮请他们吃饭的许诺让他们下决心留了下来。斯内克贝特去厨房准备食物，弗勒带着斯托姆来到了外面的楼梯平台。

"你怎么看？"他问道。

"在佩妮康复期间我们可以待在这里，这样也能避免遇到我的新双胞胎。"显然，在斯托姆看来，又出现一个长得和自己一样的人并不是一件好事。弗勒能够理解斯托姆的顾虑。“我们现在离边缘很近，一旦遇到麻烦我们可以马上离开。你和斯内克贝特可以负责安排补充一些食物。”

“另外，我们需要给你做一个降落伞。不过用不了几天。”

“不，最多两到三天。”斯托姆说。

他们制造了两个新的降落伞——一个给斯托姆，另外一个是在别的降落伞损坏时用来应急的。降落伞被装进背包，藏得严严实实的，而他们则坐在佩妮的客厅里，天色渐渐暗了下来。

“你的公寓很有意思，我是说这些装饰。”弗勒说。他尽量聊一些无关痛痒的事，以免暴露他们对于这个世界的无知。

佩妮揉了揉还有些疼的脚踝，环顾了一下房间。“这些都是嘉年华的奖品，它们就躺在游戏的箱子里。我又到处搜集了一些。”她耸耸肩，“它们让我觉得宽心，不过我也不知道这是为什么。”

“它们既温柔又天真，”斯托姆笑着说，“我想我们都渴望友善的面孔，尤其是在早些日子。”

“那些书呢？”弗勒问。“重生日”那天，他认领完房间之后做的第一件事就是把里面的书一股脑儿丢出了窗外。

“哦，它们原本就在这里。”佩妮不屑地摆摆手。

他们谈论了一些轻松而模糊的话题——早些日子了不起的觅食发现，关于“重生日”起源的诸多推测。佩妮和他们说了她“重生日”那天的经历：她醒来时发现自己蜷缩在公园的长椅上，身旁有一头大象。她给他们描述了大象、长颈鹿、斑马的模样。她没有问任何可能会让他们露出马脚的问题，或许是想取悦他们，好让他们留下来，直到她的脚踝痊愈。佩妮显得很紧张，不停地拨弄头发或咬指甲，但很快又笑了起来。

“你走的时候，你和斯内克贝特是打算回到另一头去吗？”她问弗勒。房间暗得几乎看不到任何光了。“公园这里更安全。”

弗勒看了一眼斯内克贝特，说道：“现在还不确定，我们经常搬家。”

“我之所以这么问，”佩妮说，“是因为我真的需要朋友，而且我喜欢你们，你们三个都喜欢。”她依次看着他们，“我觉得我可以相信你们。”

弗勒给了佩妮一个温暖的微笑，但他心里却感觉一团糟。斯托姆则含混不清地说着什么，想看看事情接下来会如何发展。

当天黑得他们都看不清彼此的脸的时候，佩妮说她要睡在沙发上，让弗勒他们去睡卧室。斯内克贝特拿起背包，把毯子铺在厨房的地上。斯托姆向卧室走去，走到门口的时候，她停了下来，转身对弗勒说：“你来吗？”

35

“别笑，会让人怀疑的。”斯内克贝特说。

但他实在忍不住，只要他不去想自己的嘴，它立刻就会露出灿烂的笑容。他从未感到如此轻松和温暖，仿佛在“重生日”那天从口袋里掏出的东西已经三分之二都被他清理掉了。他从他的世界上跳了下去，还与那个和他走散的女人重逢，现在压在他心上的只有那张地图。

斯内克贝特捶一下他的胸膛，力道不轻不重：“别傻笑了。”

斯内克贝特不住地四处张望。弗勒本以为他在提防威胁，但后来又想到了另一种可能。

“你在找你的孩子。”

斯内克贝特继续张望：“只有这样，我才能找到他们。”

“我也会留意的。”每当只有他们的时候，斯内克贝特都会端详孩子们的照片，尽管他觉得他可以根据孩子们的肤色和棱角分明的脸认出他们。

第二天的集市比前一天更为繁忙。卖药草和蔬菜的老太太还在那儿。那个卖鞋的男人也在，他的鞋子看起来并不难穿。

但问题是弗勒和斯内克贝特能够拿出来交易的只有枪和弹药。即使他们每人都留两把枪，还有两把备用的。如果这个世界也像他或斯托姆的世界一样，那么一把枪就可以换很多食物，但是他们也不能把枪堂而皇之地摆在集市上买卖。这样会招致许多不必要的麻烦。

事实上，人们一直关注着斯内克贝特。他是那种让你一眼就难以忘怀的人，况且这个世界上的人都是第一次见他。

“我认为我们最好找一个比较乱的街区，假设这个世界有的话。”弗勒看着斯内克贝特说，“你的世界上没有这样的地方吧？”

“我的房子就是啊。”

弗勒不禁笑起来。

“等等，我有一个办法。”他们经过那位老太太的摊位时，弗勒停了下来，对她露出了灿烂的笑容，“不知道您今天有没有见过我的朋友，就是昨天和我一起的那个女人？”

“梅丽莎？没有。你去看了吗，她会不会在工作？”

弗勒双手撑在桌子上，身体向前靠近，压低了声音说：“说实话我和她不熟，昨天才认识她，帮我和斯内克贝特把佩妮送到家之后她就走了。”

老太太狡黠一笑，说道：“然后你希望能再见到她。”

弗勒捂住眼睛，装出很尴尬的样子：“被你看出来了。不过，我也没办法啊，是吧？”

老太太拍了拍弗勒的肩膀：“如果你不知道梅丽莎在哪里工作，你得多出去走走。”她给弗勒指了一条去往位于游乐园边缘的一家剧场的路。

“你打算就这么走上前，然后做自我介绍吗？”斯内克贝特一边走一边问。

弗勒笑了："我只想探个究竟，如果这里真的存在另一个斯托姆，我想亲眼去看一下，她们是帮助我们弄清楚一切的唯一线索了。"

在路上他们遇到了七个人，其中三人携带着步枪。弗勒和斯内克贝特经过时，那些人放慢了脚步，看着他们。弗勒朝他们笑笑，点了点头，而斯内克贝特表现得好像没注意到他们一样，虽然他们不得不给那群人让路。

弗勒听到远处传来了一阵既清晰又刺耳的声音，好像有人在唱歌，但又不太像。他们走在人行道上，前面就是那位老太太所指的露天凉亭。

"罗伯特，你在哪里？背弃你的人民，如果你不愿意，请告诉我你爱我，那么我来背弃我的人民！"她的声音很清楚，因为她几乎是雄辩激昂地喊出了那段话。弗勒听完之后心怦怦直跳。

弗勒加快了脚步，这时一个男人喊道："你是继续说下去呢，还是我现在就回答你？"

"帮派是什么？"梅丽莎继续说道，"它不是手，也不是脚，它只是一个词，那词又是什么？如果你给玫瑰换个名字，它的味道还是同样芬芳。"

凉亭——其实只是被几根柱子支撑着的宽屋顶——里面挤满了人，还用绳子围了起来。弗勒提起绳子，和斯内克贝特一起钻了进去，一个提着砍刀的高个子男人拦住了他们。

"你得先付钱。"那个人指了指亭子外的一个白色小摊位。

"你也一样完美，就像——"梅丽莎说到一半停了下来。

弗勒看向梅丽莎。她直勾勾地盯着弗勒，美丽的脸庞上满是震惊和恐惧，她动了动嘴唇，却没有说出话来。

和她一起站在舞台上的男人结结巴巴地说了几句，试图替梅丽莎解围。台下响起了观众的抱怨声，但她仍然目不转睛地盯着弗勒。

突然，她从低矮的舞台上跳了下去，逃命似的跑走了。

XIX

密密麻麻的轰炸机排着整齐的队列，如一张钢质的网帘一般，从波士顿的上空滑过。摩天大楼轰然倒塌的一瞬间，彼得几乎无法呼吸。

“我受不了，”哈利用手掌根按揉着眼球说道，“老天爷啊，我再也受不了了！”

彼得把手放在哈利的脖子上，轻轻地捏了一下：“我知道，坚持住，哥们儿。”

朝鲜的轰炸机接连不断地向他们飞来，工厂墙上的大屏幕里每天都播放着相同的画面。现在东海岸的其他地区每三个小时就要轮流停一次电，但他们却可以尽情地看电视，可以像过圣诞节一样点亮工厂车间，这是因为他们的发电机是由奇点驱动的。如果时间充裕，彼得可以用奇点点亮世界的每个角落。

吉尔·桑德斯在一旁抽泣，她是在波士顿长大的。

“我们根本没办法按时完成。”哈利说。

“那么我们就必须加快速度。”也许他应该把奇点交给联邦政府，他们拥有几乎无穷尽的资源，这一点是他永远也无法企及的。

“桑多瓦尔博士？”彼得转过身，看到实验室里另一位物理学家丹尼·德·罗莎正朝他跑来，“样机到了。”

彼得看着天花板，既高兴又宽慰地大叫一声。终于来了！

“他们正在把它往大楼南面的绞车上装，”德·罗莎说，“用不了半个小时就能到这儿了。”

彼得的电话响了，是凯瑟琳。

“你进展如何了？”她开门见山地问道。

彼得听到一楼有人在叫他。他示意哈利去看看来人是谁，接着径直走上楼，确保样机能够安然无恙地运下来。“比之前好一点儿了。我不想把话说得太满给我们招来霉运，不过应该还有一个月。八十个平台正在建设，还有五十六个平台计划本周开始。我们在德国的工程师刚刚交付了燃料电池的样机，如果我们测电成功的话，就可以立刻投入生产了。”

“有些事情我想你得注意一下。”

凯瑟琳的语气让彼得紧张起来：“怎么了？”

“国防部部长厄尔巴和她的联合参谋长——佩雷斯、霍兰德……以及乌戈·伍尔科夫试图发布新闻稿，声明阿斯彭不适合担任总司令之职，但是被阿斯彭拦下了。”

乌戈。这个浑蛋怎么突然变成了联合参谋长？“他们的权力真的大到能把她赶下台吗？”彼得一边问，一边爬上潮湿昏暗的楼梯。

“很难说谁的权力更大——阿斯彭还是军队。过一会儿你会接到总统的电话，她会要你想办法帮助她造出她自己的副本。”

“什么？不行，根本没有时间。”他压低声音，推开那扇沉重的门，走到通往主实验室的走廊上，“如果她发现了奇点该怎么办？

不行！”

“只是想提醒你一下。”

“谢谢你，你的好意，我会铭记在心的。”

彼得两手叉腰，环视着实验室。这里看上去像海军陆战队的兵营。“安保人员”——他的私人“军队”——正在用耳机与园区外的人联络。几名技术人员在他们之间来来往往，忙着各自的事情，对地下室发生的事情浑然不觉。有那么多像这样的细节需要记录，有那么多细节。彼得讨厌细节，但他得把这些细节都处理好，毕竟成败与否在很大程度上要依靠它们。

36

弗勒跟在斯内克贝特身后，他们绕着凉亭一路狂奔。他发现梅丽莎沿着一条他们来时走过的路跑到了人行道上，然后又抄近路跑到一辆玩具象车后面的狭窄小道上，边跑边回头看着身后。

“等等！”弗勒向她喊道，“我想和你谈谈！”她为什么要跑？她肯定是认出了自己，或者某个和自己长得很像的人。这个世界上一定有长得像他并且佩妮不认识的人。他们离她越来越近。她没有领先他们多少，而且她飘逸的白色长裙和配套的鞋子也让她无法加快速度。看着他们在身后紧追不舍，梅丽莎跑上六级台阶，随后穿过一个宽敞的门口不见了踪影。

弗勒飞快地穿过门口，砰的一声撞在了一块玻璃上，然后一屁股摔倒在地。这时他看到十几个梅丽莎分别朝不同的方向跑去。

“你还好吗？”斯内克贝特抓住他的腋窝，扶着他站起来。

他的半边脸结结实实地撞到了玻璃，现在一阵阵地抽痛。手一碰，更是刺痛难忍。他的指尖也渗出了星星点点的鲜血。

“我想应该是这样，跟我来。”弗勒伸开双臂，小心翼翼地走进了像迷宫一样的地方。眼前是由玻璃和镜子组成的大杂烩，所有东西上都覆盖着一层相对均匀的灰尘，令人眼花缭乱。梅丽莎的身影瞬间出现在五十个不同的地方，他不知道要去哪个方向找她。

“梅丽莎？”听到名字之后，所有的梅丽莎同时回过头来。“梅丽莎，虽然我不知道发生了什么，但我向你保证，我不会伤害你。”他瞥了一眼斯内克贝特，“这是我的朋友斯内克贝特，虽然他看起来有些吓人，但他也不会伤害你。”

“我知道你是谁。”梅丽莎说。

“我是谁？我真的很想知道。”

“梅丽莎？”入口附近的一个声音喊道，“你还好吗？”这时十多面镜子里反射出五六个男人的身影，其中一个是和梅丽莎同台表演的那个男人。

“普兰特？”梅丽莎喊道，“快来帮我。”

“帮你？我和你说了我们只是想谈谈，你不需要帮助。”那些人冲进了迷宫，弗勒的话还没说完就被淹没在他们的叫喊声中。这时拐角处冲出了两个身影，发现了弗勒和斯内克贝特。

斯内克贝特突然举起手枪，指着那些向他们冲来的人：“大家都冷静！”

那些人瞬间僵住了。

“梅丽莎，别动！”斯内克贝特透过迷宫注视着梅丽莎，其中的威胁意味不言自明。

梅丽莎被吓得一动不动。

弗勒觉得斯内克贝特不是那种会滥杀无辜的人，除非有人想要杀害他，但他现在看起来就像是那种人。“现在弗勒会过去问你几个问题，问完我们就走，不会伤害你们任何一个人，可以吗？”

梅丽莎沉默了一会儿，然后说道：“好。”

“谢谢你。”弗勒低声对斯内克贝特说。

“也就低调至此了。”

弗勒在迷宫中摸索着前行，双手一路滑过玻璃，直到那个有血有肉、背对着镜子的梅丽莎站在他眼前。

“求你了，告诉我你觉得我是谁。”

梅丽莎浑身颤抖着，好像弗勒要杀了她似的。

他都忘了那张照片。弗勒连忙从口袋里掏出照片，对梅丽莎说：“你知道这张照片吗？”

站在镜子旁边的梅丽莎朝弗勒迈了半步，看着他的眼睛说：“你在骗我吧？”她从他手里接过照片，翻来覆去地查看。

“你认得它？”

“你怎么到这儿来的？”她低声说。

弗勒从口袋里掏出玩具伞兵。

梅丽莎用手捂住眼睛，开始大笑起来。弗勒觉得她的笑声里并没有发自内心的喜悦，更像是一种发疯似的笑。“我摆脱不了你，你就像不断复发的疾病一样纠缠着我。”她放下双手，“我以为你是乌戈派来抓我的杀手。吉尔和我决定藏在同一座岛上。他们抓到了她，也差点儿抓到了我。”她说话时一直压低声音，显然是不想让别人听见。

梅丽莎端详着弗勒的脸：“还记得吉尔·桑德斯吗？你的同事？”

弗勒摇了摇头。

梅丽莎脸上所有的敌意和虚张声势都在一瞬间消失了。“不，”她一只手捂住嘴巴，“你被病毒感染了。”

“病毒？是一种疾病吗？”

她哭着说：“是，但也可以说不是。它是一种疾病也是一种武器。”她摇了摇头，“天哪，彼得。”

“我叫弗勒。”他坚持道，尽管心情越来越低落。他根本不想去问接下来的问题，但必须得知道，“照片里的人是你吗？”

“是的，嗯，这是我们在度蜜月的时候拍的，在哥斯达黎加。我们请一个当地人帮忙拍的。”

“我们结婚了？”

梅丽莎苦笑了一声：“不，亲爱的，我们已经离婚了。”

弗勒感觉自己的心都要碎了。他想到了正在佩妮的公寓里等着自己回去的斯托姆：“这不可能，你在撒谎。”

“我撒谎？”她举起左手晃了晃手指：“你的戒指呢？”她举起照片，轻拍了一下照片中弗勒搂着她的腰的手，“照片里你分明戴着。”

弗勒不知道戒指和这些有什么关系。“你为什么记得所有的事，但我却记不起来了？”

“说来话长。”

他指了指前面说：“来，我们可以边吃饭边聊。”

她没动：“你这样会害了我们的。乌戈一直在找我们——尤其是你——而你还像个傻子一样到处跑。”

他不敢相信梅丽莎就是照片中的女人，她看起来太憔悴了。

“所以我才要弄清楚到底发生了什么，我不想让自己或者任何人因此而丧命。如果我在做什么蠢事，那么给我一个停下来的理由。”

她交叉双臂，目光看向别处，接着又放下胳膊气冲冲地走了，毫不费力地在镜子迷宫中穿行。

梅丽莎夹在弗勒和斯内克贝特中间，三个人一起返回佩妮家的时候，斯内克贝特把孩子们的照片递给她。

“你见过他们吗？”

梅丽莎仔细研究了每一张照片，说道：“对不起，我没见过。如果他们不在你的岛上，那么他们可能在这上万座（甚至更多）岛中的任何一座上。”

斯内克贝特琢磨这点儿消息的时候面无表情。

弗勒很害怕斯托姆知道她并不是照片中的女人。对于他而言，他正试图弄清楚自己对斯托姆的感情是否会因刚刚得知的消息而改变。有，也没有。新消息并没有改变斯托姆的身份，但知道他们的相聚只是因为他认错了人，这让弗勒感到非常不安。

他和梅丽莎离婚了。而他这么久以来时常对着那张照片发愣，渴望能够找到她；它更是他早些日子里能够坚持下去的唯一动力。

“佩妮在，我们该怎么办？”他们走到公寓跟前时斯内克贝特问道。

这是个好问题。他们可以把斯托姆喊出来，不让佩妮掺和这件事。但所有路过的人都会看到斯托姆和梅丽莎在一起，这可能会让他们大吃一惊。

“我觉得可以冒个险告诉她真相。”斯内克贝特说。

“佩妮是谁？”梅丽莎问道。

“我们在你的世界上遇到的一个女人。”弗勒说。

梅丽莎只是点了点头。

来到佩妮的家门前时，弗勒深吸一口气，然后推开了门。斯托姆正坐在佩妮对面的沙发上，当他走进去时，斯托姆朝他粲然一笑。而梅丽莎也跟着走进屋的时候，斯托姆瞬间从沙发上跳了起来。

佩妮看了看梅丽莎，又看了看斯托姆：“这是怎么回事？”

梅丽莎上下打量了斯托姆一番后，只是摇了摇头，仿佛斯托姆的出现并没有让她感到有多惊讶。

“这是梅丽莎。”弗勒开口道，“显然她知道一些事情，并且是个热心肠，愿意讲给我们听。”

“谁能告诉我这是怎么回事？”佩妮的声音在颤抖。

弗勒举起双手对佩妮说：“佩妮，耐心听我们说。”他转身又对斯托姆说道：“梅丽莎说照片中的那个女人是她。”

斯托姆飞快地眨了眨眼睛，竭力掩饰自己的真实感受，但还是表露出来了，至少弗勒看得出来。

“你确定？”斯托姆问梅丽莎，“你还记得？”

梅丽莎仰望着天花板：“记得再清楚不过了。”

弗勒走向斯托姆，一只手搭在她的肩上，尽可能温柔地对她说：“梅丽莎和我离婚了。”

话音刚落，斯托姆就捂着嘴跑进了洗手间。

梅丽莎难以置信地瞪着弗勒："你爱上她了？"她看上去好像随时会跌倒，似乎下一秒可能就会哭、会笑或者大声尖叫，也可能同时哭、笑、尖叫。

弗勒没有回应。

"你能告诉我们你是谁吗？还有你为什么记得弗勒不记得的事？"斯内克贝特双臂抱在他宽阔的胸膛前，对梅丽莎说道。

梅丽莎的手颤抖得厉害，她把头发捋到脑后，想让自己镇定下来。"我和弗勒说过，这事说来话长。"

"那你何不现在就开始呢？"斯内克贝特说。

"等等，"弗勒走到洗手间门口，轻轻地敲了敲门，"斯托姆，你肯定也想听。"

门开了，斯托姆看上去冷静沉着，她的表情令人难以捉摸。"谢谢。"

梅丽莎坐在一把白色的填充椅上。斯内克贝特在她身旁的桌子上放了一杯水，然后靠墙坐在地板上。弗勒把斯托姆带到沙发上，心怦怦直跳，他知道从"重生日"起一直困扰着他的谜团即将被解开。

梅丽莎盯着他和斯托姆："这……我简直不敢相信我看到了什么。"

"请说吧。"斯内克贝特提醒她。

梅丽莎捏了捏鼻翼，闭上了眼睛。"当时有一场战争。彼得和我……"她清了清喉咙，"不好意思，弗勒和我是战败方的积极分子，在获胜方眼里，我们就是战犯。"

她睁开眼睛，看着弗勒和斯托姆说："我想这也说得通。"

弗勒捏着下唇，等她继续说下去。他不想打断她。

"战争持续不断，直到敌方的一个科学家乌戈·伍尔科夫研制出一种武器，就是所谓的暂时性意识缺失病毒。这种病毒可以像疾病一样传播，但它不会让你生病，而是会抹去你的记忆。"

就这样，"重生日"的秘密揭开了面纱。它不是上帝或罪行造成的，而是战争。

"问题是，我们这一方也有一种武器。"梅丽莎喝了一口水，"是我们这边的一位科学家研制出来的，但他并没有把它当作武器，而是作为和平结束战争的一种手段。在乌戈·伍尔科夫释放暂时性意识缺失病毒的时候，我们的科学家正争分夺秒地完成他的设备。"梅丽莎耸耸肩，"他赶在伍尔科夫释放病毒的时候完工了，只是结果没达到他的预期。"

"它做了什么？"弗勒问。

"它把世界撕成了无数碎片。"

佩妮欲言又止，她站起身，一瘸一拐地走进厨房，给自己倒了杯水。

"世界在被撕碎之前有多大？"斯内克贝特问道。

"走路的话……"梅丽莎看着天花板，"绕世界一圈大约要走五百天。"

而弗勒纵向走遍他的世界只需要半个小时。

"为什么你和我会这么像？"斯托姆问。

梅丽莎双手交叉放在膝盖上，看了他们很长时间。"把世界撕裂的机器可能会制造出人的副本。”

弗勒感觉脊背上好像被人泼了冰水一样。

“当时时间所剩无几，而我们若想终结战争，需要做的事情还有一大堆，因此，我们中的一些人就复制了自己。当世界被撕碎时，这些副本就散落到了各地……”

“等一下，”斯托姆打断她，“你是说我是你的副本吗？”

副本之一。这就是梅丽莎意识到弗勒和斯托姆相爱时反应那么强烈的原因。如果这就是事实的话，弗勒突然不确定自己是否真的想要听到真相了。

“是的，”梅丽莎柔声说道，“但这并不意味着，你没有我真实。”

“噢，我是真实存在的，嗯，这让人放心多了。”斯托姆站起来，向前门走去，“你他妈的是真疯了！”

“斯托姆！”弗勒喊道。她身后的门砰的一声关上了，弗勒半蹲着，准备去追她，最终还是不情愿地坐了下来。他得听下去。

此刻，斯内克贝特和佩妮在厨房并排站在一起。他给佩妮看他孩子的照片，和她轻声说着话。佩妮的脚踝明显好多了。

弗勒拿出地图，递给梅丽莎：“这是‘重生日’那天我在口袋里发现的，我觉得这像一幅地图，你知道它指向哪里吗？”

梅丽莎研究着那张地图：“它告诉你要向下走，那块有‘X’标记的地方可能就是你住的地方——威廉斯堡。”

这时前门突然打开，斯托姆冲了进来，砰的一声摔上门。她看着弗勒说道：“我刚在外面看见你了。”

屋子里的人都从座位上跳了起来。

“我说过你会害死我们的。”梅丽莎说。

斯内克贝特从背包里掏出霰弹猎枪和手枪，然后把背包挂在肩上。他走到门口，打开门向外张望：“没看见人，但是发现了斯托姆之后，他们肯定不会傻到站在马路中央。”

“谁不会？”佩妮问道。

“你还有枪吗？”梅丽莎没理佩妮，直接问斯内克贝特。

斯内克贝特转过身：“你会开枪？”

“不太会，不过至少不会失手打到你或者我自己。”

弗勒蹲在他的包旁边，从包里掏出斯内克贝特给他的手枪。

斯内克贝特在公寓里四处奔走，还不忘透过窗角向外窥探。“拿好降落伞，都从卧室的窗户里爬出去。这栋大楼和旁边那栋的楼间距只有两英尺，所以你们可以从两楼之间滑下去。听到我喊的时候，你们就往那个蓝色的长水槽跑。”

“那是原木滑水道。”佩妮说。

“好吧。我开枪后你们就从那扇窗户出去。”

斯内克贝特抓起佩妮真人大小的玩偶，把它放在厨房窗户旁边，窗户正对着原木滑水道。他走进卧室，出来的时候扛着一张床垫。他把床垫折起了一部分，肱二头肌因为用力而鼓了起来，接着把床垫推出窗外。最后，他掐住玩偶的脖子，深吸两口气，把它也扔出了窗外。

枪声四起，因为伏击者误把玩偶看成了人。斯内克贝特走到窗台上，抓住窗框，把自己荡到窗外，然后迅速朝屋顶开了一枪。枪声一落，一具尸体从窗口掉了下去。

“走！”斯内克贝特松开手，落向床垫。

剩下的人跑向卧室。梅丽莎先从窗口爬了出去，她背靠着佩妮家的墙，脚抵着对面的墙。当准备下滑的时候，她一下子坠落了五英尺，之后她好不容易才撑住双腿，把自己挤在两楼之间，一边滑一边往下掉，艰难地走完了最后的十几英尺。当她拔出枪，示意其他人跟上时，房子后面又响起了枪声。

弗勒让斯托姆跟着下去。

当佩妮抬起腿准备从窗户跨出去的时候，弗勒说：“你留下来！这不关你的事。”

“那些人疯狂开枪的时候可不会这么想。”她没有等弗勒回答便跳了下去，她的手抓着墙壁试图让自己慢下来。整个过程中她的腿一点儿也不瘸。

弗勒爬出来的时候听到了一声尖锐的哨声——斯内克贝特的信号。他重重地落在地上，由于空间太过狭窄，他只能站着。也许斯内克贝特应该从两面墙之间滑下去，其他人还是直接跳比较好。

“走。”梅丽莎站在小巷子后面，向他们挥手。

斯内克贝特正在佩妮房子后面的角落里和前面的袭击者交火，不管来人几何，都能将他们制服。弗勒拼命地跑向原木滑水道，然后滚进凸起的半圆形管道，斯托姆已经在里面等着他了。他们手脚并用爬上一个陡坡，速度也因此慢了下来。这时弗勒意识到斯内克贝特计划的绝妙之处：原木滑水道为他们提供了极好的掩护，并且可以让他们看清下面的人的动静。

问题是，佩妮和梅丽莎还跟着他们。不，应该是佩妮还跟着他们。如果弗勒继续向下赶路，那么梅丽莎就要跟着他们一起走。无论她是不是他的前妻，她都知道发生了什么，并且他还没来得及问问她地图底部的旗帜是什么意思。

他突然想到地图不在他身上，刚刚梅丽莎一直拿着它。希望她把地图塞进口袋里了。

弗勒听到了下面的脚步声。他抬头张望，突然，斯内克贝特的半个身子出现在他的头顶，他的脸埋进滑水道边上的砂砾和烂树叶里。

斯内克贝特松开手，示意弗勒他们在另一边一起起身，举起枪射击。弗勒点点头，他突然意识到滑水道可能不防弹。一旦下面的枪手摸准了他们的位置，就可以直接射穿滑水道击中他们。

斯内克贝特伸出三根手指，然后是两根，最后是一根……

弗勒紧紧抓住滑水道的一侧，站起身来，立刻就发现了他的一个副本，没有戴面具，蹲在树丛中。那把枪似乎自己开了火，从左到右再从右到左发射着子弹，但都打不到躲在树林里的那个人。

说时迟，那时快，子弹穿过那人的胸膛、肩膀、大腿，他的身体随即抽搐了三四下。是斯内克贝特开的枪。弗勒刚在正下方发现另一个副本，他就被斯内克贝特击倒了。他的枪法真是精准得可怕。

梅丽莎和斯托姆站在斜坡顶端，分别向两边扫射。如果梅丽莎没有穿那条白色长裙，她们看起来就像在照镜子一样。

“我们走！”斯内克贝特吼道。

弗勒匍匐前进，以最快的速度往上爬。

“继续！”斯内克贝特的声音在他身后响起。一秒钟后，斯内克贝特开始了新一轮的扫射。弗勒只顾低着头，气喘吁吁地往上爬，爬完最后九米到达坡顶时，弗勒已经筋疲力尽，他感到腿和胳膊火辣辣地疼。

此时他们身处于约二十一米的高空。面前是一块陡峭的悬崖，越接近崖底越细，直到戳进一片虚无之中。

他扭头对佩妮说：“你躲起来，等我们走了你再出来。他们看到我们走了之后，也就没有理由爬上来了。”

“快！”斯托姆挥手让他向前，“斯内克贝特会赶上来的。”

“我要留下来，”梅丽莎说，“他们根本没时间清点人数。”

“但我们需要你。”斯托姆对她说。

梅丽莎看了她一眼：“这并不意味着我就要和你一起跳伞。”

“得罪了。”说完斯托姆用双手狠狠地推了一把梅丽莎的胸脯，梅丽莎尖叫着向后摔去，撞上陡坡之后又头朝下极速坠落。这时一声枪响，斯托姆也跳了下去，子弹打在他们正下方的钢架上。弗勒随后跳上滑梯，直线下坠，他加速下滑的时候，耳畔的风声也越来越大。正当他可以水平滑行的时候，滑梯到头了。离开的时候，他被参差不齐的世界边缘刮伤，肱二头肌一阵刺痛。

接着他头朝下掉了下去，风的呼啸声越来越大。

弗勒在空中摆正自己的身体。他抓住自己的一只胳膊，把它拉到身侧，顿时感觉到一阵刺痛。他的手指也渗着鲜血。不过他们都活着，这是最重要的事。而且他们现在有了梅丽莎，再也不用在黑暗中摸索前行了。

一声惊恐的尖叫声吸引了弗勒的注意力。是佩妮，她一边挣扎一边尖叫。她的尖叫声穿过呼啸的风断断续续地传到他的耳朵里。

“你做了什么？”弗勒大喊道，虽然他知道没人能听到。

斯内克贝特向一脸震惊的梅丽莎扑过去。他指了指弗勒，又指了指佩妮。弗勒给他比了个“好”的手势，然后张开双臂和双腿，等着佩妮跟上来。

37

“呼吸，”佩妮说道，显然是在自言自语，“你可以的。”她手脚并用紧紧地抱着弗勒，显示出超凡的毅力。

“我得去看看斯托姆。”弗勒大声喊道，“你没事吧？”

“有事！”她抓得更紧了。

“我真不明白你为什么要跳下来。”

“你真觉得那些人会这么一走了之吗？如果留下来，我早就没命了。”

弗勒不确定那些人会不会对一个不在追击目标之列的人痛下杀手。但他不得不承认，他也不知道那些人会做出什么事来。

“我好害怕，”佩妮说，“我的心跳得好快，我觉得我可能要心脏病发作了。”

弗勒并不清楚心脏病是什么。“会好起来的，我保证。但是我现在得和斯托姆谈谈。”他将她的一只手从自己的背上扒下来，“你会没事的。”

佩妮不安地呻吟着，更用力地抓着弗勒。他觉得有些难过，因为这么放开她，就像把她扔进一个深不见底的水池一样。但他必须去看看斯托姆。

“深呼吸，”佩妮说，“答应我马上回来，好吗？我没有降落伞。”

弗勒忍不住笑了起来：“我知道啊，但即便如此，你还是从你的世界上跳了下来。”

“嗯，梅丽莎也没有降落伞，你们却把她推了下来。我想你们应该心里有数。”

“等时机成熟的时候，我们会好好安置你们的。”弗勒挣脱佩妮的禁锢。佩妮一边急切地低语，一边抱住自己，闭上了眼睛。

弗勒落向斯托姆。他向斯托姆伸出手来，斯托姆握住他的手的时候，弗勒如释重负。她的眼睛红红的。

“你感觉怎么样？”

“很困惑。”斯托姆说。

弗勒想告诉她这些都无关紧要，但他不知道这是否能安慰到她，毕竟她刚知道自己是被制造出来的。

“有什么能帮到你吗？”

斯托姆笑了。然而在肆虐的狂风之中，她的脸似乎在抽搐：“你帮不了的。”

“这对我们来说意味着什么？”

她紧闭双眼，过了一会儿，说道：“我之所以会吸引你是因为她吸引你，而我会被你吸引则是因为我是她的副本。我猜你也注意到了，她并不是很喜欢你，还有你在失忆之前也没那么喜欢她，所以你们最后分开了。”

“我不信，你又不是她。”

“显然我是，差不多是。”

弗勒试图回应，却被斯托姆打断了：“我们之后再聊，行吗？”

“抱歉，我不该提的。我去找梅丽莎聊聊，看还能发现些什么。”他捏了捏她的手。

他放开手的时候，斯托姆问道：“那到底是个怎样的世界啊？那里的人像造什么无关紧要的东西一样造人。”

弗勒没办法回答。

梅丽莎在弗勒的头顶，死命地抓着斯内克贝特的手臂，也许因为他是除了自己的副本和前夫之外唯一有降落伞的人。弗勒张开四肢，一边让上面的两个人落向自己，一边思考先问些什么。

“为什么我的副本要杀我？”这似乎是个不错的开场白。

梅丽莎耸耸肩：“你留下了四个副本。乌戈抓走了一个，然后又利用他造出了更多的副本。”

弗勒发现了梅丽莎话里的逻辑漏洞，但他并没有太多根据：“如果我不记得自己开过枪，那我现在怎么会开枪？”

“这分属大脑完全不同的部分。病毒作用于自我记忆和阅读中枢，而开枪是程序记忆。二者完全不是一回事。”

弗勒听她说话就像在听一门外语：“大脑还有不同的部分？”

“天啊，”梅丽莎摇着头说，“原来病毒的杀伤力这么大。”

她的言外之意就是："天啊，你也太蠢了。"

"有一个女人，丹凤眼，既漂亮又坚强。我在我的世界和另外两个世界上都见过她。"

梅丽莎大笑起来。她的笑声和斯托姆的一样，但是带着一丝苦涩："那是凯瑟琳·崔。暂时性意识缺失病毒暴发之后，我们都四处逃窜，东躲西藏，但她坚持要和你掉落在同一个世界上。我想她是爱上你了。"

弗勒想起奥基德拿着他的背包一级一级爬楼梯时心烦意乱的脸庞："她还记得所有的事吗？"

"记得。"梅丽莎舔了舔嘴唇，"有水吗？"

弗勒把手伸到背后，灵巧地拉开背包上的一个侧袋，拿出了水壶："喝的时候嘴含住壶口。"在自由落体的过程中喝水是一种挑战。

梅丽莎好不容易喝完了水，点点头，把水壶递还给弗勒："自始至终她都没有表现出来吗？"

"没有。"

"要么是她害怕你知道乌戈的事之后会做出鲁莽的举动，要么是她不想让你离开她来找我。"

这些在弗勒听起来合情合理，或许这两种情况都有可能。"为什么乌戈要追杀我们？"

"可能他觉得我们手上有他想要的东西——一种能源，也是一种武器。另外，他恨你入骨，自然想让你死。"

"你知道这种武器在哪儿吗？"

梅丽莎笑道："现在我知道了。"

"什么意思？"

"你把它写在了地图上。还记得写着数字'13'的那面旗吗？"

他的地图。弗勒拍了拍口袋，说道："地图去哪儿了？在佩妮家的时候，它在你手里。"

梅丽莎想了想，说道："我想我应该把它落在那儿了，抱歉！"

尽管地图上的每一行字弗勒早已烂熟于心，但他内心还是有一股强烈的失落感。

梅丽莎抬头向上看，弗勒也跟随着她的目光向上看，但上面什么也没有。

"他们可能需要一段时间来和他们的交通工具会合，但最终还是会追上我们的。"她低头看着下方，"要弄清楚我们的去处其实并不难。"

她说得有道理。"忍者弗勒"肯定不会就此罢手。他想了一会儿，说道："我们横向移动，这样他们就不知道我们往哪个方向走了。"他一边挥手试图引起斯内克贝特的注意，一边对梅丽莎说，"抓住我的脚。斯内克贝特会去照看佩妮。"他转变了一下自己的姿势，不再站着下坠，开始模仿起飞翔的鸟儿。梅丽莎抓住他的脚踝，两人像列火车一样在空中移动。他示意斯托姆跟上来，同时斯内克贝特也让佩妮用同样的姿势抓住他的脚踝。

他们似乎在水平方向上并没有走多远，但弗勒明白从他们试图拦截周围的世界开始，这一切就都是骗人的。过不了几个小时他们就会从追捕者的视线中消失。

弗勒感到头痛，他试图消化梅丽莎告诉他的一切信息。她的每一个回答都会让他更加站不住脚。

他回头看了看斯托姆。即使从远处看，也能看出她的孤独无助，仿佛她即将化作一缕青烟，汇进与之擦肩而过的云朵，抑或是化成点点雨滴。

XX

在哈利放在草坪上的 iPad 里，新闻播报员正在为阿斯彭总统是否应该继续担任国家领导人唇枪舌剑。彼得闭上眼睛，脸朝向太阳。洒在皮肤上的温暖阳光让他感到异常舒适。他早已厌倦了地下室的墙壁、灰尘、潮湿的气味，以及疲惫不堪的感觉。

他拆开白色蜡纸，拿起半个金枪鱼三明治，挑出里面的西红柿，把它放在另一半三明治旁边的蜡纸上。

“这个你不应该扔掉。”哈利说。

“我讨厌西红柿。”

“你需要补充维生素 C。”

“我每天都会吃复合维生素片。”

哈利摇了摇头：“这怎么能一样。”

在他不那么累的时候，彼得很喜欢和哈利进行这种无意义的争论，然后把那片可怜的西红柿放在太阳下炙烤。但今天他二话不说就把它捡起来，塞回了三明治里。

哈利拍了拍他的背：“你和坏血病之间就差这一片西红柿了。”

彼得笑着咬了一口，满嘴包着食物说道：“我欠你一条命。”

彼得看着一片美丽绝伦的砧状云从头顶飘过。云是淡蓝色的，就像一个平顶蘑菇。

“嗯，那接下来呢？”哈利问。

新闻镜头已经从播报员转到了一个特别熟悉的场景——MSNBC 特别报道：“有消息称，马来西亚暴发了一种前所未有的病毒，受害者表现出严重的定向障碍和记忆丧失等症状。下面请吉隆坡的安吉洛为您带来详细报道。”

哈利正在嚼东西的嘴巴停了下来。“记忆丧失。”他轻声说道。

他们注视着衣着光鲜的人们抱头哭喊、尖叫、乞求帮助的画面。

“现在我们知道过去三个月乌戈一直在做什么了。”彼得应该猜到的。抑制彼得森－扬兹朊病毒的病毒会产生很可怕的副作用，而这些副作用使它成为完美的生物恐怖制剂。这种病毒异常活跃，并且可以通过空气传染。可实际上，病毒过于活跃了。“但马六甲海峡的另一边就是苏门答腊岛。他们都是我们的盟友。”彼得靠向屏幕说道，“这整个地区既有敌人也有盟友，他们打算怎么控制病毒的传播？”

远处响起了飞机的引擎声，声音越来越大，只见一架鹞式战斗机穿过丛林，从低空掠过。

十多名携带突击步枪的安保人员在反反复复的命令声中迅速搭好隐蔽点。两名安保人员护送彼得和哈利来到隐蔽点。

“等等，”彼得喊道，“如果他们想攻击我们，他们就不会落到草坪中央了。”

他们看着鹞式战斗机在一百码以外的地方降落。引擎熄灭之后，凯瑟琳从飞机上跳了下来。

彼得咧嘴一笑，朝飞机跑了过去。

当梅丽莎出现在凯瑟琳身后时，彼得一个踉跄，随后放慢了脚步。

凯瑟琳紧紧地抱住他，彼得的视线越过凯瑟琳的肩膀，停留在踌躇不前的梅丽莎身上。

“你在这儿干什么？”彼得问道。哈利也走了过来。

“华盛顿发生了政变。是厄尔巴和她的联合参谋长们。”

彼得把手放在脸颊上：“她会得逞吗？”

“我觉得会。我们逃出来之后，他们就开始把阿斯彭的人列成队伍，大肆扫射。”

尽管凯瑟琳一直在说话，但彼得的目光却始终没有从梅丽莎身上移开过。她的表情紧绷而严肃。终于，她张口说了一句话：“我们会尽力帮助你的。”

一名身着蓝色空军制服的男子从鹞式战斗机上走了下来。他那双紧蹙的、珠子般的小眼睛破坏了原本棱角分明的俊美面庞。

凯瑟琳转过头说道：“这是布兰登·道森，他是个好人，我们可以信任他。”

彼得和道森相互点头致意。

“我们进去吧，”彼得说，“才过了一周，我们又见面了。”

“其实也没有很快，”他们一行人向门口走去的时候，凯瑟琳说道，“厄尔巴随时都有可能用核武器攻击朝鲜。另外，彼得……”她转过身严肃地看了他一眼，“厄尔巴手下的人未经总统授权就擅自释放了乌戈研制的病毒。我认为这个病毒是他们作战计划的重要组成部分，所以乌戈才能够在如此短的时间里手握重权。”

彼得在他们的临时战略会议室门外等着。那里曾经是工厂的一间办公室。远处的墙壁上挂着一块棋盘格图案的黑板，每个方格的角落里都有一个用来挂钥匙的钩子。黑板下面有一张桌子，上面放着一只裹满水泥的橡胶靴。

梅丽莎和凯瑟琳走到他身边的时候，凯瑟琳径直走过他，进了房间。

“梅丽莎？”彼得试探似的喊道，然后又清了清嗓子，“你有时间吗？”

“大家恐怕没那么多时间吧。”她说道，但停下了脚步。

“我只是想谢谢你，谢谢你在发生了这么多事之后还愿意过来……”他的喉咙一阵哽咽，想忍却没有忍住。

梅丽莎踢着一块松动的水泥说道：“如果说有谁能够把世界从眼前的困境中解救出来，那个人就是你。”她抬起头，“我们的注意力应该放在拯救世界上面。”

彼得点点头。她的言外之意已经很清楚了。

38

在噩梦中，他一直在隧道里爬行，只不过，与其说是隧道，不如说是一条油腻的大肠。肠子不停地蠕动着，每次扭动都能让人看到一小截臭烘烘的、不住抽搐的肉。他还能闻到这个地方的气味——辛辣刺鼻，就像煤渣上的呕吐物的味道。

弗勒醒来时发现斯内克贝特的手搭在自己的肩膀上。天黑了，月亮和大部分星星都被云层遮住了。

“下面有个世界。”斯内克贝特在他耳边说，“其他人都准备好了。”

他们落在了一座大城市的边缘地带。这里似乎荒无人烟，但因为现在是夜间，也不好说。他们随意走上一条街道，街道两旁到处是没有窗户的半栋房子、空荡荡的地基，以及少了一面墙而其他三面完好无缺的大楼。弗勒觉得这里有一种说不清道不明的奇怪。

“很干净嘛。”斯内克贝特低声说道。

的确。其他的世界上到处都是垃圾。有倒塌或者遭到毁坏的建筑的地方，更是遍地瓦砾，还有数不清的砖块、木头、碎玻璃。弗勒看到了焦黑扭曲的钢梁和许许多多的汽车，但并没有看到瓦砾，连食物包装纸都没有。

到了下一个十字路口，他们左拐继续行进。

“这里就像有一个巨型吸尘器吸光了所有不固定的东西。”梅丽莎说道。

弗勒原本期望梅丽莎能够根据自己的诸多记忆给出一些解释，不过他却因此感到了些许欣慰，至少这里的一些事情依然会让她感到困惑。如果记忆沿着一条完整的链条一路追溯到过去，将会怎样呢？人生定会大不相同吧。

“看哪！我的妈呀，快看哪！”佩妮指着前面半个街区的地方说道。

就像有一条无形的分界线——一边被清理得干干净净，另一边遍地散落、堆积着碎石和垃圾，跟其他的世界别无二致。

有一个人独自站在杂乱和整洁之间的分界线上，正在把砖块堆进手推车里。那是一个女人，她背对着他们，看上去瘦骨嶙峋。

他们很恭敬地在远处停下脚步。晚上有一群陌生人突然出现在你身后，尤其里面还有一个面相不太友善的斯内克贝特，在这种情况下，无论是谁都会被吓到吧?

“你好？”斯托姆轻声喊道。

那个女人转过身来：“我睡不着……”一看到他们，她便尖叫起来。

是奥基德。要是在之前的几个世界上，弗勒也许会感到非常震惊，但现在他却非常期待能在所到之处遇见一两个奥基德。

“奥基德”向后退了一步，又尖叫起来，紧接着飞也似的跑开了。

他们望着她跑开。“天哪，我真的需要一点儿时间来适应。”

佩妮说。

“我到现在还没习惯呢。”弗勒说道。

“那我们现在怎么办？”斯托姆问。

“继续走吧，”斯内克贝特说，“如果这里有人住，就会有食物和水。”

弗勒看了看佩妮的脚，她走路时一点儿也不跛。“你的脚踝看起来好多了。”

她低头看着自己的脚，说道：“是啊，就好像什么东西突然回归了原位。”

“这个镇上可能没多少人。”梅丽莎说，“看起来它在战争期间遭到了严重的轰炸，大部分幸存者应该已经转移到难民营去了。凯瑟琳做了很多副本，比我们其他人的都多，她根本停不下来。末日来临前的几个小时所有副本离开的时候，她的副本看起来就像一支军队。一些副本最终散落到这种奇怪地方也就不足为奇了。”

“如果这里没那么多人的话，他们又是如何全面清理这么大的地方的呢？”弗勒问道。

“我不知道。凯瑟琳有严重的强迫症，所以应该是她打扫的。”

“强迫症是什么？”弗勒问道。

这时三个女人从一幢几乎完好无损的公寓楼前飞奔出来，径直向弗勒冲去。这三个人都是奥基德。

“准备好枪！”斯内克贝特蹲下来拔出霰弹猎枪。弗勒则拔出手枪，低声咒骂着。

“我告诉过你。”声音从身后传来。弗勒转过身看见那三个女人后面有五个奥基德，都高举着手枪，与此同时还有六个人朝他们跑来。

“不是吧。”弗勒说道。

“放下武器。”一个声音从上面传来。

街道另一边的屋顶上站着许多全副武装的奥基德。

斯内克贝特的霰弹猎枪砰的一声掉到了柏油路上。弗勒和其他人也都放下了手枪。

奥基德们小心翼翼地从两侧靠近，叽叽喳喳地说个不停。她们都是奥基德，每一个都是。

其中一个提高嗓门儿问道：“你们是从哪里来的？”

“从上面来的。”弗勒指着上面说，“上面还有很多世界，我们没有任何恶意。”

奥基德们看起来都很困惑。她们睁着大眼睛，面面相觑，这时又过来了更多的奥基德。

“他说的都是实话，”佩妮说，“我原先也不信，而且……”

“他们的脸。”其中一个奥基德说道。

弗勒意识到，她们从没见过和她们容貌迥异的人。

“你们有食物吗？”其中一个看起来较为丰腴的奥基德问道。

“不是很多，”斯内克贝特答道，“我们希望可以和你们换些食物和水。另外，如果你们有人会处理伤口的话，麻烦请帮帮我的朋友，他肩膀上有道很深的伤口。”

弗勒不确定他是否在说自己。过去一天里的那种阵痛已经减轻很多了。

“把背包放下来。”奥基德说。

她一边目不转睛地盯着斯内克贝特，一边依次抓起背包，将它们递给自己的姐妹。

至少这里不是监狱。他们在这里的处境有所改善，弗勒想，眼睛注视着王冠模型和反锁着的华丽的木门。

“我想弄明白这是怎么回事，”佩妮一边对梅丽莎说，一边将她的直刘海从眼前拨开，“你们只用走进一台机器，然后那台机器就能吐出你们的副本？你们为什么要这么做？”

“别说了，行吗？我不想谈这个。”

佩妮用手捂住耳朵：“抱歉，你再说一遍？”她看了梅丽莎一眼，眼神犀利，“少点儿敌意不行吗？”

“对不起，”梅丽莎低声说，“我有点儿激动。”

“彼此彼此。”佩妮回道。她退到一个角落里，挺着背面对墙壁盘腿坐下，然后把脚踝拉到大腿上。

“你在干什么？”弗勒问。

“冥想。”她深吸一口气，然后呼气，“这能让我平静下来。”

弗勒摇摇头，转身走开了。他越了解佩妮就越觉得她古怪。

门锁咔嗒作响，接着门猛地打开了。

“出来吧。”门外站着四个奥基德，其中一个对他们说道。

他们离开了市中心，沿着一条路往前走，路两旁是单层房屋，都装饰着五颜六色的招牌。途中，斯内克贝特眯起眼睛，仔细打量着给他们带路的奥基德。

“如果这里除了她们并没有其他人，为什么她们都带着手枪？”

弗勒没有想到这一点。如果不存在威胁，她们的警惕性不应该这么高。“也许是从我们到这儿之后，她们才开始这样的？”

“她们发现我们没几分钟就把我们团团围住了，还拿着步枪站在屋顶上指着我们，如果按你的设想，她们来得也太快了吧。”

弗勒点了点头。这些奥基德的肩膀上都有一块很奇怪的徽章，其中一个是黄色的，上面绣着一棵树；另外一个是紫色的，上面的图案看起来像一块砖。

“打扰一下，”弗勒看到其中一个奥基德走在他的左边，“这些徽章是用来做什么的？”

她移开了视线。

另外一个奥基德回头看了看：“这是我们区分彼此的方式。”

他们拐进了一个大型停车场，朝着一座蓝白相间的大楼走去。当他们走到门口时，其中一个奥基德让另外四个人守在门外。

“让别人去吧，”其中一个抗议道，“我也想听听。”

当弗勒被匆匆带进屋里的时候，她们还在争论谁该守在外面。

屋顶有几处塌陷了，显然是被炸弹击中过，但是宽阔的地板上一尘不染。他从未见过如此干净的地板。几个手写字被高高地贴在墙上。

弗勒和他的同伴被带到仓库中央的五张折叠椅前，那里聚集着几十个奥基德。

“我敢打赌，那些椅子一定在地板的正中央。”梅丽莎低声说道，“她们会从墙根开始一步一步地测量。”

椅子看起来确实处于房间正中央。弗勒所认识的奥基德确实很古怪，她会数步数，也会突然抽搐一下，等等，但并不会这么极端。也许当你周围全是和你一样的人时，任何怪异的举动都会变得正常了，所以你并不会加以克制，结果就是它们变得越发疯狂。

弗勒和其他人就座后，大约四十个奥基德在他们周围围成圈。

“可以确定的是，”斯内克贝特低声说，“在这个世界上是找不到我的孩子了。”

梅丽莎回答了大部分问题。这场审问似乎没有严格意义上的负责人。站在前面的人问了绝大多数的问题，弗勒猜测她们的地位应该比其他人高。而后面的那些人看起来更瘦弱，也更绝望。

当有人问他们如何做到从天上掉下来并且安全着陆的时候，弗勒要来了他的背包。他给她们展示了他的降落伞，还解释了它的工作原理。奥基德们纷纷伸出手，探进其他的背包，拽出降落伞。她们一边端详一边兴奋地叽叽喳喳个不停。

“我们很乐意教你们制作降落伞。”斯内克贝特说。直到此时，他一直保持着沉默，无疑是在寻找机会让他们从这种不明朗的局面中脱身。弗勒不确定这些女人是否会伤害他们。虽然奥基德们并没有威胁到他们，但很显然他们也不能自由地离开。

最前面的五六个奥基德聚在别人听不见的地方。她们分开的时候，其中一个拍了拍手说：“好了！如果你们的职责范围不涉及这些陌生人，如果还想填饱肚子的话，就赶快回去工作。”

这话听起来绝对是出自一个拥有较高地位的人之口。很显然，即便在一群长相一模一样的人当中，最终仍然会有少数人手握重权。

39

远处响起了教堂的钟声。视线范围内的所有奥基德——除了负责“押运”五个新人的四个之外——都疯狂行动起来。

她们消失在各式各样、完好无损的建筑里，回来的时候手里拿着水桶、盆子、碗、塑料防水布，并把它们排成整齐的队列。

“怎么回事？”佩妮问其中的一个奥基德护卫。根据她的徽章，弗勒可以确定她的名字是帕普·布里克[1]。奥基德做事高效，很显然她们那时候选出来了十几样东西——砖、云、树、鸟等，以及十几种颜色，而且每个人的名字正好是这些物体和色彩的结合体。

帕普·布里克指向聚集着一簇乌云的地平线：“马上要下雨了。”简单地把容器放在屋外会更有意义。显然那种杂乱程度是奥基德所不能忍受的。

另一个护卫奥林奇·布特[2]让他们继续向前走，弗勒感觉还会有另一番盘问。奥基德们不停地提出新问题，却不回答对方的提

1 Purple Brick，本意为“紫色砖块”，此处作为人名为音译。

2 Orange Boot，本意为“橘色靴子”，此处作为人名为音译。

问。最明确的是，斯内克贝特反复问及他们最终是否可以获准离开、他们是否会被当作囚犯，还有当务之急是他们什么时候可以吃东西。虽然他们喝了一些水，但已经两天没吃过东西了。

他们穿过城镇中炸毁得较为严重的地方。这片陌生之地已经被清理、擦洗干净了。剩下的那些屹立不倒的建筑比其他地方的更加高大，也更精美。它们看起来不像商店，但也不是住宅。

当他们经过一楼一扇又高又破的窗户时，弗勒发现里面的床上躺着人。“等等，”他走近了一些，“那是什么？”

“死亡中心。”帕普·布里克如是说道。

“死亡中心？”佩妮瞪大了眼睛，“死亡中心是什么？”

“我们能去看看吗？”斯托姆问道。

帕普·布里克耸耸肩：“如果你们想看的话，请便。”

“不行，他们不能看。”奥林奇·布特连忙阻止。或许是另一个护卫。弗勒看不见她的徽章。

“为什么不行？”帕普·布里克问。

“因为这不关他们的事。”

帕普·布里克动了动眼珠，示意他们进去，而奥林奇·布特还在和她争论，问帕普·布里克到底是谁给她的权力。

房间里的床均匀排开，形成一个完美的矩形，上面躺着许多骨瘦如柴的奥基德。

“天哪。”佩妮走到离她最近的病床前，俯身看着躺在床上的女人，那人形容枯槁，呼吸时还伴着一种刺耳的吱吱声。

“她们怎么了？”梅丽莎向照看这些垂死的女人的奥基德问道。

她耸耸肩："没什么问题，她们太虚弱了，没办法工作，所以只能挨饿。"

"嗯，那为什么不给她们东西吃？"斯托姆问道。

看护皱了皱眉头，用看精神病人的眼神看着斯托姆说："她们赚不到食物，也赢不了食物，所以只能挨饿。如果我们按照所有人的需要分发食物，那么结果是大家一起饿死。"

弗勒不得不承认，这句话确实存在一定的逻辑。在他的世界上，无论是通过谋杀、恐吓、盗窃还是结盟，只要能获得食物，各个部落都会不择手段。应该会有更好的方法来决定人们的生死。看着那些躺在病床上或年老或年轻的女人，以及那瘦到皮包骨的胳膊和凹陷的脸颊，弗勒感觉就像有一把刀刺穿了自己的心脏。

"那我们怎么赚来食物？"斯托姆问。

"不知道。"看护说。

斯托姆转身看着帕普·布里克，向她挑了挑眉，无声地询问着。帕普·布里克耸耸肩："看到管事的女人时可以问她们。"

据弗勒所知，管事的大约有十二个人，另外还有十二个人试图挤进这个圈子。这让他想起了在镜子大厅里追逐无数个梅丽莎时的情景，只是现在的所见所闻并不是幻觉。

他们得离开这个地方。看着她们对待同伴的方式，弗勒丝毫不怀疑她们会一枪杀了他和他的朋友，或者让他们日渐消瘦，直至躺在病床上等死。但即使他们能够拿回降落伞并且到达世界边缘，也得先补充粮食和水。

"我们还要走很长一段路。"帕普·布里克说道。她把他们带到外面，空中飘起了细雨。

斯托姆走在弗勒身旁："我有一种不好的预感。"

这将是他们抵达后第三次与知识阶层的奥基德会面。

"我也是。"弗勒说。

领头的护卫爬上一段陡峭的台阶，向顶端的一座小山走去。

"基于我对奥基德的了解——那个女人……"他突然停了下来。他刚想说他觉得自己知道她们是怎么想的，因为他认识复制出她们的那个女人。但这就好像说他可以通过观察梅丽莎来了解斯托姆一样，而斯托姆肯定不会喜欢听到这样的话，所以他还是闭嘴为妥。

"好吧。"显然斯托姆已经知道他接下来想说什么了。

他们来到台阶顶端，踏上一条棕色的砖路。路的两边有两栋一模一样的三层楼房，房屋很宽敞，窗户之间的间隔也十分均匀。右边那栋楼已经严重受损，而左边的则完好无损。那两栋楼以外的地方是一片开阔的杂草地，上面散布着十多栋类似的棕色砖房。

"你还好吗？"他问斯托姆，"要是好点儿了的话，你看你也回到了坚实的地面上，有时间聊聊吗？"

"说实话，我又饿又怕，根本顾不上想这些。"

他们被带到一栋几乎完好无缺的高楼底部。实际上，与其说它是一座大楼，不如说是一座塔。它的外形狭窄，没有窗户，楼顶有三个盖着板条的缺口，缺口下方有一个尖顶皇冠和时钟。奥基德委员会的成员正在楼底等着他们。

"我们想让你给大家展示一下。"其中一个人说道。

"乐意至极。"弗勒从一名委员会成员的手中接过了他的背包。

这座塔一定是她们世界上最高的建筑。

这座塔的内部只有一条蜿蜒而上的楼梯。爬到楼顶时，弗勒的腿都软了。他跪在地上，准备好降落伞，再三确认锁扣没问题之后才将降落伞叠好收进背包，最后把背包绑在背上。

弗勒快速迈了两步，从塔顶一跃而下，塔底的人纷纷抬头望着他。这次降落伞打开得很完美，他一边向地面飘去，一边欣赏着山下铺展开来的城市风景，还有边缘外晴朗的天空。

忽然砰的一声巨响，火光瞬间点亮了天空。听到这个熟悉的声响后，弗勒下意识地畏缩了一下。喊叫声四起，人们到处逃窜，大多数人都跑进了塔里，还有几个奥基德朝着反方向跑去。一时间弗勒的进程变得异常缓慢。悬挂在降落伞之下的他成了完美的靶子。

当弗勒扫视下方，寻找袭击者的时候，一个奥基德倒下了。他在之前经过的一栋二层楼房的窗前发现了两个可疑人物。弗勒从远处无法确定那两个人的身份，但她们看起来很像奥基德。

每次枪响，弗勒都会猛地一晃，觉得自己随时会被击中。院子里躺着三个受伤或者已经死亡的奥基德。弗勒四处寻找着其他人的身影，终于触地的时候，他看见了躲在塔底的斯内克贝特。弗勒立刻倒在人行道上，让降落伞将自己盖住。然而仍有枪声不断响起，他一边绕过地上的砖块朝着高塔爬去，一边希望身上的降落伞可以作为掩护不被袭击者发现。不过并没有人朝他开枪，袭击者的目标似乎是之前那些抓他的人。

突然，降落伞从他头顶滑过。是被人拉开了！

“快点儿！”是斯托姆。她把他带到塔内，有二十个人挤在门口。

“我们也不想被打死！”斯内克贝特对楼梯上的奥基德喊道，下巴由于愤怒而不停地颤抖，“我们现在很被动。他们可能会放把火把我们烧死在这里，也可能会在我们试图突围的时候挨个儿干掉我们。把霰弹猎枪还给我，我来想办法。”他伸出手，停在半空中，用足以融化顽石的目光盯着那些女人。

其中一个奥基德把斯内克贝特的背包塞进他的怀里。他单膝跪在地上，从包里掏出霰弹猎枪和手枪，然后起身朝门口走去。

“掩护我！”他对拿着手枪站在门口的几个奥基德说。随后他走了出去。

此时外面又响起了枪声。

“妈的，快掩护他！”佩妮喊道。

那两个奥基德从门口的角落里探出身体，向两边的建筑开枪。

随着斯内克贝特消失在左边建筑的后方，一切都安静了下来。

“我们应该派人到塔顶去。”弗勒说，“躲在门口我们看不到后面的情况。”

“她们正在往上爬。”帕普 · 布里克答道。

外面传来几声低沉的枪声，听起来像是斯内克贝特的霰弹猎枪发出的声音。弗勒扫视了一下大楼的上方，透过窗户观察着外面的动静，但从他们所在的角度看不见对面建筑内部的情况。

“在那儿。”帕普 · 布里克喊道。斯内克贝特出现在那栋建筑的前面，他的霰弹猎枪瞄准了走在他前面的两个手无寸铁的奥基德。

这时从塔里涌出来许多全副武装的奥基德，向那三个人奔去。

“拿下他的枪！”弗勒后面的一个人喊道。

一些护卫控制住俘虏，另一些人则拿枪指着斯内克贝特。

“把枪放下！”

斯内克贝特惊讶地张大嘴巴：“你们在开玩笑吧？”

她们把枪又举高了些：“放下！”

斯内克贝特恶狠狠地把霰弹猎枪扔向离他最近的那个女人，她抬起脚以免被砸到。“不客气。楼里还有两具尸体，我相信你肯定愿意把它们清理掉，同时把地板上的血迹也擦干净。”

“我不明白，”弗勒说，“她们为什么要朝你们开枪？”

似乎没人想回答这个问题。

“她们是叛乱分子。”最终，帕普 · 布里克说道。另一个奥基德看了她一眼，帕普 · 布里克死死地盯着她，指着斯内克贝特说：“他冒着生命危险保护我们，而我们却一个个跟懦夫似的躲在门口。我认为他们有权知道。”她转身对弗勒说，“她们是一个组织，因不满于现状而发动了政变。失败之后，她们就逃跑了。”

这就解释了每个人都带着枪的原因。

“我们走吧，”奥林奇 · 布特说，“明早我们会给她们的脖子上绞索。”

一瞬间弗勒以为她说的是他和他朋友们的脖子，然后才意识到她在说叛乱分子。但他觉得很快就会轮到他们了。

XXI

哈利把一盒唐恩都乐甜甜圈从桌子上推到彼得面前。他拿了一个巧克力味的，然后把剩下的递给凯瑟琳。“凯瑟琳，举一下提词板，让我看看上面的字。”彼得在明亮的闪光灯下眯着眼睛说道。

“这段提词需要多长时间？”罗伯托·桑切斯问道。对于罗伯托·桑切斯亲自赶来采访这件事，彼得现在还处于震惊之中。这可能要归功于凯瑟琳的三寸不烂之舌。

凯瑟琳吞下一个甜甜圈，说：“别担心，不超过五分钟，然后你就可以问任何你喜欢的问题了。”

彼得看着梅丽莎，她坐在一旁，双手放在膝盖上。有她和凯瑟琳在这里，彼得感觉就像有无数阳光洒在自己的脸上。彼得并没有意识到这一点，但在实验室里连轴转的部分压力来自要日复一日地对着同样的面孔。新人的加入让他备受鼓舞，而梅丽莎就是其中之一，他觉得这简直是个奇迹。

桑切斯就位，摄影师对着桑切斯用手指倒计时。简单的介绍过后，桑切斯把话筒交给了彼得，他开始宣读提词板上的声明。

这是一着险棋。关于这种“革命性的、无穷无尽的、所有人都能免费使用的全新能源”，他们并没有透露其确切的性质，但战争双方的智库应该都能对此做出合理的猜测。如果能让各方都同意停火，哪怕只是放缓日益升级的侵略行动，那么这样做也是值得的。

声明即将宣读完毕的时候，他看了一眼梅丽莎，梅丽莎勉强对他露出一个鼓励的微笑。

“我们即将开启一个全新的时代，到时候你们就会明白这场可怕的战争打得毫无意义。”彼得读道，“我们不求战争的任何一方做出让步，只求大家给我们十天时间。我们会用这十天来证明以上所说的一切绝非虚假的承诺。”

接下来桑切斯问了半个小时的问题。他指责彼得叛国，再三要求他透露新能源的性质，并提醒观众他背负着谋杀“真正的”彼得·桑多瓦尔的指控。彼得竭尽全力才按捺住想让桑切斯滚蛋的冲动。

40

斯内克贝特和斯托姆在房间的一个角落里低声说着话。从弗勒无意间听到的一些片段来看，他们正在谈论“重生日”那天彼此的经历。弗勒和他的伙伴也经常围坐在篝火旁分享彼此的故事。他想起了黛西，想她蜷起双腿抵着下巴的样子，想她说起醒来发现自己、另外二十个小孩，还有一个成年男人挤在一间教室里的情景时那严肃的表情。

天哪，他很想她。

佩妮坐在角落里冥想，她闭着眼睛，双手做成杯状，放在腹部前方。

梅丽莎坐在其中一张床上，双腿盘进脏兮兮的白色连衣裙里，仰头向后。

“你在你的世界上演的那个是什么故事啊？”弗勒问，“就我看到的片段来看，比我在我的世界上见过的任何事都有意思。”

这个问题把梅丽莎逗乐了。她答道：“这是莎士比亚写的一部关于私生子的戏剧。从前我一直想当一名演员，所以当时我就觉得我的机会来了，因为除了我以外，没有人记得戏剧。在一个所有人都被抹去记忆的世界上，你只能靠剽窃莎士比亚的作品侥幸逃脱了。”

尽管奥基德们提供了舒适的床垫，但他们还是在日出前就醒了，可能是因为太饿了。

“梅丽莎，”斯内克贝特问道，“在掉下来之前你认识我吗？”

梅丽莎同情地看了他一眼：“抱歉，不认识，以前的世界很大。”

斯内克贝特耸耸肩：“我就问问。应该对我们在那个世界上的身份没什么影响。”

“鉴于你身上的伤疤和战斗力，你的身份毫无疑问，你是名军人，可能还属于精英部队。”

“显然你还是位大厨，”弗勒补充道，“我永远都忘不了你在佩妮的公寓为我们做的燕麦炖火腿。”

斯内克贝特笑了：“你现在肯定很想吃。”

“等等，”梅丽莎说，“斯内克贝特，失忆之后你在口袋里发现过钱包吗？这也许可以给我们提供一些线索。”

斯内克贝特从背包里翻出了那个破旧的黑色钱包，扔给梅丽莎。梅丽莎抽出一张覆膜卡片，端详起来。

“你住在马里兰州的贝塞斯达。那是一个军事重镇，你的孩子可能就在那里。”她从钱包中间的隔层里又抽出一些卡片和一张折叠着的黄纸，“哇，有了，”她把纸平铺在床上，“你的名字叫罗伯特·哈乔，那个时候你请了假去看望临终的母亲。”梅丽莎从纸上抬起头，“我敢打赌这就是你在那个镇上的原因，你的母亲住在那里。”

斯内克贝特饶有趣味地瞪大眼睛，一眨也不眨：“马里兰州，贝塞斯达。这是我故事的开始，谢谢你！”他转身问佩妮：“佩妮，你呢？‘重生日’那天你有在口袋里发现什么吗？可以让梅丽莎看一下。”

佩妮保持着原来的姿势，摇了摇头：“我当时穿着一件连衣裙，没有口袋。”

门上的锁咔嗒一声打开了。一群奥基德示意他们出去。他们被带去的地方曾经是一座华丽的建筑，外面的喷泉已经干涸，地板上铺着的紫红色地毯也发霉了，只剩下两堵残缺的墙壁和一根光秃秃的支撑梁。在较为干净空旷的地方放着几个破烂不堪的轮盘和几张桌子，还有一些五颜六色、四四方方的机器。

“赌场。”弗勒咕哝着。

两根绳子从支撑梁上垂下来，已经系成了绞索。一个囚犯一看到绞索便大喊大叫，拼命挣扎；另一个囚犯则无声地凝视着前方。

两个囚犯被带到一张桌子跟前，桌上的碗里放着一个轮盘。另外一百个奥基德把他们围得水泄不通，试图看个究竟。

“轮盘赌。”斯内克贝特自言自语道。弗勒和他的想法一致。

一个奥基德——据她的徽章可知，她叫布莱克·伯德[1]——指着她左边较为镇定的那个囚犯说：“你选几号？”

“28。”她用颤抖的声音答道。

布莱克·伯德指着另一个囚犯，她只是摇了摇头。

---

1 Black Bird，原意为“黑色的鸟儿”，此处作为人名为音译。

“这至少是个机会，”布莱克·伯德说，“你宁愿一点儿机会都不要？”

“我做不了选择。”那个女人被吓得上气不接下气，几乎说不出话来，“我做不到。”

“行，”布莱克·伯德说，“我来给你选，就选 0 。”

她抓住轮盘，让它旋转起来，接着朝着相反的方向将钢球沿着碗壁掷进碗里。

在众人无声、着迷的注视下，钢球渐渐放慢速度掉到轮盘上，一阵咔嗒咔嗒的响声之后，卡在了数字“3”上面的洞里。再有两格就到数字“0”了。

所有人立刻叽叽喳喳讨论起来。

“嗯……”在喧闹声中，布莱克·伯德竭力提高音量让大家听见她说的话，“运气真不好。”她指着临时搭建的绞刑架说，“把她们吊起来。”

三个奥基德不得不把那个吓破了胆的囚犯拖到绞索下，而另一个囚犯则自己走了过去。

绞索紧紧地套在她们细长的脖子上。站成一排的奥基德没有说一句话，也没有任何仪式，她们捡起每根绳子松弛的一端，拉着绳子从绞刑架边走开。

两个囚犯被猛地拉到空中，双腿乱蹬，脸色一点点变紫。奥基德们把她们一直拉到距离赌场地板十几英尺高的地方才停下，然后将绳子系在一根从吧台底部伸出来的黄铜管上。

先是左边的女人不再动弹了，又过了一小会儿，右边的女人也停止了挣扎。她们眼球突出，软塌塌的身体悬在空中，在绳子另一头轻轻地摇晃着，不知怎的却和地面呈现出细微的角度。

弗勒的同伴，包括斯内克贝特，都移开了目光。忽然间弗勒感到十分羞愧，因为尽管自己不喜欢，可他依然盯着死去的两个人。最后，他看向别处。

简直不可理喻，这些明明都是生活在天空另一端的一个女人的副本，却在这里毫无缘由地互相残杀。

弗勒抬起头看着那两个已经死去的女人，奇怪的是，悬在空中的她们和地面呈现出某种角度，仿佛被某种看不见的力量拉扯着。其他人似乎也注意到了这一点，纷纷开始窃窃私语。

弗勒动了动双脚，他感到身体有些不稳，并且很不舒服。

“怎么回事？”斯托姆问道，“你看到了吗？她们就像被什么东西拉着一样。”

在弗勒右边，佩妮正抓着斯内克贝特的前臂，好像是为了稳住自己。那两个被绞死的女人和地面的角度是不是更大了？这可能只是他的想象，但看起来似乎是真的。

弗勒看向左边，并且有一种非常奇怪的感觉：地面似乎是倾斜的。好像倾斜的并不是被吊着的女人，而是地面。

“弗勒，斯内克贝特，”布莱克·伯德说道，“选择一个数字。”

恐惧像一把利刃刺穿了弗勒的身体，他结结巴巴地说道：“我……我们什么也没做。”

布莱克·伯德耸耸肩：“你是个危险分子，不可信赖。选一个数字。”

弗勒身侧的一个奥基德在他朋友的抗议声中，用手枪抵住了他的太阳穴。

“选数字，弗勒！”布莱克·伯德环顾四周，好像是第一次注意到了微微倾斜的地面。

压在弗勒太阳穴上的枪管又加大了力道。他看看桌子，又看看桌子后面那两个死去的女人，歪曲倾斜的角度令他十分不安。“28。”

“斯内克贝特呢？”布莱克·伯德问。

“都给老子滚！”斯内克贝特答道，语气中的敌意一如往常。

“行，”布莱克·伯德厉声道，“弗勒的数字是‘28’，斯内克贝特的数字是‘都给老子滚’。”

说完她转动轮盘，然后让钢球在碗沿飞速转动。最终它弹起来，落在了数字“3”上。与“28”隔了三个卡槽。

“真倒霉啊。”布莱克·伯德说道，声音盖过了越来越大的、困惑的嘀咕声。

轮盘赌桌上的钢球突然从卡槽中弹出来，越过“35”和“12”，在数字“28”那里停了下来。

人群中的一个奥基德喊道：“怎么回事？”

现在可以确定了：赌场的地板正在倾斜。人群也并非垂直立于地面，每个人都在向绞刑架倾斜。

“有人知道发生了什么吗？”斯内克贝特低声问道，“梅丽莎，你知道吗？”

“不知道。”

一切看起来都在倾斜。是不是比刚刚更严重了？奥基德们一边踉踉撞撞地离开，一边尽力抓住任何可以抓的东西，以便稳住她们的身体。三个奥基德手拉着手，一面慌慌张张地从他们面前跑过，一面低声催促着彼此。

在大街上，一辆装满砖头的货车滚了过去，没人去拉它，结果它撞到了马路牙子，翻了个底朝天，车上的砖块撒得满地都是。

街对面传来一阵令人不安的呻吟（尖叫）。那两个被绞死的女人似乎在空中飘起来了。

“我们得离开这儿，”斯内克贝特说，“趁她们所有人手忙脚乱的时候，赶快去找到我们的背包。”

街对面的一幢建筑轰然倒塌，砖块如雪崩般涌进街道。空气中尘土滚滚，碎石乱飞。弗勒听到了从更远的地方传来的轰隆隆的声响。如果地面继续倾斜下去，没有建筑能够幸免。

奥基德们朝着不同的方向逃窜。一个奥基德匆匆经过，大喊着方向，看起来是个举足轻重的人物。斯内克贝特抓住她的手臂问道：“我们的背包在哪儿？”

她试图把手臂从斯内克贝特的手中挣脱开，但没有成功。当她转而去拔手枪的时候，斯托姆抢先一步夺过手枪并拿它指着她的头。

这个奥基德大声呼救。一瞬间，有十多支枪瞄准了斯托姆和斯内克贝特。斯托姆放下手枪，斯内克贝特也松开了奥基德的手臂。

“把他们带回监狱去。”弗勒看了看说话的人的徽章：上面有棵黄色的树。

几个街区之外，又有一栋建筑倒塌了。

拿枪指着斯内克贝特的一个奥基德跨出一步，放下手枪，然后匆匆跑开了。其他人见状也跟着撤走了。不一会儿，拿枪指他们的人都不见了，赌场里空荡荡的，奥基德们在四散奔逃。

“哦，天哪，”梅丽莎说，“他们找到了地图，现在乌戈有了奇点，这些都是他搞的鬼。”

“做什么？”弗勒问，“让整个世界倾斜？”

“对。”

弗勒抱起双臂：“整个世界在因为我们而倾斜？”

“因为你。如果他找到了地图和奇点，他就不需要你活着了。他想让你死，尤其是在他不知道你被抹去记忆的情况下。我只是不明白他是怎么知道我们在这儿的。”

“我们分头去找背包吧。”斯托姆提议道。

他们能想到的地方只有沿街的这些建筑——大多数奥基德似乎都居住在这里——以及她们举行第一次会议的大仓库。

“我们去仓库看看。”梅丽莎拽着斯托姆的胳膊，拉着她就走，“你们三个去住宅区。”

斯托姆看了一眼弗勒，眼神让人难以捉摸，接着便和梅丽莎一起离开了。

弗勒、斯内克贝特以及佩妮则出发去寻找有住宅分布的街道。“有人知道怎么走吗？”过去的几天，他们一直被人领着四处转悠，弗勒并没有太注意方向。

“这边走，”佩妮说，“她们住在列克星敦。”

弗勒不记得有条叫“列克星敦”的街道，但他跟着佩妮，因为她似乎十分笃定。

幸运的是，他们走的是下坡路。弗勒浑身疼痛，但他没有理会，而是努力跟上佩妮和斯内克贝特的步伐。在向下倾斜的街道上奔跑的感觉很奇怪。佩妮两次绕道避开倒塌的建筑物。不久之后，弗勒认出了他们刚落地时经过的一家电影院的正面。

奥基德们慌里慌张地东奔西走，一个个都瞪大了眼睛，既惊恐又困惑，还对彼此大喊着方向。现在的地形严重倾斜，眼前的大街仿佛变成了陡峭的山坡，矗立在街道左边的建筑正倒向弗勒，似乎要挣脱地基倒在他身上。

“咱们分头行动，一个人去一栋楼。”斯内克贝特说，“我不知道背包是在壁橱里，还是在外面放着。”他擦了擦额头上的汗。

“看样子希望渺茫，”弗勒说，“我们连该去哪栋楼找都不知道，在这种情况下，怎么可能找得到背包？”

斯内克贝特环顾四周，发现一个奥基德正从一栋公寓楼里跑出来。“嘿，打扰一下。”他向她跑过去，在她匆忙跑上人行道时，追上了她。如果她有武器，那么她的手枪应该是藏起来了。也有可能是她仓促间忘在了大楼里。

弗勒盯着那排完好无损的七八幢楼。他可不想进到楼里面去。

“真是见鬼了！”佩妮说，“如果它一直倾斜，我们怎么办？”这可是会把我们给活埋了的。

一阵动静引起了弗勒的注意。远处街道边的电影院正在无声无息地倾斜，直到它一声巨响撞到旁边的大楼。这栋楼被砸中之后，就像多米诺骨牌一样塌掉了。它倒在旁边的一排被炸毁的低矮商店的屋顶上时，碎木头和水泥块儿四处喷涌。

斯内克贝特回头朝他们跑过来。他跑动的时候，身体垂直于斜面，步伐笨拙且不稳。“有可能是这两个。”他指着那排房子尽头的两栋公寓楼。

位于尽头的那栋公寓楼脱离毗邻的公寓楼倒下了。

“当心！”斯内克贝特对一个沿着楼旁的人行道匆匆逃命的奥基德大喊道。太晚了，她抬起头，举起手的工夫，大楼便轰然倒塌，将她彻底掩埋。弗勒不禁在这个女人身上看到了奥基德的面孔。他真希望梅丽莎没有把他们分开。

“该死，噢，该死，我们必须尽快离开这个地方。”佩妮说。

一阵“咔嚓”的声响引起了他们的注意。路边的一棵树倒了，压坏了一辆货车，它上面的树枝盖住了停在街对面的一辆卡车。

“我们必须找到掩护。”斯内克贝特环视着四周说道，“结实的东西可以保护我们不受坠落物体伤害。”

弗勒也环视了下四周。没有安全的地方。无论远近，空气中都充斥着建筑倒塌时的咔嚓声和轰鸣声，其中还夹杂着人们的尖叫声。在街道另一头的那个街区，大部分建筑都消失了，只留下一排被奥基德们清理过的地基。从他所在的位置，他可以看到一个下陷的地基，那里曾经有一个地下室。

“那里！”他说道，“那个地下室。”

“我看到了，”佩妮说，“我们走吧。”

再也不可能全速奔跑了——落差太大了。于是，他们半跑半跳地来到了一个三四米深的水泥地下室里。多亏了奥基德们的挑剔，地下室完全空了。还有水泥台阶通往下方。一在凹陷的地面上站定，弗勒感觉好多了，更安全了。

他们注意到一阵轰隆声，转眼便看到一辆半拖车还有各种各样的东西从山上滚下来砸向他们。

“当心！”弗勒喊道，他的声音被淹没在钢铁震耳欲聋的撞击声中。

弗勒连忙俯下身体。

钢质拖车砰的一声在他头顶三英尺高的地方突然停住。

“大家都没事吧？”斯内克贝特在附近喊道。

佩妮大叫着她没事。弗勒爬向地下室的高墙，那堵上升的铁墙让他的头有了更多的活动空间。拖车的一头挤进地下室里，牢牢地抵住远处的墙壁，另一头则仍在地面之上，如此一来形成一个披棚。

佩妮躲进披棚里，抬头说道：“完美。”

他们靠着墙蹲下来，等待着，除了不让自己被压死之外没有其他任何想法。地基倾斜得如此严重，以至于当弗勒用双脚撑着水泥地时，他的膝盖与臀部是平行的。

不知道什么东西落进了半拖车里。当水泥块儿如密集的雨点般落在他们的临时披棚周边的时候，弗勒被吓得跳了起来。他希望斯托姆此时可以安然无恙，或者已经到了世界边缘并且做好了跳伞的准备。他不得不承认，这样的设想不太可能。如果世界继续倾斜下去，他想象不到没有降落伞的他们要如何从眼前的险境中安然脱身。

一声尖叫把他拽回了现实。弗勒蹲下身子，从拖车下爬出来，身后跟着斯内克贝特和佩妮。楼梯被碎石堵住了，但他设法爬到那辆一部分被压扁的半拖车的侧面，然后跳到驾驶室旁边剧烈倾斜的地面上。

街上躺着三个奥基德。其中两个一动不动，第三个人试图把自己从地上撑起来，但她的腿看起来像是骨折了或者被压碎了。还有一个人站立着，牢牢地抓着一根灯柱。此时此刻倾斜的角度之大，一旦她站不稳摔倒在地，那么就会一路滚下街道，不撞到什么东西的话是停不下来的。

街道顶上，一棵树倒下了，被它挡住的一辆黄色校车顿时没了阻碍，如脱缰的野马沿街翻滚而下，撞到商店的废墟后弹了起来，朝奥基德飞去。看到迎面而来的校车，她趴到地上，拼命地往一旁爬，试图躲开它。

“这边走。”弗勒喊道。奥基德向他们跑去，看起来就像在墙上奔跑。她飞奔过来的时候，如果佩妮和斯内克贝特没有从两边抓住她，奔跑的惯性恐怕会让她直接掉进满是碎石的地下室。

当他们把她带进避难所时，弗勒最后看了一眼四周，希望能看到其他的幸存者，也希望斯托姆和梅丽莎能够出现在某栋建筑后面。碎石从天而降，一栋建筑雪崩似的轰然倒塌，场面十分骇人。

弗勒跳上了半拖车，一撑手跃到地下室的地板上，然后猫着腰钻到拖车下面。他明白，这是不会停下来的。如果这确实出自乌戈·伍尔科夫之手，那么他低估了他在另一个人心里所埋下的仇恨。这一切真的是因为他吗？真是令人难以置信。实际上，他根本不信。出于某种原因，梅丽莎想让他相信世界上所有的死亡，他难辞其咎，想让他带着愧疚自寻短见。但他不相信也不会这么做。没有人会为了杀他而搞得整个世界天翻地覆的。

“我去去就回。”斯内克贝特从拖车下面消失了。

过了一会儿，他带着安全带回来了，是从卡车驾驶室里割下来的。斯内克贝特用他一直揣在身上的刀割掉了安全带上的金属扣，把安全带滑到墙根的管道后面，然后用它绑住奥基德。他的这套动作重复了多次，直到每个人都固定在墙上为止。

他们别无他法，只有耐心等待，并祈祷世界停止倾斜。弗勒看着他的同伴。佩妮则紧紧抓着斯内克贝特。

“对不起，佩妮。”弗勒说道，“对不起，害得你麻烦缠身。”

“不，是我自作自受。”泪水盈满她的眼眶，“我不该插手的。”

“不插手什么？”

佩妮摇了摇头：“已经不重要了。”她抬头看着他们低矮的铁皮屋顶，“他知道我在这里。可他一点儿也不在乎。”

弗勒皱起了眉头，试图弄明白她的话：“谁不在乎？”

佩妮把脸埋进斯内克贝特的肩膀，斯内克贝特搂住了她。

一股对斯内克贝特的爱戴之情突然涌上弗勒心头。他抬手朝斯内克贝特敬了个礼，斯内克贝特看到他的手势之后，也举手回礼。

此时此刻墙壁差不多成了天花板，而地板则成了墙壁。外面已经倾斜到了某个临界点，物体坠落的声音越来越大，听起来就像天上在下砖头、树木、汽车，还有人。

当弗勒从地板上滑落下来的时候，系在腰间的安全带越来越紧，直到不能再紧为止。拖车则嘎吱作响，它无拘无束地升起来，然后翻出了地下室。刹那间，钢铁、阴影都不见了，取而代之的则是明晃晃的蓝天。

奥基德试探着转向弗勒，用双臂搂住他。也许是因为看到了抱在一起的佩妮和斯内克贝特，也许只是在世界末日时寻求安慰的本能需求。弗勒伸出手臂，搂住了她的肩膀。

他们把腿缩向墙壁，避开从头顶落下的钢铁、木头和石头。有些正好落在他们的避难所之外，并滚到了远处。大部分落在了远处墙边堆积如山的垃圾上，然后被反弹回去。

要不是系上了安全带，他们一定会和墙上的其他东西一起从这个世界滚下去的。

“怎么回事？”奥基德问道，“你们有人知道吗？”

“不完全知道。”弗勒说道，“我们的朋友认为一个邪恶的科学家想要通过颠覆你们的世界来杀死我们，但我认为这是不可能的。”他想起了梅丽莎，不禁暗自咒骂她带走了斯托姆。他想跟斯托姆说再见，告诉她他爱她，他不在乎她是不是别人的副本。

不一会儿，他们就悬在了各自的安全带上，脚下是无垠的天空。

不远处，一个奥基德从她一直抱着的东西上掉了下来。她极速坠落，大声尖叫。还有别的人也在坠落，分散在卡车、树木和碎石之间。弗勒突然想到，斯托姆可能就在那下面的某个地方。如果他头下脚上，双臂紧贴在身侧一路落下去，他或许能抓住她。至少他们可以死在一起。

“我要割断安全带了。”既然他已经把这件事想透了，他可以感觉到每过去一瞬间，斯托姆就离他远一点儿。

佩妮诧异地看着点头默许的斯内克贝特。

“你在开玩笑吧。”奥基德看着下面无垠的天空说道。

“欢迎跟我们一起啊。”

“我不明白。你们为什么要这么做？世界依然有可能正回去，如果你们掉下去了，那就一点儿希望也没有了。”

“即使它真的能正回去，”弗勒柔声说道，“也不会剩下什么了，到时候我们都得饿死。”

奥基德紧紧抓住他的肩膀，恳求道：“请不要把我一个人留在这里。”

弗勒伸出手，用指背摩挲着她的脸颊：“对不起……跟我们走吧。”

他对斯内克贝特点了点头，斯内克贝特麻利地用刀割断了弗勒头顶的安全带，接着弗勒快速地坠落下去。

下面的天空布满了大块大块的建筑、车辆、岩石，还有拼命挣扎、尖叫的奥基德们。有的奥基德仍然牢牢地抓着她们世界的碎片……

弗勒先是在空中翻滚，随后头朝下俯冲，双臂紧贴在身体两侧，竭力让自己落得更快一些。斯托姆一定在下面的某个地方。

41

当弗勒越来越确定他一路追踪的两个斑点不只是他眼睛里的飘

浮物时，他的心跳骤然加速。在万里无云的蓝天上，有两个小小的“X”。它们可能是奥基德们，但弗勒确信它们不是。是梅丽莎们，她们伸展着四肢来减缓坠落的速度，并希望弗勒和其他人能赶上来。弗勒回头看见斯内克贝特和佩妮正肩并肩下落，并用力给他们指了指下方。

斯内克贝特冲他竖起了大拇指。

弗勒重新调整了姿势，开始头朝下俯冲，努力缩小和两个斑点的距离。

随着他越靠越近，他的心开始跳得缓慢而又吃力。每个斑点都抓着什么东西。他尽量让自己不要抱太大希望。那有可能是食物或水，然而他们无论如何也难逃一死的话，即使有食物和水也没有太大的意义。它们看起来像包裹。弗勒眯起眼睛，一边与模糊视线的风作斗争，一边竭力想看清楚。

它们是黑色的，而且还有带子！他一点一点地靠近，希望自己看到的是那里本就有的东西，而不只是包裹。

斯托姆抬头看着他。她背着一个背包，而且还一只手抓着一个。

弗勒抓住了斯托姆，她的长发打在他的脸上。

“如果这不能证明我们注定要在一起的话，”他喊道，“我不知道还有什么能够证明了。”

在他们下方，就在碎片区边缘的地方，弗勒注意到一个银灰色的物体随着他们的坠落变得越来越大。弗勒眯起眼睛，试图看清到底是什么东西。

他指着它说道 :“你们看看。”现在清楚多了，它形似十字架或者鸟儿，但是体形更为庞大。

“是飞机。”斯托姆喊道，“天啊，它在飞！”

他们把胳膊举过头顶以引起其他几个人的注意，然后又指了指那个物体。现在它离得更近了，在他们朝它落下去的时候，它停在它所在的位置，一动不动。他们会不会就是颠覆奥基德们的世界，来了结他们的那些人呢？如果他们能驾驶飞机，想必他们一定很强大。也许梅丽莎说得对。也许乌戈 · 伍尔科夫确实是幕后黑手。

斯内克贝特正朝弗勒的方向移动，他挥舞着手臂，大喊着什么。弗勒用尽九牛二虎之力才听清他喊的是什么 :“大家散开！离得越远越好。”

确实。他们聚集在一起，很容易成为别人的目标。弗勒伸开四肢，滑翔着从斯托姆身边离开了。

飞机一步步逼近，正对着他飞来。这台庞大的机器凭借自身的动力就能够在空中翱翔，这既让人叹为观止也令人心生恐惧。他由此想到了那个飞机投放炸弹的噩梦。

头顶上，一辆侧翻的绿色汽车从天而降。如果能躲在什么东西后面，别人想要瞄准他就很困难了。弗勒在狂风中奋力挣扎，任由汽车落向自己。

弗勒在它旁边转了个弯，然后放下胳膊，试图跟上它的速度。他伸出一只手抓住保险杠。飞机此时离弗勒已经非常近了，除了呼啸的风声，他还能听到引擎的嗡嗡声。弗勒躲在油腻腻的汽车底盘后面，让汽车夹在他和飞机之间。“鹞式战斗机”，他的脑海中蹦出这几个字。不是飞机，而是鹞式战斗机。

他突然想到，如果他进到车里面应该会更好。那么鹞式战斗机就不会那么精准地打中他。弗勒一只脚钩住连接着其中一个轮子的钢条，然后伸手摸索，直到抓住面朝下的后门上的门把手。他一边用双手抓住把手，一边抽出脚。他的身体突然腾空，脚尖上跷。他累得喘不过气来，但依然努力调整好双腿的姿势，让双脚蹬着汽车侧面。他顶着风用力拉开车门，然后先把双脚挤了进去。在他拖着身体挪进后座的时候，狂风吹动车门重重地拍打着他的小腿，接着是膝盖，再接着是屁股。

他气喘吁吁地抓住一根安全带，把自己拉到座位中央。此时此刻，鹞式战斗机的引擎声震耳欲聋。弗勒从包里掏出手枪，依次透过汽车侧窗和后窗查看外面的情况。

鹞式战斗机凌空而起，挡住了汽车侧面的挡风玻璃。它旋转着，暴露了侧面敞开着的一扇舱门，门口蹲着弗勒的两个副本，他们都举着硕大的黑色步枪。

枪声响起时，弗勒躺倒在汽车的地板上。密密麻麻的子弹被打进车身，挡风玻璃和驾驶座侧的窗户都被震碎了。

枪声平息了。弗勒跳起来，透过破碎的挡风玻璃瞄准外面。

两名枪手已经退到看不见的地方了。弗勒把枪对准敞开的舱门，手指扣到扳机上，耐心等待着。弗勒所在的汽车以及那架鹞式战斗机都不住地颠簸，很难让手枪一直瞄准靠近目标的任何地方。

斯内克贝特出现在鹞式战斗机下面，身体呈“大”字形展开，任由鹞式战斗机朝他坠去。当斯内克贝特抓住机头底部并悬挂在上面的时候，弗勒大松了一口气。

弗勒的手枪依然瞄着敞开的舱门。与此同时，斯内克贝特把什么东西——从卡车上弄来的安全带，弗勒后来意识到——绕了个圈挂到了机头下方的吊钩上，然后把它绑在脚踝上，把带子拉紧之后才松开了手。

狂风把他的身体吹得笔直，所以此时他正好盯着鹞式战斗机的前挡风玻璃。斯内克贝特举起手枪，透过鹞式战斗机的前挡风玻璃直直地凝视着前方，沉着冷静地扣动扳机连续射击。挡风玻璃被打碎了。

门口的动静引起了弗勒的注意。其中一名枪手抓着鹞式战斗机内部的什么东西，探出身子，用步枪瞄准了斯内克贝特。

“当心！”弗勒喊道。当他的副本的突击步枪开火的时候，弗勒对着他疯狂扫射。

被子弹打中的斯内克贝特猛地向后倒去。

弗勒尖叫着从座位上爬起来，从汽车的挡风玻璃挤爬到外面的时候，那个枪手又缩进了鹞式战斗机里。

鲜血从斯内克贝特的体内飞溅出来，在他头顶上形成了一片螺旋状的血雾。斯内克贝特举起枪再次开火，战斗机舱罩咔嚓碎裂，在这之后他又补了三枪。鹞式战斗机最终失去控制。

弗勒张开双臂滑向战斗机，斯内克贝特仍在机头绑着，身体四处晃动。

他的副本们出现在机舱门口，一个人从鹞式战斗机上面一跃而下。狂风把他吹得团团转，他快速地挥着胳膊，试图摆正身体。弗勒双手握着手枪，朝他开了三枪，但因为刮着风，很难瞄得准。

第二个副本也跳出了战斗机。当他飞离倾斜的机体时，机尾转了个圈，正好打在他脸上。这样一来，弗勒根本不用费心去确认他是死是活了。

弗勒来到距离另一个副本不到五十英尺的地方。那个副本终于稳住身体，头上脚下直立坠落。弗勒举着手枪朝他俯冲过去，试图赶在副本拿突击步枪对准他之前把他干掉。

步枪的枪口猛地向上一跳，在后坐力的冲击下，弗勒的副本开始向后翻滚。弗勒离他又近了一些，不幸的是他再次失手，而他的副本却重新调整身体，再次举起步枪。

有东西溅进了弗勒的眼睛，一时间，他什么也看不见了。不一会儿，他的肩膀灼痛起来，弗勒这才意识到溅入他眼睛里的是血。他一边疼得大口大口地喘气，一边用没受伤的胳膊擦了擦眼睛。

他的副本正挣扎着站好，准备再次开火，他的眼睛盯着弗勒，神情异常专注，压根儿没有注意到从下方迅速靠近他的斯托姆。她仰面朝上，四肢张开，到达距离目标只有几英尺的地方时，她举起枪开火了。

斯托姆直到撞在那个人身上的时候才停止射击。在那个时候，他已经死了，鲜血大片大片地往上飞溅。

他们一面小心翼翼地避开无人驾驶的鹞式战斗机转动的机尾，一面朝斯内克贝特移动。斯内克贝特的身体软弱无力，双臂不停地随风摆动。

弗勒从后面环抱住斯内克贝特。看到斯内克贝特无神而又睁着的眼睛时，弗勒把脸贴在他的背上，大声尖叫。最后，他靠着朋友宽大的肩膀痛哭起来。

突然有手指抚摩着弗勒的脖颈。他抬起头，不顾肩膀的疼痛，伸出一只胳膊搂住了斯托姆。斯托姆正紧紧地抓着将斯内克贝特和战斗机连在一起的安全带。

“他走了。”弗勒说道。

斯托姆将她的脸紧紧地贴着弗勒的脸，两个人紧抓着斯内克贝特不放手。

“我只是想一直落下去，”弗勒说，“再也不想着陆了。”

斯托姆点点头。她抬起头，盯着弗勒的肩膀，红通通的眼睛瞪得圆圆的：“这是你的血吗？你中枪了？”她环顾四周，梅丽莎和佩妮连个影子都没有，“必须得先帮你止血才行。”她伸手去够鹞式战斗机上系安全带的地方，试图将它解开。

“他的左腿上有把刀。”弗勒说道。

斯托姆用力拉起斯内克贝特的裤腿，拔出猎刀，割断了安全带。两个人中间夹着斯内克贝特，一起推开了机头，躲了过去。

“弗勒？”斯托姆的叫声似乎是从远处传来的。他睁开眼睛，意识到他刚刚昏过去了。他用没受伤的胳膊抓住斯内克贝特衣服上的带子，让自己贴近他。

“我们得放他走了。”斯托姆说。

“打开他的背包。”他把受伤的胳膊紧贴着身体。

斯托姆将斯内克贝特的背包拉开一个小口。弗勒双腿缠住斯内克贝特，把手伸进包里，一阵儿摸找之后，他找到了夹在内袋的几张照片。弗勒把它们塞进自己的口袋，跟他和梅丽莎的合影放在一起。

“我会找到他们的。”他哽咽道，眼泪如决堤的洪水般不住地滑过脸颊，“我保证我会找到他们的，到时候，我会将他们视为己出，护他们一生周全。”

“我们会的。”斯托姆说。

他们解下斯内克贝特的背包，任他随风飘去。

XXII

“桑多瓦尔博士？”他的安保主管宝拉·坦克斯利站在工厂车间和主通道之间的拱廊下，“有客人来了。我们把他关在外面了。”

“是谁？”彼得问。

“他不愿开口。大块头，四十岁出头，带着口音。”

彼得发现乌戈正站在实验室门外，脸看向别处，双手插在口袋里，夹在两名安保人员中间。他的巴拿马草帽不见了，取而代之的是一顶时髦的栗色美国陆军贝雷帽，并且与之相配的是一身军绿色制服。当外面的门打开时，乌戈转过身来。

“没想到还会再见到你呢。”彼得说。

“这可不是社交拜访。有这么多人危在旦夕，我们不能总是选择跟谁讲话，不跟谁讲话。”

“我不跟你争论这个。”彼得快速思考着，试图提前猜测一下乌戈可能会提的要求。当然，这肯定与他们呼吁停火的请求有关。他们反应迅速——MSNBC 上直播的采访才过去两个小时。

“我们出去走走？”

彼得耸耸肩：“我可以去外面呼吸呼吸新鲜空气。”他转向宝拉，对她说道：“我们没事。”

“真是令人印象深刻的计划。”两个人散着步，乌戈双手背在背后，慢慢点头说道，“你有了你自己的小军队。”

“你有一支大的。”

乌戈笑了：“我是其中一员。是管事的人派我来的。他们看到你在电视上露面了。”

“然后呢？”

乌戈伸出双手，望向天空：“永远取之不尽，用之不竭的能量？说说吧，彼得，你们夺下的海口。或者我应该叫你彼得二号？”

他们想知道那是什么。他们非常想知道。他们当然想知道。“如果你们其余的人能做到不再摧毁地球的话，我们可以在十天内证明我们的声明。”

“没有人要摧毁地球。”

彼得放慢了脚步，审视着乌戈恶魔般的侧脸。他很熟悉那种沾沾自喜的腔调：“为什么？”

乌戈歪着头，耸了耸一边的肩膀：“你有你的秘密，我有我的。”

在他们右边，一个巨大的烟囱从枯黄的杂草中冒了出来。在比它更远的地方，三辆锈迹斑斑的油罐车停在铁轨的尽头。

“你的秘密并不那么秘密，”彼得说，“现在它正蹂躏着新加坡和印尼。”

“蹂躏？”乌戈轻蔑地挥了挥手，“没有人死亡。他们甚至不会流鼻涕或喉咙痛。”

“它抹去了他们的记忆。”

乌戈瞥了彼得一眼：“当你不记得自己在和谁战斗，或者为什么战斗时，你就很难再战斗下去了。”

彼得停下了脚步。而乌戈又走了几步，也停了下来。“新加坡是盟友。你不能用这种病毒，因为它太难控制了。如果你在俄罗斯、南美和朝鲜释放这种病毒，最终可能会有百分之八十的美国人感染病毒。”

乌戈笑了：“不过这样一来，战争也就结束了。”

彼得冷冷地笑了。

乌戈没有笑，而是扬起眉毛看着彼得。

“等等。你不是真的在考虑大规模释放病毒吧？”

他目瞪口呆地看着彼得，好像彼得蠢钝至极。“为什么不呢？如果战争继续下去，就会有人开始发射核武器。也许是朝鲜，也许是印度。只要有人走这条路，就会有人反击。到时候会有多少人因此而丧命？”他的眼睛睁得大大的，前额上青筋凸起，“如果核辐射扩散到周边国家，又会有多少人死亡？暂时性意识缺失病毒现在就可以终止一切伤亡。”乌戈用力拍了拍手掌以示强调。

“如果病毒太强该怎么办？如果它把每个人的记忆都抹掉了该怎么办？”

乌戈摇了摇头：“中央指挥部将在密闭的地下室中等待病毒的感染期结束。”

“我以为你是中央指挥部的一员。”

乌戈没有回应。他们计划抹掉所有人的记忆，不分盟友和敌人。他们是存心要这么做的。

彼得突然灵光一闪：他和乌戈瘫在乌戈家客厅的沙发上看《非

常嫌疑犯》，喝着乌戈的干邑白兰地，嘴里塞满了查内洛的外卖比萨。他们两个怎么会变成现在这副模样？

“给我十天，然后各方都可以坐下来就永久停火协议进行协商。”他希望梅丽莎和凯瑟琳能在这里帮着他一起说服乌戈。

“无穷无尽的能源在哪里？”他摆出一副斜眼盯着实验室的样子，“在哪儿？我们要怎么做？往你的复制器里面丢一排三文鱼，然后让全世界依靠鱼油运转起来？”

乌戈可能是在虚张声势，试图逼彼得摊牌。问题是，乌戈听起来并不像是在虚张声势。他听起来似乎相信他的计划比彼得的方案更好。

应该将奇点排除在外，他或许是对的。

“跟我来。”彼得说。

彼得领着乌戈来到密封室窗户前的时候，乌戈的脸上洋溢着喜悦。他的沾沾自喜、自以为是都消失得无影无踪，只留下一个目瞪口呆地望着面前的奇迹的小男孩。

“那是什么？”他一恢复平静便问道。

“这就是它的样子。一个奇点。”彼得摊开双手，模仿着乌戈在实验室外所做的手势，“‘无穷无尽的能源’，就在我的实验室里。”彼得已经记不起上次他像此刻这么开心是什么时候了。乌戈总是为自己小小的病毒而感到非常骄傲。“我很快就能将能源输送到世界各地的纳米碳燃料电池。能量会源源不断地输送，这些燃料电池将会有用不完的电。”

乌戈继续盯着密封室：“奇点是从哪里来的？”

彼得笑道：“商业机密。”

乌戈鼻子几乎紧贴着玻璃，咕哝着。

“你能让厄尔巴同意停火吗？”彼得问。

“我为什么要这么做？”乌戈从玻璃前退后几步，双臂交叉抱在胸前，“所以你可以闭上眼睛，摁下某些按钮，然后希望这个奇点能如你所愿做出反应？”

哈利正穿过地板向他们走来。彼得挥手叫他走开。

“这相当于多少枚核弹头？”乌戈问道，“一千个？一百万个？然而好钢你不用到刀刃上，居然拿来点灯泡。”他指了指墙上的聚光灯，“你不需要十天。你需要十年进行精心安排的实验。”乌戈转身朝出口走去，“不过你没有十年的时间，如果我能帮上忙，你连十分钟都不会有。”

“哦，我明白了。你就是这样给自己找借口的。我有个解决办法，而这个解决办法不会让你成为救世主。额叶切断术受众的最高统治者之一。”彼得朝乌戈迅速离去的方向走了几步，“你这个反社会的人。你所谋划的事情和种族灭绝没有什么区别。”

乌戈停了下来，转身指着彼得：“你计划的才是种族灭绝。你真是个我行我素、不顾后果的人，你一直都是！”说完他便从门口消失了。

彼得打电话给凯瑟琳，请她马上回到实验室。他们的时间不多了。

42

有人在拍他的脸颊："弗勒，醒醒，喝点儿水。"

当水壶被压在他的嘴唇上时，弗勒睁开了一只眼睛。他喝了几口水，然后把水壶推开。

"我们坠落多久了？"他似乎半梦半醒很长一段时间了。

"三天。"

他的肩膀上缠着白色布条——他猜应该是从梅丽莎的裙子上撕下来的。布条上布满了干掉的血迹。他看得出来这些血已经不新鲜了。他的肩膀比前一天更痛了。他觉得无比疲惫，连睁开眼的力气都没有了。

附近的梅丽莎和佩妮看见弗勒清醒过来，都凑上前来。

梅丽莎为他解开绷带。

"我很难受。"弗勒说道。

"你的伤口感染了，而且子弹还在肉里。"梅丽莎说。

弗勒看到一个孤零零的身影，正在几百码外的清澈的蓝天中坠落。是斯内克贝特。

"我会死吗？"他问道。

梅丽莎的柔声细语还没有传到弗勒的耳边，便被风吹散了。但他能读懂她的唇语。

“看那儿。”斯托姆指着下面说道。

弗勒闭上了眼睛。他没有力气去看，但他知道她发现的是什么。他不在乎。

失望的哭声刺穿了狂风的怒吼。他睁开一只眼睛，迎风轻轻转动眼球，直到他看到下面的世界。

这个世界上只有沙子和岩石。

“我们一定是飘过了大西洋左岸。”梅丽莎说。

“我们必须着陆，”斯托姆说，“弗勒不能继续下去了。”

斯托姆为弗勒打开了降落伞。

斯内克贝特快速经过他们，落进了无边无际的天空。

弗勒凝视着斯托姆，试图鼓起勇气告诉她他爱她。斯托姆把手背贴在他的额头上。

“他发烧了。”

佩妮拍了拍斯托姆的肩膀：“让开。”

斯托姆吃了一惊，抬头看着她：“你说什么？”

“我说，让开。”佩妮把宽松的裤子褪到膝盖处，露出白色的内裤，还有缠在大腿上的一条粗糙的棕色绷带，只是这条绷带容量较大，有些地方还鼓鼓的。

“那是什么？”斯托姆问道。

“这他妈的是个医疗包，”佩妮说，“你不值得，该死的。”她对弗勒喊道。弗勒不明白佩妮为什么会生他的气。她从医疗箱上扯下一条尼龙带，在弗勒身旁展开。

梅丽莎跪了下来，从袋子里拿出一个小瓶子，仔细检查着标签。

“给我。”佩妮把梅丽莎手中的药瓶夺了过去。

“吗啡？天哪，你有抗生素吗？”梅丽莎问道，“你为什么不告诉我们你有这个？”

弗勒看着佩妮伸直他弯曲的手臂，用一支又鲜艳又小的注射器往他的肘弯里注射了一点儿药水，然后又从袋子里掏出了一把薄薄的银质小刀。

“手术刀？”梅丽莎说。

佩妮停下来看了梅丽莎一眼：“你想让我把子弹留在里面吗？”她又把注意力转向了弗勒，“我给他打一剂吗啡，但是我没有能让他完全失去知觉的药物，所以你们俩得把他稳住。即便用了吗啡，动刀子的时候还是会痛。”她冷冷地看了弗勒一眼，“我很想下手重一些，让痛感比实际需要的还要强烈。”

“你是怎么知道如何从人的身体里取出子弹的？”斯托姆问道。

佩妮又从她的袋子里取出了一个小瓶子，把红色液体摇到手掌上，在手上擦了一遍：“我是医生，精神病医生。虽然我没有接受过太多的外科培训，但取子弹又不是做脑部手术。”

“你确实认出我了。”弗勒觉得自己的舌头变得又厚又钝。她往他肘弯注射的药水让他觉得一股暖流涌遍全身，连脚指头都暖暖的，“这就是你从自行车上摔下来的原因。”

“哦，我认出你来了。”她把绷带扔到一边，拿起手术刀，看着斯托姆和梅丽莎，“按住他。”

疼痛穿过药物温暖的迷雾袭来，弗勒疼得睁大了眼睛。他差点儿没忍住挣脱的冲动。他双眼紧闭，咬紧牙关，竭力不让自己动。

短短的几分钟仿佛永恒一般。佩妮还没有包扎完伤口，弗勒便昏过去了。

43

喊叫声吵醒了他。此刻天空下着倾盆大雨。斯托姆、梅丽莎和佩妮在大声嚷嚷着要雨继续下下去。

弗勒不敢动。他觉得自己好像不光被一群暴徒暴打，还在楼梯上被拖上拖下，最后还被穿着战靴的脚猛踹。

他突然想到，他应该张开嘴，接点儿雨水喝。

佩妮打断了三个人的庆祝会：“他醒了。”

斯托姆带着水壶出现在弗勒眼前。她弯下身，把水倒进他的嘴里，水连他的嗓子眼儿都没到就被他的嘴唇和脸颊吸收了。斯托姆倒第二次的时候，他才喝到水。

佩妮一边踱步，一边默默地看着。她有一个医药箱，更令人惊讶的是，她知道如何使用它。她还对弗勒发无名火。

“发生了什么事？”每个人都很模糊，因为他的眼睛里进了雨水。他太虚弱了，连举起手臂抹去雨水的力气都没有。

“佩妮是个间谍。”梅丽莎把湿漉漉的头发从脸上拨开。

“我不是间谍，”佩妮说，“我是一个心理医生。我过去是做研究的，监测暂时性意识缺失病毒的影响。”

“影响？”梅丽莎向佩妮迈了一步，好像要打她一样，“影响是十亿人死亡。”

“我没有释放那该死的病毒，”佩妮反驳道，“所以从我面前滚开。而且暂时性意识缺失病毒并不是导致这么多人死亡的主要原因。跟彼得的小黑洞也有关。”

佩妮的一番话让梅丽莎内心的愤怒平息了一些。“如果不是那个浑蛋乌戈打算抹去全世界人的记忆，我们也就用不着那么争分夺秒地去部署奇点了。顺便问一下，你是怎么避免感染的？”

“彼得的什么？”弗勒深吸一口气，“你说我是彼得？”他感到困惑不解。佩妮是个间谍？

佩妮指着他说：“是的，你就是彼得。”她的眼睛里燃烧着熊熊怒火，“当你连自己的所作所为都不记得的时候，我怎么能恨这样的你？”

“我做了什么？”

雨势渐缓，从瓢泼大雨变成毛毛细雨。

“你想知道始作俑者是谁吗？”佩妮蹲下来，在她的背包里来回翻找。她把一面小圆镜举到弗勒面前：“这里。他就在这里。告诉他，他是个浑蛋。”

“你疯了。”弗勒用沙哑的声音说道。他把镜子推开，看着梅丽莎，而梅丽莎则盯着地面。

“自从你遇到梅丽莎以来，她就一直在撒谎。”佩妮说，“都是你做的。你是史上最凶狠的杀人狂，而你却对此一无所知。”

“你胡说！”梅丽莎说，“我在场，我参与了那件事……”

“噢，我知道你也脱不了干系。”佩妮说。

“厄尔巴和她的人是凶手。凶手是乌戈，不是彼得。”

“我不是凶手。”他想多说几句来为自己辩护，但他的身体依然非常虚弱。

“你说得对，你不是凶手。”佩妮说，“乌戈·伍尔科夫把你变成了一个无辜的人。”她转过身去，“这就是我不能坐视不管任由你死去的原因。”

弗勒看着蹲在他身边的斯托姆，知道她也没有任何答案。至少她和他是一类人，来自他所熟悉的世界，那个从“重生日”起开始的世界。斯托姆伸出手，轻轻地拍拍他没有受伤的肩膀，这个动作的温柔使他喉咙一阵哽咽。

“我们生于‘重生日’。”斯托姆轻声说，“你，我，斯内克贝特。这些都与我们无关。”

弗勒希望他能够把这些当真。是他造成这一切的？是他把整个世界撕成碎片的？他吗？

“哦，斯托姆是梅丽莎副本这件事，别太担心了。”佩妮说道，“你也是副本。你谋杀了原来的彼得·桑多瓦尔，并取代了他的位置。”

他看着梅丽莎。

“彼得那时候时日不多了。乌戈故意让他染上了一种病。”梅丽莎说，“这是彼得的主意，不是你的。”

弗勒无法理解他生活过的那个世界。他似乎被迎头一击：他一个人造出了一台毁灭整个世界的机器？

“你跟我说的都是真的吗？”

梅丽莎坐在斯托姆旁边的地上。她的连衣裙，他初见她的时候，是那么干净洁白，现在却脏兮兮的，膝盖处破破烂烂、参差不齐的，她曾用从那里撕下来的布条为弗勒包扎伤口。“我不想让你背上这个包袱。对你来说，感染暂时性意识缺失病毒是一种幸运。”

“那是肯定的。”佩妮说。

梅丽莎瞪了她一眼，以示警告：“我告诉你的那些话大致来说都是真的，只是略去了有你参与的部分。”

“大致来说……”弗勒重复道。他想起了早期的那些日子，日复一日。他是个无名小卒，甚至不值得被人杀死。如果他们知道的话，他将成为第一个被扔下世界边缘的人。

“正是因为佩妮，那些杀手才能在她的世界以及我们刚刚离开的那个世界上找到我们。”斯托姆说，“她一直在用步话机和他们联络。”

“不过，他们不知道我们现在在哪里。”佩妮说，“他们大概以为我们已经死了。”

“既然我们无处可藏，你为什么不告诉他们我们在哪里？”弗勒问。

佩妮看着他，好像他是愚钝至极的昆虫：“当我告诉乌戈她们拿走了你的降落伞，而你又无路可逃时，我原以为他会派来更多杀手。然而他却试用起他闪亮的新玩具，也就是你的奇点，并杀死了数百名无辜的人。他以为会连我一起杀掉。”她挨个儿看了看他们几个，“你应该是那个冷酷无情的人。”

“显然他也杀了原来的我，所以你也别大惊小怪了。”弗勒说。

佩妮摇了摇头：“我以前从没听说过。我不知道我该不该相信。”

梅丽莎苦笑道：“好吧，继续活在你密不透风的梦幻世界里吧。”她交叉着双臂，“你还没有解释你是如何免于感染暂时性意识缺失病毒的。你是如何被选为为数不多的幸运儿的？”

“我父亲供职于国防部，是霍兰德将军的部下。”

梅丽莎重重地叹了口气，翻了翻眼睛。

“别那样看着我。我家里其他人都被抹掉了记忆。三个弟弟，祖父母，叔叔婶婶，堂兄弟姐妹。我加入是因为我有他们需要的技能。”她看着弗勒，“我们还没加入他们那儿的时候，我的两个弟弟就死了，还有我的祖父母和一个叔叔。”她环顾四周，瞥见了她的医疗箱，从中拿出一个小瓶子，接着捞出一个椭圆形的蓝色药片放在舌头上，“阿普唑仑。打从一开始，我就在私藏阿普唑仑。我原来每两周去取一次药的。”

“那你为什么和我们在一起？”弗勒问。

“因为彼得·桑多瓦尔出现了，他们让我跟紧他。相信我，滑下滑梯是我做过的最勇敢的事情。”

“你说有几千个人没有接触过这种病毒。他们在哪儿？”梅丽莎问道。

“一些人与厄尔巴待在大本营——华盛顿特区附近的安德鲁斯

空军基地。另一些人与伍尔科夫待在彼得在威廉斯堡的实验室。其余的分散在各处，要么试图在战略要岛上建立秩序，要么去收集情报。”她摇了摇头，“在很大程度上来说，真是一团乱。没有电，也没有食物。”

“不过，现在他们有了奇点，”梅丽莎说，“还有彼得实验室里说明奇点使用方法的所有笔记和记录。他们将确立他们在全世界的领袖地位。”

他的笔记、他的实验室，对弗勒来说，这一切仍然很难理解。

“你来自乌戈的世界？”斯托姆问佩妮。

佩妮点点头：“在大灾难之后，乌戈秘密派人去附近的岛屿上侦察，并密切关注彼得、你、哈利·黄，以及可能知道奇点在哪里或者如何制造奇点的人。”

“随着其他能源的枯竭，奇点比以往更具价值。”梅丽莎在袖子上找了个相对干净的地方，用它擦去脸上的雨水，“现在多亏了我，他得到了奇点。”

XXIII

彼得和哈利在外面等着，而凯瑟琳和梅丽莎开着雷克萨斯疾驰到草坪上，在距他们两米远的地方停了下来。

彼得连珠炮似的向她们讲述了乌戈来访的经过。当他快要谈到“抹去全球人的记忆，只留下一小撮人作为全球的统治者”这部分时，梅丽莎打断了他。

“不可能，乌戈不可能参与其中的。他是在虚张声势，想让你给他看看奇点。”

“梅丽莎，他想杀我，”彼得说，“或者杀了我，这取决于你的——”

“这不一样。”

“在我看来，就是这样。”彼得反驳道，他指着他的太阳穴，“这个人疯了。他心理变态。”

哈利举起双手：“好了好了，别吵了。我们得看看该怎么做。”

“如果他们真的打算释放暂时性意识缺失病毒，知道奇点的存在将会加快他们的进程。”凯瑟琳说，“但是他们是军方，行动之前他们要举行战略会议。我们只有一天，也许两天。”

“要在一天内搞定所有事情，我需要五个我。”彼得说，“大多数只有我或者哈利才能做。”

凯瑟琳拍拍嘴唇，说道："那我们就造出五个你出来。"

彼得花了一秒钟才明白她的意思。他举起双手："不行，凯瑟琳。我是不会走那条路的。"

"不只有你，是我们所有人。"凯瑟琳说。她右手食指在身侧画圈、旋动，边说边比画关键词。

"行了，凯瑟琳。"哈利说。但凯瑟琳没理他，而是抚摩着梅丽莎的肩膀。

"梅丽莎和我将对厄尔巴的计划敲响警钟，在它实施前设法阻止它。实际上，可以用一百个我们来做这个。"想到这里，她高兴地笑了。彼得认为她听起来有点儿精神错乱，并在想她这样是不是压力所致。

"凯瑟琳，不行。这个想法太疯狂了。我们不会复制自己的。"

凯瑟琳用双手使劲地推着彼得的胸膛："你醒醒，好吗？都要世界末日了，我们要竭尽全力阻止它。如果这意味着要跳进那该死的复制器，那我们就跳进那该死的复制器。"

彼得向梅丽莎求助。

梅丽莎深吸一口气："如果你真的认为乌戈会这么做，那我赞成凯瑟琳的提议。但我希望他不是在耍你。"

"他不是。"

"那我们行动吧。"梅丽莎指着实验室说道。

“醒醒，彼得。”有人在拍他的脸。

彼得呻吟着，举起手遮挡极其微弱的风。

“彼得？醒醒。”是凯瑟琳。

不远处，哈利说：“彼得，醒醒。”

彼得费力地睁开了一只眼睛。凯瑟琳俯在他身上，她的脸离他很近：“你醒啦？”

所有的记忆都向他涌来。他睁大眼睛，试图从麻醉后的昏沉状态中摆脱出来。凯瑟琳扶着他在轮床上坐起来。彼得环顾四周，注意到他在左边，在原型出来的那一边。所以他是原型，或者说至少是原型的副本，而不是副本的副本。这其实没什么大不了的，但不知怎的，知道这一点对他来说很重要。

另一个彼得站起来，一瘸一拐地走过去。他伸出手来，彼得握住他的手。

“这太奇怪了，”另一个彼得说，“你去实验室，而我还要再通过复制器？似乎很公平，因为很显然我是副本。”

“没关系，”彼得说，“你去实验室吧。”他想在他的朋友通过复制器的时候陪在他们身边，尽管他在场跟他的副本在场并没有什么区别。

“醒醒，彼得。”彼得一边拍副本五的脸，一边喊道。而凯瑟琳则试图唤醒副本四。副本五睁开眼睛，呻吟着又闭上了眼睛。“醒醒，彼得，我们没时间了。”

凯瑟琳给另一个凯瑟琳注射美索比妥的时候，第三个凯瑟琳则在等着帮忙把她抬进虫洞口。忙着注射药水的凯瑟琳抬头看着彼得：“你还是忙起来吧。我打算造出无数个自己，等她们出来以后，把她们派去执行不同的任务。”

哈利和梅丽莎已经走了。凯瑟琳说得对，他没有必要再逗留下去，他只是觉得那台复制器是他的孩子，在有人使用它的时候，他应该在一旁照看着它。

“还记得我问过你，你会不会把华盛顿变成一个弹坑吗？”另一个凯瑟琳问他。

“当然记得。”

“可能会这样。我们必须首先给燃料电池供电，但如果厄尔巴和乌戈打算实行记忆清除计划，迫不得已之下，我们可能会除掉他们。”

彼得透过宽大的窗户向外望去，看到了草坪以及对面的残垣断壁。两名安保人员——其中一个是宝拉——正抱着胳膊站在草坪上聊天。“我们做了一些实验。我十分确信，必要的时候我可以把奇点用作武器。”

她抬起失去知觉的凯瑟琳的双腿，而首先开口的凯瑟琳则抱起她的手臂。

“问题在于可验证性，”彼得说，“暂时性意识缺失病毒的潜伏期大约是二十四个小时。当他们释放了病毒，可能要过去一整天，我们才会知道。”他用手捋着头发，“据我们所知，他们已经释放了病毒。”

在外面，宝拉单膝跪地。她的同伴抓住她的胳膊，说了些什么。他冲向他的步枪的时候，他的半边脸炸开了花。

“士兵！”彼得大喊道，“大家都下楼。”更多安保人员出现了。透过玻璃隐约传来自动步枪噼里啪啦的声响。“去楼下。”

透过玻璃门，彼得看到了梅丽莎——总之是其中一个梅丽莎——在实验室的商务办公室里打电话。他猛地打开门：“有士兵攻击。快去楼下。”

梅丽莎放下电话向楼下跑去。

他们匆匆穿过长长的走廊，奔下昏暗的楼梯，又经过更衣室。彼得确信这些是厄尔巴的军队，是被派来夺取奇点的，很可能还要奉命活捉彼得。他们十有八九都是精锐部队——特种部队。他的安保人员肯定不是他们的对手。

当他们绕过一个拐角时，有三名安保人员从他们身边经过，朝另一个方向跑去。

“等一下。”彼得叫道。

他们停了下来。其中一个矮矮胖胖的人说："我们得上去……"

"不，"彼得说，"他们是特种部队。打开无线电，让你的人下楼，到禁止入内的车间下面去。重要的是他们得待在下面。"他继续向车间前进。将能量从奇点释放到空气中比将其导入燃料电池要简单得多。他用不了六十秒便能搞定。

"彼得，发生了什么事？"哈利从车间的方向朝他们奔过来。

"我们被袭击了，"彼得喊道，"把所有人都带到车间下面的地下室去。"

彼得跑过门口，来到车间，凯瑟琳则紧跟在他身后。他尖叫着："所有人都下楼！"彼得们和哈利们立即行动起来，帮助把少数几个没有副本的人赶下楼梯井。半个楼梯井都被从局部坍塌的屋顶上落下来的烂泥和混凝土挡住了。

彼得扭头对凯瑟琳说："快走。我自己能行。"

她没理他。彼得没有时间争论。他抓起连着奇点的笔记本电脑，开始着手创建能够释放几百焦能量的程序——足以杀死人，但不要让大楼倒塌，把他们埋在废墟之下。

"那扇大门不得关起来吗？"凯瑟琳问道。

"不行。能量穿不过大门，它们会把大门炸开的，"彼得说，"拜托，按着密封室。"

一阵极其微弱的脚步声从大厅传来。彼得火急火燎地敲打着键盘。

脚步声变大了，有人在跑动，上气不接下气的。一阵轻柔的砰砰声，犹如香槟木塞被拔出时发出的声响。

哈利冲进房间，跌跌撞撞地向他们跑去："彼得。"他脸朝下倒在了离彼得三米远的地方，背上有三个弹孔。

“哈利！”彼得尖叫道。

他和凯瑟琳把哈利拖到密封室附近，士兵们冲了进来，手里举着自动步枪，身体紧贴着墙壁。

“把手放在头上！”离门最近的士兵喊道，他的脸被头盔的帽檐遮住了。

彼得紧张起来，料想沉闷的枪声随时都有可能响起来，他伸手拿起他旁边地板上的笔记本电脑，把计算程序发送给了奇点。

士兵一个个都爆炸了。没有刺眼的闪光，没有能量在空中流动的迹象，只有士兵像水球一样爆裂，瞬间灰飞烟灭。

当彼得转向哈利时，感觉到士兵被液化后产生的液体打在他的脸上和手臂上。哈利的每一次呼吸都伴随着刺耳的嘎吱声。他的嘴流着血，眼神分散。

“哦，天啊，哈利。他们对你做了什么？”彼得抬起哈利的头，放到他的膝盖上，想知道他是真的哈利，还是其中一个副本。他恨自己在这种紧要关头还在计较这样的小事。

“我没事，”哈利说，“只需要医生来检查一下就好了。”他躺在血泊中。彼得能感觉到血从他的牛仔裤里渗出来。

凯瑟琳在打电话：“没有人接电话。打 911 也没人接。”这并不奇怪，真的。美国政府刚刚被推翻。

当他们把哈利抬上台阶，走向实验室和阳光时，哈利嘎吱嘎吱的呼吸声消失了……

44

弗勒醒来时，发现自己正在坠落。斯托姆在他身边，头发被绾成一个发髻，以免在风中乱飞。看到他醒来的时候，她把水壶递给他。他用颤抖的手拿着水壶，喝干了里面所剩无几的一点水，然后转过身，选了一个相对私密的方向，然后开始小便。他的深黄色尿液迅速飞向空中。通过练习，他已经熟练地掌握了避开四溅的尿液的技巧。

等他小解完之后，斯托姆迂回着向他靠近："到目前为止，我们已经路过了三个世界，三个都是一片荒芜。我们正尝试着滑回我们来时的地方，但我们不知道该走哪个方向。"

弗勒点了点头。他没有任何建议。如果连记得一切的梅丽莎都不知道该走哪条路，他肯定也不知道。

现在他有了休息的机会，他觉得自己似乎对形势有了更透彻的理解。乌戈 · 伍尔科夫谋杀了他，夺走了他和其他人的过去，迫使他造成了这场大灾难（正如佩妮所说），还偷走了他创造出的东西。乌戈用它做的第一件事便是颠覆一个世界，杀光上面的人。然后乌戈杀了斯内克贝特。

这就是彼得在他最后的清醒时刻画下这张地图的原因：他要弗

勒务必赶在乌戈和厄尔巴将军得手之前找到奇点。乌戈丧心病狂，他把这个世界变成了一个可怕的地方，似乎还想把它变得更糟。

如果弗勒能够创造出奇点——这个可以颠覆世界的东西，他肯定能找到取回它的办法。然后他会学着用它弥补他所造成的伤害。

他握住斯托姆的手："我们去和佩妮谈谈。"

"等等。"斯托姆叫住佩妮，挥手示意她过来。

"我怎么才能找到他？"他问佩妮。

"等一下，"佩妮说，"我可能救了你的命，但如果你认为我会帮助你，那你就错了。"

"乌戈杀了那些人。他还想杀了你。你觉得还要放任他统治世界吗？他得手的这个东西——奇点，难道不能用来帮助那些不知道发生了什么事的人吗？"在狂风呼啸，身体虚弱的情况下，想要大声说话让人听见着实不易。

"你也杀了人。你杀了我弟弟、我祖父母，被你杀死的人不胜枚举。你有什么资格统治世界？"

"等一下，"斯托姆说，"也许弗勒过去是个坏人，我不知道。但他现在已经不是从前的他了，你也这么说过。你可以相信他，你知道的。"

佩妮思索着斯托姆的话："无论如何，事实到底怎样尚未有定论。乌戈有一支军队。他的世界现在拥有了无限的力量。弗勒若是去了，便是自投罗网。"

要是他知道乌戈·伍尔科夫是谁，知道如何回到斯内克贝特的世界就好了。无论如何，一切都要在那里终结。

“你能让伍尔科夫来找我们吗？”弗勒问，“他以前来过一次。”

佩妮摇了摇头：“他觉得你毫无防备，并且又渴望找到奇点。现在他得手了，而且知道你有武器和盟友。如果我告诉他你还活着，你所在的地方，他可能会再派一个杀手来追杀你，但也仅此而已了。”

这是他们最不需要的东西。

他让自己飘离佩妮和斯托姆。他需要时间独自思考。似乎没有多少好的选择。逃跑和躲藏似乎就是他们最好的选择了。

如果他们知道有杀手要来，他们可以设下埋伏。他们有斯内克贝特的霰弹猎枪，还有三把手枪。但这有什么用呢？伍尔科夫可以造出更多杀手——他想造多少就可以造多少。

不寻常的是，弗勒和这些杀手之间几乎没有什么区别。佩妮说他们是用彼得做的，那个彼得的记忆也被病毒抹去了。要不是他和他们在过去几百天里各自的见闻及所做的事情，他们里里外外都是完全一样的。

“等一下。”弗勒大声说。

45

当梅丽莎把它称作珊瑚礁时，他在心里面也默许了。那是一堵参差不齐又弯弯曲曲的墙，在他们两侧形成了一个“L”形。躺在那个“L”的拐角处，弗勒感到心神不安，幽闭恐怖。不过，这倒是个理想的伏击地点。

佩妮用颤抖的手把脸上的黑发拨开。如果搞伏击可行的话，她恐怕比他还要紧张。

“还记得在你的世界上时，那些杀手把我们困在你的公寓里的事吗？”

“嗯？”佩妮说。

“你为什么不干脆开枪打死我，然后投奔他们呢？”

佩妮使劲摇了摇头：“我连狗都不愿杀，别说人了。无论我觉得他们有多该死，我都下不了手。另外，我没有枪啊。”

“那如果是我们要杀的人呢？”

她的眼睛透露出些许不悦：“别再逼我想这件事了。我还不确定应该站哪一边。或许两边都不站。我本该一走了之的。但我想亲眼看着它结束，你和斯托姆让我相信这是我们实现这个目标的最好机会。”

佩妮的对讲机——一个薄如纸的钢质长方形——开始闪烁。

“他们来了。”佩妮举起手，示意其他人。弗勒趴在地上，假装失去了知觉。据坏家伙们所知，他已经到了败血症晚期，斯内克贝特和梅丽莎也都死了。

似乎过了很长时间之后，佩妮叫道：“过来。”弗勒听到了咚咚咚的脚步声。他希望隔在他和袭击者之间的珊瑚墙能够长时间帮他遮挡飞来的子弹，好让伏击计策成功实行。

斯托姆和梅丽莎开火了。弗勒起身，准备好手枪。

三个弗勒一边冲锋，一边开枪，枪口火花四射。还有两个停下来，向斯托姆和梅丽莎开火。已经倒下三个人了。弗勒低着头，不给他们机会瞄准自己。他一边对着他的副本继续射击，一边试图记起斯内克贝特在他们难得的平静时刻教给他的东西。但他都打偏了。部分原因在于他举不起左臂，所以在尝试了两次之后，不得不单手开枪。

“天啊。我不喜欢这样，”几英尺外的佩妮一面开枪一面喊道，“我不喜欢这样。”

弗勒试图瞄准低处，再次开火。其中一个副本的胸前出现了一个血淋淋的枪口，接着便倒了下去。弗勒不由自主地发出一声惊讶的呻吟声，感到胸口一阵刺痛。他杀了人。他纳闷儿如果那个人长得不像他，他会不会觉得多少有些可怕。

最后两个副本几乎跑到了他们的头顶上，佩妮打中了其中一个人的脸。他的下巴爆开，除了上齿什么也没有留下。

斯托姆和梅丽莎从珊瑚掩体较远的一边走出去。

“放下你的武器！”梅丽莎喊道。

幸存者的手枪掉到了沙地上。他的一些同伙在坑坑洼洼的地面上痛苦地扭动着身体，其余的人都死了。

斯托姆走近唯一的幸存者，与此同时，梅丽莎走到其中一个受伤的杀手跟前。“等等，求你了。”

梅丽莎近距离打死了他。她表情紧绷，大步走向另一个受伤的“弗勒”。又一声枪响。弗勒想知道梅丽莎是抱着怎样的一种心情挨个儿打死她前夫的副本的。

“我还是觉得这不是个好主意，”梅丽莎回到他们身边时对弗勒说，“你根本不知道你在做什么。乌戈大本营里的每个人都全副武装。他们有视频监控，成队的鹞式战斗机和坦克。你以为你能大摇大摆地走进去，然后拿走奇点？”

弗勒张开双臂，望着渐渐变暗的天空：“我能走到这一步，显然我是个足智多谋的人，并且我还有足智多谋的盟友。”

“我想你没弄明白你受到了多严重的伤害。”梅丽莎说，“关于这件事，你做不出明智的决定。”

“你是说，我们有缺陷。”斯托姆说，“‘残疾’，是这么说吗？”

梅丽莎盯着沙子：“根据定义，你俩都受到了严重的脑损伤。”

“根据我画的地图，甚至在我脑子没受伤的时候，我就相信我能做到。”弗勒说。

梅丽莎闭上眼睛，好像在努力保持耐心。“听我说。我记得发生了什么，我知道什么可能、什么不可能。让我们开着鹞式战斗机逃跑吧。”

“逃去哪里？”弗勒问，“你自己说过，这家伙有一支军队和无限的力量。他的士兵终有一天会占领每一个世界。”

俘虏看看这个人，又看看那个人，试图弄清楚发生了什么事。

“佩妮，”梅丽莎说，“告诉他们我是对的。”

“她可能是对的，”佩妮说，“我们现在有了交通工具。我们可以逃跑，然后躲起来。”

“我不想逃跑、躲藏，我厌倦了逃跑、躲躲藏藏了。”

梅丽莎走开了。

弗勒一边试图平息伏击之后怦怦跳个不停的心，一边挣扎着站起身。他依然虚弱，依然能感觉到疼痛，尽管有佩妮的止痛药。他希望过几天他能好一些。

他转向佩妮："准备好打电话了吗？"

佩妮深吸一口气，点了点头。"开始了。"她掏出对讲机，挪开了几步。

"他死了。桑多瓦尔死了。"她听了一会儿，然后大笑起来，"我知道。不可思议吧。"她又听了一会儿，"对人类来说，这是美好的一天——说得不错，伍尔科夫博士。"

弗勒望着天空。他痛恨这个人，他从没想到自己会如此痛恨一个人。

"是这样的，"佩妮对着对讲机说，"你派来的所有彼得都死了，除了打死桑多瓦尔的那个。他肩部中了枪。我已经给他处理过伤口了，但要过几天他才能驾驶鹞式战斗机。"佩妮停了一会儿，"我知道。他们大吵了一架。他们都死了。是的。"又说了一会儿弗勒的死有多棒之后，佩妮关掉了对讲机。

"给你争取了三四天时间。"佩妮说，"或者说，如果我们跑路，我们可以先跑上三四天。"

"我不会逃跑的。"他再也不会逃避那个浑蛋了。

XXIV

彼得拂去实验长桌上的设备，然后他们把哈利的遗体放到上面。幸存的三名安保人员在实验室外举着步枪扫射。

“哈利。噢，天哪，哈利。”梅丽莎看到他的遗体后大叫道。

过了一会儿，另一个梅丽莎冲进实验室，也喊着差不多一样的话。

哈利紧跟着她。他向他死去的真身走过去，看上去既震惊又害怕，停在离桌子很远的地方：“这代价太高了，我想我承受不了。”

彼得用一只胳膊搂住他朋友的肩膀，轻轻地转过他的身体：“再干一点活儿，我们就可以休息了。我们可以没完没了地看电影，吃爆米花吃到吐。”

“我现在就想吐。”

“我知道。我也是。”他拍了拍哈利的背。

彼得抓着一张桌子，另外两个哈利、三个彼得、一个梅丽莎、几个凯瑟琳一起涌入实验室，他们前面是挥着步枪的宝拉。一看到他们，他顿觉头晕目眩，仿佛随时都有可能跌穿地板或者飘走。他闭紧双眼，深深地吸了一口气。他需要冷静下来。

一个彼得举手以引起人们的注意：“我们得回去工作了。继续推进，我们离成功不远了。”

话音一落，一些人匆匆地奔向不同的方向，其他人则挤在一起商量。

彼得走到另外两个彼得跟前。“我们还要多久？”他问道。

“三个小时。”

“我不想把事情变复杂，但我认为我们应该把奇点移出实验室，藏到某个地方去。”彼得还说即使他们为燃料电池供上了电，厄尔巴和乌戈也可能会因为奇点而再次攻击，或许会用上暂时性意识缺失病毒，但其实没有必要。实际上，他是在自言自语。

“我来帮你。”一个彼得说。他们急急忙忙地去组装运输奇点的东西。他们需要真空舱，还有电磁场。然后他们需要想想要把奇点藏在哪里。

彼得用眼角的余光看到三个凯瑟琳在复制器旁边，其中两个准备用第三个继续复制。

“凯瑟琳。”彼得喊道，那两个清醒的凯瑟琳看向他，“你复制了几个？够用了。”

“再复制几个。”其中一个回复道，手指在空中打着圈，比画着她刚刚说的话。

46

当地人——弗勒数了数有十六个——从森林边缘看过来。在好奇心的驱使下，他们变得越来越大胆，也许他们意识到，驾着功能齐全的鹞式战斗机的人若是存心要害他们，他们恐怕早就没命了。不过，他们还是保持着距离。

“逆风。”他的副本（他坚称他的名字是131，也就是衬衫上的号码）说，“注意推力矢量。”

弗勒任由他的注意力飞向别处，但这么做并不好，即使鹞式战斗机基本上可以自动飞行。131坚持认为依然有可能会坠毁。

鹞式战斗机砰砰两声重重地落在了地上。

131点了点头，心满意足地说道：“它仍然很丑，但它圆满地完成了任务。我想你已经准备好了。”

弗勒跳下台阶，感到扬扬自得。虽然131不愿意夸奖他（可能是因为他觉得弗勒是个坏人），但弗勒觉得自己以神一般的速度掌握了驾驶技术。两天，三四十次着陆练习，他已经准备好独自行动了。至少对于他计划的短途单程旅行来说，他准备好了。

对于131那么爽快地答应教他驾驶鹞式战斗机换取活命机会这件事，弗勒心中的讶异还未退去。131声称，这是因为他讨厌乌戈，只比讨厌弗勒少那么一点点，他希望他们能找到杀死彼此的方法。鉴于他和131基本上是同一个人，弗勒希望这就是原因，而不纯粹是因为懦弱。

“我们准备好了。他说我准备好了。”弗勒对等在池塘边的斯托姆和梅丽莎宣布道。弗勒看了看131，131点了点头。

梅丽莎站起身，拔出别在腰带上的手枪：“那我们解决掉这件事，继续上路吧。”她低下头，走向131。

131向后退了一步：“等一下，你要干什么？你们要求的我都照做了。”

斯托姆跳起来：“等一下。你要干什么？”

梅丽莎继续往前走。131瞥了一眼弗勒，又环顾四周，望向林木线。

“等一下……”弗勒说。

斯托姆从背后抓住梅丽莎的手腕，拉住她：“住手。”

“什么？”梅丽莎说。

“你打算打死那个人，是吗？”

“没错，这就是我的计划。”

“不，你不会。”斯托姆说。

“放开我的胳膊。”梅丽莎说。

“我们说好的。”131说。

弗勒将一只手放在131的肩膀上，低声说道：“没事的。”

溜去方便的佩妮从灌木丛中出现了，她停下脚步，全程目睹了这场争执。

“把枪放下。”斯托姆对梅丽莎说。

“我们所在的世界正好在乌戈的世界上方。如果乌戈的人发现了他，他可能会把所有事情都告诉他们。”梅丽莎从斯托姆手中抽出她的手腕，“这是一场战争。有些人必须成熟些。”

梅丽莎转过身的时候，斯托姆用胳膊从背后锁住梅丽莎的喉咙，夹住她的脑袋：“把枪放下。”

梅丽莎抓住斯托姆的手腕，试图挣脱。斯托姆紧紧地锁着梅丽莎，直到梅丽莎开始干呕为止。弗勒想出面制止。如果被锁的是斯托姆，他会去制止的，但他认为梅丽莎是咎由自取。

梅丽莎扔掉了手枪。斯托姆踩了上去，然后放开了梅丽莎。梅丽莎抓着她的喉咙，打了个趔趄。

“我们不能仅仅因为有枪就去杀人。”斯托姆说，“在我看来，我们是在为生命而战。有些界线是不可逾越的，即使你是在为你的生命而战。”

“这听起来像是我在战前会说的话。”梅丽莎看着弗勒，眼里充满了痛苦。

“噢，我见过很多人死去。”斯托姆说。

“显然还不够。”梅丽莎反驳道。

47

弗勒盯着鹞式战斗机旁边少得可怜的食物。在这些耗尽之后，他们将不得不依靠四处搜寻或者与当地人交换来获取食物了。

“我希望我能和你一起去。”斯托姆说。

“我也是。”弗勒说道。事实上，他并不想。这可能是一次没有归途的旅行。他不想让别人去送死，尤其是斯托姆。

佩妮手里拿着一幅画在纸的背面的草图，纸是她在鹞式战斗机里面找到的。这是乌戈的世界的地图。“如果你和梅丽莎确实需要跳伞过去，既能让你们跳伞又不被发现的地方并不多，即使在晚上也是如此。这边有片森林，应该是你们的最佳着陆点。”她指着地图说道。

“弗勒，在杀死彼得·桑多瓦尔，立下功劳之后，你想悄悄行事就很难了。”佩妮继续说道，“桑多瓦尔的副本在这里到处都是，但你会成为他们的头头儿。”

“听起来挺欢乐的。也许我会留下来不走了呢。”

佩妮没理会弗勒的玩笑，继续说道：“不先和你搭话的人，不要理，即使是我也不行。当我们着陆的时候，我会装作完全不认识你。请勿见怪。”

“没问题。”

XXV

车里的 CD 播放器咆哮着 Iron Lives 的歌声，彼得踩下油门，加快了速度。此时的车速接近每小时一百英里，但没有守株待兔查超速的警察，所以唯一的风险便是交通事故。

他需要把注意力集中在手头的情况上，但他一直想着哈利。他不知道如何悲伤。他也没有为最初的彼得而感到很悲伤，因为并未体会到真正的死亡——只有感动。哈利也是如此，尽管从最初的哈利来看，他中了枪、承受了痛苦，最后还丢了性命。

彼得撅起屁股，从牛仔裤口袋里掏出手机，拨通了哈利的号码。

“嘿，博士。”

“你怎么样？”彼得问道，竭力不去想他正在和一个陌生人、一个冒牌货通话。他竟然这么想，这是多么讽刺啊！

哈利的副本喘着粗气：“我勉强脱险。太混乱了，还有两个我在走来走去，我不是真的我。真正的我已经死了。”

“你不能这么想。”

“我怎么能不那样想呢？是真的，我不是我，我已经死了。”

“你是你。只是现在有好几个你。试着把注意力集中在你需要做的事情上。”

“我就是这么做的。一个哈利已经和最初的梅丽莎和凯瑟琳一起乘鹞式战斗机走了，所以我们人手不够。嘿，你刚刚走过！你想和自己说几句吗？”

当他拐过一小段弯路的时候，乔治·华盛顿大桥映入眼帘。

“不了。我快到曼哈顿了。代我向他问好。”他挂断电话。他不知道如果乌戈当真释放了病毒，梅丽莎、凯瑟琳以及哈利的副本能否赶在病毒暴发之前逃脱，也不知道自己能否及时脱身。但是很快一切就可以见分晓了。

出城的车道都堵得水泄不通，而进城的车道上几乎只有彼得一个人。许多人担心纽约很快会再次遭受袭击，尽管它并非什么军事要地。也许有消息传出，被废黜的阿斯彭总统藏在曼哈顿，他们担心厄尔巴将军会为了杀她而轰炸曼哈顿。彼得真希望阿斯彭选的藏身之地能够离他的家近一点儿，他讨厌在这样的紧要关头还离自己的朋友那么远。

他的手机嗡嗡作响，提醒他有短信发过来。

留言上写着：我给你送了一盒巧克力。但未显示发信人。

“噢，不。噢，不。”彼得立即打电话给哈利。

“我刚收到乌戈的短信。他声称他释放了暂时性意识缺失病毒。”

“妈的！范围有多广？他有说吗？”

“没有。至少，他正针对你释放病毒。这条短信是发给我的，旨在让我知道我要感染病毒了。你们准备好了吗？”

“差不多了。”哈利说，“再有几分钟。”

“完了之后，放大家出来，让他们自由逃跑、躲藏，越远越好。

如果这么做不奏效，希望你们不要被他们抓到。”如果暂时性意识缺失病毒肆意传播，乌戈一方掌控了大局，彼得确信乌戈不仅会追杀他，还会追杀哈利，可能还有凯瑟琳和梅丽莎。

“我得挂了。我爱你。告诉其他的哈利、凯瑟琳和梅丽莎我也爱他们。”彼得挂断了电话。断开连接。他沿着亨利·哈德逊公园大道一路飞驰，右边是哈德逊河，路经的公园里没有人打篮球，也没有人遛狗或滑旱冰。所有人不是躲在家里看新闻，就是在加利福尼亚、沙特打仗，再或者已经死了。

他驶向三十九街的出口。阿斯彭总统在联合国总部，位于东河沿岸的四十二街。希望她能让电视小组进去播放出能源供应到位的声明。至于它能否让阿斯彭重掌大权，彼得尚不可知。

一股渴望冷不防地朝他袭来：他希望梅丽莎此时能够陪着他。其中一个梅丽莎。不管哪个都可以。

外面的无数星光炸开。彼得踩下刹车。

彼得孤零零地待在犹如漆黑太空的黑暗空间里。他觉得排山倒海般压过来的黑暗让他感到窒息。他立刻向四面八方望去，四周都是由墨点组成的巨大而又扭曲的梯子，它们扭成一段一段的，直指向精确的地点，犹如数不尽的基因链，填满了没有星光的黑色虚空。

他的宝马车砰的一声冲出马路牙子，开到了人行道上。彼得及时刹车才没有撞上大楼。

人们的叫喊声从哈德逊河的方向传来。实际上是尖叫声。彼得想坐在他停在人行道的车里，试图弄清楚他刚才瞥见的东西是什么，但听起来好像有人需要帮助。他下了车，朝尖叫声传来的方向跑去。

奇点。在那一瞬间，他瞥见的无数光点都是奇点，它们被精巧地串在一起。

他经过一栋又一栋高楼大厦的长影，穿过第十一大道，看到第十二大道的一个街区上有一群人，他们都凝视着哈德逊河。

他走近时才发现，哈德逊河往常的深灰绿色不见了，取而代之的则是淡蓝色，与天空完美地融为一体。这一定是错觉。异常的天空反射掩盖了水面……还有远处新泽西海岸原本的色彩。

彼得越走近脚步越慢。人们似乎无缘无故地烦躁不安，并且哈德逊河被淡蓝色的天空取代的错觉越来越强烈。原来霍博肯所在的地方，现在变成了一大团波状浮云。

他走到人群中，人群就聚在离参差不齐的悬崖边缘十几英尺远的地方。第十二大道中央出现了一个仿佛没有尽头的悬崖，远处除了天空什么都没有。

彼得不停地在人群中穿梭，绕过第十二大道上的碎石块，在不落下悬崖的情况下，尽可能地往边缘走。

他看着他所做的一切。然后他转身沿着崖边向右走去，穿过成千上万哭喊着、尖叫着、惊恐万分的人。一路上，他被绊倒了两次。

彼得捡起一块拳头大小的水泥块，用力往崖边扔去。他看着它极速坠落。不可能，因为他正站在曼哈顿的某一片土地上，这片地方并没有往下坠落。无论如何，它都不应该直线坠落的啊。

48

震耳欲聋的音乐声充斥着驾驶舱，让人难以集中注意力。弗勒需要专注。他感到头痛欲裂，试图记起他的副本教给他的所有关于飞行的知识。他要是能在不引起怀疑或者不害死自己和佩妮的情况下安全着陆，那简直就是奇迹。飞行练习的时候，他更放松，再说也没有吵闹、差劲的音乐。

“你能把它关掉吗？很难听啊。”

佩妮关掉音乐。

“谢谢你。”

“不难听啊。”佩妮说。

“难听。”

她把文着鲜艳文身的胳膊抱在胸前：“我碰巧知道，在你被抹去记忆之前，Iron Lives 是你最喜欢的乐队之一。”

“那时候我的品味很差。”

弗勒闻到一股难闻的味道，他想会不会是来自那些尸体。才过了三天，尸体就开始发臭了？

“除了我是史上最恶劣的杀人狂之外，关于我你还知道些什么？”

“你很有才华。你用剃刀划开空气，然后便能从切口中拉出上帝。”

真浪漫啊！“但我放出上帝的时候，我不知道会带来什么后果吗？”

佩妮耸耸肩：“梅丽莎说你不知道。伍尔科夫告诉所有人你受不了失败，于是你便释放出了复仇之神。”

如果佩妮所言不假，那他就是个恶魔。当然，佩妮知道的所有信息都源自乌戈·伍尔科夫这个恶棍。

他拿出对讲机。

“你要干什么？”佩妮问道。

“叫梅丽莎。我想知道我为什么会释放出复仇之神。还有无论如何，我都得练练该怎么用这玩意儿。”

梅丽莎很快就回复了。

“我是怎么毁灭世界的？我想知道真相。”

梅丽莎的声音变得异常温柔：“在乌戈释放暂时性意识缺失病毒之前，我们正试图让世界停战。你没时间了，于是你便那么做了。你是个傲慢的浑蛋，但你不是精神病。远非如此。乌戈才是精神病。”

彼得笑道：“我从没想过我会因为别人骂我是个傲慢的浑蛋而心存感激。”

“嗯，不客气。”

对于梅丽莎，他既羡慕又同情，因为她记得一切事情。

“我做了什么让你那么恨我？”

她啧啧道：“我不恨你。我生你的气。不论过去还是现在，你都是那么冲动。我觉得，如果你记不得自己所犯的错误，就很难从错误中吸取教训。”

“在我铸成大错之前，我们就离婚了。我做了什么？我们为什么要分开？”

梅丽莎激动地回答道：“你骗了我。”

弗勒点点头，然后才想起梅丽莎看不见他。“对不起，我对你撒了谎，即使我不知道我撒了什么谎。”

“你没有太多选择。我花了很长时间才明白你那么做的原因。”

他们离目的地越来越近了。“我能和斯托姆说说话吗？”弗勒不想让斯托姆认为他打电话只是为了和梅丽莎说话。

他听见了梅丽莎哽咽的声音。她的声音变得很低，低得几乎不可闻：“你知道我看到你俩在一起是什么感觉吗？”

她的话使他大吃一惊：“我不知道，梅丽莎。老实说，我不知道。”

“稍等。”

“梅丽莎，等等。”

“嘿。”是斯托姆。

弗勒尽力使自己镇定下来：“我只是想在行动之前听听你的声音。”

“这太奇怪了。我在跟你说话，但你却不在身边。”

“我知道。与此同时，我还驾驶着一架战斗机。乘坐的是一台可以工作的机器。我不确定那里比我们相遇的那个世界更好还是更糟。”

“我也拿不准。”

“整个计划可能会失败。正如梅丽莎所说，跟他们比，我就是个傻瓜。”

“你会成功的。如果不行，就逃跑、藏起来，等我们来接你。”

乌戈的世界悬浮在他们下方大约一千米远的地方，上面有小型建筑、道路，还有几片森林。

“嗯，我现在就要跟你说再见了，因为一旦舱门打开，我就不能再和你说话了。”佩妮说。

弗勒伸出手，捏了捏佩妮的手：“谢谢你。”

佩妮把鹞式战斗机上的麦克风递给他：“他们会希望你在降落前打电话过去的。”

他按 131 教给他的步骤使用了语音应答功能。“你好？”弗勒对着麦克风说。

“哪位？”一个恼怒的男声厉声说道。

“我是 131。”弗勒很紧张，希望他的副本没有在他们用编号代指自己这件事上骗他，尽管弗勒曾保证，如果他骗他，他会回来砍掉他的脚。

“嗯，不管你是不是英雄，从什么时候起打招呼开始用‘你好’了，131？”

“我很抱歉。自从受伤以后，我就不太像自己了。下去的时候，我撞到了头。我现在比较健忘，还有些定向障碍。”计划的第一步已经完成。不论他何时犯蠢，他都会把这归咎于脑袋受伤。

“别担心。现在你说什么都不会受罚的。天啊，131，你抓到他了。你离开的时候还是个容易上当受骗的无名之辈，归来的时候却成了传奇人物。恭喜你，兄弟！恭喜你！”

“谢谢。”他想叫这个人的名字或者编号，但之前却没想过问真正的 131 编号到底是什么。

49

当弗勒扛着身穿跳伞服的尸体走下战斗机的舷梯，来到机场跑道时，他感觉双腿发软。他棕褐色的杀手服上沾着尸体伤口上干掉的血块。成百上千的人都在为他鼓掌，其中大约三分之一的人挤在一起，和其他人分开，看起来和他简直是一个模子刻出来的。

两名身穿工作服的男子从弗勒手中接过了尸体。第三个人没收了他的手枪，然后搜查了弗勒全身。

满脸堆笑、身穿光鲜制服的乌戈一走上前来，弗勒便认出了他。他们把尸体放到乌戈怀里。伍尔科夫一只手抓住那具血淋淋的尸体，另一只手举到空中。瞬间掌声雷动。他松开尸体，任它滚到停机坪上，在摄影师的围观拍摄下，一脚踩住它的脑袋。

弗勒勉强露出笑脸，竭力不让对乌戈的强烈仇恨显露出来。

伍尔科夫示意佩妮靠近些。摄影师拍照时，她装出一副喜笑颜开的样子。弗勒站在几步远的地方，不知道该怎么办。

“一枪毙命吗？”相机频频闪光，欢呼声此起彼伏，伍尔科夫提高嗓门儿问道。见佩妮没有回答，弗勒意识到伍尔科夫一定是在跟他讲话。

“他受了伤。我跑上前去，近距离打死了他。”

伍尔科夫点点头。“干得漂亮！我相信你的同僚会很乐意为你举办庆功会的。”他对着人群大声说道，“这个恶魔已经死了。”

欢呼声再次响起，弗勒忍不住想看看伍尔科夫从中得到了多少快乐。他的表情扬扬得意，既像个受到爸爸表扬的小男孩，又像刚刚把某个人推下悬崖的流氓。

“怎么处理尸体？”一个耷拉着嘴角的老人问伍尔科夫。

伍尔科夫用他那闪亮的黑皮鞋的鞋尖蹭了蹭尸体，跪下来检查了一下弗勒的跳伞服，然后咕哝着站了起来：“把它放在冰上。等夺回那些岛屿的时候，我们带着它去挨个儿巡展。”

弗勒就听到这些，然后被他的副本们簇拥着带走了。

“你杀了他。我简直不敢相信。”其中一个人说道。

“我也不敢相信。”弗勒瞥了一眼说话的男人袖子上的编号——128。他需要记住谁是谁。

“你这张脸再也不只是桑多瓦尔的脸了，它还属于杀死桑多瓦尔的那个笨蛋。”

“没错！”弗勒试图让自己的语气亢奋一些。

他们鱼贯穿过跑道一端的防风栅栏的大门，经过一片田地，朝一条背阴的街道走去。一辆卡车驶过，弗勒竭力让自己和其他的彼得一样对它视若无睹。这个小镇虽不像奥基德世界上那些干净的地方那么干净，但它比弗勒所见过的其他任何地方都干净。更让人吃惊的是大楼里灯光闪烁，四面八方都有机器的轰鸣声。

他们穿过一片青翠欲滴、异常平坦的草坪，草上的露珠打湿了他的靴子。草坪周围有一圈红砖建筑，接着他们走进其中一栋，下了楼梯之后，依次进入一个巨大的体育馆。光滑地板上的彩色线条组成各种各样的几何图案。

“和你在一起感觉很好，131。”彼得 -128 说道。

弗勒想问问 128 要往哪里去，但想了想之后决定还是不问了。他感觉有一只手放到了自己肩上，转过身发现一个光着上身的彼得把他的衬衫递了过来。弗勒接过了那件衬衫，它袖子上的编号是“1”。

“现在它是你的了。”赤膊的彼得严肃地说。

“噢，好，谢谢你。”

赤膊的彼得等着。弗勒脱下身上的衬衫，穿上一号衬衫。

房间里的其他彼得都脱掉了各自的衬衫。这并不是一次令人难忘的表演：每个人都有相同的三四根胸毛，干巴巴的胸肌和瘦得皮包骨的肩膀。似乎没有人注意到他们都比弗勒结实一点儿，营养更好一些。他们互相交换衬衫，先前穿一号衬衫的人穿上二号衬衫，以此类推。

“来吧，”彼得二号说，“让我们把你的东西搬到你的新房间去，这样你就可以睡会儿了。”他招呼三个彼得，他们穿着一百三十几号和一百四十几号的衬衫，吩咐他们把弗勒的东西从他的旧房间搬到他的新房间去。听罢，三个人快速跑开了。

这些编号不仅仅是为了将彼得们区分开来，就像奥基德们戴着的徽章一样，它们还象征着地位。弗勒现在是彼得一号。彼得之王。想要不惹人耳目地溜走或者从边缘上消失——如果真的到了那种地步——恐怕很困难。另外，也许他可以把他刚得到的地位作为一种优势。也许其他一百五十多名彼得会照他说的去做。或者他也许可以凭借他现在的地位再弄一把手枪。

当他们穿过院子来到另一栋红砖建筑——被分成了狭小的宿舍——时，弗勒的房间已经准备好了。他谢过彼得二号，拉下窗帘就睡了。

弗勒被一阵急促的敲门声惊醒了，随即他的门猛地打开了。

“我们要迟到了。”是彼得二号，后面站着其他人。

弗勒跳下床，穿上衬衫，朝门口走去。

彼得二号用异样的眼光看着他：“对不起。我不是说你连刷牙的时间都没有了。”

“噢，对。”弗勒走进卫生间，关上了门。在此之前，他从来没有刷过牙，但他知道牙刷长什么样子，也大概记得怎么用它刷牙。

跟彼得二号一起在门外等候的还有彼得四号、七号和八号。弗勒竭尽全力装作自己知道要随他们前去的地方。他们走在路中央，穿过一座桥，桥下有条小溪，向山上走去，沿着一条砖砌的人行道走到一栋四层大楼的侧门。

彼得们把他领进了一间半圆形的教室，里面摆满了嵌入式的桌椅，教室前面有一个大屏幕。他们坐在前排，一个驼背老太太在教室前面摆弄着技术设备。

过了一会儿，那个老太太开始说话，或者更确切地说，开始讲课。大家似乎都明白她讲的是什么。弗勒却一个字也听不懂。

“速度是 L 除以 T，加上或减去 Δ 除以 T。在这里做的是准确地测量速度，但在测量之前你们要……”

所有人都在记录数字。他没再继续听下去，而是试图猜测这到底是怎么一回事。他们为什么要给彼得们上课呢？假设这些人一开始和弗勒一样对此一窍不通，如果他们能听懂老师所讲的内容，那么他们一定是学习了一段时间的。

“……但你可以把它简单地想象成一个有无数个数轴的向量空间……”

弗勒闭上眼睛，在心里重复着这句话，直到它烂熟于心。梅丽莎可能知道这是什么，尽管原本的计划是为了尽可能降低暴露的风险，弗勒在准备好会合之后才可以联系他的同伴。

下课后，彼得二号建议他们去远足，然后互相认识一下。他们自“重生日”起就这么生活，而到了现在，他们却对彼此知之甚少，弗勒对此感到无比惊讶。但是他很乐意做一些有助于他适应环境的事情，也许还会帮助他找到最近的边缘。

彼得二号突然向右转时，他们差点儿撞到一起。弗勒调整了一下步伐，发现树林里有一条狭窄的小道。

又走了十几步之后，路不见了。“个位数编号的兄弟们想知道你是否会调整今后的行动策略。”彼得二号说道。

行动策略？“没有。没有什么大的变化。”他咕哝道。

彼得二号抓住他的肩膀：“我很感谢你的信任。”他们列成一排，踩着三块扁平的石块，穿过了一条浅浅的小溪。“你去执行任务时，十七和他的手下铆足了劲儿一直游说，要求采取更激进的行动。”他看着弗勒，“他们说应该以我们的强势地位进行谈判，在他们看来，这意味着不得到让步就拒不服从命令。这样风险太高了，是在自杀。”

“嗯……”弗勒试图不做回应。他们对此感到不悦。他们当然会不高兴。一群彼得被当成狗屎一样对待，怎么可能会高兴呢？这是个好消息。

一个计划渐渐在弗勒的脑海中成形。彼得十七和他的手下都跃跃欲试，准备采取果断行动？弗勒必须更好地了解他们。作为彼得一号，也许他可以在他的兄弟们之间扇起怒火。

XXVI

没有人打扰他，甚至没有人看见他一边沿着奢华大楼二十一层的走廊漫步，一边踹着门。

他来到一扇门前，里面似乎没有灯光。他敲了敲门，然后在外面等待。

见没人回应，他便使劲敲门。

他用蛮力踹了十几下才破门而入，但没有人前来查看如此喧闹的声音是怎么回事。如果有的话，彼得就会亮明身份，并告诉来者拿到望远镜对他来说有多么重要。

就这样，他走了进去，大喊一声确认屋子里面没有人，然后发现了放在窗边的望远镜。彼得在它旁边的凳子上坐下，盯着目镜，扫视着无边无际的天空，直到看到他要找的东西。它很高，所以他只看到了它的底部。

他扫视低空，又发现了一个。这次他看到了顶部。那是一个街区——有低矮的平房、草坪、游泳池、城郊街道，边缘参差不齐，破烂不堪，就好像是被一辆大型挖掘机从地上挖出来的，或者像野草一样被猛拽出来的一样。

冰箱里有六罐啤酒，虽然不冰了，但依然很凉。他拿出一罐，拧下盖子，一口气喝掉一半。

他做了什么？那么多人死去。数十亿人都因他而死。他喝干剩下的啤酒，又开了一罐。他边喝边想知道这间公寓的窗户是否防碎，他是否能将一把椅子扔出窗外，然后随它一跃而下。

鉴于彼得所知道的物理定律，这种情况是不可能的：大块的地壳不能悬浮在天空中，地壳上的人也不可能活下去。唯一合理的解释是奇点完全重塑了他们的世界，赋予它新的特性。从理论上来讲，奇点可以创造宇宙，所以一切皆有可能。

彼得回到窗边，向窗外望去。夜幕即将降临，天空从蓝色变成了灰白色。

重力仍然作用于较小的物体，所以它定能作用于悬在空中的大块岛屿。那么按照他的假设，一定有将这些岛屿停留在高处的其他力量。难道是来自太空的引力？

这块曼哈顿让他想起了悬在两股力量之间的奇点。另一种可能性是排斥力。彼得举起双手，将其贴到自己的嘴唇上，想象着上百万个小岛因为互相排斥而被锁在一起。在亚原子层面上，这种情况司空见惯，因为泡利不相容原理：任何两个性质相同的电子相互排斥。如果这些量子性质应用到宏观物体上，或者这些大块土地具备让它们互相排斥的相同电荷，那么彼得窗外的世界就可能存在。

他喝干最后一口啤酒，把瓶子扔到一尘不染的象牙色地毯上。他脑袋昏沉，一边担忧着朋友的安危，一边走向冰箱又拿了一罐啤酒。

在这座没有电力、资源又有限的岛上，对于生活在上面的上百万人来说，明天会是什么样子呢？

50

弗勒假装全神贯注地吃着午餐——在某种程度上，他是在全神贯注地吃着午餐，因为意大利面和番茄酱实在是太好吃了——同时竖着耳朵偷听邻桌的谈话。

“什么都不会变，”彼得十一说，“在他们眼里，我们还是一样的不堪。”

“一号？一号？”

弗勒突然想起那是他的名字。有人至少叫了六遍。彼得二十六站在远处，好像不敢走近。“对不起，不太适应这个新名字。我还想着别人叫我 131 呢。”

彼得二十六微微一笑，点了点头：“防卫部想见见你。”

“噢，好啊，防卫部是谁？”如果他要打脑袋受伤的幌子，那现在正是时候，但如果能避免的话，还是会尽量避免这么做。这可能会引起怀疑，特别是他古怪的举止越来越多的时候。“十七？”

彼得十七抬起头，手中的叉子悬在盘子上方。

“和我一起去见防卫部？”

“好啊。”彼得十七急切地站起身。

弗勒示意他“你先请”，跟着他便出去了。

“我要你跟我一起是因为我想和你谈谈今后的行动策略。”

彼得十七瞥了他一眼：“你知道的，无论你作何决定，我都支持你。”

“这点我不怀疑。但我知道你有你自己的想法，我想听你讲讲。我在想或许我们需要一个更大胆的计划。”

彼得十七一一说出了他的想法，毫不避讳地流露出他对在乌戈治下他们低微地位的不满。他争辩说，乌戈留着他们是出于他对桑多瓦尔的仇恨，而且会继续这样做，然而他们是这座岛上最聪明、最能干的人，不应该任由别人视他们为败类。

两人沿着砖砌人行道行走的时候，他滔滔不绝地讲着话，语速很快，话语中满含激情，可能他认为这是他直接向要人说出自己观点的唯一机会。

要是他知道他要面见的人是谁就好了。

当一群衣着整洁的人朝他们走来的时候，彼得十七领着弗勒走到街上，唯恐避之不及。弗勒一直等到他们听不见的时候才问彼得十七，有没有可能除掉乌戈。

十七瞪大眼睛：“不要开那样的玩笑！”

“我是认真的。”

“他们会把我们大卸八块，然后一块一块地扔下边缘的。”

“如果我们不留下来等着被大卸八块呢？如果我们劫持一架鹞式战斗机呢？痛恨我们的是乌戈，如果他死了，剩下的人还会浪费时间追逐我们吗？”

彼得十七望着路面：“我得花点时间好好考虑考虑你的建议。

我不想失礼，但是讨论这件事让我感到紧张。”他看上去不只是紧张——他看上去万分惊恐。

“那好，我们下次再谈。”

弗勒仰望着天空，想起了奥基德的世界，那个被翻了个底朝天的世界。那个始作俑者，那个害得全世界四分五裂的东西，是他发明的。如果他这么有能耐，那么他就能找到杀死乌戈的方法。一旦乌戈死了，他就可以和斯托姆重逢了。他们会想出办法帮助人类。他会驾着满载食物、药物以及能量的鹞式战斗机回到黛西和其他同伴身边。那将是一个多么令人神往的景象啊！弗勒想象着黛西和奥基德看到他走下鹞式战斗机时的表情，脸上不由自主地绽开笑容。

彼得十七领着他走在马路上，两旁是矮而宽的大房子，房子四周是停车场。天气温暖，和煦的阳光洒在弗勒的头上。他们默不作声地走着，彼得十七大概是在琢磨弗勒的提议。

他们经过一块广告牌：上面是乌戈的巨幅头像，他的脸上露出一种谦卑的、近乎卖弄风情的微笑。彼得十七领着弗勒穿过一扇门。当他们经过时，一个身穿迷彩服的守卫向他们点头致意。

大门之外的几十座建筑，既有摇摇欲坠的破旧工厂式建筑，又有在旧址用闪亮的新建材以及一些崭新的玻璃和钢架修葺过的建筑。彼得想问彼得十七究竟谁是防卫部，但这样一来就显得他过于无知了。

彼得十七领着他走进翻修过的建筑中最气派的一幢，经过一个由两名神情严肃的军人看守的检查站，穿过一条走廊，走下楼梯，又经过一扇沉重的门，进入一个大房间。房间里摆满了各种各样的科技产品，所有的东西都亮着光，在运行中。在远处，有一个独立的、带着厚厚的窗户的钢质小房间。

几十个人都已就位，包括两个彼得，一个的袖子上写着“B”，另一个的则写着“E”。他们并排坐着，都戴着护目镜，在认真工作。他们戴着手套的手指一会儿轻敲着键盘，一会儿在空气中挥舞，仿佛那里有弗勒看不到的东西似的。

“过去吧，”彼得 B 头也不抬便说道，“去看看它。你知道你想看的。”

彼得十七向钢质小房间走去：“我知道我想看。”弗勒跟在他身后，目光越过彼得十七的肩膀，落到一个漆黑的球上。看到的景象让他失去了一些勇气。这个球体恐怕是他见过的最黑的球了——比他和斯托姆逃离那些手持刀斧的人时，跌跌撞撞经过的隧道还要黑。

他立刻就知道它是什么了。

防卫，这意味着自卫，但有时带有军事色彩，意味着存放武器的地方。

他们回来的时候，彼得 B 看着彼得十七袖子上的编号，说道：“在外面等着。”彼得十七一句话不说转身就走了。显然，在彼得等级制度中，字母胜过数字。

彼得 B 看着弗勒：“恭喜你。”

“谢谢你。”

“现在，既然你是新的老大，那听着。”

“好的。”

彼得 B 狐疑地看着他，仿佛他的回答中带有一丝反讽：“你得让你的人规矩些。我们知道他们对所有的功课都不满意。我们听到了抱怨。让他们积极起来。我们得到了奇点并不意味着他们可以松懈。我们用到他们的地方多得是。”

“我明白了。”这是有一定道理的：如果你拥有了创造出某样东西的人的副本，把他知道的知识教给他们，那么他们也能创造出同样的东西。

“你们有几个人抱怨得太过火了，而那个家伙，”彼得B指着门说，“十七，做得最过分。如果他和其他像他一样的人不安定下来，那我就一不做，二不休除掉他们。”

弗勒点了点头，试图表现出十分担忧彼得十七有不端举动的样子。

“我没跟你开玩笑，”彼得B继续说道，“我们有全世界所有的B-病毒，我可不怕使用它。”

“我信你。”弗勒认真地说道，“我会尽我所能让他们安定下来。”

彼得B看起来很满意。他继续说了下去，简要地向弗勒介绍了新职位的单调乏味的方方面面。成为渣滓之王并没有看上去那么光鲜亮丽。

51

一只瓶子从弗勒屋里的小储藏室后面探出头来，引起了他的注意。他把盒子和罐子拨到一边，抽出一个棕色长方形的玻璃瓶，上面有黑色的标签和白色的字母。显然是一瓶烈酒。弗勒以前只见过几只，但他还是有意识地记下了它们的样子。

他拧开瓶盖，闻了闻，品味着那辛辣刺鼻的气味，同时默默地感谢着真正的131的远见卓识。他喝了一口，但只是一小口。这是值得细细品味的东西。他喉咙里的灼烧感使他回想起上次喝酒时的情景。在打猎寻找食物的时候，他和菲什在一栋五六十层的公寓楼里发现了半瓶透明的液体，它藏在一个房间——一眼就可以看出房间的主人是个少年——的床底下。这一发现让他们激动得肾上腺素飙升，爬完最后的十层楼来到了楼顶。他们在楼顶轮流喝酒直到瓶子里的酒一滴不剩，然后像白痴一样又叫又跳，直到睡着。

弗勒又喝了一大口。和菲什在一起的那天晚上，酒前所未有地带走了他所有的疑虑和恐惧。弗勒希望今晚也能如此。

不过，他越喝越觉得悲伤、孤独。斯内克贝特的面孔在他眼前挥之不去，他眼神茫然，他的头发在风中飞扬。弗勒拿出藏在靴子里的细长的通讯器，把它翻过来。他现在可以跨越遥远的距离，联系到斯托姆了，尽管她们一致认为，在他准备好离开之前联系她们不是个好主意。

弗勒又喝了一口，然后从靴子里抽出他与斯托姆的合影。在他看来，照片里的女人永远都是斯托姆。他想起了梅丽莎说的话，看到他们在一起让她很伤心。他纳闷儿如果他先见到的是梅丽莎，他是否会爱上她。这种情况太复杂了，他能做的就是跟随他的心，而他的心告诉他：他爱的人是斯托姆。

弗勒按下对讲机中央的按钮，然后把它放到耳边。

“嘿，”梅丽莎说，“怎么了？”有趣的是，他怎么能从短短几句话就分辨出对方是梅丽莎呢？

“没什么，真的。他们教我们物理，还有我现在是彼得的头头儿了。”

“你醉了？”

他举起瓶子，端详着瓶中剩下的酒：“还远着呢。”

“见到乌戈了吗？”

“见过了。他就是个马屁精。”

梅丽莎突然大笑起来。

“我能和斯托姆说说话吗？”

对方一阵沉默。“这就是你打电话来的原因？你喝醉了，然后想起了你女朋友？”

又一阵沉默。

“弗勒？”斯托姆说。

弗勒高兴地笑了。是的，他喝醉了，并且感觉很好。“我必须打电话告诉你：我爱你。”他又喝了一口酒，有一些酒从他的嘴角溅了出来，溅在配给131的棕色毯子上。

他抬起头，发现彼得二号站在门口，手扶在门把手上。“你疯了吗？”

“我得挂了。”弗勒放下了对讲机。

彼得二号把他从床上拽下来，一路拖出走廊，来到漆黑的院子里：“你的脑袋到底伤得有多严重？严重到忘了有摄像头吗？”

“什么？”弗勒的嘴又钝又笨，话都说不囫囵了。

彼得二号怒视着他。“你在外面到底发生了什么？”他把手贴到弗勒的前额上，“听着，如果你和一个女人发生了什么的话，那是你的事。但你刚刚当着伍尔科夫的面说了出来。不管你是不是彼得一号，他们都会因此而追杀你的。”

彼得二号以为弗勒在和他的秘密情人说话。但是，这里有监控摄像头？伍尔科夫的人一直在监视他？弗勒试图回想他和梅丽莎与斯托姆说过的话。他说了什么会泄露自己身份的话吗？

他什么也想不起来了。他骂伍尔科夫是个马屁精，告诉斯托姆他爱她，但他没有叫梅丽莎的名字……

一阵犹如寒冰般的惧意袭上了他的心头。

照片！他把他和梅丽莎的合影拿出来了。

他死定了。他们可能已经在路上了。他的朋友恐怕永远无法及时赶到帮他了。

彼得二号眯起眼睛：“你是故意的，是吗？你的记忆不可能变得那么糟糕。你这么做是为了逼我们采取行动。”

弗勒狂跳的脉搏慢了下来。他竭尽所能让自己平静地看着彼得二号：“没错。”

彼得二号惊奇地摇摇头，低声说：“你这个疯狂的浑蛋。”

“必须得有人叫醒我们。我们下半辈子不能低着头做人，不能跳进阴沟任人踩踏。我宁愿死也不愿这么活着。”

彼得二号用近乎敬畏的眼光打量着他：“你杀死桑多瓦尔不是靠运气。你是一个领导者，一个真正的领袖。”他点了点头，“一号，我愿意为一线生机冒死一战。告诉我你想做的事情。”

这就是问题所在。一百五十名手无寸铁的彼得无法组建一支军队。一旦彼得们知道了弗勒的真实身份，弗勒就是孤军奋战了。他所能做的就是带乌戈走，尽管这么做似乎不太可能。弗勒不死，乌戈是不会露面的。

彼得二号等待着弗勒的命令。

“我要去防卫部。你能给我弄把枪吗？”或许他可以逼着某人用奇点杀死乌戈。

“跟我来。”彼得二号带着弗勒从校园慢跑到一条小街，停在一幢小白屋前。“在这儿等着。”彼得二号顿了顿，又说道，“有女朋友的可不止你一人。”

彼得二号似乎进去了很长一段时间。但这可能是因为弗勒痛苦地意识到随着时间一分一秒地流逝，离他被发现也更近一步。终于，彼得二号从小白屋里出来了，他紧紧地靠着弗勒，掀起 T 恤，把手枪别进腰带。

“试着说服他们起来反抗，”弗勒说，“乌戈这边我来负责。”他转身要走的时候又灵机一闪，“等等。”

彼得二号转过身来。

“能把你的衬衫给我吗？”

彼得二号脱下衬衫，把它交给弗勒，然后伸手接过弗勒的衬衫。

“或许应该把这件衬衫扔进灌木丛里。说不定还能伪装成一个目标。”

彼得二号摇了摇头，穿上了弗勒的衬衫：“这样才可能会为你争取些时间。”

弗勒拍了拍彼得二号的肩膀，感觉糟透了。如果彼得二号能够幸存下来，他会痛恨自己被人耍着去帮助恶棍彼得·桑多瓦尔。他永远也不会明白，弗勒对彼得·桑多瓦尔的了解并不会比他多。

弗勒边向防卫部跑去，边呼叫他的朋友。回应他的是斯托姆。

“一切都完了。”他跳过校园边上的一面矮石墙。横穿人行道的时候，他差点儿撞上一对年轻夫妇。“对不起。”他扭头大喊道，然后穿过大街对着对讲机说：“如果在两个小时内没有我的消息，就尽管跳下去，看看你们能在这个世界下面找到什么。不要再浪费时间了。”

“不。我们会去接你的。”她强忍着抽泣。

“太迟了。”弗勒努力控制着自己的情绪。他需要呼吸空气才能跑下去。他的肺火辣辣地疼，双腿发软，肩上的伤口也因冲撞而隐隐作痛。身体里残存的酒精让弗勒觉得自己似乎在倾斜的人行道上奔跑。他跑到一条林荫道上，“从一开始就不太可能。至少你们几个是安全的。”当然，一旦弗勒死了，乌戈必定不会再费功夫去追其他人了。

远处传来一架直升机的轰鸣声。弗勒躲在一棵树下，倚靠着粗糙的树枝站稳身体。

“我不该让你走的。我应该说服你放弃这个计划的。”

“我们都会死的，”他气喘吁吁地说，“你们是斗不过一个可以颠覆世界的人的。”直升机的轰鸣声渐渐消失了。弗勒继续奔跑。迎面走来四对男女，都穿着整洁的西装，在弗勒靠近他们的时候停下了脚步。弗勒拐进街道上，绕过了他们。

“慢点儿，彼得。”弗勒走过时，其中一个男人喊道。

“我得挂了。”边打电话边跑太困难了，“我爱你，斯托姆。希望能有一个不同的结局。”

“别放弃，弗勒，”斯托姆喊道，“你听起来似乎要放弃了。”

弗勒爬上两幢楼之间的楼梯井，从一个老太太身边挤过去，说了声“对不起”之后才继续前进。“我只是现实一点儿。你明明知道那不是我想要的答复。”

“我也爱你，”斯托姆对着电话喊道，“所以你不能放弃。找到出路。从这个该死的世界上跳下来，找到出路。”

“这是真的。”不过，他很幸运。他现在不觉得幸运了。“我得挂了。对不起，我是在逃命。”

“跑快点儿，弗勒！”斯托姆说完挂掉了电话。

他的腿越走越沉。他感到头晕恶心，紧紧抓住栏杆，就像他差点儿撞倒的老妇人一样。

听到远处传来枪声，他转过身来。彼得二号一定说服了众多彼得加入他。弗勒不知道他是否还穿着一号的衬衫。

来到通往防卫部的道路时，弗勒一头撞上了列队迎面走来的一个排的士兵。士兵们大声呼喊，纷纷拿枪指着弗勒。

他举起双手。“别紧张，咱们是一伙儿的。我正要去防卫部……”他结结巴巴地说着，不知道彼得二号会去防卫部做什么，“去支援。去沟通。那些彼得都拿着枪，我不知道他们是疯了，还是怎么了。”

在弗勒絮絮叨叨地解释的时候，排长挥手示意自己的士兵继续前进。

“祝你好运。”弗勒喊道。他轻快而又庄重地前行，直到树叶挡住了彼此的视线，谁也看不见谁时，才又撒腿跑起来。

他想到了门口全副武装的警卫和里面检查站的士兵。他不打算靠嘴上功夫来骗过他们。有人会用无线电核查他的来历，即使他说的话十分令人信服。

前面路上的动静引起了他的注意。更多的士兵。弗勒四处寻找藏身之处。一条高高的网格围栏沿着路的一侧延伸。街对面，一座矮而宽的混凝土建筑坐落在成堆成堆的碎石和沙砾之间。推土机、装载机、压路机等大型黄色机器排成排停在停车场后面。他穿过齐腰高的杂草，跑向混凝土建筑。

他在里面发现了一间办公室。里面有一张桌子、一把被打翻的转椅、一面破碎的电脑屏幕，一个角落里放着一袋子高尔夫球杆，还有一面墙上挂着高尔夫球的照片。弗勒从裤子里拔出枪，靠墙坐在门口的一边。从远处传来的枪声已经平息了。或许所有起来反抗的彼得都死了。梅丽莎说过这个计划只会导致更多的死亡，她说得对。彼得们只是身陷困境的人，仅此而已，他们不应该死。

路上士兵们的脚步声渐渐变弱。弗勒从门口往外张望。聚光灯划过天空，之后便消失了。

他需要行动起来。他穿过杂草，迂回着来到破旧建筑后面，越过低矮的栅栏，行进的时候与道路保持平行，时不时地瞄一眼另一边高高的栅栏，栅栏顶端布满了带刺的铁丝圈。他要么想办法越过或者穿过栅栏，要么一个人、一把枪硬闯过院子大门。

他突然想到，他还不知道自己有多少发子弹。他停了下来，跪在齐膝高的枯草里，按斯内克贝特教他的那样拉开弹匣。弹匣装得满满的。至少，这一点对他来说十分有利。

弗勒沿路而下。听到声音后，立刻趴倒在地。

“检查一下那些建筑。”弗勒立刻就认出了那个声音，因为它是他自己的声音，“五十六，你听到我说的话了吗？我希望大约每隔两百米就能看到有一个人在站岗。”

“对不起。”五十六说。

弗勒听到左边有脚步声，有人嗖嗖地穿行在草丛中。他敛声屏气，一动不动地趴着，这时，在十几步远的地方，一个声音喊道：“安全！”

“好，我们走。”

彼得们继续往前走时，弗勒微微抬起头。有三十个彼得朝远处走去，彼得一号——先前的彼得二号——带头走在前面。彼得五十六在彼得左侧四五十米远的地方，他站在路中间，腰间挂着一把手枪。

弗勒彻底搞砸了。现在他连路都过不去，更不用说去防卫部了。

弗勒的目光落在路边的排水管上，它在路底下消失了。

有了！他的脑海里响起了斯内克贝特的声音。他几乎能看见斯内克贝特蹲在他旁边，问道：你想过你在封闭的空间里会怎样吗？

弗勒看着漆黑的排水管内部。老实说，他不知道自己在封闭的空间里会怎样。他在草地上匍匐前进，一直爬到洞口，然后双臂放在身前，扭动身体爬进排水管。那条受了伤的肩膀疼得仿佛要尖叫起来。

里面的气味闻起来介于沼泽和茅房之间。身下厚重黏稠的东西涌进弗勒的领口。

用肩膀爬行让弗勒觉得非常痛苦。他尽可能用脚，用脚趾蹬着管道两侧推动身体，然后再用肘部支撑着前行。

天很快就黑了。他不禁想，他和上面那条路之间到底隔着多少泥土，还有，如果这条管道一直下沉，进入地下排水系统的话该怎么办？他退无可退——这条管道太狭窄了。

肩膀上的疼痛让弗勒觉得两眼昏花。他眨了眨眼睛，弄掉泪水和汗水，眯起眼睛望向前方的黑暗，意识到自己能看到一个暗淡的灰色光圈。他备受鼓舞，双脚胡乱蹬着排水管道继续前进，连胳膊肘都磨破了。

光圈越来越大，但没有变亮多少。弗勒抬起头，透过金属格栅的垂直缝隙，弗勒看见他经过的这条管道通向另一条垂直管道——它更粗更大，侧面有一个梯子。

他伸手抓住格栅，试图把它推开。金属格栅咯咯直响，但仍旧岿然不动。

“靠！”弗勒的心剧烈地跳动着。

坚持下去！斯内克贝特的声音又响了起来。他想象着斯内克贝特拖着他的残躯直到抵达管道顶端，在腰间摸索了一会儿，然后拽出一把枪。

弗勒无法用他那条受了伤的胳膊支撑住自己，也无法用它拔枪，所以他仰面躺进淤泥里，然后拔出腰间的手枪。

弗勒意识到子弹很有可能会反弹到他的脸上，于是他把枪口瞄准底部的铰链，闭上眼睛，开了枪。

尽管弗勒做好了准备，然而在听到震耳欲聋的枪声之后，他尖叫起来，犹如一只受惊的小狗。铰链被打碎了。他又朝另一个铰链开了一枪，随即伸手拉开格栅，希望自己所在的地方离地面足够远，没人听到枪声。

他来到地面，前方是一栋黑魆魆的混凝土巨型建筑。

摸清方向之后，弗勒躲到可以看到防卫部的地方。那里灯火通明，透过玻璃门，弗勒可以看到重兵把守的检查站。他们会查看他的二号衬衫。他刮掉衬衫上的污渍，用它模糊了肩膀两边的数字“2”。

弗勒喘了几口粗气：“你能做到的。”

他优哉游哉地走过空地，推开前门。

“我们抓到他了。”他喊道，激动得上气不接下气。

房间里有三个人——两男一女，都穿着迷彩服，放下了突击步枪，一脸轻松。

“他在哪里？”女人上下打量着弗勒，“看来他打了一架。”

弗勒微笑着走到三人面前。他举起枪不停地射击，直到把他们全部打死才作罢。

当他原路返回控制室的时候，他竭力保持冷静。他告诉自己：如果他们抓住了机会，他们会开枪打死他，然后兴高采烈地用绳子拖着他游街示众。

当他走到那扇厚重门前时，他又停了下来，试图让自己平静下来。上次他在控制中心的时候没有人带武器，但这次他们知道弗勒可能会来，一定会有所戒备的。

弗勒这次很难像之前那样带着灿烂的笑容进去了，不过他竭尽全力让自己笑出来。

“我们抓到他了。”他冲进去，大喊道。

房间里的所有人都抬起头来，包括两个彼得：彼得A、彼得C。

房间里似乎只有一个持枪的人——一个士兵望着一个女人肩膀上方的大屏幕，他的突击步枪靠在旁边的桌子上。弗勒走过去，把步枪从桌子旁丢开。

那个士兵仿佛被吓醒了一般猛地一跳。他冲向弗勒，弗勒后退一步，朝士兵的胸膛开了枪。

他注视着那扇大铁门。它厚约十五厘米，显然是想把不怀好意之人拒之门外。除非这类人碰巧有火箭炮，否则很难攻破。如果里面只有几个人，那么事情就会简单得多。

他背对着门，向彼得们挥舞着手枪：“你们谁知道如何使用武器？”

彼得A对弗勒撇了撇嘴：“去死吧，桑多瓦尔。”

弗勒瞄准彼得A的大腿：“要么回答问题，要么我朝你开枪。你知道我是不会犹豫的。”

彼得A看向他的眼神中充满了轻蔑，以及赤裸裸的仇恨，弗勒见状不得不忍住往后退的冲动。

弗勒举起手枪，指着彼得A的前额：“数到三，你若不配合，就死路一条。”

彼得 C 对弗勒翻了个白眼："这不是理论物理学，桑多瓦尔。你需要的是我。"

弗勒瞥了他一眼："很好。你们两个留下。其他人，出去。"

"我说，所有人都出去。"弗勒咆哮道，把枪对准了那个没有武器的士兵。

房间里再也没有阻碍了。弗勒目不转睛地盯着两个彼得，用力关上那扇沉重的门，拴上巨型的钢质门闩。

"我猜你和我一样，都不喜欢乌戈·伍尔科夫。"弗勒对彼得 C 说道。

彼得 C 向后靠在他的转椅上："不要试图寻找和我的共同点，桑多瓦尔。直接告诉我你想要什么，然后由我来决定是做还是被一枪打死。"

"我要你杀了伍尔科夫。"

彼得 C 摇了摇头："这是军事中心，我们经手的是大规模杀伤性武器，但我不能隔空杀人啊。我现在都不知道伍尔科夫身在何方。我只知道他在那扇门外。"

弗勒用力捶打着桌面，几近失去理智："我要他死。我该怎么做？"他对这个地方一无所知，也不指望这里的彼得能帮上什么忙。他甚至不知道奇点能做什么，至于其他的武器，他唯一知道的就是——

"上次我在这里的时候，你的同事彼得 B 先生威胁说要对彼得十七使用暂时性意识缺失病毒。"

彼得 C 又摇了摇头。"除非你能把伍尔科夫带到这个房间，让我给他注射病毒，否则 B- 病毒对你毫无帮助。”他耸耸肩，“我可以释放它，但几个小时后我们都会失忆。”他指着那扇门，“我是说所有人。那是扇厚重的门，但房间不是完全密闭的。抹去伍尔科夫记忆的同时，也会抹去你自己的记忆。”

弗勒靠在桌子上。抹去自己的记忆？一想到要重新经历一遍“重生日”，弗勒就想放声尖叫。他会忘记斯内克贝特，忘记斯托姆。他不想再重新开始，犹如一个空杯子，一个迷了路、不知所措的小男孩。

不过，他还有别的选择吗？待在这里直到他渴死？

“该死！按下重置键。”弗勒说道。

“等等，”彼得 C 说道，“你是在开玩笑吧？你不会真想……”

“做吧。”

彼得 C 端详着弗勒。

“只有这样，你和其他彼得才可以永远平等。我们可以变得一样无知。”

彼得 C 冷冷地笑道：“我可不想那样。”

弗勒怀疑事情并没有那么简单。“是因为你太恨我了，即使这样会让我和乌戈都痛苦，也不愿意成全我吗？”

彼得 C 向后靠了靠，从控制台下面抽出一个袋子。弗勒一把从他手中夺了过去。

“这是我的午餐，”彼得 C 说，“我饿了。”

弗勒看了看里面，然后把它递了回去。彼得 C 拿出一个鸡蛋，在桌子上磕碎，接着开始剥皮。“在这一点上，我对你俩的恨差不多是一样的。”他看着彼得A说，“你说我说得对吗？”

彼得A摆了摆手：“对桑多瓦尔的恨还是多一点。”

“那让我们都回到石器时代吧。”

彼得C咬了一口鸡蛋。

“你的记忆被抹去了吗？”弗勒问。

彼得C摇了摇头：“我是那个被抹去了记忆的彼得的副本。”

“然后你记得被抹去记忆后再醒来有多可怕。”弗勒耸耸肩，“我要求你把这件事加在乌戈和我身上。”

彼得C吃完了鸡蛋：“还有我自己。”

“如果你再浪费时间，”弗勒尽力模仿着斯内克贝特的口吻，“你可以用我留给你的那根手指去做这件事。”他把步枪挂到肩上，完好无损的那只手依然握着手枪。他把脚撑在椅子上，取出放在小腿肚的斯内克贝特的小刀。

手持小刀的弗勒离得那么近，彼得C似乎被最后一点儿鸡蛋噎到了。

控制台嗡嗡作响。彼得A检查了一下：“是伍尔科夫。”他轻敲一个按键，伍尔科夫出现在墙上的屏幕上：“你觉得你非常聪明，是吗？”

“显然我是世上最聪明的人。”弗勒瞥了彼得们一眼，“不过我想现在我们打平了。”

伍尔科夫靠向屏幕。“‘显然’我确实让你感染了病毒。直到找到你画的地图我才意识到。”

“我感染了病毒，但是它并没有阻止我。”

伍尔科夫双臂交叉："那你现在打算怎么办呢，天才先生？"

"我正在想办法。"

伍尔科夫哼了一声："我可以从外面闩上门，让你烂在里面。实际上，我正要这么做。"

弗勒指了指彼得 A 和彼得 C："我有人质。无辜的人。"伍尔科夫会怎么回应，他了然于心。

"无辜的人。"伍尔科夫不屑地挥了挥手，"他们是你，连细胞都一样。我期待着有一天，我能让每个你排成一排站在行刑队面前，但现在，三个就够了。"

弗勒忍不住露出了一丝微笑，任由他的伙伴细细咀嚼那一小块鸡蛋。

"既然你擅自抹去了我的记忆，不介意帮我恢复一下吧？我知道你杀了原来的我。我们争执的起因是什么呢？"

乌戈伸开双臂，把脸凑近显示器："你杀了我的妻子。"

弗勒已经厌倦了别人说"重生日"之前的他是个冷血杀手。他知道自己是谁，人们不会因为被抹去了记忆而改变。对此，他一天比一天清楚。"你是说我用枪、刀或是别的什么东西杀了她？"

"要是真这样还好些。"乌戈的怒火一点点高涨，"你真是个白痴。你以最坏的眼光对待活着的每个人，你现在依然如此，所到之处哀鸿遍野，世界满目疮痍。我能说的就这些了。"

乌戈的脸消失了。

弗勒转向彼得 C："你还是更恨我一点儿吗？"

彼得 C 举起了手："省省力气吧，我来做。"

“你需要帮助吗？”彼得 A 说。

“不，我已经有帮手了。”彼得 C 抬头看着弗勒，“彼得 · 桑多瓦尔和我将终结他造成的一切。”他耸耸肩，“谁知道呢，也许在此之后我们都会遇到好女孩，在詹姆斯敦路边安顿下来，抚养孩子。无论怎样，都要比现在更好。”他俯身望着控制台。弗勒看着他的手在空中扫来扫去，手指轻轻敲打着什么。

彼得 C 的额头上冒出一丝汗水，脸上的微笑渐渐褪去，取而代之的则是紧张，也许是恐惧。终于，他转过身来面对着弗勒。

“再有一步就能释放出暂时性意识缺失病毒了。一旦释放出去，就无法收回了。还要继续吗，桑多瓦尔？”

“动手吧。我叫弗勒。别再叫我桑多瓦尔了。我们都不是桑多瓦尔。”

彼得 C 转身回到控制台，在空中轻点了一下。他站起身，走到房间的另一头，凝视着奇点。

“你说要花几个小时？”弗勒问。

“十六到二十个小时，”彼得 C 在房间的另一头说道，“空气到处都是，我们现在的一切会同时归零的。”

无论这意味着什么。

“我能提个建议吗？”彼得 C 问道，“如果我是你们两个，我会离那扇门远远的。”

弗勒看了看门，又看了看彼得 C：“为什么？”

正向屋子后方走去的彼得 A 先生回答道：“乌戈不会满足于让你活活饿死的。他会想尽办法打开那扇门。”

XXVII

彼得猛然惊醒。他梦见一个大洞在床底下张开，他通过它一路坠落到地核。清醒之后，他发觉现实跟梦境一样光怪陆离。

他在水池下找到一支崭新的牙刷，刷牙的时候用的是粉色柠檬汽水而不是水。

他用望远镜观察楼下的街道。大多数过路人在搬运东西，或者推着手推车。彼得丝毫不想冲出去加入他们，尽管他意识到自己若不抓紧时间搜集食物、水以及武器，那么他活下去的概率就会一点点降低。他不害怕，此时此刻，他的内心已经完全被罪恶感占据了。

以这座岛上现有的材料，他无法造出一台新的复制器，因此也就没有机会获得另一个奇点。即使他有一个奇点，要精通它并用它来修复世界的可能性似乎也微乎其微。或许他应该找到阿斯彭总统，告诉她他虽然解决不了任何问题，但可以解释事情的来龙去脉，然后她或许可以用残存的权力帮助其他人理解自身的处境。当然，这样一来，他大有可能会被吊死在路灯上或者被活活烧死。

要是有手枪防身就好了。他从一个房间到另一个房间，翻箱倒柜地搜索，希望能碰上大运。

这间公寓的次卧是儿童房。从满屋子的战斗人偶和玩具军车来看，房间的主人应该是一个七八岁的男孩。

床头柜上的台灯上挂着一个玩具伞兵。彼得把它从台灯开关上解下来，翻来覆去地查看。这个玩偶两三厘米长，穿着棕色迷彩服，戴着配套的头盔。他的降落伞是浅绿色的，圆圆的，三片伞布上有几条裂缝。

他把降落伞揉成一团，扔向天花板。降落伞干脆利落地展开了。彼得一把抓起落在地板上的伞兵，把它塞进了他的前口袋，一个计划悄然生成。

在新的世界秩序中，威廉斯堡在曼哈顿下方的可能性有多大？也许他可以用望远镜仔细观察视野范围内的每一座岛屿，识别它们，然后提出一些初步的假设：各种各样的地块是如何散落在空中的。也许吧。

即使不得不盲目跳伞，彼得也要抓住机会找到或者做出一个降落伞。他已经没什么可失去的了，实验室，还有梅丽莎都在外面的某个地方。实际上有五个梅丽莎。他知道她永远不会原谅他，她很可能因为他的所作所为对他丧失了信心。但他仍要找到她。即使她瞧不起他，他也会不惜一切去见她，待在她身边。

他也想找到他的朋友。有那么一瞬间，他忽然想不起哈利和凯瑟琳的样子，不一会儿工夫，他们的脸庞又浮现在彼得眼前。彼得无比渴望见到他们，但同时又莫名地为哈利的死而悲伤。他仍不知道该如何对这个既死未死的人表示哀悼。

现在他们都不见了，除非他能找到他们。

天空美妙迷人，从他的位置看去，上面点缀着许多犹如大棉花糖的淡积云。

他觉得他要醒了，但他并没有睡着，他一直在看云。彼得呆立着，用手拂过脸颊，试图驱除脑海中的迷雾。他得行动起来，在这座飘浮在空中的岛屿上找到一个降落伞，这样他就能找到……

他觉得肚子里一阵恶心，一时想不起来他想找的人是谁。他忘了梅丽莎。

他朝楼梯走去。

人们都在努力寻找补给。一个穿着紫色衬衫、戴着墨镜的年轻人推着一辆装满瓶装水的手推车从人行道上走过，他的手和车把之间别着一把手枪。

半个街区外的角落里发生的争吵引起了他的注意。彼得慢慢地走过去，听见一男一女在争吵。那个女人异常狂躁："……离我远点儿！"

男人伸出手来："塞布丽娜，别这样……你怎么了？是我啊，乔伊。"

"别碰我！别理我！"

"塞布丽娜，你病了还是怎么了？我们得把你送到安全的地方。去看医生什么的。"

彼得往另一个方向跑去，随后停了下来，环顾四周，不知道该往哪里走。他做到了——他真的做到了。彼得试着回想那个人的名字，但什么也想不起来。大个子，总是戴着帽子。就现在显现出来的症状来说，他肯定是在警告彼得前的十六到二十个小时前释放了暂时性意识缺失病毒。

他们吵了一架，他和那个大个子，但是彼得不记得吵架的原因是什么了。一个女人？

一个十三四岁的女孩从停在人行道上的彼得身旁经过，歇斯底里地哭喊着。她伸出手，捂住耳朵，尖叫着："我住在哪里？"

他必须想办法记住自己是谁。

然后他想起了奇点。它的能量可以用来缓和局势，可以传输到燃料电池里再送到这些岛屿上。只有他和另一个帮助搬运它的彼得知道它藏在哪里。他必须趁现在还没忘记，赶快记下来。

只是，暂时性意识缺失病毒的受害者无法阅读。几个小时之后，他就不记得怎么阅读了。这个想法很可怕。他做了几次深呼吸，试图让自己平静下来。

如果画成画或者地图呢？

他掏出钱包。没有什么大的物品可以供他写字，除了他的身份证和几张照片。一张是他和他妻子的蜜月合影。她若知道他还把它带在身上，一定会用刺耳的笑声挖苦他。

他把钱包和里面的东西丢在人行道上，只留下了照片。当他试图把照片放进口袋时，他的手指碰到了口袋里的东西。

他掏出伞兵。有关降落伞的一切，他忘得一干二净。还有时间找到一个降落伞吗？

彼得闭上眼睛，试图想明白这种病毒的传播速度到底有多快。

他不知道他在哪里长大，没有任何童年记忆，也不记得自己有过父母。他是一名物理学家——他仍然记得这一点。他的名字是……

想不起来。

他得抓紧时间。他拍了拍口袋，发现自己没有可以写字的东西。他可以去最近的公寓楼，找到一间没人的公寓，然后破门而入。可这需要时间，到那时他可能会忘记他想写的内容。

他突然愣住：我想写什么来着?

他拼命回忆，发现了手里的伞兵，接着记忆重现。

钥匙链上有一把小刀。他可以割破手指，用他的血。好主意——这可以告诉未来被抹去记忆的自己这幅地图有多重要，是让人宁愿为其洒热血的东西。他环顾四周，发现排水沟里有个废弃的糖果盒。他把它撕开摊在人行道上。

他伸开小折刀，毫不犹豫而又迅猛地划开拇指指肚。黏稠的血滴啪嗒啪嗒地落在人行道上。他用食指指尖蘸着鲜血，从底部开始，画了一面旗子。他用另一只手稳住那只颤抖的手，画图的时候，他的双手都沾上了鲜血。

画指代当前世界的椭圆的时候，他不停地忘记自己在做什么以及这样做的原因。他一边与遗忘抗争，一边大声重复着："我在画地图！"

52

弗勒呼叫了斯托姆。

“你还好吗？”斯托姆问道。

“我没事。我需要你问问梅丽莎暂时性意识缺失病毒被释放后，过多久才不会再传染。”

弗勒听到了斯托姆和梅丽莎的嘀咕声：“大约四天。”

“它不能从一个世界传播到另一个世界吧？”尽管现在考虑这些为时已晚。

斯托姆问完梅丽莎之后说道：“除非有感染者携带病毒过去，否则是不会在不同的世界之间传播的。怎么了？你做了什么？”

“我在乌戈的世界上释放了病毒。”

梅丽莎大声欢呼起来。

“问题是，我仍然在乌戈的世界上。”

“等一下，你对你自己释放了病毒？”

弗勒在下意识地来回踱步。他停了下来：“是对所有人。在你选无可选的时候，这已经是最好的选择了。”

“等到我再见到你的时候，你就会认不出我来。你又要重新经历‘重生日’了。”

她的话让他心里发毛。若要重新经历“重生日”，他宁可死。“如果不会忘记你的话，我想我可以再经历一次‘重生日’。”

“我会为我们记住这一切的。”斯托姆说。

“听着，我就是那个穿着二号衬衫的人。我可不想让你带着其他小丑逃向夕阳。”

“有意思。”彼得C说道。

53

不一会儿，弗勒就不记得他在想什么了。这不可能。他不知道他能否用意志留住一些记忆，哪怕只有一段。如果他把它牢牢地记在心里，在病毒生效时再三重复，结果会怎样呢？如果有可能的话，他会选择留住哪段记忆？他们在一起的时候，有关斯托姆的记忆最难忘的是哪一段呢？

斯托姆邀请他一起去佩妮的卧室？

从斯内克贝特的世界上坠落时两人的和解？

弗勒想起了在伍尔科夫颠覆奥基德的世界之后二人的空中重逢。如果不是后来发生的事，那将是他最美好的回忆。

一阵爆炸的闷响震得房间猛烈晃动，让弗勒从椅子上摔了下来。

“我们开始吧。”彼得C在他落地的地方说道。

钢质门一动不动，但底部出现了一道深深的锯齿状折痕。弗勒爬近一点儿，检查损坏情况。门与墙之间拉开了一条约十五厘米长的缺口。他可以透过它看到大厅，听到说话声，尽管他听不清他们在说什么。

彼得 C 咳嗽道："我喉咙里有点儿痒。一开始就是这样的。再过一个小时左右，我们就会变成植物人。"

弗勒看着门："我不确定我们还有没有一个小时。"

爆炸声再次响起，地动山摇的，震得桌上的电子设备到处滚落，大片大片的碎石块朝房间里面一张被掀翻的桌子飞去。弗勒、彼得 A 和彼得 C 都躲在这张桌子后面。

"差不多了。"一个声音从门后传来，"我们可以从这里把门击倒。"

"能看见他们吗？"第二个声音问道。

"不能。"

弗勒从桌子后面把突击步枪扔向门口，接着是手枪。"我们没有武器了。"他又咳嗽起来。他的喉咙痒得越来越厉害了。

砰的一声，什么东西撞到了门上。支撑着门的巨大的铰链嘎吱作响。

"来吧，尽量表现得顺从一些。"弗勒把桌子推到一边，双膝跪下，双手放在脑后。另外两个人跟在弗勒身后，左边是彼得 A，右边是彼得 C。希望乌戈不会当场射杀不战而降的他们，而是留着他们的小命，以待日后更公开隆重的处决。

“乌戈说得没错，你知道，”他们跪在地上时，弗勒说道，“我不知道你们为什么恨我。我们都是同一个人，所以你们和我一样有责任。实际上，从梅丽莎告诉我的事实来看，这都是乌戈的错。”

“梅丽莎是谁？”彼得C问道。

弗勒一开始以为彼得C是在开玩笑，但他是认真的。“如果这里没人告诉你有关梅丽莎的事，那么一直以来他们就都在骗你。”

门砰的一声摔落在地板上。弗勒一动不动，六名士兵冲进来用自动武器瞄准他们三人。

两名士兵架着他的胳膊，把他拖出了房间。当他们拖着他走的时候，他的膝盖和脚不停地撞到水泥台阶。

乌戈两手叉腰在外面等着，身边至少有五十个人。

士兵把弗勒丢到乌戈脚旁。

“你确定你这次做对了吗？”乌戈问道。

“我记得你说过我们可以互换。”弗勒捏下沾在他舌头上的一片草叶。

有双手抓住他的脚踝，扯下了他的靴子。一名士兵走上前，把弗勒从“重生日”起就带在身边的照片递给乌戈。

乌戈一边咳嗽一边把它撕成两半，然后把碎片扔到草丛中：“站起来。”

弗勒想过要反抗乌戈，但他明白这只会惹来某个士兵的一顿狂踹。他站了起来。

乌戈朝他脸上打了一拳。这一拳犹如一麻袋石头落在他的嘴巴和鼻子之间，他不由得后退了一步。还没等他恢复过来，眼睛上又挨了一拳。

弗勒后退了几步，周围的人都在为乌戈呐喊、加油。实际上，欢呼声、咳嗽声参半。弗勒不知道他是否会打架。他把拳头举到脸旁，猛冲过去，打出一拳，擦过乌戈的脸颊。乌戈一拳打在弗勒的肚子上，打得他弯下了腰。弗勒惊诧不已，居然这么疼，比打脸还疼。乌戈比他魁梧得多，并且体型健壮。另外，显而易见的是，弗勒并不知道如何打架。

乌戈抬脚踢向弗勒对着地面的脸，却落了空。弗勒直起身——尽管腹部因此而疼痛不已——又举起了拳头。他要拖延时间，直到病毒让乌戈失去知觉。弗勒连续打了三四拳，其中两拳击中目标，发出了悦耳的闷响。

乌戈咆哮着，涨红了脸，他伸直手臂推着弗勒的脸使他往后退，直到他被谁的脚绊到，摔倒在地。乌戈抓住他的头发，提起他的头，连着打了四五拳。最后一拳令弗勒一阵恶心，随着咔嚓一声，他的一些牙齿断掉了。

乌戈后退几步。他的指关节上满是血淋淋的伤口，他喘着粗气，咧嘴笑了起来。

突然，乌戈脸上的笑意减弱了几分。他的脸上掠过了一种表情，仿佛要记住什么似的，然后就消失了。他一脚踢到了弗勒的脸。

弗勒恍惚了一会儿，疼得迷失了方向，不知道自己身在何处，也不知道发生了什么。

“我要把你打死。”乌戈双手叉腰踩着弗勒，“我想让你知道发生了什么。你会死在这片草地上。”

弗勒摸了摸他肿胀的鼻子，外面已经麻木了，可是里面却钻心地疼。

乌戈踢中弗勒的上腹部。弗勒感觉到自己的一根肋骨骨折了。

“曾经有一段时间……”乌戈的声音越来越小，最后嘴巴张成“O”形，眉头紧缩。

“你在忘记事情，乌戈。”弗勒说道。他等着乌戈明白过来，但乌戈只是站在那里，因为专注而紧绷着脸。“很好。你会……”弗勒的声音渐渐低了下去。他不记得自己要说什么了。他的脑袋里嘶嘶作响，仿佛每一段记忆都在消失。

“我忘了什么？”乌戈问道，语气近乎恳求。

“我不会告诉你的。”事实上，弗勒不记得他要说什么了，但他不会告诉乌戈。他讨厌乌戈。尽管他一时想不起来是为什么。

乌戈转向其中一名士兵，伸出手来。士兵往他的手里放了一根撬棍。

“等一下，我告诉你。”弗勒说道。

乌戈等待着。

弗勒努力回想着他要告诉乌戈的事情。那是他做过的事，是乌戈不会喜欢的事。然而，他想不起来了。他有点儿不对劲。他——

“暂时性意识缺失病毒。你忘了暂时性意识缺失病毒。”

“你释放的？在这里？”

弗勒觉得他的后脑勺仿佛不见了，取而代之的是一片漆黑。弗勒伸出手，用手指压住后脑勺，以确定它还在那里。

它还在！

“我带了一百五十个你的副本来推进天体物理的发展。”乌戈说，“以他们目前的速度，用不了两年，他们就能像你一样了……那东西。然后他们会集思广益……”乌戈用手捂住额头，试图集中注意力的时候，弗勒能够看得出来他想不起来接下来要说的话了，“该死！你这个卑鄙无耻的浑蛋！”

那个大个子男人把撬棍挥向弗勒的脸。弗勒举起手遮挡，撬棍打在了他的手指上，接着是膝盖、大腿、臀部。最后乌戈又打到了他的肋骨，弗勒疼得两眼昏花。

他双臂环抱着头，准备迎接下一顿猛击。身体的疼痛让他头晕目眩，备受折磨。然而下一顿猛击却没有来，他抬起头，看到那个大个子男人站在他身边，手里拿着撬棍，脸上的表情非常奇怪。

“我在哪里？”大个子男人问道，“我……”他舔了舔嘴唇，看着撬棍，“我打了你？”

“没有。”这似乎是最安全的回答，“你为什么打我？”

“他，是的。”一个穿制服的女人指着他说，“他……”

“因为你……”那个大块头用手捋着他稀疏的头发，“你对我做了些什么。你夺走了某样东西。”

弗勒痛极了，痛得无法忍受。

他怎么了？然后他想起来了：暂时性意识缺失病毒。他的记忆正被一点一点地抹去，很快就什么都不剩了。现在还有留下的记忆吗？他闭上眼睛，试图记住一些事情。任何事情。

“我在坠落，我记得这个。”他在无边无际的天空中坠落，坠向一个黑色头发的瘦弱女人。他爱她。

一定是出什么问题了。他们是出事故了，还是生病了？

54

唧唧的声响唤醒了他。刺痛、灼痛、抽痛遍布他全身多处地方，弄得他也说不清到底是哪种痛。他出了点意外。或许他是从高处坠落摔伤的。

他睁开一只眼睛，原本希望自己在医院的病床上躺着，而实际上他躺在草地上，周围都是人。

他等待着记忆跟上来，等待着它提醒他为什么受了重伤，这些人是谁。但什么也没想起来。

唧唧声是从他旁边草丛里的一个矩形金属薄片那里传来的。

“你认识我吗？”一个声音问道。

他手脚并用，小心而缓慢地想站起来。然而膝盖一阵剧烈的刺痛，他又摔倒在草地上。

“你认识我吗？”那人重复道。

“不认识。”唧唧声戛然而止。

附近还有一个人，他和弗勒看到的第一个人长得一模一样：黄褐色头发，圆圆的脸蛋。他衬衫的袖子上有个“A”，而另一个人袖子上的字母是“C”。“你认识我们吗？”弗勒问他。

“不认识。”那人说道。

站着的那个人——C 皱起了眉头：“你们怎么可能不认识呢？你们应该是兄弟俩，你俩看起来简直是一个模子里刻出来的。”

他小心翼翼地指着自己，随之肋骨处的疼痛加剧。“我长得像他？那么你也像他咯。”他环顾四周。附近有一栋建筑，通体是玻璃和钢铁。在它旁边还有其他建筑物。一切看起来都很陌生。他渴望有样熟悉的东西，来缓解他内心的那股可怕的失落感。

其他人都在四处走动，用急切的语气互相交谈。他们看起来都非常困惑和害怕。

从他身后响起的咔嗒声让他绷紧了肩膀。他转过身看到他的孪生兄弟，就是袖子上有字母“C”的那个人，正举着一支步枪仔细检查着。

“已经装好子弹了。”C 说。

“我们一定是在跟谁打架。也许是他们打的我们。”一个大个子男人说道。他的脸颊上有一块瘀伤，略微肿胀的左眼耷拉着。

也许他口袋里有能让他知道他是谁的东西。他检查了一遍身上的口袋，找到了三张照片。照片上的孩子年龄不一，都长着古铜色的皮肤和乌黑的头发。

大个子男人看着他说：“也许他们是你的家人。”

看到他检查口袋，其他的人也都开始在他们自己的口袋里翻找。A 有半袋口香糖，一个挂了两把钥匙的钥匙圈。C 有一个相同的钥匙圈和一支钢笔。

“他们是你的孩子吗？”大个子男人问他。

他摇了摇头：“我不知道。”

“这叫‘失忆症’。”A 说。

这个词听起来很奇怪，好像他是第一次听到它，但这个人说得对。这个词用得对。

那个矩形薄片又唧唧地响起来。他把它捡起来，握在手里。“手机？”这个词在他的脑海里闪过，就像是创造出来的一样。

三个人都点了点头。“你可以通过它和人们交流。”C 说道。

“怎么弄？”他把它翻过来寻找按键，但一个也没找到。唧唧声又停了下来。

“我们应该找些食物和水。”大个子男人说。

55

他需要喝点儿东西，但用他那只没有肿得睁不开的眼睛看去，他的小床和水池之间仿佛隔了十万八千里。

疼痛占据了他的整个世界。

一个女人在外面叫喊，声音模糊不清。声音越来越近了。他想走到门口看看是怎么回事，但那就跟取杯水一样，都意味着身体要承受更多疼痛。

当然，他迟早得去取水喝。也许他应该先去喝水，然后趁他起来的时候，去看看是谁在叫喊以及他们在喊些什么。

他把腿荡到床下，费力地让自己坐起来，而与此同时肋骨和膝盖处的刺痛疼得他皱眉蹙额。他拄着扫帚站起身，踉踉跄跄地向门口走去。

“弗勒？”一个女人喊道。她和一个和她长得一模一样的女人一边跑，一边四处张望。她们都骨瘦如柴，长着一双绿色眼眸，脸上还有些许雀斑。他没见过她们，这很奇怪，因为他觉得过去几天他几乎见遍了这个世界上的每一个人。一个和他长相酷似的人跟在她们身后几步远的地方。

其中一个女人看见了他，突然停住了脚步：“你衬衫上的编号是几？”

“你说什么？”

“第一天时，你衬衫袖子上的编号是几？”

他看着地板上的衬衫。当他在他选择的房间里发现一抽屉干净的衬衫时，他便把它脱了扔在地上。

“二号。”

女人脸上露出喜色，快速地奔向他。“弗勒。哦，天啊。”她抓住他的胳膊，俯身端详着他的脸，一只手捂住嘴，“天啊，你怎么会变成这样？！”

“我不知道。”

那个女人用双臂搂住他。弗勒倒抽一口冷气，抓住她的手臂：“我承认我现在确实需要一个拥抱，但是这样太疼了。”

另一个徘徊在几英尺外的女人说道：“我们得把你从这里救出去。”

“从哪里？”

试图拥抱他的那个女人温柔地抚摩着他的胳膊：“我们是你的朋

友。我们知道你发生了什么事，我们会告诉你的，但现在我们必须让你和其他一些人离开这个世界。坏人要来了。”

他强忍住欣慰的泪水。一想到有愿意帮助他的朋友，他就激动不已。“你知道我的名字吗？”

她松开他。“你是弗勒。我是斯托姆，那是梅丽莎，那边那个帅帅的家伙是 131。”她指着那个和他长相酷似的人。

“弗勒。”他喜欢听到它。他倒没多在意他的脸，但他喜欢他的名字。

“就不能等我们离开之后再介绍吗？”131 说道。

斯托姆笑了：“他是我们的驾驶员。”

“当然，我对你们来说就只有这点儿用处了。一种交通工具。”131 说，“等我们安全了，你们可能还会想着一枪打死我。”

斯托姆笑着把一只手放在弗勒的肩膀上：“你能走吗？”

她领着他一边走一边跟他解释发生的事情。得知自己和斯托姆彼此相爱时，他一点儿也不觉得惊讶。但当斯托姆说道他和梅丽莎离婚的事情时，他却震惊不已。而那仅仅是冰山一角。

56

弗勒看着地面逼近，飞机的轰鸣声震耳欲聋。

“绝对是这里。”梅丽莎透过窗户观察着外面的风景，“我知道，它是我坠落之处正上方的第五座或者第六座岛屿。我们都急于躲藏，所以最终大家聚在了一起。”

“终于到了。”乌戈说，“我好难受，都不知道自己能不能恢复正常了。”

弗勒端详着大个子男人的侧脸，很难理解他们曾经是不共戴天的仇敌。他看上去似乎是个很讨人喜欢的家伙。

这个世界非常美丽，中间有两个湖泊和郁郁葱葱的树木，其余的土地都被分成小块，上面坐落着无数房屋。

131停好舷梯后，梅丽莎率先走了出去，左顾右盼，步枪指着地面，这时人群聚集起来。

“我们在找一个叫哈利的人，”梅丽莎喊道，“有这么高。”她比画着，手放在高出头顶一点儿的地方，“是亚裔。”

“他可能在家。”一位头发花白的老太太说，“你是谁？”

“我们——”梅丽莎犹豫了一下，寻找着合适的措辞。

“我们是好人。”131说，接着又低声补充道，“至少，我是个好人。怎么看都取决于你们。”

“闭嘴！”梅丽莎说，“我还可能开枪打死你。”

一队当地人把斯托姆、佩妮、梅丽莎和还在适应拐杖的弗勒带到了哈利的房子前。哈利的房子背对着其中一个湖。一些孩子跑在前面，当弗勒和他的同伴走近房子时，一个男人沿着街道飞奔而来，像个疯子一样又笑又叫。梅丽莎告诉弗勒他们是朋友，于是他把一根拐杖夹在胳膊下，伸出手想和那个男人握手。而哈利只是张开双臂径直走上前。

如果不是斯托姆挡在他们中间，他可能会直接冲进弗勒怀里。“轻点儿，轻点儿，他受着伤呢。”

“哦，天啊。哦，天啊。我简直不敢相信！”哈利吻了吻弗勒的额头，“你不记得我了吗？”

“别往心里去。我谁都不记得了。”

“是的，这样的事情有很多。”哈利同情地点点头。他又去抱了抱斯托姆和梅丽莎。

“你永远也猜不到我们的飞机上有什么。”梅丽莎说。

哈利歪着头：“我希望有很多食物。有伏特加就更好了。也许有一些阿普唑仑？我愿意为它而死。”

梅丽莎向他摆摆手：“大胆地想想。你最希望我们带回来的是什么？”

哈利皱眉思索，然后突然瞪大了眼睛：“不是吧。真的？你们拿到了？真的吗？”

“能用吗？我们无法再回到彼得的实验室了——厄尔巴已经控制了那里。还有能找到你需要的设备的地方可去吗？”

“当然可以。只要给我找到一所有不错的物理学院的 R1 大学[1]就行了。比如北卡罗来纳大学教堂山分校、弗吉尼亚大学。”

“我们还有彼得的笔记。”梅丽莎说。

哈利紧紧抓住胸口：“真的吗？”

“我们有可能解决现在的混乱局面吗？”

---

1 即美国权威的大学分类——卡内基高等教育分类。其中的 R1 类学校提供最高级的研究活动，像哈佛大学、斯坦福大学、波士顿大学等都在 R1 之列。

哈利考虑了一会儿说道："这需要时间，可能需要很多年，因为先前的急于求成已经让我们吃了不少苦头。我不知道会需要多久，但是有可能的。"

57

梅丽莎一只手扶着墙，站在货舱门口，凝视着空旷的蓝天。弗勒来到她身边的时候，她也没移开视线。

"你看起来很悲伤。你知道，最糟糕的部分已经过去了。"

她依然没有看他。"最终在一起的应该是你和我，而不是你和我的一个副本。"她叹了口气，"不过，这也说得通。你们两个都没有过去。就像我们第一次见面一样。"

这句话让弗勒大吃一惊。自从他们离婚后，他以为梅丽莎就不喜欢他了。"我承认我还在慢慢地理解这一切，但我不是最初的彼得，就是你在高中遇见的那个，对吧？"

梅丽莎叹了口气："你坚持说你是。你说我拘泥于肉体本身，太死心眼儿了。"

彼得指着 131："那么我和那边的那个人有什么不同呢？"

梅丽莎瞥了一眼 131："我们有着共同的过去，虽是一段充满痛苦的过去。但我们一起对抗过乌戈。"

"你现在不拘泥于肉体了？我是说，你要么接受我只是最初的彼得的延续，要么不接受。如果你爱上……”弗勒再次指着 131，“他也爱你。”

131 注意到弗勒在指指点点，便扬起眉毛，然后开玩笑般地回头看了看，然后指着自己，似乎在说 :“谁，我? ”

“看看他。”弗勒说道，“他爱上你了。彼得看到梅丽莎时，会情不自禁地爱上她。我们需要找到所有梅丽莎，把她们都介绍给彼得们。”

梅丽莎大笑起来。听到她的笑声，131 又瞥了她一眼。

“我是认真的。我们注定要在一起。看着他。他爱你。我们爱你们。我们每一个人。”

梅丽莎俯身吻了吻弗勒的脸颊。“我也爱每一个你。只是——”她假装沮丧地挥动着拳头，“三思而后行。”

“我要试一试。”当你不记得自己犯过的错时，你很难从错误中吸取教训。至少现在他知道所犯的大多数错误是什么了。也许这就够了。

58

他们在这个世界上空大约三百米的地方盘旋。这个世界的一端挤满了高楼大厦，还有一栋似乎高得摇摇欲坠的摩天大楼。

“一定是它了。”佩妮说。

斯托姆指着那栋高楼说道：“那是你跳伞的大楼。”

他注视着大楼和离它最近的世界边缘之间的距离。我是怎么做到的？他真希望自己能够记起来。

当斯托姆驾驶着鹞式战斗机降落时，弗勒看到了翘首张望的面孔，街上的人惊讶得睁大了眼睛。

他们在摩天大楼脚下——所有故事的起点——着陆。

弗勒走出去时，人群中响起一阵窃窃私语。“弗勒。是弗勒。”他很伤心，因为他不记得他们。

“有人知道在哪儿能找到黛西吗？”他叫道。

一个十几岁的男孩冲出人群，跑开了。

“他会带她过来的。”一个老头喊道。

他们满怀期待地等着他说些什么。

“我猜你们看到我回来一定很惊讶。”

赞同的低语声在人群中回荡。

“嗯，能回到这里我也感到很惊讶。我从未想过能回来。不过重要的是，我带来了好消息。从现在开始，情况会好转的。会有足够的食物、药物，还有电。有人会教你们如何种植庄稼——”

“弗勒！”一个棕色皮肤的小姑娘挤过人群，扑进他怀里。

“黛西。”她瘦得皮包骨头，虽没饿死，但是也不远了。

她睁大眼睛看着他：“你死了。我看见了。”

“你看见我掉下去了，但我没死。”

“你好，黛西。”斯托姆说。

“这是斯托姆。”弗勒说。

“你好，斯托姆。”黛西睁大眼睛，上下打量着她，“你就是弗勒照片里的那个女人。你真干净。”

“谢谢。”斯托姆笑了，“我们也会把你洗干净的，好吗？”

“噢，当然好啦。”

佩妮和另外两个人已经开始从战斗机上卸下食物和药物。弗勒越过黛西的肩膀，看到人群边缘站着一个不知所措的亚裔女人。她摇摇晃晃地向前迈了一步。

“你好，凯瑟琳。”

“彼得？”她的一只手在她身侧疯狂地摆动。

“叫这个名字我也会答应，但我更喜欢别人叫我弗勒。”

凯瑟琳张开双臂向他冲过来，紧紧地抱住他，差点儿弄断了他还未康复的肋骨。

乌戈从鹞式战斗机中走了出来，怀里抱的都是补给品。凯瑟琳尖叫着，后退了几步。乌戈皱了皱眉，被她的反应弄糊涂了。

“别担心。”弗勒说，“他没事。忙你的吧，乌戈。”

“她吓了我一跳。”乌戈一边咕哝着，一边放下盒子，回到鹞式战斗机里搬东西。

“怎么回事？”凯瑟琳说，“现在安全了吗？你怎么知道我的真名？”

“绝对安全。我知道你的名字是因为我下去的时候碰到了梅丽莎。她回到了我们的总部，还让我代她向你问好。”

凯瑟琳压低了声音：“他在这儿干什么？”

“‘亲近你的朋友，更要亲近你的敌人。’这是梅丽莎告诉我的，不是我自己想出来的。”

弗勒一只手揽着黛西的肩膀："等我们卸完货，想和我们一起去兜兜风吗？"

"哦，当然。"

"跟我和斯托姆一起生活吧。另外你还有一个哥哥、两个姐姐可以给你做伴呢。"他看着凯瑟琳，"你也要跟我们一起。我们需要你的帮助。我们要团结在一起。"

弗勒抬头看着摩天大楼，盯着那面陡峭的高墙看，他感到头晕目眩，还有点儿恶心。他简直不敢相信自己竟然穿着自制的降落伞从上面跳了下来。不过要是重来一遍，他依然会义无反顾地从上面跳下来。

地球副本

〔美〕威尔·麦金托什 著
王敩 译

图书在版编目（CIP）数据

地球副本 /（美）威尔·麦金托什著；王敩译．— 北京：北京联合出版公司，2019.7（2019.10 重印）
ISBN 978-7-5596-3268-5

Ⅰ．①地… Ⅱ．①威… ②王… Ⅲ．①科学幻想小说—美国—现代 Ⅳ．①I712.45

中国版本图书馆 CIP 数据核字（2019）第 092162 号

FALLER

By Will McIntosh

北京市版权局著作权合同登记号 图字：01-2019-3345 号

选题策划 联合天际·文艺家工作室
责任编辑 楼淑敏
特约编辑 刘 默 王书平
封面设计 UNLOOK·@广岛Alvin
美术编辑 梁全新

出　　版 北京联合出版公司
北京市西城区德外大街 83 号楼 9 层 100088
发　　行 北京联合天畅文化传播公司
印　　刷 三河市冀华印务有限公司
经　　销 新华书店
字　　数 299 千字
开　　本 880 毫米 × 1230 毫米 1/32 14 印张
版　　次 2019 年 7 月第 1 版 2019 年 10 月第 2 次印刷
I S B N 978-7-5596-3268-5
定　　价 58.00 元

关注未读好书

未读 CLUB
会员服务平台

本书若有质量问题，请与本公司图书销售中心联系调换
电话：(010) 52435752 (010) 64258472-800